カフカ・コレクション

城

カフカ

池内紀＝訳

白水 u ブックス

Franz Kafka
Das Schloß
Kritische Ausgabe
herausgegeben von Malcolm Pasley

Published by arrangement with Schocken Books,
a division of Random House, Inc.
through The English Agency (Japan) Ltd., Tokyo

城

目次

1　到着

Kは夜おそく村に着いた。あたりは深い雪に覆われ、霧と闇につつまれていた。大きな城のありかを示す、ほんのかすかな明かりのけはいさえない。村へとつづく道に木橋がかかっており、Kはその上に佇んだまま、見定めのつかないあたりを、じっと見上げていた。

それから宿を探しにいった。居酒屋はまだ開いていた。主人は夜ふけの客に肝をつぶし、うろたえたせいか、貸すための部屋はないが、藁袋の上でよければ食堂で寝てもいいと言った。Kは了解した。何人かの農夫がまだビールを飲んでいたが、Kは誰とも口をきかず、自分で藁袋を屋根裏から運び下ろし、暖炉の近くで横になった。暖かかった。農夫たちは口をつぐんでいる。Kは疲れた目で少し探るように彼らを見やってから、すぐに寝入った。

だが、まもなく起こされた。都会風の服に俳優のような顔立ちで、目が小さく、眉毛が長い。そんな若い男が主人とともに、そばに立っていた。農夫たちもまだ残っていた。何人かは椅子の向きをかえて、こちらをうかがっている。若い男はKに、眠りの邪魔をしたことを丁寧に詫びると、城の執事の息子だと断わってからKに言った。

「この村は城のものなのです。だからここに住んだり泊まろうという人は、城に住んだり泊まるのと同じことで、伯爵の許可なしにはできないのですよ。あなたは許可をお持ちじゃないでしょう。少なくとも提示なさいませんでしたね」

Kは身を起こして髪を撫でつけ、やおら下からじっと見上げた。それから口をひらいた。

「どこの村に迷い込んだものやら。ここには城があるのですか?」

「もちろんです」

若い男がゆっくりと言った。あちこちでいぶかしげに首をかしげる者がいる。

「ヴェストヴェスト伯爵さまの城ですよ」

「泊まるにも許可がいるとおっしゃった?」

さきに言われたことが夢ではなかったと、確かめるような口調でKが言った。

「そのとおりです」

答えが返ってきた。それから若い男は腕をのばして、主人と客に問いかけた。Kに対するわざとらしい嘲りがこもっていた。

「それとも許可なんていらないのかな?」

「ならば許可をもらってこよう」

あくびをしながらKは毛布を引き下ろして、起き上がろうとした。

「もらうって、誰から?」

と、若い男がたずねた。

「伯爵からだ」

と、Kが答えた。

「しようがあるまい」

「こんな夜ふけに伯爵さまから許可をもらってくるだって?」

若い男は叫ぶように言うと、一歩下がった。

「無理だというのか」

落ち着き払ってKがたずねた。

「じゃあ、なぜ起こした?」

若い男はいきり立った。

「流れ者の手口だ!」

大声をあげた。

「伯爵さまに仕えている者になんて口をきく! 起こしたのはほかでもない、直ちにここから立ち去るように伝えるためだ」

「強がりはやめな」

Kは声を落として言うと、ふたたび横になり、毛布を引き上げた。

「お若いの、あなたは少々やりすぎですよ。あなたの仕打ちについては明日、話すとしよう。ここの主人や、そこの皆さんが証人だ。そもそも証人まで必要とする場合のことだがね。いまはただ、このことだけを言っておくが、わたしは測量士だ。伯爵にたのまれてやってきた。おっつけ明日にも助手たちが道具を車に積んでやってくる。雪で手間どりたくはなかったんだが、何度も道に迷ったりしたものだから、こんな夜ふけに着くはめになった。城にまかり出るには遅すぎるぐらいのことは、わざわざ言われなくてもわかっている。だからこそ、こんな寝床で我慢しているんだ。だのにあなたが——おだやかに申しますが——ヤボを言い立てた。説明は以上だ。では、諸君、おやすみ」

Kはクルリと暖炉にからだを向けた。

「測量士だって?」

背後で呟くような声が聞こえた。それからみんなが口をつぐんだ。若い男はすぐに気を取り直すと主人に向かって、Kの眠りに気をつかっている程度に声をひそめ、しかし、その耳に届くほどには、はっきりした声で言った。

「電話で問い合わせよう」

なんだ、こんな村の居酒屋なのに電話があるのか。設備に抜かりがない。そういったことには驚いたが、全体としては、むろん予期したとおりだった。電話がすぐ頭上にあることがわかった。眠いあまりに見すごしていた。若い男がどうしても電話をするとなると、たとえ気をつかって電話をしても、Kの眠りを邪魔立てする。電話させるかどうか思案したが、Kは腹をくくって電話をさせることにした。となれば寝たふりをしていてもはじまらない。それでKは仰向けの姿勢にもどった。農夫たちが顔を寄せあって話していた。測量士の到来は、ちいさな出来事ではないのである。調理場の戸が開いて、戸口をいっぱいふさぐように女将が立っている。ことのしだいを伝えるためだろう、つま先立ちして主人が歩みよった。電話がはじまった。執事は眠っていたが、副執事の一人でフリッツという者が起きていた。若い男はシュヴァルツァーだと声をかけてから、Kのことを報告した。見たところ三十すぎの男で、ボロ服をまとっている、ちっぽけなリュックサック一つで、それを枕に藁袋の上で大の字になっている。節くれだった棒を手の届くところに置いている。もとより不審に思ったし、主人が当然すべきことをしていないので、このシュヴァルツァーが義務として究明にとりかかった。たたき起こして尋問し、伯爵領から追い出すと脅したところ、不機嫌そうな顔をした。最後になって、さもありなんと判明したのだが、伯爵さまに言いつかってきた測量士だと言い張る。となれば正式の義務としても、この陳述が正しいかどうか確認しなくてはならず、ついてはシュヴァルツァーはフリッツ氏にお願いしたい、中央事務局に問い合わせをして、このたぐいの測量士を申しつけてあるのかどうかを調べ、その結果を至急、知らせてほしい。

それから静かになった。城では問い合わせており、フリッツは返事を待っている。Kはじっとしていた。寝返りも打たない。まるで興味なさそうに、ぼんやりと上を見ていた。シュヴァルツァーの話しぶりには悪意と用心深さがまじっており、ある種の外交術をうかがわせる。城では彼のような下級の者たちも、やすやすとこの手を修得しているらしい。勤勉さという点でもなかなかのもので、中枢部には夜勤がいる。しかも迅速に返答する。はやくもフリッツが電話をしてきた。報告はしごく簡単だったようで、シュヴァルツァーはすぐさま、いきり立って受話器をかけた。

「思ったとおりだ」

大声でわめいた。

「測量士をたのんだなんて、けはいすらない。嘘つきの流れ者め。たぶん、もっとたちが悪いやつだ」

そのせつな、Kはすべてを予想した。シュヴァルツァー、農夫たち、店の主人に女将、みんながいっせいにとびかかってくる。最初の襲撃だけでもそらすために、Kは毛布にもぐりこんで身をちぢめた。このとき――Kはそっと首をのばしたのだが――再び電話が鳴った。さきほどより音が高いような気がした。またもやKのこととは思えなかったが、全員がたじろぎ、シュヴァルツァーが電話にとりついた。かなり長い説明を聞き終わると、小声で言った。

「まちがいだって？　まったくもってイヤな話だ。局長が自分で電話してきたって？　へんだな、おかしいな。いまとなっては測量士さんにどうやって釈明しよう？」

Kは聞き耳を立てていた。城は彼を測量士に任じたわけだ。それはKにとって、一方では不都合なことだった。というのは、城では彼についてすべてを承知していることを示しているからだ。力関係を計った上で、戦いをこころよく受け入れた。だが他方では好都合でもあった。というのはKの考えによれば、それはKを過小評価していることを意味しており、そもそものはじめからずっと自由があるというものだ。さもおうように測量士として認め、それでもって、これからもおとなしくさせていられると思っているとしたら、大まちがいだ。多少ともびっくりしたが、ただそれだけのこと。

おずおずとシュヴァルツァーがすり寄ってくるのを、Kは手で制して追い払った。主人の部屋へ移るように、しきりに言われたが、それは断わり、ただ主人には寝酒を一杯、女将には洗面器と石鹼とタオルを持ってこさせた。ここをあけるように要求するまでもなかった。明朝、Kに見とがめられたくないためか、誰もが顔をそむけ、もみ合うようにして出ていった。ランプが消されて、Kはやっと落ち着いた。夜中に一、二度、ネズミがかすめて走るのに気がついたが、朝までぐっすり眠りこけた。

朝食の際の主人の言い分によると、Kの賄いすべては城から支払われるはずとのこと。朝食をすませて、

Kはすぐに村へ行くつもりだった。しかし、主人がもの言いたげにつきまとってきた。昨夜のこともあったので邪険にしていると、哀願の目つきをしてすり寄ってくる。Kはやむなく、しばらく相手をすることにした。

「伯爵のことは、まだ何も知らないんだ」

Kが声をかけた。

「きちんと仕事をすれば払いがいいと聞いてきた。妻子を置いてわざわざやってきたのだから、それ相当のものは持って帰りたいじゃないか」

「そのことなら大丈夫です。払いのことで苦情があったなど、聞いたことがありません」

「なるほどね」

と、Kは答えた。

「こちらはいつもペコペコしている人間じゃないんだ。伯爵であろうと、言うべきことはちゃんと言うつもりだが、同じことならすんなりといくほうがいい」

主人はKのま向かいの窓の端に腰をのせていた。椅子にすわるのは遠慮して、大きな褐色の目で不安そうにKを見つめている。さきほどはつきまとっていたのに、いまは立ち去りたがっているようだった。伯爵について、あれこれ問われるのを恐れているのか？　それともKを「お偉い人」と思っていて、それでも得体が知れないのでおびえているのだろうか。相手の気持をそらすためにKは時計をながめた。

「おっつけ助手がやってくるはずなんだが、こちらで面倒をみてもらえるかな」

「もちろんです」

と、主人が言った。

「でも、いっしょに城で寝泊まりしないのですか?」

それとなく拒んでいるのか。とりわけKを城へ移らせたいのか。

「それはまだわからない」

と、Kは言った。

「どんな仕事をたのみたいのか、それを知らなくちゃあならない。下手《しもて》のこちらで仕事をするのなら、ここに寝泊まりするのがいい。それにあちらの城で窮屈な思いをしたくない。いつも自由でいたいんだ」

「城のことをごぞんじない」

と、主人が小声で言った。

「そうだ」

Kは答えた。

「さきに決めつけるのはつつしむとしよう。いまのところわかっているのは、ちゃんとした測量士を求める程度には、ものがわかっているってことだ。たぶん、ほかにもいいところがあるのだろう」

Kは立ち上がった。わなわなと唇をふるわしている主人がうるさくなった。この男の信用を得るのは容易ではない。

出ていこうとして壁の絵に気がついた。黒っぽい肖像が、同じく黒っぽい額に入っている。寝ているときにも気づいていたが、ずっと上にあるのでこまかいところがわからず、絵が額から抜きとられ、黒ずんだ背板が見えているのだと思っていた。いまわかったが絵であって、五十歳ほどの男の半身像だった。顔を胸にうずめるようにしていて、そのため目がほとんど隠れていた。うつ向いているので、よけいに広い額と太い鼻すじが強調されたぐあいだ。顎を引いているので一面のひげが下に垂れていた。指をのばしたまま左手を髪にそえているが、とても頭はもち上がらない感じだった。

「誰なんだ?」

Kがたずねた。

「伯爵か?」

絵の前に立ったまま、主人を振り返らないでたずねた。

「伯爵じゃありません」

主人が答えた。

「城の執事です」

「いい執事をかかえているな」

と、Kが言った。

「あんなバカ息子がいるのが残念だ」

「ちがいます」

主人はKをちょっと引き寄せるようにして、耳元でささやいた。

「シュヴァルツァーは昨日、大げさに言ったのです。あれの父親は下っぱの執事で、それもドンジリの一人です」

この瞬間、Kには主人が子供のように思えた。

「はったり野郎！」

Kは笑ったが、主人は笑わなかった。

「ドンジリだって力がありますよ」

「よせ、よせ！」

Kが声を上げた。

「誰だって力があると思っているんだろう。このわたしだって、そうかな？」

「あなたですか？」

主人は遠慮がちに、しかし、真顔で答えた。

「力があるとは思っていません」

「ちゃんと見ているじゃないか」

と、Kが言った。

「内密の話だが、力などない。たぶん、そのせいでおまえと同様、お偉がたを敬いたがるのだ。ただ、おまえのように正直じゃないから、打ち明けたりはしない」

そう言うなりKは、軽く主人の頬をつついた。慰めるため、かつは心をつかむためだ。主人はぎこちなくほほえんだ。頬はやわらかで、ひげもほとんどなく、まったくのところ、まだ若者なのだ。どういうわけで、あの肥った中年の女将といっしょになったのか。のぞき窓から見えるのだが、女将は両手を腰にそえてせわしなく調理場を往き来している。Kはいまはこれ以上、主人のことにかかずらいたくなかった。こころもち愛想笑いを浮かべると、ドアを開けるように合図をして、晴れわたった冬の朝へと出ていった。

澄みきった大気のなかに城がくっきりと輪郭を描いていた。雪が薄い層をつくって積もっており、なおのこと形がはっきりと見えた。城山のほうがこちらの村よりもずっと雪が少ないようだった。Kは昨日にもまして雪に足をとられた。雪は家の窓まで届いていて、さらに低い屋根にうず高く積もっている。ところが城山では、どこもすっきりしていて軽やかだ。少なくともこちらからは、そんなふうに見えた。

遠くからうかがえるかぎりでは、城はほぼそっくりKが予期したとおりだった。古くさい騎士の砦でもなければ、当節の派手な館でもなく、幅ひろく横に大きくのびている。せいぜいが三層づくりで、背の低い建物がもつれ合うようにかたまっていた。城だと知らなければ、小さな町と思いかねない。塔が一つあった。住居に付属しているのか教会の塔なのかはわからない。カラスの群れが上空を旋回していた。

じっと城を見つめたままKは歩いていった。ほかの何も気にとめなかった。だが、近づくにつれて失望を覚えてきた。まったくお粗末な町ってものだ。村の家の寄せ集め、すべて石造りらしいのが、せめてもの救いであるが、上塗りはとっくにはげ落ち、石も剝落しかけているようだ。ちらりと故里の小さな町が頭をかすめた。この城なるものと、さして遜色がない。見物に来ただけであれば、こんな長旅をするよりも、ながらくごぶさたしたままの故里を、久しぶりに訪ねるほうが利口というものである。Kは頭のなかで故里の教会の塔と、いま見えている塔とを較べてみた。故里の塔はスックと上にのびている。赤い瓦で屋根がふいてある。この世の建物ではあるが――この世の建物以外に、どんな建物があるというのだ?――しかし、ほかの家々よりも高い目標をもち、日常をこえたものであることをはっきりと示している。こちらの塔ときたら――見えるのはこれだけだった――いまわかったのだが、住居に付属していて、おそらく主翼の塔にあたるのだろう。単純な円形をしていて、一部はキヅタに覆われている。小さな窓があり、ちょうど陽光を反射して輝いていた――何やら惑わしげなものがある――尖端に胸壁があるが、それが、不揃いで、壊れかかっていて、臆病な、あるいは投げやりな子供の描いた絵のように青い空にギザギザ模様をつくっている。陰気な住人を法の裁きにより建物のなかのいちばん外れたところに幽閉していたのに、そいつが自分を見せるために屋根を突き破って突っ立っているかのようなのだ。

またもやKは立ちどまった。立ちどまれば思案がわくつもりが、邪魔があった。足をとめていたのは村の教会のすぐわきだったが――もともとは礼拝堂だったところへ、村の衆を入れるために小屋のようにして建て増したのだろう――うしろに学校がある。平べたくのびた建物で、間に合わせと非常に古いものとを一つにしたような建物で、前庭に柵がめぐらせてあり、それが一面の雪原になっていた。ちょうど教師につれられて子供たちが外に出てきたところで、ひとかたまりになって取り巻き、全員が教師を見つめながら、まわりから口々にしゃべり立てていた。早口なのでKには何を話しているのか、さっぱりわからない。教師は若い、小柄な、なで肩の男だった。その肩をそびやかすようにして立っている。遠くからKを目にとめていた。まわりには子供たち以外、Kがいるだけなのだ。肩をそびやかした小男に、Kのほうから声をかけた。

「先生、こんにちは」

とたんに子供たちが口をつぐんだ。突然、静かになったのが、教師には口をひらくきっかけとして気に入ったようだった。

「城を見つめていましたね？」

Kが予期したよりもややわらかな話し方だが、何やらとがめているような口ぶりだった。

「ええ」

と、Kは答えた。

「はじめてです。昨夜、着きました」

「気に入りませんか?」

教師が早口でたずねた。

「どうしてですか?」

Kはめんくらって問い返した。それから口調を改めてくり返した。

「城が気に入ったかどうかってことですね。気に入らないはずだとおっしゃっているみたいですね」

「よその人はみんな気に入りません」

と、教師が言った。いま、相手の気持を損うようなことは言いたくないので、Kは話題をかえた。

「伯爵をごぞんじなんでしょう?」

「知りません」

教師は話をそらそうとした。Kはひるまず、もう一度たずねた。

「どうしてです?　伯爵をごぞんじないのですか?」

「どうして知らなくてはならないのです」

教師は声をひそめて言うと、つぎにはフランス語で声高につけたした。

「がんぜない子供たちがいるじゃありませんか。そのことを考えていただきたい」

Kはさらにたたみかけた。

「いちどお訪ねしていいですか？　しばらくここに滞在する予定です。いまもう、心細い気がしていましてね。農夫でなければ城の者でもないものですから」

「農夫も城も同じです」

と、教師が言った。

「なるほど」

と、Ｋが言った。

「だからといってこちらの立場に変わりはない。いちど訪ねさせていただけませんか？」

「住居はシュヴァーネン通り、肉屋の家です」

承諾したというよりも単に住所を告げただけのようだったが、すぐさまＫが応じた。

「わかりました。参ります」

教師はうなずいた。またもや口々にしゃべり出した子供たちを引きつれて歩いていった。すぐに急な坂道を下って姿が消えた。

Ｋはぼんやりしていた。やりとりが煩わしかった。こちらに来て、はじめてドッと疲れを覚えた。長い道のりにもへこたれなかった――一歩一歩、踏みしめるように歩いてきたではないか！――ところがいまや無理をかさねたツケがきた。しかも間の悪いときときている。新しい知己を求めたくてたまらないが、しかし、新しく知己ができれば疲れも増すのだ。今日の状態では、城の入口まで足をのばすだけで御《おん》の字というものだ。

Ｋはまた歩きだした。どこまでもつづいている。というのは村の大通りだというのに城山まで通じていないのだ。近くまで行くと、わざとのように折れまがり、城から遠ざかるのでもなければ、近づくでもない。Kは何度となく、いまこそ通りは城に向かうと思ったし、期待をあらたに進んでいった。疲れのせいだろうが、ふんぎりがつかない。村が長いのに驚いた。切れ目がないのだ。たえず小さな家がつらなり、凍りついた窓と雪だけで、まるきりひとけがない――ようやくのことでKは通りを離れ、狭い小路に入りこんだ。雪がなおのこと深く、踏みこんだ足を持ち上げるのも容易ではない。汗がふき出してきた。やにわに立ちどまった。もう歩けない。

見捨てられているというのではなかった。右にも左にも農家があった。Kは雪を丸め、一つの窓に投げつけた。とたんに戸口が開いた――村の道を歩いていて、ドアが開いたのはこれがはじめてだ――年寄りの農夫が茶色がかった毛皮の上着をつけ、首をかしげ、やさしげに、また気弱げに立っていた。

「少し休ませていただけませんか」

と、Kが言った。

「とても疲れているのです」

年寄りの言ったことを、まるきり聞いていなかった。雪の上に板が突き出されたのが、ひたすらうれしかった。これで雪から救われた。二、三歩進むと部屋の中にいた。

薄暗い、大きな部屋だった。外から入ってきた者には、しばらくは識別がつかなかった。洗濯桶にぶつかりかけて、女の手が引きとめた。隅でしきりに子供の叫び声がする。べつの隅から煙がモクモクと出ていて、薄暗がりをなおのこと暗くしていた。Kは雲のなかにいるように立っていた。

「酔っぱらいだ」

そんな声がした。

「何ものだ?」

どなるような声だった。年寄りに向けてのものだろう。

「どうして部屋に入れたんだ。通りでふらついているのを、見さかいなく入れるのか」

「伯爵の御用をつとめる測量士です」

いぜんとして識別がつかないなかで、Kは申し開きをした。

「測量士だって」

女の声がして、まわりが静まり返った。

「わたしのことをごぞんじですか?」

Kがたずねた。

「もちろん」

ボソリと声が返ってきた。Kのことを知っているのが、うれしいことではないように思えた。

やっと煙が薄れ、少しずつ見分けがついてきた。家族の洗濯日であるらしい。戸口のわきで下着を洗っている。しかし煙は左手の隅から流れてくる。そこにはついぞ見たことのない大きな桶が据えられていた。ベッド二つ分ほどもある。湯気が立ち昇るなかに男が二人、湯につかっていた。右手の隅はもっと奇妙だった。何が奇妙なのか、自分にもはっきりしなかったが、Kはハッとした。部屋の背後に大きな天窓があって、中庭から雪明かりがさしこめていた。隅の奥まったところに背の高い肘掛椅子が置かれていて、女がぐったりと寄りかかっており、雪明かりがその衣服に絹のような輝きを投げかけていた。女は胸に赤子を抱いていた。まわりで二、三人の子供が遊んでいた。どこにもいる農夫の子供にちがいないが、どこかちがっているような感じがしないでもない。病気や疲労は農夫でもお上品にするものなのだ。

「おすわんなさい！」

男たちの一人が言った。もじゃもじゃした顎ひげに加えて口ひげもはやしており、喘ぐようにずっと口をあけているので滑稽に見える。男は長持の上に置かれた手桶に手をかけ、Kの顔めがけてお湯をはじいた。長持にはKを家に入れてくれた老人がすわり、もの思いにふけっていた。やっと腰を下ろせることになって、Kは礼を述べた。もう誰もKを気にとめない。洗濯桶のそばの女はブロンドで、若々しく、洗濯しながら小声で歌っていた。入浴中の二人の男は足でリズムをとって、からだをひねった。子供たちは近づこうとするのだが、男たちが湯をはねて追い返す。とばっちりがKにもふりかかった。肘掛椅子の女は死んだようにもたれたままで、胸の子供に一瞥もくれず、天井のあたりを、ただぼんやりと見つめていた。

凍りついたような美しくも悲しい女の姿を、Kはじっと見つめていた。どうやらそれから、うとうとしたらしい。大きな声をかけられて目を覚ますと、かたわらの老人の肩に頭をのせていた。男二人は入浴をすませ、入れかわって子供たちがブロンドの女の見張りつきで湯につかっていた。男たちは着換えをしてKの前に立っていた。声の大きな、顎ひげの男は、二人のうちの弱輩だとわかった。もう一人は同じく小柄で、ひげもずっと少なく、もの静かな、ゆっくりとした話し方をする。肩幅が広く、顔も大きく、その顔をうつむけぎみにしていた。

「測量士さん」

と、彼は言った。

「ここに居てもらうわけに参りません。失礼はお許しください」

「居つづけるつもりはなかった」

と、Ｋは答えた。

「少し休みたかっただけです。ひと休みしたから、おいとましよう」

「冷たいあしらいに驚かれたでしょう」

その男は言葉をつづけた。

「歓迎するという習わしがないのです。ここでは客は無用ですから」

眠ったおかげで少し元気になり、さきほどよりは声もよく聞きとれるようだ。率直な言い分が気持よかった。Ｋはしきりにからだを動かしてから、杖をここ、そこと突いてみた。それから肘掛椅子の女に近づいた。気がつくとＫが部屋のなかで、もっとも背が高かった。

「そうでしょうとも」

と、Ｋは言った。

「客などいらない。しかし、ときおりは誰かを必要とするでしょう。たとえばわたしのような測量士をね」

「そうらしいですね」

と、男が言った。

「招いたからには、あなたを必要としているのでしょう。めったにないことです。われわれ下々《しもじも》の者は定められたとおりにしています。悪くとらないでください」

「悪くとるだなんて、とんでもない」

と、Kは答えた。

「ただただ感謝しています。お二人に、それにここの皆さんにね」

言い終わるなりKはひとっ跳びして女の前に立った。女は疲れた青い目で、じっとKを見つめている。透けて見える絹のネッカチーフが額のまん中まで垂れていた。赤子が胸元で眠っていた。

「あなたは誰ですか?」

と、Kがたずねた。相手を軽んじてなのか、それとも自分の返答に対してそうなのか、女は投げやりな調子で答えた。

「城からきた娘」

一瞬のことだった。すぐさまKは男二人に左右から羽がいじめにされ、うむをいわさぬ勢いで戸口へと引きずられた。何がうれしいのか老人が手を打ち合わせ、洗濯女もケラケラと笑いだした。子供たちが突然、狂ったように騒ぎはじめた。

つづいてKは通りに立っていた。男たちが戸口から見張っていた。またもや雪が降り出した。しかし、さきほどよりは明るいような気がした。顎ひげの男が苛立たしげに声をかけてきた。

「どちらに行きたいんだ? こちらだと城へ行く、そちらだと村へ行く」

Kはそれには答えず、もう一人に向かって声をかけた。もったいぶっているわりには、とっつきやすい気がした。

「どなたですか? ひと休みさせてもらったお礼を、誰に述べればいいのですか?」

「皮なめし屋のラーゼマンだ」

と、相手が答えた。

「誰にも礼など述べることはありません」

「わかった」

と、Kは言った。

「いずれまた出くわすだろう」

「さあ、どうだろう」

と、相手が言った。このとき、顎ひげの男が手を上げて叫んだ。

「やあ、アルトゥーア、よう、イェレミアス！」

Kは振り返った。この村でも往来で出くわすことがあるわけだ！　城の方から二人の若い男がやってくる。並みの背丈で、ともに痩せており、からだにぴったりはりついたような服を着ていた。顔つきもそっくりで、顔色はともに暗い褐色、先の尖った顎ひげが黒々としていて目についた。通りのひどい状態をものともせず、驚くほどの速足で、細い脚をテンポよくくり出してくる。

「どうしたのだ？」

顎ひげの男が叫んだ。歩調をゆるめず、立ちどまりもしないので、叫ぶしかない。

「仕事だ」

笑いとともに声が返ってきた。

「どこだ？」

「居酒屋」

「わたしもそこへ行く」

やにわにKが、ほかの誰よりも大きな声で言った。ぜひともいっしょに行きたかった。知り合っても大して助けにはなりそうになかったが、元気づけの道づれにはなってくれる。しかし、二人はKの言葉にうなずいただけで、さっさと通り過ぎた。

Kはまたもや雪の中に立っていた。たとえ片足を雪から引き抜いても、ほんの少し前へ踏み出して、またもや雪に踏み込むだけのこと。皮なめし屋とその仲間は、やっとKから手が離れたのに満足したらしい。それでも何度も振り返りながら、少し開いたままのドアから、にじるようにして入っていった。Kは雪に包みこまれるようにして立っていた。

「好んで来たからいいようなものの、たまたまここにいるのだったら、絶望したくなるところだ」

そんなことをKは思った。

このとき左手の小さな家の小窓が開いた。閉じているとき深い青色をしていたのは、雪の反射のせいらしい。ごくちっぽけな窓で、開いても外をうかがっている人の顔が見えず、ただ目だけが見えた。老いたトビ色の目がのぞいている。

「誰か立っている」

女の細い声が聞こえた。

「測量士だ」

男の声がした。それからその男が窓辺に近寄り、声をかけてきた。不機嫌というわけではないが、わが家の前の通りのことは気にかかる、といった感じだった。

「誰かお待ちですか？」

「橇《そり》をね、運んでもらいたいものだから」

と、Kは答えた。

「橇などきませんよ」

と、男が言った。

「往き来がない」

「でも、城へ行く道なんでしょう」

と、Kが言った。

「たとえそうでも」

男がそっけなく答えた。

「往き来はありません」

それからともに口をつぐんだ。男はあきらかに何か思案しているようすだった。というのは窓を開けたままにしており、そこから煙が流れ出ていた。

「ひどい道だ」

相手に助けを出すようにしてKが言った。

「ええ、むろんです」

相手はやはりそっけない。

だが、しばらくして、こう言った。

「もしよければ、わたしの橇で送りましょう」

「ありがたい」

よろこんでKが言った。

「お代はいくらぐらいで?」

「いらない」

と、男は言った。

Kはいぶかしげな顔をした。

「だって測量士なんでしょう」

相手が説明するように言った。

「となれば城の人だ。どこへ行きたいのです?」

「城だ」

と、Kは早口で答えた。

「ならばやめだ」

すぐさま男が言った。

「だけど、わたしは城の人なんだろう」

Kは相手の言葉をくり返した。

「かもしれないね」

はねつけるようにして男が言った。

「では居酒屋へやってくれ」

「よし」

と、男が言った。

「すぐに橇を持ってくる」

とりたてて親切心からのことではなく、Kをわが家の前から追っ払いたいためのようで、利己心と不安と生まじめさとがまじり合ったような感じだった。

中庭の門が開いて、たよりなげな小馬が小さな橇を引いて現われた。小荷物用の橇で、平べったく、座席もない。男は年寄りではないが弱々しげで、鼻風邪のようだった。背中が曲がり、足をひきずっている。骨ばって赤らんだ不機嫌そうな顔は、首に巻きつけた毛糸のショールのせいで、なおのこと小さく見えた。みるからに病身だが、Kを早く追っ払いたいばかりに出てきたようだ。Kがそのことを口にすると、手まねで否定した。ついで自分は馭者のゲルステッカーだと言った。すぐ手近にあったのでこの貧弱な橇にしたまでで、ほかの橇を取り出すのは手間がかかる。

「すわるがいい」

鞭でうしろのところを指した。

「あなたの隣にすわりますよ」

と、Kは言った。

「おれは歩く」

と、ゲルステッカーは言った。

「それはまた、どうして？」

と、Kがたずねた。

「おれは歩く」

ゲルステッカーはくり返した。ついで咳の発作にみまわれた。ひどい咳で、両足を雪にふんばり、両手で橇のふちをつかんでいた。Kはそれ以上は何も言わず、橇のうしろに腰を下ろした。咳はしだいにおさまって、橇が動きだした。

Kが今日にも行きつけると思ったかなたの城は、すでに異様なほど暗くなっていた。それがいまや遠ざかっていく。しばしの別れのしるしのように、鐘の音《ね》がひびいてきた。かろやかに流れてくる。少なくともこの一瞬は心をうきたたせ、ついては不安ながら願っていることの実現を——鐘の音は悲痛なひびきもおびていて——威嚇するようでもあった。その鐘が鳴りやむと、代わって弱い単調な鐘の音がほそぼそと流れてきた。城からとも、村からとも判断がつかない、そのかぼそい音色のほうが、ノロノロした橇の進みぐあいと、哀れな、ともあれかたくなな馭者にはぴったりのようだった。

「おい」

やにわにKがどなった——すでに教会の近くにきていた。居酒屋はさほど遠くない。だから何か思いきってやってみてもいいのだ。

「よくぞ送ってくれた。責任をひっかぶったのだろう。許されないことじゃないのか？」

ゲルステッカーはとり合わず、ゆっくりと小馬を引いて歩きつづけている。

「おいったら」

Kは叫び、橇の雪を丸く固めて、ゲルステッカーの耳に命中させた。彼はやっと立ちどまり、振り向いた。Kはまじまじとその顔を見た——橇はさらに前にすべった——背中が曲がり、いかにも虐げられたからだつきである。赤らみ疲れた細い顔、両頬が何やらちぐはぐで、一方は平板だが、もう一方は落ちくぼんでいる。聞き耳を立て、口は開けたままで、まばらの歯が数本のぞいている。ついいましがた意地悪く言ったことを、Kはこんどは同情をこめて口にした。送り届けたばかりに罰をくらうのではないか。

「何のことです？」

ゲルステッカーはわけがわからないというふうに問い返した。べつに説明を求めるでもなく、小馬を叱咤して橇を進めた。

居酒屋のすぐそばまできたとき——Kは道の曲がり角で気がついた——驚いたことに、すでにどこもまっ暗だった。そんなに長いこと出歩いていたのだろうか？　Kの腹づもりでは、ほんの一、二時間のはずだった。朝に出かけた。空腹を感じることもなく、それについさきほどまで昼間の明るさだった。それが、にわかに暗くなった。

「なんて短い一日だ」

ひとりごとを言った。それから橇を下りて居酒屋に向かった。

小さな階段の上に居酒屋の主人が立ち、出迎えるかたちで明かりを差しのべてきた。ふと馭者のことを思い出して、Kは立ちどまった。暗いところから咳が聞こえた。そこにいる。いずれ、また出くわすだろう。階段を上がっていくと、主人がうやうやしく挨拶をした。ドアの左右に一人ずつ男がいるのに気づいた。主人の手から明かりを取って、両名を照らしつけた。すでに会ったことがある。アルトゥーア、イエレミアスと呼びかけられていた二人だ。その二人が軍隊式の敬礼をした。軍隊時代、あの幸せな一時期を思い出して、Kは苦笑した。

「何ものだね？」

二人を順に見つめた。

「あなたの助手です」

二人が答えた。

「助手たちですよ」

主人が小声で言い添えた。

「なんだって？」

Kがたずねた。

「あとから来るように申しつけて、待ち受けていた。あの以前の助手なんだな？」

二人はうなずいた。

「結構だ」

少し間をおいてから、Kが言った。

「よく来てくれた」

またもや間をおいてから、Kは言った。

「ずいぶん遅かったじゃないか。ズルをしていたな」

「長い道のりでした」

と、一人が答えた。

「長い道のりだ」

と、Kがくり返した。

「城からやって来るのを見かけた」

と、Kが言った。

「ええ」

二人はべつに釈明しなかった。

「道具はどこだ？」

と、Kがたずねた。

「何も持ってません」

二人が答えた。

「おまえたちに預けたじゃないか」

と、Kが言った。

「何も持ってません」

二人がくり返した。

「なんてことだ」

と、Kが言った。

「測量のことは、少しはわかっているな？」

「ぜんぜん」

と、二人が言った。

「いつもの助手なら、わかっているはずだ」

と、Kが言った。二人は黙っている。

「よし、入れ」

二人を押すようにしてKは中に入っていった。

2　バルナバス

三人はほとんど黙ったまま、食堂でビールを飲んだ。小さなテーブルのまん中にK、左右に助手という格好で、テーブルのもう一つを、前夜と同じように農夫たちが占めていた。

「きみたちは厄介だな」

もう何度もしたとおり、Kは二人を見くらべた。

「どうやって区別をすればいい。名前がちがうだけで、ほかはまるで――」

口ごもった。それからわれ知らず言葉をつづけた。

「まるで蛇みたいにそっくりだ」

二人は薄笑いを浮かべた。

「みんなちゃんと区別しています」

弁明するように言った。

「それはわかっている」

と、Kが答えた。

「その場に立ち会った。たしかに見分けていた。しかし、わたしの目はみんなの目とはちがう。この目で見ると、まるで区別がつかない。だから合わせて一人にして、アルトゥーアと呼ぶとしよう。たしか一人はそういった、ええっと、きみだろう——」

Kがたずねると、相手は「ちがいます」と言った。

「イェレミアスです」

「かまわない。どちらでもいい」

Kが言った。

「きみたち二人をアルトゥーアと呼ぶ。どこかへアルトゥーアを差し向けるとき、きみたち両名で出かけるんだ。アルトゥーアに仕事を申しつけるとき、二人でやる。別個の仕事に使えないのが欠点だが、長所もある。きみたちに命じることは何だって両名で責任を負うことになる。二人でどのように分担しようと、それは勝手だが、たがいに言い逃れは許さない。こちらにとっちゃあ、きみたちは一人なんだ」

二人はしばらく考えていた。それから言った。

「まるでうれしくないです」

「そりゃあそうだろう」

と、Kが言った。

「むろん、うれしくはないだろう。だが、それでいく」

しばらく前からKは、農夫の一人がテーブルのまわりを嗅ぎまわっているのに気づいていた。そのうちKは腹をきめて助手の一人に身を寄せ、その耳に何やらささやくそぶりをした。

「やめろ」

そう言うなり、テーブルをドンと叩いて立ち上がった。

「助手と相談している。邪魔立てはやめてもらおう」

「これはどうも、これはどうも」

農夫はおびえた声で言うと、あとずさりして仲間のテーブルにもどった。

「いいか、気をつけろ」

Kは再び腰を下ろした。

「許可なしには誰とも口をきくな。わたしはここではよそ者であって、きみたちが以前からの助手だとすると、きみたちもよそ者だ。よそ者同士は力を合わせなくちゃあならない。さあ、手を出すんだ」

二人はKに向かって、いそいそと手を差し出した。

「毛むくじゃらは引っこめろ」

と、Kは言った。

「しかし、命令を忘れるな。これから眠る。きみたちも休むがいい。今日は一日、無駄をした。明日はうんと早く仕事につく。城へ行くための橇を用意して、六時に店の前で待機している」

「わかりました」

と、一人が言った。すると、もう一人が口をはさんだ。

「わかったといっても、とても無理なこともわかっている」

「うるさい」

と、Kが言った。

「はやくも仲間割れをはじめるのか」

はじめの一人が、もう一人に同調した。

「こいつの言うとおりです。許可なしには、よそ者は城へ行けません」

「どこで許可をとる？」

「さあ。たぶん、執事のところでしょう」

「ならば電話でたのんでみよう。二人してすぐに執事に電話をしろ」

二人は電話口へ走っていった。電話をつないでいる――もみ合っていて、わき目には滑稽なほど職務に熱心だ――つづいてKとともに明日、城に行きたいと申し入れた。

「ダメだ」

返事がKのいるテーブルまで聞こえてきた。おっつけて、また聞こえた。

「明日も、べつの日もダメ」

「自分で話してみよう」

Kは立ち上がった。さきほどの農夫の一件はべつにして、これまでKと助手は見すごされていたのだが、Kのいまのひとことが、やにわに農夫たちの注意をうながした。いっせいにKと同じく立ち上がり、店の主人が押しとどめようとしたにもかかわらず、電話のまわりに半円形をつくって立ち並んだ。おおかたはKが電話をしても甲斐がないという意見だった。静かにするようにKは頼まなくてはならなかった。みなの意見を聞きたいわけではないのである。

受話器をとると、まるで聞きなれない雑音がした。たくさんの子供の声が一つになったようでもあり――雑音ではなく、遠くの、ずっとずっと遠いところの歌のようでもあり――まさにありえないやり方でもって高い、強い一つの声が合成され、なまくらな聴覚よりも、もっと深いところへ強引に押し入ろうとしているかのようだった。Kはただ聞いていた。左腕を電話台に突いて、じっと聞き入っていた。どれくらい、そんなふうにしていたものか。主人が上衣を引っぱった。使いの者がきているという。

「うるさい」

おもわずどなった。電話口を通して先方にとどいたようで、応答があり、声がした。

「こちらオスヴァルトだ、そちらは誰かね?」

太い、高慢そうな声だった。Kには話し方にちょっとした難があるような気がした。わざと強く言って、それをくらましている。Kは名のるのをためらった。こちらには手がない。相手はどなりちらしたあげく、ガチャリと受話器をもどせるのだ。とたんに少なからず重要な道が閉ざされる。Kのためらいが相手の男を苛立たせた。

「誰かね?」

くり返してから、つけ加えた。

「あまり電話をしてほしくない。ついいまも、電話があった」

Kはそのことにはとり合わず、即座に腹をきめて名のりをあげた。

「こちら、測量士殿の助手であります」

「助手とは何だ? どんな殿御だ、測量士とか言ったな」

Kは昨日の電話のやりとりを思い出した。

「フリッツに問い合わせてもらいたい」

そっけなく言った。Kが驚いたことに効果があった。それ以上に、きちんと連絡がとれているのに驚いた。返答があったからだ。

「承知している。またしても測量士だ。それでどうなんだ、どの助手だ?」

「ヨーゼフです」

と、Kが答えた。うしろの農夫たちのつぶやきが少し耳ざわりだった。Kが本名を名のらなかったことに異をとなえていたが、Kは応じるわけにいかない。電話に集中しなくてはならない。

「ヨーゼフだと?」

問い返してきた。

「助手はたしか――」

ちょっと間があった。誰かに名前を訊《き》き合わせたのだ。

「アルトゥーアとイェレミアスだ」

「それは新米です」

と、Kが答えた。

「いや、以前のやつだ」

「いえ、新しい助手です。わたしが以前からの助手で、本日、測量士殿のもとにやってきました」

「ちがう」

叫ぶような声がした。

「するとわたしは誰ですか？」

いぜんとしてKは落ち着き払っていた。しばらくして同じ声が同じく言葉のまちがいをやらかしながら、しかしこのたびは敬意をこめた口調になって返ってきた。

「そう、以前の助手だ」

声のひびきに耳をすましていて、Kはあやうく相手の問いを聞きすごすところだった。

「どういう用件だ？」

Kはなろうことなら、このまま受話器を置きたかった。これ以上、こんなやりとりからは何も期待できない。だが問われているので、やむなく早口でたずねた。

「主人はいつ城に伺えましょうか？」

「来なくていい」

これが返答だった。

「わかりました」

と、Kは言って受話器を置いた。

背中にくっつくほど農夫たちが近づいていた。二人の助手は横目でチラチラKをながめながら農夫たちを押しとどめようとしていたが、なんともわざとらしい。農夫たちも話の経過に満足して、ゆっくりとうしろに下がった。このとき農夫たちをかき分けて一人の男が急ぎ足でやってきた。Kに一礼すると、手紙を差し出した。Kは受け取ってから、その男をじっと見た。瞬間的に大切な人物と思えたからだ。助手とよく似ていた。同じように痩身で、からだにぴったりの服を着ており、同じように敏捷だが、まるきりちがってもいる。同じことなら、この男を助手にほしいものだ！　皮なめし屋のところで見かけた、赤子を抱いた女をチラリと思い出した。ほとんど白ずくめの身なりで、絹の服ではないようだが、みんなと同じ冬服ではあれ、絹のような艶と華やぎがあった。明るい、率直な顔つきで、目が大きい。笑顔がとびきりやさしげだった。ほほえみを消したいかのように手を上げて顔を撫でたが、笑顔は消えなかった。

「何ものだ？」

と、Kがたずねた。

「バルナバスと申します」

と、相手が答えた。

「使いの者です」

話すとき、唇が男っぽく、しかしやさしく開いて、また閉じた。

「ここが好きか？」

Kは農夫たちを指さした。やはりまだKに興味があるらしく、なんとも渋い顔で――脳天が打ちすえられたようにひらべたくて、表情は一撃をくらったときの苦痛のままに固まったみたいだ――厚ぼったい唇をあけたままKはながめていたが、つぎには目をそらして、手近なあれこれに視線をやった。Kはさらに助手たちを指さした。からみ合うようにして頰と頰をくっつけ、薄笑いを浮かべている。へり下っているのか、嘲っているのか、わからない。これらすべてを、特別の事情あって居並んでいるおつきの者たちを紹介するように――親しみをこめ、それをもくろんでのこと――順に指さした。そうやって自分と彼らとのちがいをバルナバスにわからせようとした。だがバルナバスは――あきらかに無邪気なせいだと見てとれたが――まるきり気づかず、よくしつけられた召使が、自分に対する主人のひとことだけに注意するように、指さされたところに目を向け、手を上げて農夫のなかの知った顔に挨拶した。つづいて助手たちと二こと、三こと言葉を交わした。落ち着いた、自然なしぐさで、まわりとあきらかにちがっている。Ｋは――拒まれたわけだがバツが悪いというのでもなかった――手にもった手紙に目をやって、封を切った。

「拝啓、ご承知のとおり、貴方は当局の任務に採用されました。今後、村長が貴方の上司となり、任務の詳細、並びに報酬条件につき連絡しますので、その点、お含みおきください。かつまた小生もつねに目をとめているつもりです。この手紙を持参したバルナバスが適宜、貴方の希望をおたずねし、小生に連絡することになっています。できるかぎり貴方の意にそう所存であります。任務の順調なことを祈りつつ」

署名は読みとれなかったが、「Ｘ局局長」と印刷してあった。一礼して立ち去ろうとするバルナバスにＫが声をかけた。

「待て！」

それから主人を呼んで、自分の部屋を教えるようにと言った。しばらくひとりで手紙を検討したかった。人一倍の好感をもつにせよ、バルナバスが使いの者にすぎないことを思い出し、ビールを出させた。バルナバスはどうしたものか思案してから、あきらかによろこびの表情で口をつけた。それを見てからＫは主人とそこを出た。宿ではＫのために小さな屋根裏部屋しか用意できず、それさえもなかなかおおごとだった。これまで二人の女中が寝起きしていたのを、よそに移さなくてはならなくなった。とはいえ女中たちを出した以外、何をしたというのでもなく、部屋はこれまでと変わらない。一つきりのベッドにシーツはなく、枕が二つと馬の鞍覆いが昨夜のまま残されていた。壁には二、三の聖人像と兵士の写真がかかっていた。窓を開けて空気の入れ換えさえしていない。あきらかに新しい客がここにとどまらないことを望んでおり、とどめるための何もしていないのだ。しかし、Kは文句ひとついわず、毛布をからだに巻きつけると、テーブルに向かい、ローソクのもとであらためて手紙を読みはじめた。

ちぐはぐな書きぶりである。宛名やKの希望を問うくだりのように、こちらの意志を尊重しているかと思うと、陰に陽にどうにでもなる使用人のように述べたところもある。当局はつねに「目をとめている」と脅しをかけ、上司は村長であって、そのことを含んでおくように、ときた。となると唯一の同僚は村の警官ということになる。歴然とした矛盾であって、故意であることはあきらかだ。遠慮があってこんな書き方をしたはずはない。役所に対してKはそんな呑気なことは考えなかった。むしろはっきりと選択が申し出てあるような気がした。手紙に言われたことにどう対処するか、こちらにゆだねてある。たしかに並外れているにせよ、城とのつながりは見せかけだけの村の労働者になるのか、それとも一見のところは村の労働者だが、実際は一切をバルナバスの報告に決めさせるのか。Kは選ぶのに躊躇しなかった。これまでの体験がなくっても、たじろぎはしなかった。できるだけ城のお歴々たちと離れ、一介の労働者となってようやく、城の何かが獲得できる。いまは不信の目で見つめている村の人々も、友人とまではともかく、同じ村民ともなれば口をききだすにちがいない。そのうちゲルステッカーとかラーゼマンとかと区別がつかなくなる――なるたけ早いほうがいい、すべてはそれにかかっている――そのときにはきっと、目に見えない、すべての道が、やにわに開ける。城のお歴々やその思し召しにすがったりすると、永遠に閉ざされる。むろん、危険はある。手紙にもはっきり強調してあった。ついてはまた、ある種のよろこびとともに語ってあった。労働者であることの危険。任務、上司、労働、報酬の条件、報告、労働者といったことが書きつらねてあり、たとえ私的な言い方であっても同じ見地からなされている。Kが労働者になりたければ、それになれる。しかし、そのときは徹底して労働者であって、ほかの者になる見通しはまるきりない。現実的な強制で脅かしはしていない。Kはそんなものは怖れない。とりわけ当地ではそうだ。だが、気をめいらせる環境、幻滅に対する慣れ、知らず知らずのうちにたえず受けている力、そういったものをKは怖れた。こういった危険のなかで敢えて戦いをしなくてはならない。こと戦いにいたれば、Kがそれをはじめる勇気をもっていることについても、手紙は見すごしていない。いとも巧妙に述べている。やすらぎのない心――やましい心ではない――があってはじめて読みとることができたのだが、はじめのひとこと、採用に関しての、「ご承知のとおり」がそれだ。Kは到着を連絡したが、以来、手紙の述べたとおり、自分が採用されたことを知っていた。

Kは壁から聖像の一つを外して、手紙を釘にひっかけた。この部屋に居つくつもりであり、手紙はそこになくてはならぬ。

それから下に降りていった。バルナバスが助手たちと小卓を囲んでいた。

「おや、いたのか」

と、Kが言った。バルナバスがいるのでよろこんだまでである。バルナバスはすぐさま立ち上がった。Kを見かけると農夫たちも腰を上げて近づこうとする。つけてまわるのが習い性になっている。

「どうしてほしいのだ?」

Kが声をあげた。農夫たちは気を悪くしたふうもなく、まわれ右をしてゾロゾロと席にもどった。もどりがけに一人が曖昧な笑みを浮かべながら、釈明するようにつぶやいた。

「何か新しいことが聞ける」

その新しいことがご馳走であるかのように舌なめずりをした。ほかの何人かが同じような薄笑いを浮かべた。Kは応じるようなことは言わなかった。こちらを重んじてくれるのは結構なことだ。だが、バルナバスのそばに腰を下ろすやいなや、農夫の息が首すじにかかってきた。塩の瓶を取りにきたというのだが、Kが腹立ちまぎれに足で床を鳴らすと、瓶を取らずに逃げもどった。Kに相手をするのは簡単だった。たとえば、農夫たちをけしかけるだけでよかった。打ちとけない態度よりも執拗に鼻をつっこんでくるほうが、Kにとっては悪辣だった。それに鼻をつっこんでも打ちとけるわけではなく、Kが彼らのテーブルにつくと、みんな即座に席を離れる。バルナバスがいるせいで、辛うじて荒立てるのを我慢したが、それでもKは脅しつけるようにして振り向いた。農夫たちもこちらを向いている。そこにすわっているのを見るかぎり、それぞれが自分の席にいて、たがいに話し合ったりしないし、つながりがあるようにも見えない。だがKには、自分にそそがれる目つきということでつながり合っているように思えたし、といってつけまわるのは悪意からではなく、おそらくはたしかに彼から何か期待していて、それが何かが言えないだけ。あるいは、たぶんに子供っぽさといったものだ。それがここではおなじみらしい。現に主人がまさしくそうであって、客のところへビールをもっていくはずが、両手で捧げもったまま足をとめ、しきりにKをながめている。調理場の小窓から顔を出した女将の声を聞きすごしている。

Kはゆっくりとバルナバスに顔を向けた。助手たちを遠ざけたかったが口実を思いつかない。それに両名とも、じっと手のビールを見つめている。

「手紙のことだがね」

と、Kが声をかけた。

「ありがたく拝読した。きみは中身を知っているかな?」

「いいえ」

バルナバスが答えた。その言葉以上に眼差しが真実を告げているように思われた。農夫たちには悪意で誤解したが、バルナバスには善意の思い違いをしているかもしれない。だが、彼がいることに安心感があることにかわりはない。

「手紙には、きみのことも書いてあった。わたしと局長とのあいだの連絡係をしてくれるそうだね。だからきみも中身を知っているのかと思った」

「手紙を手渡すように言われただけです」

と、バルナバスが答えた。

「読んでもらって、それから必要なら口頭か文書による返答をもらってくるようにとのことでした」

「わかった」

と、Kが言った。

「文書は必要なし。局長に伝えておくれ——なんて名前だっけ? 署名が読めなかった」

「クラムです」

バルナバスが答えた。

「そのクラムさんに、採用していただいてありがとう、それと、ひとしおのご親切に感謝している、と伝えておくれ。きっと期待を裏切らないとね。ほかにとりたてて伝えることはない」

バルナバスは注意深く聞いていたが、復誦していいかとたずねた。Kがうなずくと、一語も違えずくり返した。それから立ち上がり、別れを告げようとした。

この間ずっとKは探るように相手の顔を見つめていた。最後にまたじっとながめた。背丈は同じほどだが、しかしながら眼差しをいつも伏せているようだった。ほとんどどうやうやしい感じで、こういった男が誰かを傷つけるなんて考えられない。走り使いにすぎず、ことづかっている手紙の中身も知らなかった。そういったことを知らなくても、その目つきや微笑、また歩き方からして、走り使いであることが見てとれる。やおらKは手を差し出した。相手は驚いたようだった。一礼しようとしていたからだ。

バルナバスが出ていってすぐに――ドアを開ける前に、戸口にちょっと肩を寄りかからせて、誰を見るでもなく部屋中を見わたした――Kは助手両名に声をかけた。

「部屋から書類を取ってくる。明日の仕事の打ち合わせをしよう」

二人がついてこようとした。

「ここにいろ！」

と、Kが言った。それでもついてこようとするので、叱りとばさなくてはならなかった。玄関にバルナバスの姿はなかった。たったいま出ていったはずなのだ。建物の前方にも――雪がまた降りだした――姿はなかった。おもわず声を上げた。

「バルナバス！」

返事がない。まだ中にいるのだろうか？　ほかに考えられない。それでもKは声をふり絞って呼んでみた。名前が闇にこだました。かなたで小さな返事がした。もうあんなに遠くへ行っていたのだ。Kは呼びもどし、つづいて自分も進んでいった。二人が出くわしたところからは、居酒屋は見えなかった。

「おい、バルナバス」

Kは声の震えをおさえることができなかった。

「ほかにもきみに言っておきたいことがあった。いま気がついたのだが、どうも仕組みがよくないんだ、城から用があるときでも、きみが来るのを待っていなくてはならない。いまだって、たまたまつかまえたからよかったが——足が速いんだな。まだ中にいると思っていた——きみがいつやってくるのか、じっと待っているだけだ」

「局長にたのんでみてはどうですか」

と、バルナバスが言った。

「ご希望のときに、いつでもわたしが使いに参ります」

「それだって不都合だ」

と、Kが答えた。

「まる一年というもの、ずっと用がなくても、きみと別れたすぐあとに、急用ができるかもしれない」

「それでは、伝えておきましょうか」

と、バルナバスが言った。

「ほかにもべつの連絡の仕方を考えてくれって」

「ダメだ、ダメだ」

と、Kが言った。

「それは全然ダメ。いまついでに言ったまでだ。運よく呼び返せたからね」

「居酒屋にもどりましょうか?」

と、バルナバスが言った。

「あちらで新しい用件を申しつけてください」

すぐに一歩もどりかけた。

「待て待て」

と、Kが言った。

「そっちはいけない。少しばかり、いっしょに行こう」

「どうして居酒屋にもどらないのですか?」

と、バルナバスがたずねた。

「連中がうるさい」

と、Kは言った。

「農夫どもが邪魔をするのは、きみも見ただろう」

「お部屋へ参ってもいいのです」

「女中部屋だ」

と、Kが言った。

「汚くて、かび臭い。あそこにいたくないので、少しきみと、ここいらを歩きたいのだ。ひとつ、頼みがある」ためらいにケリをつけるようにKは言い添えた。

「その肩につかまらせてくれないか。きみの足どりは、ずっとしっかりしている」

そう言ってバルナバスの肩にもたれかかった。辺りは闇につつまれていた。バルナバスの顔はまるで見えない。姿もおぼろげだった。さぐるようにして相手の腕にすがりついた。

バルナバスは言われるままになっていた。二人は居酒屋から遠ざかった。どんなに努めてもバルナバスと歩調を合わせることができず、その動きを邪魔しており、ふつうだったら、こんなつまらないことで一切が頓座しかねない、とKは思った。しかもどこかの脇道ときている。今朝も雪道で往生しかけた。もしバルナバスがいればその肩につかまって助かったのだが、いまはそんな思いは払いのけた。バルナバスが黙っているのがありがたかった。ともに口をつぐんで歩いていれば、バルナバスにとってもまた、前に進むこと自体がともにいることの目的になるというものだ。

どんどん歩いていった。どこに向かっているのか。教会を通り過ぎたのかどうかもKにはわからなかった。ひたすら足を運ぶことに努めていると、思考のほうがどうかなるらしく、目標に思いを定めているかわりに、あれこれ、とりとめのないことが頭をかすめた。しきりに故郷のことが思い浮かび、故里の町がよみがえってきた。そこにも広場と教会があった。教会の一方に古い墓地があって、そのまわりを高い塀が取り巻いていた。少年たちのなかでも、その塀に登ったことがあるのはごく少数で、Kもまだ成功していなかった。好奇心ではなかった。墓地のことはよく知っていたし、小さな格子戸から何度も入ったことがあった。滑りやすい高い塀を征服したかった。ある午前のこと――ひとけがなく、静まり返った広場に、さんさんと光が射し落ちていた。そんな広場を、これまで見たことがあっただろうか？――Kは驚くほど簡単に塀を征服した。これまで何度も拒絶されたところを、口に小さな旗をくわえて一気によじ登った。足の下で何かが崩れる音がしたが、そのときはもう上にいた。旗を立てた。風が旗をなびかせた。それから下に目をやり、まわりを見廻した。肩ごしにうしろを見やると、大地に沈みかけている十字架が見えた。そのときそこではKより偉大な者はいなかった。しばらくして教師がたまたま通りかかり、恐い顔をしてにらみつけた。跳び下りた際、Kは膝にケガをして、這うようにして家にもどったのだが、たしかに塀に登ったのだ。その勝利感は、のちにもずっと心の支えになるような気がしたが、あながちまちがってもいなかった。あれからずいぶん歳月がたったのに、この雪の夜、バルナバスの腕につかまって歩いているとき、助けにやってきた。

Kはしっかりつかまっていた。バルナバスを引き寄せるほどだった。あいかわらず口をつぐんでいる。道については、通りの状態から判断して、どの脇道にも折れ入っていないことがわかるだけだった。どんなに道が大変でも、さらに帰り道の心配もなしにして、とにかく歩いていくことに腹を決めていた。最後にはこけつまろびつしても、それくらいの余力はあるだろう。それに終わりのない道などあるだろうか？昼間に見た城は目と鼻の近さに思えたし、使いの者はもちろん、いちばん近道を知っている。

このときバルナバスが立ちどまった。ここはどこだ？　もう進めないのか？　バルナバスは別れたいのか？　だが、そうはさせない。Kはバルナバスの腕をしっかとつかんでいた。自分の腕が痛くなるほどだった。あるいは信じられないことが起きて、自分たちはすでに城の中にいるのだろうか、城門の前に来ているのか？　しかし、Kの知るかぎり城山を登った覚えはなかった。それともバルナバスは気がつかないほどの坂を選んできたのか？

「ここはどこだ？」

バルナバスに対してよりも、むしろひとりごとのようにＫが呟いた。

「家です」

同じく小声でバルナバスが言った。

「家？」

「滑らないように気をつけてください。道がくだっています」

「くだっているって？」

「ほんのちょっとです」

バルナバスが言い添えた。すぐさまドアをノックした。

娘がドアを開けた。大きな部屋の入口あたりは、ほとんどまっ暗だった。奥の左手のテーブルの上に、小さな石油ランプがぶら下がっているだけだった。

「バルナバス、誰かいっしょなの？」

と、娘がたずねた。

「測量士さんだ」

と、バルナバスが答えた。

「測量士さんだって」

娘がテーブルに向かって声をかけた。すぐさま年寄りが二人と、さらにべつの娘が腰を上げた。みんながKに挨拶をした。バルナバスがKを紹介した。バルナバスの両親と、姉のオルガ、それにアマーリアだった。Kはほとんど目をくれなかった。誰かがKの濡れた上衣をとって、暖炉のそばで乾かしにかかった。Kはなすがままにさせていた。

二人してこの家に来たわけではない。バルナバスがもどるのについて来ただけのこと。それにしても、どうしてこんなところに来たのだろう？　Kはバルナバスをわきへ呼んだ。

「どうして家へもどったのだ？　それともここは城の領分になるのかな？」

「城の領分？」

Kの言うことがわからないらしく、バルナバスはくり返した。

「バルナバス、どうなんだ」

と、Kがたずねた。

「居酒屋から城へ行くはずだったんだろう？」

「ちがいます」

と、バルナバスが答えた。

「家にもどるつもりでした。朝はやく城へ行きます。城で泊まることはありません」

「そうだったのか」

と、Kが言った。

「城へ行くつもりはなかったのか。家へもどるつもりだったのか」

——バルナバスのほほえみが気抜けしていて、人物そのものも張りをなくしたように思えた——

「どうしてそのことを言わなかった？」

「おたずねになりませんでしたから」

と、バルナバスが答えた。

「べつの用を伝えたいとのことでした。居酒屋でも、自分の部屋でもダメとのことで、それで考えました。わたしの両親のもとだと邪魔がない――ひとことおっしゃれば、みんなここを出ていきます――それにもしお気に召せば、お泊まりになっていいのです。まちがっていたでしょうか？」

Kは返答ができなかった。つまりは誤解があった。手ひどい、つまらない誤解であって、すっかりそれに惑わされてきた。バルナバスのからだにぴったりの艶のある絹の上衣に心をとらわれていなかったか。いまや彼はボタンを外しており、上衣の下から粗末な、灰色に汚れた、あちこちつくろいのある下着があらわれた。下僕におなじみのたくましい胸がのぞいた。まわりのすべてがこのシャツ同様というか、それ以上であって、痛風ぎみの老父は、つっぱらかした脚よりも、手さぐりしている両の手で歩いているようだし、母親のほうは肥りすぎのせいでチョコチョコとしか歩けない。Kが入ってきて以来、ともに部屋の隅から向かってきたが、いまだにたどり着かないのだ。姉妹はどちらもブロンドの髪で、バルナバスと似ているが、表情が厳しい。がっしりした大柄な女であって、客を迎え、挨拶の言葉がかけられるのを待っている。だがKはひとことも言えなかった。Kは思っていた、この村では誰もが彼にとって意味があり、たぶんそのとおりだろうが、ただここの者たちだけは、まるでかかわりがない。もしひとりでとって返す力があれば、すぐにも出ていっただろう。早朝にバルナバスと城へ向かうことには、まるで気持をそそられなかった。いまこの夜、バルナバスの手引きによって人に知られず城に侵入したかった。それはこれまで思っていたようなバルナバスであって、誰よりも親愛を覚えた男、はっきりわかる身分以上にかたく城と結びついていると信じた男であるはずだ。こんな家族の息子ではない。いまや似合いの息子であって、同じテーブルについている。城で泊まることも許されていないのがはっきりした。そんな男の腕にすがって、まっ昼間に城へ出向くなど、あってはならない。笑いたいほど望みのない試みというものだ。

Kは窓ぎわに腰を下ろした。ここで夜を過ごすにしても、家族の世話にはなりたくない。自分を追い立てた人々、あるいは自分に不安をもっている人々は危険がないように思われた。というのは、つまるところ、ただひとりにさせてくれるからだ。力を集中するようにし向けてくれる。いっぽう、見かけ上は頼りになるが、ささやかな衣裳にくらまし、城ではなく自分の家へつれてくるような人間は、意図するとしないとにかかわりなく、Kの気を散らせ、力を分散させるだけなのだ。テーブルに招く声を無視して、Kは窓辺にうつ向いたまますわっていた。

このとき、オルガが立ち上がった。二人の姉妹のうちのおだやかなほうだ。娘らしくおずおずとKに近づき、テーブルにくるようにと言った。パンとベーコンを用意した。ビールを取ってくる。

「どこへ？」

と、Kがたずねた。

「お店まで」

と、彼女は言った。Kにとっては好都合だった。ビールは持ってこなくていいから、自分を店へともなってくれるようにたのんだ。大事な用事がのこっている。だが、すぐにわかったが、Kの言う居酒屋ではなく、べつの店で《貴紳荘》といい、ずっと近くにある。それでもKは連れていってくれるようにたのんだ。Kは考えていた。そこに行けば寝泊まりができるだろう、どんなところでもいい、この家のいちばんいいベッドよりはましである。オルガはすぐに返答しなかった。テーブルを振り返った。バルナバスが立ち上がり、いそいそとうなずいてから言った。

「そうおっしゃるのなら――」

Kはあやうく頼みを撤回するところだった。つまらぬことには、すぐに同意する男である。だが、Kを料理屋へやったものかどうか、つづいて疑問が出され、みんなが首をかしげたとき、Kはこれといった理由もなしに、どうしても行くと言い張ったので、一家の者は受け入れるしかなかった。Kは彼らに対し、恥じらいの気持といったものを、まるきり持たなかった。ただ、アマーリアにじっと見つめられ、Kは少ししまごついた。たぶん鈍いせいだろう、生まじめに目を据えている。

店までの短い道のりのあいだに――Kはオルガの腕を借りていた。さきほどのバルナバスと同じように、ほとんど引っぱられて歩いていた――教えられたのだが、料理屋はもともと城の人専用で、村で用があると、彼らはそこで食事をとり、ときおりは寝泊まりもする。オルガは小声で親しげに話した。バルナバスのときとほとんど同じほど、いっしょに歩くのが快適だ。自分でそんな気持に抵抗してみたが、やはり気持はかわらなかった。

見たところその料理屋は、Kがいる居酒屋とそっくりだった。村ではどこも、外見上の大きな違いはないのだが、小さな違いはすぐに目についた。玄関先に手すりがついていて、戸口にはきれいなランタンが吊るしてあった。二人が入っていくと、頭上で布がはためいた。伯爵家の家紋をおびた旗だった。入ったところで主人と出くわした。あきらかに見廻りをしているところだった。小さな目は探るようでもあれば眠たげでもあった。通りかかるなりKを目にとめて声をかけてきた。

「測量士さんは酒場までですよ」

「わかってるわ」

Kの気持をくみとってオルガが答えた。

「おともをしてもらっただけなんです」

Kはそっけなくオルガから離れ、主人をわきへつれていった。オルガは我慢づよく玄関の隅で待っていた。


「ここに泊まりたいのだがね」

と、Kが言った。

「残念ながら、できません」

と、主人が言った。

「ごぞんじないらしいが、ここは城の人たち専用でしてね」

「規則ではそうだろう」

と、Kが言った。

「しかし、どこか片隅なら寝かせられなくもないだろう」

「ご希望にそいたいのはやまやまですが」

と、主人が答えた。

「よそ者の流儀でおっしゃったのでしょうが、規則のことはさておいても、やはりご無理でして、城の方々はとても神経質なんですね。思いがけず見ず知らずの者を見ただけで参ってしまう。もしここにお泊めして、偶然にも――偶然というのは、いつもあの人たちの味方をするもので――見つけられると、わたしばかりでなく、あなたもとんだことになる。へんに思われるでしょうが、ほんとうなんです」

主人は背が高く、服のボタンを首までとめていた。片手を壁につき、もう一方の手を腰にあて、脚を交差させ、少しばかりKに腰をかがめかげんにして、親しみをこめて話した。その黒っぽい服が農夫の晴れ着を思わせるほかは、もうほとんど、村の者とは思えない。

「おっしゃるとおりだろうが」

と、Kが言った。

「言い方がまずかったかもしれない。規則を軽んじたつもりはない。考え直してほしいんだが、わたしは城のしかるべき人物と確かなつながりをもっている。このつながりは、もっと強くなるはずだ。ここにわたしを泊めさせて、どんな危険が生じようとも、そのつながりが守ってくれる。ちょっとした親切をしておくほうが、いずれ将来のあなたのためにもなると思うのだがね」

「承知しています」

と、主人は言った。さらにまたくり返した。

「それはわかっています」

Kはさらに押してもよかったのだが、相手の言い方にまごついて、ただこうたずねた。

「城からの方々は、今日はたくさんお泊まりかな?」

「その点は好都合です」

まるで誘いかけるように主人が答えた。

「おひとりだけ」

いぜんとしてKは押しつけることができない。聞き入れられたつもりで、宿泊者の名前をたずねるだけにした。

「クラムです」

さりげなく主人が言った。それから奥に向き直った。女将がやってきた。とっくに古ぼけてはいても房や紐飾りのどっさりついた、優雅な都会風の服を着こんでいた。高官が呼んでいる、と伝えにきたのだ。そちらに行く前に主人はKに向き直った。泊まりを決めるのは自分ではなく、K自身だと言いたげだった。Kは口がきけなかった。ほかならぬ自分の上司がここにいることに仰天した。自分でも説明がつかなかったが、クラムに対しては城に対してほど勝手がきかない気がした。現場を押さえられても、主人の言ったような意味では恐がったりしないにせよ、ぐあいの悪いことではあった。感謝すべき人に、ついうっかり苦痛を与えてしまうようなものである。そんなことを思うこと自体が従属しているしるしというもので、まさに怖れていたところなのだ。気の重いことだった。Kは唇を噛んだまま突っ立っていた。ひとことも口にしなかった。主人はドアの向こうに消える前に、もう一度振り向いた。Kはうしろ姿を見送ったまま、オルガに引っぱられるまで、その場を動かなかった。

「何に用がありましたか？」

と、オルガがたずねた。

「ここで泊まるつもりだった」

と、Kが答えた。

「わたしたちのところに泊まるんでしょう」

オルガが不審そうに言った。

「そう、むろん、そうだ」

Kは答えて、言葉の意味はオルガのとるがままにさせた。

3　フリーダ

　酒場はまん中がからっぽの、大きな部屋で、壁にそってずらりと樽が並んでおり、その上に何人もの農夫が腰かけていた。Kのいる居酒屋の連中とはちがって、ずっと清潔で、いずれも目のあらい服を着ていた。色は灰色がかった黄色で、上衣はふくらましてあるが、ズボンはぴったり身についている。そろって小柄で、ひと目では区別がつかないほど似通っており、顔は平板で骨ばっているが、頰は丸い。みんなゆったりしていて、ほとんど身動きひとつしない。目だけ動かして入ってきた者をゆっくりと、無表情にながめている。しかし、かなりの数にのぼるのと、じっと押し黙っているので、Kは気おされる思いがした。自分がここにいる理由を彼らに説明するためにも、Kはまたもやオルガの腕をとった。隅の一人が立ち上がった。オルガの知っている男で、彼女に近づこうとしたが、Kはオルガと腕を組んだまま、さりげなく向きをかえた。オルガ以外に気づかなかったことで、彼女は笑いを含んだ横目で見ながら、されるがままになっていた。

　フリーダという若い娘がビールを注いでいた。見ばえのしない、小柄な、ブロンドの髪の娘で、さびしげな表情を浮かべ、頰がこけていた。だが、眼差しがちがっていた。並外れて優れたところのある眼差しが自分を見つめられたとき、Kはすぐさま、自分がかかわっている問題が解決されたような気がした。そもそもそんな問題があるとは夢にも思わなかったが、それがたしかにあることを、娘の目が教えていた。Kは横あいからフリーダをじっと見つめていた。彼女がオルガに声をかけてからも目をそらさなかった。オルガとフリーダは友達というのではないようで、そっけない言葉を交わしただけだった。Kは場をとり持つつもりで、だしぬけにたずねた。

「クラムさんをごぞんじですか?」

オルガが声を立てて笑った。

「どうして笑う?」

Kは気を悪くしてたずねた。

「笑ったりしない」

と、オルガは言いつつ、なおも笑った。

「オルガはまだ子供だ」

Kはそう言うと、大きくカウンターに身を乗り出して、もう一度、フリーダの目を自分に向けさせようとした。しかし、フリーダは目を伏せたまま、小声で言った。

「クラムさんに会いたいのですか?」

Kが頼むとフリーダはすぐさま左手のドアを指さした。

「小さなのぞき穴があります。あそこからのぞけますよ」

「でも、ここの連中は?」

Kがたずねた。フリーダは下唇を突き出すようにすると、なんともやさしい手つきでKをドアのところへつれていった。見張るためにあけられたらしいのぞき穴を通して、中がほとんど全部見えた。部屋の中央に書き物机があって、前に吊るしてある電球があざとく照らすなか、クラム氏が心地よさそうな丸い肘掛椅子にすわっていた。中背で肥っており、鈍重そうな紳士だった。顔はつややかだが、齢のせいか頬がこころもち削《そ》げている。黒い口ひげを長くのばしている。鼻眼鏡をななめにのせ、それがキラリと光って目を隠していた。クラム氏がきちんと机に向かっていれば、Kは横顔しか見えなかっただろうが、横ざまにすわっていたので顔をそっくり見ることができた。左肘を机にのせ、ヴァージニア葉巻をもった右手を膝に置いていた。机にはビールのグラスがあった。机のふち飾りが大きいので机の上に書類があるのかどうか見定めがつかなかったが、どうやら何もないようだった。念のためにフリーダにのぞいてもらおうとしたところ、彼女は少し前までその部屋にいたので、書類などなかったことをすぐさま請け合った。もうここを離れるべきかとフリーダにたずねると、見たければいつまでも見ていていいと彼女は言った。いまやフリーダと二人きりだった。Kがすばやく目を走らせたところ、オルガは顔なじみと並んで樽の上に腰かけて、両足をブラブラさせていた。

「どうなんですか」

と、Kがささやいた。

「クラムさんをよくごぞんじなんですか?」

「そりゃあ、もう」

と、フリーダが答えた。

「とてもよく知っています」

フリーダはKのかたわらでドアによりかかっていた。ようやくいまKは気がついたが、彼女は胸ぐりの深いクリーム色をしたブラウスを着ており、貧弱なからだになんともそぐわない。その服を、それとなくととのえている。それから口をひらいた。

「オルガが笑ったのをごぞんじでしょう?」

「ええ、失礼な女だ」

と、Kが言った。

「でもね」

と、フリーダがなだめるように言った。

「笑うだけのわけがあるんです。クラムをよく知っているかって、いまおたずねになった。だってわたしは――」

ここで我知らず姿勢を少し正すと、もとどおりの、言葉の中身にそぐわない昂然とした眼差しでKを見た。

「だってわたしは、あの人の愛人なんですから」

「クラムの愛人ね」

と、Kが言うと、フリーダはうなずいた。

「となると、あなたはですね」

自分たちのあいだに気まずい思いを生み出さないために、Kはほほえみながら言った。

「わたしにとって、とても尊敬すべき人です」

「あなたにだけではありませんよ」

と、フリーダが言った。やさしげだが、彼のほほえみを無視していた。高慢ちきをへし折る方法がある。

さっそく、Kはとりかかった。

「これまで城に行ったことがありますか?」

しかしうまくいかなかった。フリーダが答えた。

「ありません。でも、この酒場にいるだけで十分ではないでしょうか?」

彼女はあきらかに功名心が旺盛で、それがKに向けられている。思い知らせたいらしい。

「なるほど」

と、Kは言った。

「この酒場ですね。主人の役まわりもなさっている」

「そうなんです」

フリーダが答えた。

「橋ぎわの居酒屋で厩舎の手伝いになったのがはじまりでした」

「こんな可愛い手で、そんな仕事をね」

問いかけるような口調でKが言った。お世辞を述べたのか、それとも心からのことなのか、自分でもわからなかった。フリーダの手は小さくて可愛いが、たよりなげで、なんてことのない手とも言える。

「あのころ、そんなふうに誰も思わなかった」

と、フリーダが言った。

「いまだって――」

Kは問いかけるようにフリーダを見た。彼女はうなずいた。それ以上は言いたくないようだった。

「むろん、おっしゃりたくないでしょう」

と、Kが言った。

「あなたの大事な秘密ですからね。しかもお相手が、ほんの半時間前に舞い込んできた男ときている。得体の知れない人間に、そんなことはとても話せませんよ」

すぐにわかったが、まの悪いひとことだった。Kにとって好都合な眠りからフリーダを起こしてしまったようなもので、彼女は腰につけていた小さな革の鞄から木片を取り出して、のぞき穴をふさいでしまった。気持が変化したことをさとらせまいとして、そっけなくKに言った。

「あなたのことでしたら、よく知っています。測量士でしょう」

つづいて言い添えた。

「そうだ、仕事をしなくては」

カウンターのうしろの席についた。あちこちで空っぽのグラスを差し上げた連中が立ち上がっていた。Kはもう一度、ひと目につかずフリーダと話したかったので、棚から空のグラスを取ると、そばへ寄った。

「フリーダさん、もう一つだけおたずねしたい」

と、声をかけた。

「厩舎の手伝いから酒場づきになるのは異例のことで、並み大抵の苦労じゃなかったでしょう。しかし、とどのつまりが、こんな連中というわけですか？　バカげた質問だ。あなたの目からすればそうでしょう。笑わないでいただきたい。フリーダさん、過去の戦いではなく、これからの戦いが問題です。世間の波は荒く、目標が高くなればなるほど波が荒くなる。たとえちっぽけで力がなくても、同じように戦っている男の助けは手に入れておくのがいいのではありませんか。こんな連中に見つめられてじゃなくて、静かにじっくりと話したいじゃありませんか」

「何のことをおっしゃっているのでしょう」

と、フリーダが言った。このたびは期せずしてその口調に、人生の勝利ではなく、果てしのない幻滅がこもっているようだった。

「もしかすると、わたしをクラムから引き離したいのではありませんか？　とんでもない！」

フリーダは両手をハッシと打ち合わせた。

「心の底を見抜かれました」

不信の念にうんざりしたようにKが言った。

「まさにそれを望んでいるのです。クラムを捨てて、わたしの愛人になるべきです。では、もどるとしよう。おい、オルガ！」

と、Kが叫んだ。

「帰るぞ」

声に応じてオルガは樽からすべり下りたが、まわりの連中が手離さない。このときフリーダが、きつい目でKを見つめながら小声で言った。

「いつ話せるでしょう？」

「ここに泊まれますか？」

と、Kがたずねた。

「ええ」

と、フリーダが答えた。

「このままここにいていいのですね？」

「あの連中を追い出さなくちゃあ。だからいちどオルガと出ていってほしいの。しばらくして、もどってきてください」

「わかった」

と、Kは答えて、いらいらしながらオルガを待っていた。あいかわらず農夫たちが手離さない。みんなはダンスを考え出した。まん中にオルガを据え、輪になってまわりを踊る。いっせいに掛け声をかけるたびに一人がオルガに近づき、片手でグイと腰を引きよせ、グルグルと振り廻した。まわりの輪はだんだん速くなり、喉をふり絞るような叫び声がしだいに一つのどよめきになっていった。はじめオルガは笑いを浮かべて輪から出ようとしていたが、いまや髪が乱れ、一人から一人へよろめいている。

「こんな連中を送りつけてくる」

フリーダは怒気を含んで薄い唇を嚙んだ。

「何ものなんだ？」

と、Kがたずねた。

「クラムの召使たち」

と、フリーダが言った。

「いつだってこんな連中をつれてくる。頭がどうにかなりそうだわ。今日だって測量士さんと何を話したか、自分でもほとんど覚えていない。ひどいことを言ったのなら、許してくださいね。この人たちが悪いのです。わたしの知っているなかで、いちばん卑しくて、いやな人たち。だのにビールを注いでやらなくちゃあならない。これまで何度となく、つれてこないでってクラムに頼みました。ほかの人たちの召使は我慢しなくちゃあならないとしても、わたしのことも考えてほしいって。でも、何を言ってもダメ、クラムがやってくる一時間前に、この連中がとびこんでくる。家畜小屋にとびこんでくる家畜みたい。そうだ、そろそろ家畜を家畜小屋に追いこまなくては。あなたがそこにいなければ、わたしはドアを引き開ける。クラムが手ずから追い出すことになっています」

「騒ぎが聞こえないのかな?」

と、Kがたずねた。

「聞いていないわ」

と、フリーダが言った。

「あの人、眠っている」

「なんだって!」

と、Kが叫んだ。

「眠っている? 部屋をのぞいたとき、起きていて机に向かっていた」

「いつもあんなふうにすわっているの」

と、フリーダが言った。

「あなたがごらんになったときも、もう眠っていました――でなきゃあ、のぞかせたりしませんよ――城の人たちはたいてい、あんなふうにして眠ります。わけがわからないけど、そうなんです。それに、あんなふうに眠れなくては、この連中が我慢できないでしょうね。いまはわたしが自分で、ここから追い出さなくてはならない」

フリーダは隅から鞭を取ると、小羊のようなおぼつかない跳び方ではあれ、ひとっ跳びで、踊りの輪にとびこんだ。一同はまず、新しい踊り手が加わったようにして迎えた。瞬間的にはそんなふうに見えたのだ。フリーダは鞭を取り落としそうに見えたが、つぎにはサッと振り上げた。

「クラムの名において」

と、フリーダが叫んだ。

「家畜小屋、全員、家畜小屋へもどれ」

彼女が真剣であるのを見てとると、Kには不可解な怯《おび》えをみせてわれ勝ちにうしろへさがりはじめ、先頭の何人かがドアを突き開けると夜気が流れこみ、とたんに全員が消え失せた。フリーダもいない。きっと中庭を抜けて馬小屋まで追っていったのだ。不意に辺りが静かになった。そのなかでKは玄関からの足音を聞きつけた。身の安全のために、いそいでカウンターのうしろにとびこんだ。唯一身を隠せるところだった。酒場にいることは禁じられていなかったが、ここで夜を過ごしたかったので、姿を見られてはならない。つづいてドアが開いたとき、Kはカウンターの下へ身をすくませた。見つけられると厄介なことになりかねないが、口実がなくもないのだ。農夫たちが乱暴になったので隠れたと申し立てればいい。店の主人だった。

「フリーダ！」

大声をあげた。それから何度か部屋を往ったり来たりした。幸いにもフリーダがすぐにもどってきた。Kのことは言わず、ただ農夫たちのことで苦情を口にした。それからKを探す格好でカウンターのうしろにきた。Kは手をのばしてフリーダの足に触れ、それで気持が安まった。フリーダはKのことを何も言わない。とうとう主人が口にした。

「測量士はどうしたのかな」

問いかける口ぶりだったが、いたって丁寧だった。いつも城のお歴々と昵懇《じっこん》にしていて、それで礼儀が身についたのだろう。フリーダには、とりわけうやうやしく話していた。使用人に対する主人の立場は崩さないにせよ、とびきりの使用人に対する話し方がめだつのだった。

「測量士のことはすっかり忘れていた」

と、フリーダが言った。そして自分の小さな足をKの胸にのせた。

「ずっと前に帰っていったのね」

「姿を見かけなかった」

と、主人が言った。

「ほとんどずっと玄関にいた」

「ここにもいなかったわ」

そっけなくフリーダが言った。

「隠れているのかもしれない」

と、主人が言った。

「見たところ、信用がならない」

「隠れるなんて勇気はないと思うわ」

そう言いながらフリーダは足をKに押しつけた。何か晴れやかな、自由なものをKは感じた。さきほどは気がつかなかったことであって、それがなお高まった。つづいて彼女が笑いながら口にしたからだ。

「もしかすると、この下にいるかもしれない」

言うなり身をかがめ、すばやくKにキスをすると、すぐに身を起こし、つまらなそうに報告した。

「やはり、いない」

主人の言葉にも、Kは少なからず驚いた。

「あやつがどこに行ったのか、はっきりわからないのはおもしろくない。クラムさんだけではなく、規則にもかかわっている。わたしも、それにフリーダさん、あなたも守らなくてはならないのですよ。あなたは酒場だけでいいが、わたしはここの全部を見ていなくちゃならない。では、おやすみ！　おつかれさま！」

主人が部屋を出るより早く、フリーダは電気を消した。すぐさまカウンターの下のKに身を寄せた。

「いとしい人！　やさしい恋人！」

ささやいたが、しかし、Kに触れようとしない。愛のため失神したかのように仰向いたまま両手をひろげている。幸せな愛にあっては時は限りがないとでもいうように、歌うというより溜息にのせたようにして歌のひとふしを口ずさんでいる。Ｋが思いに沈んだままなのを見てとると、やにわにはね起きて、子供のようにとりすがってきた。

「もっとこっち、この下だと息がつまる」

かたく抱き合った。Ｋの腕のなかで小さなからだが燃えていた。二人は抱き合ったままゴロゴロと転がった。Ｋは身をもぎ離そうとしたが離れない。数歩のところを転がり、鈍い音をたててクラムの部屋のドアにぶつかった。こぼれたビールがたまっていた。床にいろんなゴミがちらばっている。そのなかで抱き合ったまま、時が過ぎていった。呼吸《いき》をともにし、ともに胸の鼓動を聞いていた。その間ずっと、自分がどこかに迷いこんでいくようにＫは感じていた。すでに見知らないところにいる。ひとけのないところ、空気もまた生まれ故郷のそれとはちがっている。その見知らなさのあまり息がとまりそうなところ。だが、奇妙な魅力に誘われて、さらに先へ行くしかない。さらに迷いこむしかない。そのためクラムの部屋から、命令口調のひややかな声がフリーダを呼んだとき、驚きよりも安堵のようなものを感じた。

「フリーダ」

フリーダの耳にＫが呼び声を再現した。フリーダは身についた従順さではね起きようとしたが、つぎに思い直し、からだをのばすと、小さく笑った。

「もう行かないわ。決してあの人のところへは行かない」

Ｋは言い返そうとした。クラムのところへ行くようにせっつくつもりで、彼女のブラウスのありかを手さぐりした。しかし、言葉が口から出なかった。フリーダを抱いているのが、こよなく幸せだったからだ。

怯えながらのこの上ない幸せ。フリーダが自分から離れるとき、自分のもつすべてを失うようだった。Kの同意に意を強くしたようで、フリーダは拳をかためると、その手でドアをたたいて叫んだ。

「測量士といっしょ！　測量士といっしょ！」

するとクラムが静かになった。Kは起き上がり、フリーダのかたわらにひざまずいたまま、おぼろげな夜明けを見まわした。何が起きたのか？　自分の希望はどうなったのか？　すべてが知られたからには、フリーダから何を望めるだろう？　敵の大きさと目的の大きさにそいながら、慎重にすすめるかわりに、ここでひと晩、ビールのたまりのなかを転げまわっていた。いまや匂いが鼻をつく。

「何をやらかした？」

ひとりごとのように呟いた。

「二人とも、もうダメだ」

「ちがう」

と、フリーダが言った。

「ダメになったのはわたし。でも、あなたを得たわ。おねがい、落ち着いて。ほら、二人が笑っている」

「誰が？」

Kはあわててまわりを見廻した。台の上に二人の助手がすわっていた。夜明かしの疲れはあるものの気分がいいといったふうで、忠実につとめを果たしたあとの、はればれとした顔をしている。

「そんなところで何をしている」

すべてが二人のせいであるかのようにKはどなりつけ、まわりを見廻した。昨夜、フリーダが鞭を取り出したはずだ。

「あちこち探しました」

助手たちが言った。

「居酒屋におもどりじゃない。それでバルナバスのところへ行ったら、こちらだとのことで、それで夜中ずっと、ここでお待ちしていました。つとめは楽じゃありませんよ」

「用があるのは明るいあいだで、夜ではない」

と、Kが言った。

「さっさと行っちまえ！」

「もう明るいですよ」

二人は動こうとしない。実際、すでに明るくなっていた。中庭のドアが開いて、農夫たちとオルガが入ってきた。Kはすっかりオルガのことを忘れていた。髪も服もひどい乱れ方だったが、前夜と同じように元気で、戸口のところからすぐにKを目にとめた。

「どうしてわたしといっしょに、もどってくれなかったの？」

ほとんど泣かんばかりに言った。

「こんな女のために！」

と、何度もくり返した。フリーダはすばやく姿を消すと、奥から小さな洗濯物の包みをもってもどってきた。オルガはしょんぼりとわきに寄った。

「さあ、行きましょう」

と、フリーダが言った。《橋亭》に行くつもりであることは言うまでもない。Kとフリーダ、うしろに二人の助手が進んでいくと、農夫たちはフリーダを嘲った。これまで手ひどく扱われてきた腹いせである。棒をとり上げて通せんぼをする者もいた。跳びこせというのだが、フリーダに睨まれると、あわてて引き下がった。外の雪に踏み出すなり、Kは少し深呼吸をした。野外にいることがうれしくて、足をとられても苦にならない。ひとりでいられたら、もっとよかっただろう。居酒屋にもどるやいなや、すぐさま自分の部屋へ行って、ベッドに入った。フリーダはとなりの床に寝床をつくった。助手たちが入りこんできた。追い出されると、こんどは窓から入ってきた。Kは疲れており、もう一度追い出すのはやめにした。女将がみずからやってきた。フリーダに挨拶するためで、フリーダは「おばさん」と呼んだ。不可解なほどやさしげに言葉を交わし、キスをして、じっと抱き合っていた。小部屋は落ち着けないのだった。女中たちが男物の長靴をはいたまま、どかどかと入ってきて、何か持ってきたり持っていったりした。ベッドにいろんなものが詰めこんであって、何か入り用になると、Kが寝ているのもかまわず引っぱり出していく。フリーダは親しげに応対した。そんなありさまながら、Kはその日いちにち、また夜のあいだ眠りつづけた。何かあるとフリーダが世話をした。翌朝、すっかり元気になって起き上がった。村にきて四日目を数えていた。

4　女将との最初の対話

フリーダと内密に話したかったが、二人の助手が邪魔をした。厚かましくいつづけている。フリーダときたら、ときおり彼らと冗談を言って笑ったりしているのだ。ともあれ彼らが要求がましいというのではなかった。部屋の隅にスカートの古着を二つ床に敷いて寝場所をつくった。フリーダが何度も口にしたところによると、測量士さまのお邪魔にならないのを誇りとしており、なるたけ場をとらないように努めている。たしかにこの点、いつもきまってささやき合ったりクスクス笑いをまじえてであれ、いろんな試みをしていた。腕や脚を組んでみたり、ぴったりとくっつき合ってうずくまっていたりして、薄暗がりだと隅に大きな糸玉がころがっているように見えるだけだった。とはいえ昼間の経験からして、それはよく気のつく見張り役であり、いつも大きな目をあけてこちらを見ている。子供っぽい遊びをよそおって両手の指を丸め望遠鏡にしてみたり、その種のバカなことをしていても、やはりじっと見ているのだ。いかにもひげの手入れに熱中しているように思えても、目をパチクリさせてこちらを見ている。いずれにせよひげは大切にしていて、飽きもせず長さと多さを比べ合って、フリーダに判定を仰いでいた。ときおりKはベッドから三人のやりとりをボンヤリとながめていた。

十分に元気を回復したそぶりを見せたとたん、三人がまめまめしく世話をやきだした。はねつけるのは並み大抵のことではない。まかせきりにすると寄っかかる気持が芽ばえ、あとあとよくないと思ったが、そのままにすることにした。それにフリーダが運んできた旨い珈琲をテーブルでゆっくり味わったり、またフリーダが火をおこした暖炉であたたまるのは快適だし、熱心ではあれヘマな助手たちに、やれ顔を洗う水だ、それ石鹸だ、櫛だ、鏡だと指示して、のべつ階段を上り下りさせ、あげくのはては小声で仄めかして小さなグラス一杯のラムをせしめたりするのは、不愉快なことではないのである。

こんなぐあいに命じたり、世話されたりしていて、はっきりと望んだわけではなかったが、つい上機嫌のままに言ってみた。

「下がってよろしい。さしあたり用はない。フリーダさんと二人きりで話したいのだ」

相手の顔に抗議のけはいがないのを見てとって、懐柔するようにつけ加えた。

「そのあと三人で村長のところへ行く。下の部屋で待機しておれ」

奇妙なことに、おとなしく言うことをきく。ただ出ていきぎわに言った。

「ここでも待っていられますよ」

「わかっている。しかし、いてほしくない」

と、Kは答えた。

助手たちが出ていくと、すぐにフリーダがKの膝に乗ってきた。腹立たしくはあれ、ある意味ではよろこばしいことでもあった。

「助手たちが気に入らないの?」

と、フリーダが言った。

「あの二人に隠しごとはいけないわ。二人とも忠実だもの」

「そうかな」

と、Kが言った。

「いつもこちらをうかがっている。無意味だし、気にくわない」

「わかる気がする」

と、フリーダは言って、Kの首にしがみついた。つづいて何か言おうとしたが言葉にならなかった。椅子がベッドのすぐわきにあったので、ベッドに向かってよろけ、そのまま倒れこんだ。抱き合っていたが、先夜のように無我夢中ではなかった。フリーダは何かを求め、Kもまた求めた。猛り立ち、顔をしかめ、相手の胸に顔をうずめて、しきりに求めた。ひしと抱き合い、さらに激しく抱きしめ合っても、求めることは忘れない。犬が地面をかぎ廻るように、たがいに相手をかぎ合って、すべもなく裏切られ、最後の希望を託するように、舌を何度も相手の顔に這わせた。疲れはてて静かになり、たがいをいたわった。女中たちがやってきた。

「ごらんよ、なんてお行儀が悪いんだ」

と、一人が言って、布ぎれを一枚、めぐんでやった。

しばらくしてKが布をとって見廻すと──驚きはしなかった──助手たちが隅にいる。Kに指で注意して、たがいに厳粛さを誓い合ってから敬礼した──のみならずベッドのすぐそばに女将がすわっていて、靴下を編んでいた。こまごました仕事は、部屋をそっくり遮るほど大柄な体軀にそぐわない。

「ずっと待っていましたよ」

言うなり女将は顔を上げた。大きな顔で、年相応のしわがあるが、その大きさのせいでまだ張りがあり、さぞかしかつては美しかったにちがいない。いまの言葉は非難のように聞こえた。不当な非難である。こちらが来てほしいと頼んだわけではない。そのためKは軽くうなずくだけにして、ベッドの上ですわり直した。フリーダも立ち上がり、Kから離れて、女将の椅子にもたれかかった。

「どんなものでしょう、お女将さん」

とりとめのない声でKが言った。

「おっしゃりたいことは、村長のところからもどってからにしていただけませんか？　あちらで大事な話があるのです」

「こちらのほうが大事ですよ、測量士さん」

と、女将が言った。

「あちらではせいぜい仕事のことでしょう。こちらは人間のことですからね。フリーダだよ、わたしの可愛い女中のこと」

「なるほど」

と、Kが言った。

「むろん大切です。それにしても、どうしてわれわれ二人にまかせてもらえないのか、わかりませんね」

「可愛いからね、心配だからね」

そう言いながら女将はフリーダの顔に手をのばした。フリーダは立っていても、女将の肩までしかない。

「フリーダがこんなに信頼しているとあれば、いたしかたがありませんね」

と、Kが言った。

「つい最前、フリーダはわたしの助手を忠実だと言いましてね。となると、われわれはうちうちの友人ってものです。ついては女将さんに申したいのですが、フリーダとわたしは結婚するのがいちばんよろしいのではありますまいか。それも早いほうがいい。まことに残念ながら、だからといってフリーダが失ったものを埋め合わせられるわけじゃない。貴紳荘の職とかクラムの庇護とかですね」

フリーダが顔を上げた。目に涙があふれ、勝ち誇ったけはいは、みじんもなかった。

「どうして、わたしが？　どうして、このわたしが選ばれたの？」

「どうしてって？」

Kと女将が同時に言った。

「この娘《こ》、頭が混乱している」

と、女将が言った。

「幸福と不幸がドッといちどにきたからだ」

その言葉を確認するようにフリーダはKにとびつくと、ほかに部屋には誰もいないかのように荒々しくキスをした。なおもKを抱きしめ、泣きじゃくり、それからKの前にひざまずいた。Kは両手でフリーダの髪を撫でながら、女将にたずねた。

「了承をいただいたようですね」

「あなたはちゃんとした人だ」

と、女将が涙声で言った。少しやつれて見えた。喘ぐような息づかいながら、それでもはっきりと口にした。

「フリーダを安心させてやってくださいな。そのことを考えていただかなくてはなりません。なかなかのお人とは思っていますが、なんといってもよそ者ですからね。誰ひとり頼れない、あなたの家庭のことだって、まるきりわからない。だから測量士さん、きっとおわかりでしょう、安心させてやってください。ご自分でもおっしゃったように、あなたを選んだせいで、フリーダがどんな犠牲を払ったか」

「むろんそうです、保証ですね、そのとおりです」

と、Kが言った。

「公証人のところですませるのが、きっといちばんいい。伯爵方の役人が口出ししてくるかもしれませんね。それはともかくとして結婚式の前に、ぜひとも片づけておくことがある。クラムと話さなくちゃあならない」

「そんなこと、できっこない」

と、フリーダが言った。少し身を起こし、そっとKに寄りそった。

「なんてことを考えるの!」

「どうしてもだ」

と、Kが言った。

「できっこなければ、きみにまかせる」

「わたし、できない、とてもできない」

と、フリーダが言った。

「クラムは決してあなたと話したりしないわ。クラムがあなたと話すなんて、どうしてそんなことが考えられるの！」

「きみとなら話すだろう」

と、Kが言った。

「やはり、ダメ」

と、フリーダが答えた。

「わたしでもダメ、あなたでもダメ、とにかくできっこない」

フリーダは両手をひろげて女将に向き直った。

「女将さん、ほら、この人、なんてことを願うんでしょう」

「測量士さん、あなた、まあ、とんでもない」

と、女将が言った。愕然としたようにすわり直した。組んだ脚から薄いスカートを通して大きく膝が盛り上がった。

「できもしないことを望んでいる」

「どうして、できもしないのですか？」

と、Kがたずねた。

「それをいま申します」

最後の親切ではなく、最初の罰を与えるような口ぶりだった。

「説明ならよろこんでいたしますよ。わたしは城の者ではなく、ただの女で、この居酒屋の女将にすぎません、いちばん下のクラス――いちばん下ではないけれど、近くても遠からずね――そんな女の言うことに、あまり信頼を置かないかもしれない。でも、これまで生きてきて、いろんなことを見てきました。いろんな人と会ってきた。居酒屋をひとりで背負ってきた。夫は年下で、とても善い人だけど、亭主という柄じゃない、責任がどういうものか、わかっていません。たとえば、あなたがいま村にいられるのは、うちの人がいいかげんだったからなのですよ――あの夜、わたしは疲れはてて、倒れる寸前でした――いま、あなたがベッドでのんびりしていられるのもね」

「なんですって？」

腹立ちよりも好奇心をかき立てられて、Kは放心状態から目が覚めた。

「あの人のいいかげんさのおかげですとも」

人さし指でKを差しながら、女将が声を強めた。フリーダがなだめにかかった。

「おまえはどういうつもりなの」

女将はやにわに全身で向き直った。

「測量士さんがたずねたから、わたしは答えなくてはならない。そうでもしないと、わたしたちには当然のことが、この人はいつまでたってもわからないじゃないか、クラムさんがこの人と話したりしないだろうってことさ。しないだろうって、ものじゃない。しっこないってことをだね。測量士さん、ちゃんと聞いてくださいよ。クラムさんは城のお人だ。ということはつまり、クラムさんがどんな地位であれ、雲の上の人だ。いっぽうあなたは何者ですか。結婚の同意を手にするために、ここのみんながどんなに這いずるようにしなくてはならないことか。あなたは城の人ではない、村の人ではない、何でもない、そのくせ残念ながら何者かではある、よそ者だ、どっさりと、どこにでもいる者の一人だ。そんな人のおかげで、いつも厄介ごとが起きる。そんな人のために女中部屋をあけわたさなくてはならない。何を考えているのか、さっぱりわからないお人だ。そんな人が可愛いフリーダをひっさらった。くやしいじゃないか、女房として差し上げなくてはならない。だからといって非難しているのではありませんよ。あなたはあなただ。わたしはこの人生でいろんなことを見てきましたから、こんなことはどうとも思いはしませんとも。でもね、ご自分が望んでいることを、想像してみてくださいよ。クラムのような人があなたと話をするなんて。フリーダがあなたに、のぞき穴をのぞかせたと聞いて、辛い思いをしましたね。フリーダがそんなことをしたのは、もうあなたに惑わされていたからだ。クラムを見て、どうしてその目がつぶれなかったのか、おわかりになるまい、わたしにはわかっています。つぶれなかっただろうさ。あなたはほんとうに、クラムを見るなどできなかったからですとも。わたしの思い上がりではありませんよ。わたしだって、できやしない。クラムと話をしたいだって。クラムは村の者と話したことなどない。村からの誰とも口をきいたことがない。フリーダはどえらいことをしましたよ。死ぬまでわたしは誇っていますね、クラムが少なくともフリーダの名を呼んでいたのだからね。フリーダは好きなときにクラムに声をかけてよかった。のぞき穴の許しももらった。だけどクラムはフリーダとは話してなどいなかった。おりおりフリーダの名を呼んだにせよ、要するに名前を呼んだだけのことで、ほかにどんな意味もない——胸のうちなど誰が知っていますかしら？——フリーダはむろん、急いで駆けつける、それがつとめだもの、すんなり入れてもらえたのはクラムの好意からだった。だけどクラムがフリーダそのものを呼んだかどうかは知れやしない。

もうそれだって終わってしまったことだがね。これからもクラムがフリーダを呼ぶかもしれない、あり得ることだ、しかしフリーダは中に入れてもらえない、あなたに身をまかしたんだもの。一つのこと、ほんの一つのことだけど、わたしにはわからない、この貧しい頭にはね、仮にもクラムの愛人といわれたのに――わたしとしては、とても大げさな言い方だと思っていますがね――そんな娘があなたに心を動かすとは、わけがわからないじゃありませんか」

「たしかにへんなことです」

と、Kは言って、フリーダを膝に抱き上げた。フリーダは顔を伏せたまま、されるがままに身をまかせた。

「でも思いますに、このことは、あなたが思っていらっしゃるほど、すべてがきちんと定まっているわけではない証明ではありますまいか。なるほど、おっしゃったとおりでしょう、クラムと比べると、このわたしは何者でもありません。そんな人間がクラムと話したがり、あなたから説明をいただいても気持を変えようとしない。だからといって、仕切りのドアでもなければ目がつぶれるとか、クラムの姿を見かけただけで部屋から逃げ出すとはかぎらないでしょう。ご心配は当然だとしても、わたしには断念する理由にはならないのです。クラムを前にして持ちこたえられたら、クラムが口をひらかなくてもいいのです。わたしの言葉がどんな印象を与えたか、それを見ているだけでいい。何の印象も与えないとか、まるで聞いていないとしても、力ある者の前で心おきなく話したという収穫があります。あなたは居酒屋の女将として、いろんな人と人生をごらんになってきた。フリーダはほんの昨日までクラムの愛人だった――この言い方を避ける理由などないですよ――とするとクラムと話す機会をつくるのは、きっとたやすいでしょう。おなじみの貴紳荘でいい。クラムはたぶん、今日もあそこにいるでしょう」

「そんなこと、できやしない」

と、女将が言った。

「わたしの見るところ、あなたには理解の能力が欠けていますね。それはともかく、何をそんなにクラムと話し合いたいのです?」

「むろん、フリーダのこと」

と、Kは言った。

「フリーダのこと?」

呑みこめないようすで、女将はフリーダに向き直った。

「ねえ、フリーダ、この人、おまえのことをクラムと話したいのだとさ、クラムとだよ」

「おやおや」

と、Kが言った。

「あなたはいかにも頭のいい、なんとも立派な女将さんですが、ちょっとしたことにビクつくのですね。どうしてなんですか、クラムとフリーダのことを話すのは、そんなにとてつもないことではなくて、むしろ当然のことじゃないですか。わたしが現われたときから、クラムにとってフリーダが意味のない者になったと思われているのなら、むろん、まちがいです。そんなふうにお思いなら、クラムを見くびったことになる。この点であなたの考えを改めさせようなどとするのは厚かましいかぎりですが、やはり改めていただかなくてはなりませんね。フリーダに対するクラムの関係は、わたしのせいで何も変わってはいないのです。もともとこれといった関係などなかった場合——フリーダから愛人などといったおごそかな名前を取りたがっている連中の見方ですね——とすると、いまだって、とりたてて何もないでしょう。もし何らかの関係があったとすると、わたしごときのせいで、あなたがいみじくもおっしゃったとおり、クラムの目には無にひとしい人間によって、何がどうなるものでもない。たとえはじめはうろたえたあまり、どうかなるように思っても、ちょっとでも考えれば判断がつくというものです。とにかくフリーダの考えを聞こうじゃありませんか」

どこか遠くを見るような目つきで、Kの胸に頰を寄せたまま、フリーダが言った。

「おばさんがおっしゃったとおり、クラムはわたしのことなど何も思っていない。そのとおりだわ。だからといって、あなたがやってきたからじゃない、そんなことはない。わたしたちがあのカウンターの下で出くわしたのも、クラムのしわざだとわたしは思っています。あの時を祝いこそすれ、呪ったりはしない」

「そういうことなら」

と、Kはゆっくり口をひらいた。フリーダの言葉はこよなく甘く、その甘さを味わうために、しばらく目を閉じていた。

「そういうことなら、クラムと話すのを恐れる理由は、なおさらないわけだ」

「ほんとうね」

女将が上から見下ろすようにしてKを見つめた。

「ときおり、わたしの夫とそっくりね。あの人と同じように意地っぱりで、子供みたい。ほんの数日、ここにいただけなのに、それでもう何だって知っているみたい。生え抜きの者よりも、わたしのような年寄りよりも、貴紳荘でいろんなことを見たり聞いたりしてきたフリーダよりも、よく知っているつもりでいる。いちどぐらいは規則にさからったり、しきたりとはちがったふうにしてやりとげられることもあるでしょう。わたしはそんなことは体験していないけれど、そんな例がなくもない、だから、あるかもしれない。でも、決してあなたのやり方のようではないはずだ。いつも反対を言って、頭が上の空で、そのためを思っての忠告も聞き流している。あなたのためにわたしが心配しているって思っているの？　あなたがひとりぼっちでいるのに気をもんだりしたかしら？　そうしたほうがよかったし、そうすれば、こんなことにはならなかった。あのとき、あなたのことで夫に言ったのはひとことだけ、《手出しをしない》ってことだった。フリーダがあなたの運命に巻きこまれたりしなければ、いまだって同じことを言ったと思いますね。フリーダのせいなのよ――あなたのお気に召すかどうかはべつとして――あなたに気をもんだり、気を配ったりしている。よるべのない娘を母親のように庇っているのは、わたしひとり、そんな人間を、あなたはむげに拒めないはずだ。フリーダが言ったように、起きたことはみんなクラムの意思によるのかもしれません。でも、いまのわたしはクラムについて何も知らない。クラムと話したりは決してしない。わたしにはまるきり雲の上の人。あなたといえばここにいて、わたしのフリーダを自分のものにしている。それに――言わせていただきますが――わたしに養われている。そうですとも、わたしのおかげですよ。ものは試しだ、あなたをここから追い出すとしましょう、あなたは村でどうやって宿を見つけますか。犬小屋だってあやしいところだ」

「いや、どうも」

と、Kが言った。

「率直なお言葉だ。まったく、おっしゃるとおりです。わたしの立場はそんなにあやふやだし、だからフリーダのほうもそうだ」

「どういたしまして」

女将が声を怒《いか》らせてさえぎった。

「フリーダの立場は、あなたとはまるきり関係がありません。フリーダはわが家の娘、それがあやふやだなどと誰にも言わせない」

「わかりました。結構です」

と、Kが言った。

「その点でも、おっしゃるとおりとしましょう。とりわけフリーダが、わたしにはわけがわからないのですが、あなたに対しておびえているようで、口をはさもうとしないからにはなおさらです。さしあたり、わたしだけのことに限りましょう。わたしの立場はいたってあやふやです。あなたはそれを否定なさらないどころか、全力でそれを証明しようとなさる。おっしゃることのすべてがそうです。これもまた、おおかたは正しくても全部が全部、正しいわけじゃない。たとえばの話、わたしにも寝泊まりできるところがある、いつだって戸が開いている」

「どこ？　それはどこ？」

フリーダと女将が同時に息せききって声を上げた。二人ともたずねるための同じ理由をもつかのようだった。

「バルナバスのところです」

「ルンペン一家！」

と、女将が叫んだ。

「なによ、あんな連中！　バルナバスのところで寝泊まりするだって！　おまえたち、聞いたかい――」

女将は部屋の隅を振り向いた。助手たちはとっくに前へ出てきて、腕を組み合い、女将のすぐうしろに立っていた。いまや女将は支えがいるかのように片方の助手の手をつかんだ。

「このおかたがどこをうろついていたか、聞いたかい、バルナバス一家のところなんだよ！　むろん、あそこには結構な寝床があるだろうとも、貴紳荘よりもあちらで泊まってればよかったんだ。それでおまえたちは、どこにいたんだね？」

「女将さん」

助手たちより早くKが言った。

「それはわたしの助手ですよ。まるでご自分の助手であって、わたしの見張りをさせているとでもいうふうですね。あなたのご意向について何なりとお答えする気持でおりますが、助手についてはご免こうむります。この点、ことは明白ですからね。ですからわたしの助手とは話をしないでいただきたい。願いが聞いてもらえないのなら、助手たちには、あなたにお答えすることを禁止する」

「そんなわけで、おまえたちとは話せない」

と、女将が言った。三人が声を立てて笑った。女将は嘲笑ぎみだが、Kが覚悟したよりは、ずっとおだやかだった。助手たちはいつもどおりわけありげに、いかなる責任も拒否したふうにせせら笑った。

「怒らないで」

と、フリーダが言った。

「わたしたちの気持をちゃんとわかってほしいの。いまわたしたちがこうしていられるのも、いうならばバルナバスのおかげだわ。酒場ではじめてあなたを見たとき——オルガの肩につかまってやってきた——あなたのことはいくつか耳にしていた。でも、しょせんはどうでもいい人だった。あなただけがどうでもよかったのじゃなくて、ほとんど何もかも、ほとんどあらゆることがどうでもよかった。あのとき、いろんなことが不満で、いろんなことに腹が立っていた。なんて不満、なんという腹立ちだったことでしょう。たとえば客の一人に腹が立ってたまらなかった——客ときたら、いつもお尻につきまとう。あなたもあそこの連中を見たでしょう。もっとひどいのがいる。クラムの召使たちがいちばんひどいわけじゃない——そんな一人に腹が立っていた。でも、いまとなれば、どうかしら？　もうずっとずっと前のことのような気がする。まるで何も起きなかったみたいでもあれば、話に聞いただけのようでもあるし、自分でもすっかり忘れてしまったみたい。自分でもちゃんと言えない。想像すらできない。みんなすっかり変わってしまった、クラムに捨てられてから——」

フリーダは急に話をやめた。しょんぼりとうなだれて、手を膝にかさねていた。

「ほら、ごらん」

女将が声を上げた。自分が話すのではなく、フリーダに声をゆだねているような話し方で、フリーダににじり寄り、いまやぴったり寄りそってすわっていた。

「ほら、ごらん、測量士さん、自分が何をしでかしたかわかったでしょう。口をきいてはならないけど、そこの助手たちもとっぷりと勉強しとくといい。あなたはフリーダを、とびきりの幸せから引きずり出してしまった。この娘に定められていた幸せだった。あなたにそんなことができたというのも、フリーダがまるで子供のようにやさしくて、つい我慢ができなかったせいさ。あなたがオルガに手を引かれてやってきた、まるきりバルナバスの者たちの世話になっているらしいってことがだね。それであなたを救って、自分は犠牲になった。とにかく、そんなことが起きてしまった。フリーダは幸せを取り換えちまって、いまあなたの膝にいる。そのあなたときたら大きな顔をして、勝ち誇ったような口をきいて、バルナバスのところで寝泊まりできるといばっている。わたしにすがらなくてもいいと言いたいのでしょう。バルナバスのところに泊まっていればいい。わたしにすがらずにね、そんなら即刻、いますぐにも、ここを出てってもらおうじゃありませんか」

「バルナバス一家がどうして毛嫌いされるのか、わたしは知りません」

そう言うなりKは、身を固くしたままのフリーダをゆっくりとかかえ上げ、そっとベッドに移し、自分も立ち上がった。

「きっと、あなたのおっしゃるとおりなのでしょう。でも、われわれのこと、つまり、フリーダとわたしのことは、われわれ二人にまかせてほしいとおたのみした点では、当然至極のことではありませんか。あなたはしきりに愛情だの配慮だのとおっしゃったが、そんなけはいは大して感じられませんね。むしろ憎悪と嘲りと、それに追い出したいことはよくわかりました。わたしからフリーダを引き離すとか、わたしをフリーダから遠ざけるとかのもくろみなら、なかなか上手におやりになった。でも、成功しませんよ。もしそれがうまくいくなら、さぞやあなたは――脅かすようで恐縮ですが――あとでひどく後悔なさいますよ。与えていただいた住居のことで言いますと――つまり、このひどい巣穴ってところですが――あなたが自分の意志でそうなさったのかどうか、むしろ伯爵方の役人の意向があってのことではないのですか。ここから追い出されたと申し出れば、ほかの住居を指示してくるでしょうし、そうなればあなたは安堵の息がつける。わたしだってひと安心だ。ともあれ、わたしはこれやあれやのことで村長のところへ行ってきます。どうかフリーダをお預りいただきたい。あなたのいわゆる母ごころのせいで、すっかり参っているようです」

Kは助手たちに向き直ると、「行くぞ」と言うなり、壁にとめていたクラムの手紙を手にとった。出ていこうとするのを、女将は黙って見つめていた。Kがドアの取っ手に手をかけたとき、やっと口をひらいた。

「測量士さん、行かれる前に、ささやかな手土産をお渡ししなくてはなりません。あなたが何をおっしゃろうと、この年寄りをどんなに傷つけたいとしても、あなたはフリーダのこれからの夫です。だからこそ申し上げるのですが、あなたはここの事情について、おそろしく無知でいらっしゃる。あなたの言うことを聞いていると、またあなたの言うこと、考えていることをありのままと比べると、頭がクラクラしてくるほどだ。その無知は一度には直せない。たぶん、どうにもなるまい。でも、あなたがわたしの言うことを、わずかでもまともにとって、自分の無知をいつも心得ているだけで、多少はよくなる。たとえばのことですが、あなたはいますぐにも、わたしに対して公正になり、いかにひどいことを言ったか、うすうすはわかるはずです――いまだって、からだのしんから震えるほどだ――だってはっきりわかったのですからね。わたしの可愛い娘が高貴な人を捨てて、こんな足長トカゲに身をまかしたってことがね。実情はもっとひどいのだけど、そのことは忘れることにいたしましょう。でないと、とても落ち着いてあなたと話せやしない。おや、またもやお腹立ちのようだ。まだ行かないで。もう一つだけ、たのみを聞いてほしい。あなたはどこに行こうとも、自分がこの土地のことにとてつもなく無知であることを、片ときも忘れないでほしい。注意していただきたい。ここだとフリーダのおかげで守られているし、何だって好きなことをおしゃべりできる。クラムと話し合うつもりだなんてことを言い張ってもかまわない。でもそれは内々のこと、外では決して、どんなことがあろうとも、それだけはしないでいただきたい」

気持が高ぶっているせいか、女将は少しふらつきながら立ち上がり、Kに近づくと、その手をとって、懇願するようにじっと見つめた。

「女将さん」

と、Kが言った。

「あなたがどうしてこれしきのことに、そんなにへり下ってお頼みになるのか解《げ》せませんね。おっしゃるとおり、クラムと話すなどのことがとても無理なのであれば、頼まれようとどうしようと、実現しっこないでしょう。もし可能性があるようなら、どうして求めてはいけないのです。そのときには、あなたの申し立てのおおかたが無意味になり、あなたの心配もいらざることになるからには、なおさらです。いかにもわたしは無知ですよ。事実はいかんともしがたく、わたしにとって辛いことです。しかし、無知は無知なりに利点がありまして、無知なればこそ大胆になれる。だから力の及ぶかぎり、この無知と、それが引き起こすところをになっていたいと思うのですね。結果はひとえに、わたしだけにかかわること、それでよけいに、どうしてあなたがお頼みになるのか解せないというわけです。フリーダのためには、あなたはむろん、いつも配慮くださるでしょう。わたしがフリーダの目の届くところから消え失せれば、あなたにとっては万万歳だ。何を怖れていらっしゃる？　あなたはまさか——無知な者は何だって想像しますよ」

——Kはすでにドアを開けていた——

「まさかクラムのためを思って恐がっているのではないでしょうね？」

女将が黙って見送るなかを、Kは階段を下りていった。助手二人がうしろから追ってきた。

5　村長のもとで

村長との話し合いにあたり、Kは自分でもいぶかしく思うほど心配していなかった。それというのもこれまでの経験からして、城の役人との交渉がなんとも簡単であったからだ。一つにはKの件に関して、どうやら、Kにはきわめて好都合と思える原則がはっきりと定められたせいである。いま一つには、城に仕えている者たちのあいだに、あきれるほどきちんと統一がとれているせいであって、見たところそんなものがあるとも思えないところにこそ、とりわけ完璧に機能しているらしいのだ。おりおりそのことが頭をかすめ、そのたびにKは自分のいる立場がなかなかのものだと思わないではいられなかった。とはいえ満足感を覚えるたびに、まさにそこに危険がひそんでいると自分に言いきかせた。役所との直接の交渉はとりたてて厄介ではないのである。というのは役所は、どれほどみごとに組織されていようとも、いつも遠くの、目に見えない支配者の名のもとに、同じく遠くの、目に見えない何かを擁護するものであるからだ。これに対してKは、きわめて身近なもの、つまりは自分のために戦っており、しかも少なくともそのはじまりは自分の意志にもとづいていた。仕掛けた側であって、自分自身のために戦っているだけでなく、自分では気づいていないが、役所の処置から考えて、歴然としたある勢力のためにも戦っている。役所はいち早くささいなことには――これまではそれ以上のこととはかかわりがなかった――Kを迎える方針をとっており、ちょっとした勝利すら味わわせてくれない。ちょっとした勝利から満足が生じ、その満足感がさらに大きな戦いの自信を生み出すはずだが、その機会を奪ってきた。そのかわり村内にかぎるとはいえ、好きなところへ自由に行かせたわけだ。Kを甘やかし、それによって気持をくじかせる。そもそもの戦いからしめ出して、ついてはなんとも見通しのつかない、曖昧な、へんてこな生活に移してしまおうというのだ。そんなわけで、もしKが注意を怠りでもするとしよう。ある日、当局が好意を寄せてくれようと、また職務上の義務をすべて果たしていようとも、Kはいずれ自分に示された好意らしきものに欺かれ、その後、のんべんだらりと過ごしているうちに、もののみごとに挫折してしまう。当局はいぜんとしてやさしく、好意的であり、いわばその意志に反してであれ、ともあれKには未知の公的な秩序の名のもとに、Kをそっくり消してしまう。それは大いにあり得ることなのだ。そもそも、職務外の生活とは何であるか？当地におけるほど職務と生活が密接に結びついているところをKは知らない。あまりに密接なので、職務と生活とが入れ換わったように思うほどだ。たとえばの話、Kに対するクラムの公的な力と、Kの寝室へ如実に及ぼしているクラムの力とを対比させれば、わかろうというものだ。そういったしだいで、ここでは多少とも軽率な行為や、ある種の手抜かりが許されるのは、直接に当局と向かい合っているときに限られ、そのほかのときは万全の注意が必要であって、一歩ごとに慎重に目を配っていなくてはならない。

この地の役人に対する自分の見方が、まずは村長のところで確認された。村長はおだやかな、よく肥った人物で、きれいにひげを剃りあげていた。病気で、ひどい痛風に見舞われたところとかで、ベッドについたままKを迎えた。

「測量士さんですね。ようこそ」

挨拶のために身を起こそうとしたが、脚を指さして謝まってから、すぐさま枕に倒れこんだ。静かな部屋だった。窓が小さく、おぼろげな明かりをカーテンが遮っていて、なおのこと薄暗い。影のような女がKのために椅子をもってきて、ベッドのわきに据えた。

「どうぞどうぞ、おかけください」

と、村長が言った。

「おっしゃりたいことがあるのでしょう」

Kはクラムの手紙を読み上げ、いくつか説明をつけ加えた。またしても役所との交渉は簡単至極だと思わずにいられなかった。厄介ごとは彼らが背負っており、そっくりお預けにして、こちらは手出しをせず、気ままにしていていいのである。村長もまたそれなりに同じことを感じたようで、不快そうにベッドで寝返りを打った。それからやっと口をひらいた。

「測量士さんはきっともうお気づきでしょうが、そっくり承知していましたよ。それでいて、これまで何もしなかったのは、一つには病気のせいです。それに、あなたが一向にお見えになりませんでしたからね。だからもうお心変わりになったのだと思っていました。ところがわざわざご自分で見えられた。となると、たとえイヤなことであれ、ほんとうのところを申し上げなくてはならない。あなたは測量士として採用されたとおっしゃるが、残念ながら、われわれは測量士を必要とはしていないのです。測量の仕事など、まるきりありません。小さな村の範囲は限られておりますし、すべてきちんと登記ずみです。土地が取引されることなどめったにないし、境界をめぐる多少のゴタゴタはわれわれで処理がつきます。どうして測量士などがいりますかね？」

前もって思案していたわけではないが、似たような返答をKは予期していた。だから即座に言った。

「こりゃあ驚いた。すべての苦労が水の泡になる。何かのまちがいであることを祈るばかりです」

「残念ながら、そうではない」

と、村長が言った。

「わたしが申したとおりです」

「どうしてそんなことがありましょう」

Kが大声を上げた。

「すごすごと引き返すために、あの長い旅をしてきたわけじゃない」

「それはまるきりべつの問題です」

と、村長が言った。

「それにはわたしは立ち入りますまい。ただ、どのようにして誤解が生じたのか、そのことなら説明できます。城のような大きな機構になると、一つの部局が決めたことと、べつの部局が決めたことが別個のことがあるのです。双方が相手のことを知らない。上の部局が正確に監督しているにせよ、おのずと後手《ごて》にまわり、その結果、ちょっとした混乱が生じます。いつもはほんのささいなことで、たとえばあなたのケースですね。もっと大きなことでは手違いなどありません。ところが、ささいなことが、しばしば手ひどいことになる。あなたのケースですが、役目柄をこえて——と申しますのも、このわたしは役人というよりはむしろ農夫でありまして、いまだってそうです——ことの経過をそっくりそのまま申します。ずいぶん前のこと、わたしが村長になって二、三か月のころですが、命令が舞い込みました。どの部局から出されたものやら、もう思い出せないのですが、いずれにしてもお偉がたにおなじみの命令調で知らせがありました、測量士を招き、村が責任をもって仕事の青写真と段取りをつけるべしというのですね。あなたのことではありませんよ。ずっと前のことですからね。病気になるなどしなければ、そしてベッドであれこれ考えたりしなければ、思い出したりしなかったでしょうよ」

やにわに村長は話を中断して、何やら忙しなく部屋で立ち働いている女に声をかけた。

「ミッツィ、そこの戸棚を見ておくれ。たぶん、命令書はそこにある」

ついでKに説明した。

「村長になりたてのころのものは、全部とっておいたのですね」

女はすぐに戸棚をあけた。Kと村長はじっとながめていた。戸棚は書類でいっぱいで、あけた拍子に二つの大きな書類の束がころがり出た。薪《たきぎ》を束にするやり方でくくってあって、女はびっくりしてわきに跳びのいた。

「下だと思うよ。ずっと下」

村長はベッドから指図するように言った。女は言われるままに両腕で書類をかかえ上げ、戸棚から出していった。部屋の半分がたが書類で埋まった。

「どっさり仕事をやってきたものです」

ひとりでうなずきながら村長が言った。

「これだって、まだほんの一部なんですね。かなりを納屋に入れています。さらに多くがなくなりました。

全部を保存しておくなど、どうしてできましょうか！　それでも納屋は書類の山なんですね」

それからふたたび、女に向き直った。

「命令書なんだ、《測量士》という字に青い下線がつけてある。それを探してごらん」

「ここは暗くて」

と、女が言った。

「ローソクを取ってきます」

書類を踏みこえて部屋を出ていった。

「妻がたよりです」

と、村長が言った。

「役所のいろんな仕事を片手間にすませていかなくちゃあならない。文書のことには助手になってくれるのがいます、教師をしている人。それでも全部をすませるのは不可能でして、やりのこしたのは、そこのところにまとめています」

べつの戸棚を指さした。

「病気になったばかりに増える一方なんですね」

村長は言うなりぐったりと、とはいえ誇らかに枕によりかかった。

「いかがでしょう」

Kが声をかけた。女はローソクをもってもどってくると、戸棚の前にひざまずいて探している。

「手伝わせていただくのは？」

村長はほほえんで首を振った。

「すでに申しましたように、あなたに何も隠しごとはしておりません。しかし、あなたに書類を探させるなどはとてもできませんよ」

部屋が静かになった。ただ紙の音だけがしていた。村長は少しうとうとしているらしかった。ドアに小さくノックの音がした。Kは振り返った。助手たちにちがいない。多少ともしつけがきいたようで、すぐには部屋にとびこんでこなかった。ドアを細目に開けてささやいた。

「外は寒いんです」

「誰だね?」

村長がびっくりして問いかけた。

「わたしの助手です」

と、Kが言った。

「どこで待たせておけばいいものでしょう。外は寒すぎるし、ここだと邪魔になる」

「わたしのことなら、かまいませんよ」

村長がおだやかに言った。

「入れてやってかまいません。それに二人とも知っています。古なじみです」

「わたしには邪魔なんです」

はっきりKは言って、助手から村長へ、さらにまた助手へ目をやった。三人とも、まるきりそっくりの笑いを浮かべている。

「もう入ってきたのだから仕方がない」

試すような口ぶりでKが言った。

「じゃあ、そこにいて、奥さんの手助けをするんだ。《測量士》という字に下線が引いてある、そんな書類を見つけるんだ」

村長は反対しなかった。Kに許されないことが助手には許される。二人はすぐさま書類にとびついた。しかし、探すというよりも、書類の山をかきまわすだけで、一人が文書を声に出して読んでいると、もう一人がひったくった。いっぽう女は空っぽの戸棚の前でひざまずいていた。もはや探していないようだ。いずれにしてもローソクがずっとはなれている。

「助手たちは足手まといなんですね」

村長が満足げな笑みを浮かべて言った。すべては自分の指示にもとづいていて、誰もそれに気づいていない、とでも言いたげな微笑だった。

「でも、あなたの手足となる者たちでしょう」

「どういたしまして」

Kはそっけなく言った。

「勝手にとびこんできただけですよ」

と、Kが言った。

「配属された、とおっしゃりたいのでしょう」

「まあ、それでかまいません」

と、Kが言った。

「雪といっしょに落ちてきたようなものです。何も考えずに廻してきた」

「何も考えずになんてことは、ここでは決してありません」

と、村長は脚の痛みも忘れたように身を起こした。

「そうでしょうか」

と、Kが答えた。

「すると、わたしを招いた件はどうなんです?」

「それもよく考えてのこと」

と、村長が言った。

「ただ、ちょっとした手違いで混乱が生じたのです。書類に即して、そのことをご説明します」

「見つからないのではありませんか?」

「見つからない?」

村長が大声を上げた。

「ミッツィ、少し手早くやっておくれ！　書類はべつにして、まずひととおり、お話ししておきます。さきほど申しました命令書に対して、感謝をこめてであれ、自分たちは測量士を必要とはしていない旨の返答をいたしました。ところがこの返答が、本来の部局ですね、これをAとしますと、そこに届かず、手違いでべつの部局のBに届いてしまったらしいのです。つまり、部局Aには返答がいたらず、それに残念なことにBも、われわれの返信を正しく受けとったわけではないのです。封筒の中身がこちらに残ったのか、あるいは途中で行方不明になったのか——部局内で行方知れずなんてことはありません。それはわたしが保証します——いずれにせよ、部局Bには書類を入れる封筒だけが届いたのですね。そこには《測量士招聘の件》とメモがついているだけで、あるはずの中身は実は欠けていた。その間、部局Aはわれわれの返答を待っていました。この件に関する書き付けはもっていましたが、よくあることですね、何であれ正確に処理しようとして起こることです、担当者は、われわれがいずれ返答を寄こすだろうと考えていて、それによって測量士を招聘するか、あるいは必要となればさらにこまかく打ち合わせをするか、そんな腹づもりだったわけです。そのため書き付けておくのを怠って、すっかり忘れてしまったのですね。部局Bでは、書類の封筒が、良心的なので有名な担当者の手に届きました。ソルディーニと申しまして、イタリア人なんです。事情にくわしいわたしにも、あれほど能力のある人物が、なぜずっと、いちばん下といってもいい地位にとどまっているのか理解できませんね。このソルディーニはむろん、中身が空っぽの封筒を念のために送り返してきました。部局Aがはじめに出してから何年もとは申しませんが、数か月はたっていました。そういったしだいはおわかりでしょう。ふつう、きちんとしていれば、一日で部局に届いて、その日のうちに処理されるものです。それが方向をまちがえると、どんなに組織が優れていても、まちがった道をいわば突き進むものでして、そうなると、そちらに行ったまま時がたっていくのですね。そんなわけでソルディーニのメモを手にしたとき、わたしどもはそれが何のことやら、はっきりと思い出せなかったのです。そのころ、二人きりで仕事にあたっておりましてね、ミッツィとわたしだけ、教師はまだ委嘱されていませんでした。とびきり重要な件以外は写しをとっておりません——そのため、測量士のことなど知らないし、必要ともしていない旨を、ごくおおざっぱに答えるしかなかったのです」

ここで話を中断した。話すのに夢中になって話しすぎたか、あるいは少なくとも夢中になりすぎたと思ったかのようだった。

「こんな話は退屈ではありませんか?」

「どういたしまして」

と、Kは言った。

「おもしろいです」

すると村長が言った。

「おもしろがらせるために話しているわけではありません」

「おもしろいというのは、滑稽な混乱がよくわかる気がするからですね」

と、Kが答えた。

「場合によっては、一人の人間の存在さえ左右しかねない」

「あなたはまだよくわかっていませんよ」

村長が厳しい口調で言った。

「話をつづけます。われわれの返答に対して、ソルディーニのような人間は納得したりしませんね。わたしには苦の種《たね》ながら、彼を買っています。というのはソルディーニはなんぴとも信用しない。たとえばある人を、いろんな機会から信用に足る人物だとわかっていても、つぎの機会には、まるきり知らない者とした、より正確に申しますと、どこの馬の骨ともしれない人物として扱うのです。正しいやり方ですね。役人はこうでなくちゃあならない。わたしは自分の性格として、残念ながらそのようにはできないのです。

もうおわかりでしょう、あなたのような見知らぬ人に、何だってお見せしているありさまですからね。いつもこうなんです。いっぽう、ソルディーニはわれわれの返答に対して、すぐさま疑いを抱きました。それからとてつもないやりとりをしましたよ。ソルディーニは問い合わせてきました、測量士招聘は不要であると、どうして急に言い出したのか。ミッツィの優れた記憶力を借りてですが、はじめに言い出したのは役所側であると、わたしは返答しました。（べつの部局が関係していたなんてことは、むろん、とっくに忘れていました）、ソルディーニのいわく、役所側の発意であると、どうしていまになって言い出したのか。わたしは答えました、やっといまになってそのことを思い出したからである。ソルディーニいわく、それは異《い》なことを伺うものだ。わたしのいわく、異なことにあらず、このように長期にわたることがらには、往々にしてあることなり。ソルディーニ、さにあらず、異なことなり。なんとなれば、わたしが思い出したというはじめの書類は存在しないではないか。わたしの答えて、もとより存在せず、なんとなれば、書類そのものが失われた。ソルディーニいわく、さりながら、発意に関する書き付けは存在するはずなり、しかしながらそれは見当たらず。ここでわたしは腰が引けました。ソルディーニの部局でまちがいがあったなどと、とても主張できませんし、また信じられもしないですからね。測量士さんはきっと心の中でソルディーニを非難なさっているでしょう。こちらの主張に対し、どうしてほかの部局に問い合わせをしないのかとですね。でも、それこそ正しくない。ソルディーニに落度《おちど》があるなどと、夢にも思ってもらいますまい。まちがいの可能性など、そもそも計算に入れないのが役所の原則なのです。優れた全体の組織がこれを保証していますし、できるだけ迅速にことを処理するにあたり、必然的な原則なのです。そんなわけでソルディーニは、ほかの部局に問い合わせはしないし、それにたとえそれをしても、ほかの部局は応じたりしないでしょう。まちがいがあったのかもしれないらしいと、すぐにピンときたでしょうからね」

「村長さん、一つ質問があります」

Kが口をはさんだ。

「さきほど監督局のことをおっしゃいませんでしたか？　お話によると役所の人は、監督がとどこおっているると想像しただけで気分が悪くなるほどのようですね」

「厳しいご意見です」

と、村長が言った。

「しかし、たとえ千倍も厳しい見方をおとりになっても、役所がみずからを律している厳しさにはかないませんよ。いまのような質問は、あなたのような門外漢だからできるのです。監督局はあるのか、ですって？　むしろ監督局しかないのです。もちろん、それは、ふつうに言われるまちがいを見つけ出すためにあるのではない。なぜならば、まちがいは起こりっこないし、あなたのケースのように、たとえ起こったにしても、それがまちがいだと、誰に断言できましょうか」

「それは初耳ってものです」

Kが大きな声を上げた。

「わたしには聞き慣れたことでしてね」

村長が答えた。

「わたしもあなたと考えていることはあまり違わないのです、まちがいが起きたのであって、それを苦に病んでソルディーニが重い病気になり、いき違いのもとをつきとめた最初の監督局は、それがまちがいであると認識していたでしょう。しかし、第二の監督局が同じ判断をすると、誰に言えましょう。第三、またさらに上は、どう見ましょうか？」

「そうかもしれません」

と、Kが言った。

「そういったことには、さしあたりは立ち入りたくないのです。それにその種の監督局については、はじめて耳にしたばかりですから、もちろん、まだよく呑みこめていないのですね。ただ、わたしは思うのですが、ここでは二つのことを分けていなくてはならないのではありませんか。一つは、役所内で起こること、並びに役所の見解として、しかるべく伝えられてくることであって、いま一つは、わたしというこの現実の人間のことですね。役所外の者であって、役所から損害をこうむりかけている。まったくわけのわからぬ損害であって、自分でもその深刻さが信じられないほどなのです。さきの一つについては、村長さんがいま、驚くほどくわしく話してくださったとおりでしょう。だからこそ、いま一つのこと、このわたしについてひとことうかがいたいのです」

「いずれ申します」

と、村長が言った。

「しかし、あらかじめ少しお話ししておかないと、たぶん、わかってもらえないでしょう。いま監督局のことを申したこと自体、早まりました。ソルディーニとのやりとりにもどりますよ。すでに申したとおり、わたしのほうが腰が引けました。誰に対してであれ彼が優位に立つと、もうソルディーニの勝利にまちがいないのです。優位となれば、いやが上にも彼の注意力、エネルギー、冷静さが高まるのですからね。敵にすると恐ろしい人物であって、味方にすれば、こんなに頼りになる者はいないでしょう。ほかのことで味方につけたことがあって、それではっきり言えるのですね。それはそれとして、これまでいちどもソルディーニとは会ったことはありません。村に下りてこないのです。仕事に忙殺されておりますからね。話に聞くと、彼の部屋は壁という壁が、積み上げた書類でいっぱいだそうです。ソルディーニがちょうど取りかかっている仕事の分だけでそんなになるのです。のべつ書類の束のなかから抜き取ったり、のっけたりしていて、それもいつだってあわただしく行なわれるものですから、書類の山が音を立てて崩れますね。たえまなく書類の山の崩れる音がするのがソルディーニの部屋のしるしです。まったくソルディーニは働き者で、どんなにささいなことにも、重大なことに劣らぬ注意を傾けてくるのです」

「わたしの件はささいなケースだと、村長さんはずっとおっしゃいますね」

と、Kが言った。

「でも、多くの役人の手をわずらわせたし、はじめはささいなケースだったかも知れませんが、ソルディーニさん流の熱意によって、大きな事件になったのではないでしょうか。残念ながらと言ってもいいし、わたしの意に反してのことでして、書類の山を築いたり、崩したりさせるなど、ちっとも願っていませんでした。ささやかな測量士として、ささやかな仕事机で静かに仕事をしたかっただけなのです」

「とんでもない」

と、村長が言った。

「大きな事件などではありません。この点、あなたはご心配になることはない。ささいなケースのうちでも、とりわけささいな一つです。手間がかかるからといって大きな事件ではないのですね。もしそのようにお考えでしたら、役所というものがまだまだわかっておられない。手間の点にかかわっても、あなたのケースはもっとも簡単なものの一つです。ごく通常のもので、つまり、いうところのまちがいなどのない用件が、もっとたくさんの、また実りゆたかな仕事を生み出すのです。ともあれ、あなたはまだ、あなたのケースがもたらした仕事のことをまるきりごぞんじない。これからそのことをお話ししたいと思います。まずソルディーニはわたしをこの一件から外しました。ソルディーニの部局の人がやってきて、貴紳荘で毎日、村の主だった者たちを尋問して調書をとりました。たいていはわたしと同じ意見でしたが、何人かは異議を申し立てました。土地測量の問題は農夫には身近なことで、彼らは何かひそかな申し合わせや不正を嗅ぎまわるのですね。さらに指導者を押し立ててきました。そんな経過からソルディーニは、もしわたしがこの問題を村議会にもち出すなら、必ずしも全員が測量士招聘に反対ではないと考えるようになりました。そんなわけで自明のことであったものが——つまり、測量士は不要ということが——少々あやしくなりました。このことではとりわけブルンスヴィックという男が活動いたしましてね。おそらくごぞんじないでしょう。悪い人間ではないのでしょうが、愚かで、思いつきばかりが多い。ラーゼマンの義理の弟ですよ」

「皮なめし屋ですか?」

Kはラーゼマンのところで見かけた、顎ひげの濃い男のことを話してみた。

「ええ、それです」

と、村長が言った。

少しばかり運を天にまかせてKが言った。

「彼の女房も知っています」

「おや、そうですか」

と、村長は言うと口をつぐんだ。

「きれいな人ですね」

と、Kが言った。

「でも、少し血色が悪い。病弱でしょう。城の人だったとか?」

それとなく問いかけるように言った。

村長は時計を見上げた。薬を匙にのせて、あわただしく呑みこんだ。

「あなたが城でごぞんじなのは組織のことだけなんでしょう?」

ぶしつけにKがたずねた。

「ええ」

村長は皮肉な、とまれ助かったというような笑いを浮かべた。

「それがいちばん大切です。ところでブルンスヴィックのことですが、あやつを村から追い出せたら、みんなとてもよろこぶでしょうね。ラーゼマンだってよろこぶ側ですよ。しかし、あのころブルンスヴィックに多少とも力がありました。演説がうまいというのではないが、とにかく声が大きい。たいていの者には、それで十分です。そのためわたしとしては、その一件を村議会にかけざるを得なくなったわけです。さしあたりブルンスヴィックは羽振りがよかった。むろん、村議会のおおかたは測量士招聘に否定的でした。とにかくずっと前のことですが、なかなか一件落着とはいかないものでしてね。一つにはあくまでも良心的なソルディーニが、多数派ならびに反対派の主張を検討するための調査をしたからですし、いま一つには、ブルンスヴィックが頭の固い、功名心のはやった男ですからね、役人とつながりがあるのをいいことに、とっ拍子もないことを思いついて、いろいろ画策したせいです。しかし、ソルディーニは騙されませんでした——ブルンスヴィックごときにソルディーニがしてやられたりしましょうか？——とはいえ騙されないためには新しい調査が必要となり、調査がすむより早く、ブルンスヴィックが次の手をひねり出してくる。なんともせわしないやつで、バカな人間の特徴ですね。ところで当地の役所の機構にもきわだった特徴がありますから、それをお話ししておかなくてはなりませんね。つまり、精密ということに応じて、同時にまた、すこぶる敏感ということです。ある事柄があまりに長引きますと、議論がまだ終わっていないのに、まるで予期していなかった、あとあと気がつきもしないようなところで、やにわに決着がつくといったことが起こるのです。たいていはきわめて当を得ているにせよ、ともかく一件がへんなふうに終了する。それはまるで役所の機構が、どこまでもつづくぬかるみに、長らく苛ついていたあげく、個人の手を借りるまでもなくおのずから決着をつけた、といったぐあいなんですね。もちろん奇蹟が起きたわけではなく、たしかに役人の一人が終了の書類をつくるか、あるいは書類がないまま決定を下したはずなんですが、少なくともわれわれの目から見ると、村のこちらからすると、いや、役所の見地からしても、その件にあってどの役人が決裁をしたのか、どのような理由からそれをしたのか、さっぱりわからないのです。ずっとあとになって監督局が確定をいたしますが、われわれのところまでは届かないし、それにもはやだれの関心もひかないのです。いまも申しましたが、その決定はたいてい、きわめて当を得たものではありますが、玉に瑕《きず》ということがありましてね。というのは、ずっとあとになるまで伝えられず、そのため、とっくに処理ずみとなった一件をめぐり、それと知らず、あれこれ議論をつづけているなんてことになるわけです。あなたの件にこういった決定が下されたかどうか、わたしの知るところではありません――下されたふしもあり、まだのようでもありまして――いずれにせよ一つの決定があって、あなたに送られ、あなたが長い旅をして当地へやってきたといたしますと、その間にかなりの時がたっており、その間、こちらでソルディーニがその一件をめぐり孜々《しし》として仕事をしている。ブルンスヴィックは画策し、わたしは板ばさみになって苦労してきた、というしだいですね。そういうことかもしれませんね。しかし、もっとはっきりしていることがあります。この間に監督局は、ずっと以前、部局Aが村に対して測量士についての問いかけをしたが、いまにいたるまで返答がないということを発見した。ついてはあらためてわたしのところに問い合わせがあって、ことのすべてが判明したのですね。測量士は不必要というわたしの返答に部局Aは納得しました。ソルディーニは自分がこの件においては権限をもたなかったことを思い知るしかなかった。当人の責任ではないにせよ、まるで無用の雑事に忙殺されたということですね。つねのことですが、引きつづいてあらゆるところから、いろんな問題が生じてこなければ、またあなたのケースが、まさにささいな一件でなければ――ささいななかでも、わけてもささいな一件と申してよいでしょう――われわれはさぞかし安堵の息をついていたし、きっとソルディーニもそうだったと思います。ブルンスヴィックだけは不平を鳴らしたでしょうが、それはまあ、お笑いぐさというもの。そんなわけですから、測量士さん、わたしがどんなにガックリときたのかがおわかりでしょう、一件が首尾よく落着をみたいまになって――あれからでも、ずいぶん時がたちました――突然、あなたがやってきて、ことがまたもやぶり返すけはいなのです。わたしに関するかぎり、この件には立ち入るまいと固く心を決めているしだいを、きっとおわかりいただけるでしょう」

「わかりますとも」

と、Kが言った。

「しかし、それ以上に、わたしがこちらで、とてつもなくひどい目にあわされたこともわかります。法律が悪用されたのです。となれば自分を守るために策を講じなくてはならない」

「何をしようというのです？」

と、村長がたずねた。

「それはお話しできません」

「無理に話せとは申しません」

と、村長が言った。

「ただ一つのことは、お考えいただきたい、このわたしを――たがいに見知らぬ同士なのですから友人とまでは申しません――いわば仕事仲間とみなしていただいて結構です。あなたが測量士として採用されるということだけは容認するわけに参りませんが、そのほかのことなら安心してご相談いただきたい。むろん、わたしの力の及ぶ範囲のことで、それはごく小さなものなんですが」

「いつもおっしゃいますね」

Kが口をはさんだ。

「わたしが測量士として採用されるということ、といったふうに。でも、わたしはすでに採用されているのですよ。クラムの手紙がその証拠です」

「クラムの手紙は重要です」

と、村長が言った。

「たしかに署名もついています。当人の署名のようですし、でも、それだけでは——いや、独断で申すのは、はばかりがある。ミッツィ！」

村長が呼びかけた。

「書類はどうなっている？」

しばらく目を離していた間、助手とミッツィには、あきらかに問題の書類が見つからなかったのだ。ふたたび書類を戸棚に入れたいのだが、全体がかさばってしまってうまくいかない。そこで助手たちが思いついた方法を、いまや実行していた。戸棚を横倒しにして書類全部を詰めこむと、ミッツィともども三人で扉の上にすわりこみ、じわじわとおさえこむ。

「やはり見つからなかった」

と、村長が言った。

「残念だが、経過はもうごぞんじなんだし、それにいまとなっては、なくてもかまわない。いずれきっと見つかると思いますよ。たぶん、教師のところでしょう。あちらにもどっさり書類があるのです。いいから、ミッツィ、明かりをこちらにもっといで。いっしょにこの手紙を読んでおくれ」

ミッツィがやってきた。ベッドのはしにすわり、ぴったり村長に寄りそうと、なおのこと陰気で、みすぼらしく見えた。村長はがっしりとたくましく、彼女を片手で抱きかかえた。ローソクの光がミッツィの小さな顔を照らしていた。輪郭のはっきりした顔だちで、年齢による衰えが表情の厳しさをやわらげている。手紙に目をやるなり、そっと両手を打ち合わせた。

「クラムからだわ」

と、彼女が言った。ついでいっしょに読み、少しばかり声を交わした。このとき助手たちが「やった」と叫んだ。戸棚の扉がようやく閉まった。ミッツィがうれしそうに二人を見やった。

「ミッツィもまったく同じ意見です」

と、村長が言った。

「だからはっきりと申し上げます。この手紙は公文書といったものではなく、私信です。《拝啓！》とだけある書き出しからもわかります。それにここには、あなたが測量士として採用されたなどのことは、ひとことも述べてありません。ごく大まかに公共の勤めのことがふれてあるだけで、それも証拠立てて告げてあるわけではなく、《貴殿もご承知のとおり》とあるように、採用されたことの立証責任はあなたにゆだねてあります。役所の見地からすると、つまるところ、このわたし、村長という直接の上司に問い合わせるように指示してありまして、ついてはあらましを申し上げたということですね。公文書を読み慣れた者は公文書以外のものもよく読めるものですが、そんな人間にとっては一目瞭然ですね。あなたのような素人のかたにおわかりにならないのは、もっともなことでしょう。ひとことで申しますと、万一あなたが城の任務につくことがあれば、クラムが直々に面倒をみるつもりだ、ということですね」

「村長さんの読み方はわかりました」

と、Kが言った。

「とすると、中身のない紙に署名だけがあることになって、それはあなたが尊敬なさっているはずのクラムを、おとしめることになりませんか」

「誤解です」

と、村長が言った。

「手紙の意味をとり違えてなどいませんとも。自己流の読み方でおとしめたのではなく、むしろ逆ですよ。クラムの私信とくれば、むろん、公文書よりもずっと意味があります。ただ、あなたが読みとられたような意味だけは、この手紙にはないのですね」

「シュヴァルツァーをごぞんじですか?」

と、Kがたずねた。

「知りませんね」

村長が答えた。

「ミッツィ、おまえ、知ってる? なに、知らない。なるほど、われら両名とも知りませんね」

「へんだな」

と、Kが言った。

「下級の執事の息子です」

「測量士さん、おかどちがいです」

と、村長が言った。

「下級の執事の息子まで、いちいち承知しておられませんよ」

「なるほど」

と、Kが言った。

「それなら、一応わたしの述べるところとしてください。そのシュヴァルツァーと、ここに着いた当日にひと悶着がありました。そのシュヴァルツァーがフリッツという下級の執事に問い合わせたところ、わたしが測量士として採用された旨の返答があったのです。村長さんは、どのように思われますか?」

「簡単ですよ」

と、村長が答えた。

「あなたはまだ一度も、ほんとうにわれわれの役所とかかわりをもっていないのです。これまでのかかわりは見かけだけです。あなたは無知のせいで、ほんとうのかかわりと思われたのでしょう。電話のことですが、ほら、ごらんなさい、わたしのところは当局といろんなやりとりをしなくてはならないのに、電話がありません。食堂とかであれば、自動の音楽装置などと同じように役に立つでしょうが、それ以上のものではない。こちらに来て、あなたは電話をなさったことがありますか? おありで? ならばきっとわたしの言うことがおわかりだ。城ではあきらかに電話がみごとに役立っています。聞いたところによると、あちらではいつも誰かが電話をしており、それで仕事が迅速に片づいていく。こちらで電話をとると、ざわめきや歌のように聞こえますが、たえまなしに電話されているのがわかります。村の電話からすると、あれこそ確かで、信用のおけるものであって、正しいのはあのざわめきとあの歌だけで、ほかのすべては偽りです。城と結ぶ特定の電話回路はありません。こちらの電話を取りつぐところもありません。こちらから城の誰かに電話をすると、あちらではもっとも下級の部局のすべての電話が鳴るか、あるいはむしろわたしがたしかに承知しているところでは、ベルが切ってないかぎり、城中のほとんどすべての電話が鳴るのです。ときおり疲れはてて役人が気晴しをしたがることがあって——とりわけ夕方と夜はですね——ベルをつなぐので、そんなときは返答があります。しょせんはいたずらにすぎませんがね。気持がわかるじゃありませんか。大切な仕事がひきも切らずつづいているというのに、個人的な、ちょっとした心配ごとで電話してくるなんて、誰がそんなことをしでかしたりするでしょう。たとえまったくのよそ者でも、たとえばソルディーニに電話をするとして、当のソルディーニが直々に応対してくれているなどと思う人がいようとは信じられませんね。おそらくは、せいぜいのところ、まったくべつの部局の下っぱの文書係ですよ。いっぽう、とっておきの時間には、下っぱの文書係に電話をしたのにソルディーニみずからが応答することもあるのです。そんなときは、ひと声聞くより早く電話を切るのが望ましいことは、言うまでもありません」

「わたしはそんなふうには考えていませんでした」

と、Kが言った。

「そんなこまかいことは知る由もなかったですからね。いずれにしても、あのときの電話の応答を大して信頼してはいなかった。城でじかに体験したり手に入れたものだけが、実際に意味があると思ってきました」

「まちがいです」

村長はKのひとことにこだわった。

「その電話の応答にこそ実際に意味があるのです。そうじゃありませんか、城より役人の返答がくる、役人が城から返事をする、それがどうして無意味なはずがありましょう？　クラムの手紙に託して、すでにそのことは申しました。そこに述べてあることすべては、いかなる職務上の意味も持ちません。あなたがそこに職務上の意味を認めるなら、まちがいを犯すことになります。これに対して個人的な意味は、よきにつけ悪しきにつけ、実に大きいのです。たいていはいかなる職務上の意味よりも大きいですよ」

「わかりました」

と、Kが言った。

「すべてがそんなぐあいだとすると、わたしは城にどっさり、頼りがいのある友人をもつことになりますね。正確に見ていくと、ずっと前にすでに、ある部局が思いついたわけで、測量士を一名、招くのはどうかとですね。わたしに対する友情の行為ですよ。以後、それが一つ、また一つと引きつづき、とどのつまりは当人がここまでおびき寄せられ、つづいては追い出すと脅かされている」

「ある程度まではそのとおりです」

と、村長が言った。

「城の言うことを文字どおりにとってはならないという点では、おっしゃるとおりです。しかし、いずれにも注意が必要ですね。ここだけではなくてです。城の言明が重要であればあるだけ、それだけ注意が必要になる。あなたは《おびき寄せられ》たとおっしゃるが、それがわたしにはわからない。わたしの業務をもっとよくごらんになれば、あなたをこちらに招聘するなど、すこぶるもって困難であることがわかるはずです。ここであれこれ言い合って解答を出すようなことではないのですね」

「とすると、成果は一つ」

と、Kが言った。

「すべては曖昧で、見通しが立たず、ついてはこちらが放り出される」

「あなたを放り出すなど誰にできるでしょう」

と、村長が言った。

「すべてが曖昧だからこそ、あなたには丁重な扱いが保証されています。ただ、あなたは見たところ、あまりに敏感すぎる。誰もあなたを引きとめはしないが、それは放り出すというのにあたらない」

「村長さん、村長さん」

と、Kが声を上げた。

「あなたはまたもやいろんなことを、あまりに簡単に見ようとなさる。わたしをここに引きとめるものから、いくつかを上げてみましょうか。家を離れるために払った犠牲ですね。それから遠い道のりの辛い旅、こちらでの採用に対して抱いてきた当然の希望ですね。ずいぶん、それなりに費やしましたし、家にもどっても以前どおりの仕事は見つからない。それから最後に、当地の人であるわが花嫁のことですね」

「フリーダでしょう!」

村長はさほど驚きもしないで言った。

「知っています。しかしフリーダは、どこであれあなたに従っていきますとも。ほかのことに関してなら、いずれにせよ考えなくてはなりませんね。そのことは城に報告いたします。決定がくるのか、それとも決定に先立って、もう一度あなたにおたずねすることになるか、連絡させるつもりです。これで了解いただけますか?」

「とても了解などできませんね。お断わりです」

と、Kが答えた。

「城から恵みをほどこしてもらいたいのではない。これはわたしの権利です」

「これ、ミッツィ」

村長が妻に声をかけた。いぜんとして村長にぴったりとくっついてすわり、クラムの手紙で遊んでいた。手紙を折って小舟をつくっている。Kはびっくりして、その手からもぎとった。

「ミッツィ、脚がまた痛みはじめた。湿布を取り換えなくてはなるまい」

Kは立ち上がった。

「それではこれでおいとまします」

と、Kが言った。

「これでどう」

と、ミッツィが湿布をつけ直した。

「風がひどいわ」

Kが振り向いた。二人の助手がいつもの場違いな忠勤ぶりから、Kの先手をとり、開き戸を左右に大きく開け放ったのだ。凍てついた空気が病室に流れこんだ。Kはあわてて村長に一礼すると、助手たちを引きずるようにしてとび出し、いそいでドアを閉めた。

6　女将との二度目の対話

居酒屋の前で主人が待ち受けていた。声をかけられないかぎり、自分からは口をひらかないだろうから、Kが用件をたずねた。

「泊まるところは見つかりましたか？」

主人は足元に目を落としたまままたずねた。

「女将に言われたのだろう？」

と、Kが言った。

「そんなに尻に敷かれているのか？」

「ちがいます」

と、主人が言った。

「頼まれたからじゃありません。あなたのせいで女房はとても興奮していて、悲しんでいます。仕事が手につかず、ベッドについています。のべつ溜息をついて、泣きごとを言っています」

「お見舞いに行こうか？」

と、Kがたずねた。

「それを頼みたかったのです」

と、主人が言った。

「それで村長のところまで迎えに行って、戸口のところで聞いていました。あなたはお話し中で、邪魔をしたくなかったし、女房のことが気になって走り帰ったら、女房はそばに寄せつけないのです。それでやむなく、ここでお待ちしていました」

「では行こう」

と、Kが言った。

「すぐに落ち着くとも」

「そうなるといいのですが」

と、主人は言った。

明るい調理場を抜けて行った。下働きの女たちが三、四人いて、てんでんばらばらに割りあてられた仕事をしていた。Kを目にしたとたん、外見からわかるほど身を固くした。調理場からでも女将の溜息が聞こえた。簡単な板壁で仕切った小部屋で、窓がなく、大きな夫婦用のベッドと戸棚で占められていた。調理場を見渡せるようにベッドが置かれていて、そちらの仕事ぶりを監督できる。いっぽう、調理場からは仕切り部屋がほとんど見えない。まっ暗で、ただ赤と白の格子模様のベッドの覆いが、わずかばかり浮き立っている。なかに入って目が慣れると、ようやく識別がつくのだった。

「やっとおいでになった」

弱々しげな声で女将が言った。ぐったりと仰向けになっていた。呼吸が荒く、羽根ぶとんを引き下ろしている。衣服姿のときよりもずっと若く見えた。頭にこまかいレースのついたナイトキャップをつけていた。ただそれが小さすぎ、髪にやっととまったふうで、なおのこと顔のやつれぐあいが痛々しい。

「来てもよかったのですか？」

Kがやさしくたずねた。

「お呼びにはならなかった」

「こんなに長く待たせるなんて」

病人に特有の頑固さで彼女は言った。

「お掛けになって」

ベッドのはしを指し示した。

「ほかのみんなは出ていくの」

助手のほか、女中たちまで入りこんでいた。

「わたしもかい、ガルデーナ？」

と、主人がたずねた。はじめてKは女将の名前を耳にした。

「もちろん」

ゆっくりと女将が言った。ほかのことを考えているようで、ぼんやりした調子でつけ加えた。

「どうしてあなたなどが、いなくてはならないの？」

みんなが調理場に引き上げた。助手たちもこのたびはおとなしく、ともあれ一人は女中の尻にぴったりくっついている。それでもガルデーナは安心しない。仕切り部屋にドアがないので、こちらで話したことが調理場に筒抜けである。みんな調理場から出て行くように言った。誰もいなくなった。

「すみません、測量士さん」

ガルデーナが声をかけた。

「戸棚を開いたところにショールが掛かっています。おそれいりますが取ってくださいな。ショールのほうがいい。羽根ぶとんは、いや。息が苦しい」

Kが手渡すと、彼女は言った。

「ほら、とてもきれいなショールでしょう?」

Kにはごくふつうのショールに見えた。ただ礼儀上、そっと触わってみたが、何も言わなかった。

「ほんと、とってもきれい」

ガルデーナはそう言って、からだに巻きつけた。ホッとしたように横になった。苦痛がそっくり消えたぐあいで、それで寝乱れた髪に気がつき、しばらく身を起こしてナイトキャップのまわりの髪を撫でつけていた。ふさふさとゆたかな髪だった。

Kはじれてきた。それで自分から口をひらいた。

「わたしがほかに泊まるところを見つけたかどうか、たずねさせたでしょう?」

「たずねさせた?」

と、女将がたずねた。

「いいえ、まちがいです」

「ついさっき、ご主人がたずねましたよ」

「そうだと思いました」

と、女将が言った。

「あの人と喧嘩しているのです。ここにあなたを泊めたくないとわたしが言うと、あの人は泊めたがり、あなたがここを住居にしたのをわたしがよろこんでいると、あの人は追い出しにかかる。いつもそんなふうなんです」

「ほんの一、二時間のあいだに」

と、Kが言った。

「あなたのお考えは、すっかり変わったのですか？」

「べつに考えを変えたりはしていませんよ」

女将はずっと弱々しげな声で言った。

「握手しましょう。そう、だから、いいこと、約束してくださいね、率直に言ってくださること。わたくしもあなたに対して約束します」

「結構ですね」

と、Kが答えた。

「どちらがはじめますか？」

「わたしから」

と、女将が言った。Kの言葉に応じたというよりも、まず口を切りたくてたまらないようだった。

枕の下から一枚の写真を取り出すと、Kに渡した。

「これをよく見てくださいな」

せがむような口調で言った。明かりにかざすためにKは一歩調理場の方へ動いたが、それでも写真を識別するのはむずかしかった。すっかり黄ばんでいる上に、あちこちが破れ、しわくちゃで、シミがついていた。

「だいぶいたんでいますね」

と、Kが言った。

「ごめんなさい」

と、女将が言った。

「ずっと肌身はなさずもっていると、そんなふうになるものです。でも、よくごらんになると、きっと何もかもがおわかりになる。お手伝いしますからね。何が見えるか、おっしゃってくださいな。その写真の話ができるのがうれしい。何が見えますか？」

「若い男でしょう？」

と、Kが言った。

「そのとおり」

と、女将が答えた。

「何をしていますか？」

「板の上に寝そべっているようですね。からだをのばして、あくびをしている」

女将が笑った。

「まるきり、まちがい」

と、彼女が言った。

「でも、ここに板があって、こんなふうに寝そべっている」

Kはなおも言い張った。

「もっとよく見てくださいな」

女将が怒ったように言った。

「ほんとうに寝そべっているかしら?」

「なるほどね」

と、Kが口ごもった。

「寝そべっているんじゃなくて浮いている。わかってきた、板じゃなくて、たぶん紐だ。若い男が高跳びをしている」

「やっとわかった」

女将がうれしげに言った。

「そのとおり、跳んでいます。役所の使いはそんな練習をします。あなたはわかってくださると思っていた。顔がわかりますか?」

「顔はあまりよく見えない」

と、Kが言った。

「見るからに緊張している。口をあけ、目をつり上げている。髪がなびいている」

「そのとおり」

わが意を得たように女将が言った。

「その人を直接知らない人には、それ以上はとても無理ね。とても可愛い青年だったわ。一度だけチラッと見ただけだけど、決して忘れない」

「いったい、誰ですか?」

と、Kがたずねた。

「使いの人」

と、女将が答えた。

「はじめてクラムがわたしを呼び寄せた、そのときの使者だった人」

窓ガラスがきしむのに気をとられ、Kはちゃんと聞きとれなかった。原因はすぐにわかった。外の中庭に助手たちが立っていた。雪の中でしきりに足踏みをしていた。Kの姿が見えるとうれしくてたまらないふうで、たがいに指さし合って、ついでに調理場の窓をつついている。Kが脅かすしぐさをすると、直ちに窓のそばを離れ、たがいに引きもどそうとしてもみ合っている。そのうち一人が相手の手から逃れ出て、またもや窓辺にやってくる。Kは急いで仕切り部屋のなかへもどった。外からは見えず、また二人を見ないでいられる。しかし、訴えるようなかすかなきしみ音は、それからもずっとつづいていた。

「また、あいつらです」

謝るように言うとKは外を指さした。しかし女将はそれにかまわなかった。Kから写真をひっさらうと、じっと見つめ、撫でつけてから、ふたたび枕の下に押しこんだ。だるそうな動作で、それは疲れよりも回想の重荷のせいらしかった。話したそうにしていながら、相手のことを忘れて回想に沈んでいた。ショールのほつれを手でいじっている。しばらくしてやっと顔を上げ、片手で目の上をこすってから言った。

「このショールもクラムからもらった。このナイトキャップもね。写真とショールとナイトキャップ、この三つがあの人の思い出だ。わたしはフリーダのように若くないし、あの娘のように気張ってもいないし、傷つきやすくもない。フリーダはとても傷つきやすい。わたしはこの世の生き方を知っている。でも、このことは言っておかなくてはならないわ。この三つがなければ、とても辛抱できなかった。おそらく一日だって辛抱できなかった。この三つの品は、あなたにはきっとつまらないものに見えるでしょう。でも、フリーダをごらんなさい、あんなに長くクラムと縁があったのに、一つも持っていないわ。わたし、たずねたことがある。フリーダは気持が勝ちすぎて、欲が深いんだ。わたしはそうじゃない、クラムのところへ行ったのは三度だけ——そのあとはもう呼ばれなくなった、どうしてだかわからない——そんな予感がした、ずっと短いような気がしていたので、記念に持ってきた。もちろん、そうしなくてはね。自分で気を配らないといけない。クラム自身はまるで気がつかない。いいものがあることに気がついたら、せがんでもいいの」

自分とかかわりのある話だったにせよ、Kは聞いているうちにいやな気分がしてきた。

「それはいつのことですか？」

と、吐息をつきながらたずねた。

「二十年あまり前」

と、女将は答えた。

「二十年よりずっと前のこと」

「そんなに長くクラムのことを忘れない」

と、Kは言った。

「そんな打ち明け話を聞いたら、これから結婚を考える者はいろいろ心配になる。そのことはお気づきではないのですか？」

Kが自分のことを割りこませたのが女将には不満らしく、尖った目つきで横からKをにらみつけた。

「怒らないでくださいよ」

と、Kが言った。

「クラムを悪く言う気はありません。ただ、ことのなりゆきからクラムとある種の関係をもつことになってしまった。クラムのとびきりの崇拝者にも、それは否定できますまい。だからなんです、そんなわけでクラムのことが話されると、いや応なく自分のことを考えなくてはなりません。これはしようのないことです。それにです、女将さん」

——そう言うなりKは、たじろいでいる女将の手を握りしめた——

「この前のわたしたちの話し合いが、ひどい終わりを見たことを思い出してください。このたびはやすらかにお別れしたいじゃありませんか」

「おっしゃるとおり」

そう言って女将は頭を下げた。

「でも、わたしをいたわってくださいね。わたしはとくべつ傷つきやすい人間じゃない。ごくふつうだけど、誰にも傷つきやすいところがある。わたしには、いま話した一つだけ」

「残念ながら、それがこちらにもグサリとくる」

と、Kが言った。

「むろん、自分を抑えますよ。それにしても、クラムに対するそんな深い思いを、わたしはどうすればいいのです。フリーダがあなたと同じだと仮定しての話ですが」

「深い思いね」

女将は含み声でくり返した。

「思いかしら？　それなら夫に寄せている。クラムは一度わたしを愛人にした。その名誉をなくしたりしない。フリーダがそうだとしたら、どうやってそれを我慢するかってこと？　測量士さん、あなた、そんなことを、どうしてたずねたりできるのかしら？」

「だって、そうじゃありませんか！」

と、たしなめるようにKが言った。

「わかっていますとも」

女将がおとなしく言葉をつづけた。

「でも、わたしの夫はそんなことをたずねたりしない。あのころのわたしと、いまのフリーダと、いったいどちらが不幸なのかしら。自分からクラムを捨てたフリーダと、もはやクラムのお呼びがなくなったわたしと。フリーダには、まだはっきりとはわかっていないみたいだけど、たぶん、フリーダのほうがずっと不幸だ。わたしは自分でしっかりと自分の不幸を受けとめていた。だって明けても暮れてもわが身に問わなくてはならなかったし、ほんとのところ、いまだって問いつづけている。どうしてこうなったのだろうって。三度までも人をつかわして、呼び寄せたのに、四度とはしなかった、とうとう四度目はこなかった！　あのころ、ほかに考えることがあったでしょうか？　あのあと、すぐに結婚した。ほかに夫と話せることがあったかしら？　昼間は時間がなかった。わたしたち、この居酒屋をひどい状態で引き受けたのだもの、盛り返さなくてはならなかった。夜になると暇ができた。何年もずっと、わたしたちの夜の対話はクラムのこと、その心変わりをめぐってだった。夫がうとうとしはじめると、わたしはゆすり起こして、なおも話したものだ」

「もし、お許しいただけるなら」

と、Kが口をはさんだ。

「ぶしつけな質問をさせていただきたいのですがね」

女将は口をつぐんだ。

「おいやなら、やめておきます」

と、Kが言った。

「これで十分です」

「そうでしょうとも」

と、女将が言った。

「あなたには十分なのです。黙っただけで、それでいい。なんだってまちがってとる。相手が黙ると、それも一つ。ほかにとりようがない。いいわ、質問なさい」

「何だって誤解するとすれば」

と、Kが言った。

「たぶん、自分の質問を誤解している。とすると、それほどぶしつけではないかもしれない。わたしはただ知りたいと思ったのですね、どうやってご主人と知り合われたのか、いかにしてこの居酒屋を手に入れたのかってことですね」

女将は額にしわを寄せた。しかし、あっさりとこう述べた。

「とても簡単なこと。父は鍛冶屋でした。それにハンス、いまの夫ね、ハンスは大地主の馬丁でした。それでよく父のところにやってきた。クラムと最後に会ったすぐあとでした。わたしはとてもやるせなかった。でも、やるせながってばかりもいられない。だって、すべてはきちんと進んだのだもの、わたしがもうクラムに呼ばれないことは、クラムが決めたことだもの、きちんとしている、ただ理由だけがわからない。それをあれこれ考えてもいいが、やるせながるのはいけないことだった。だのにわたしはどうにもならず、仕事も手につかないで、一日中、前庭にすわっていた。そのとき、ハンスがわたしに気がついた。おりおり、わきにすわってくれた。わたしは打ち明けたりしなかったけど、ハンスは事情を知っていて、やさしい人だから、いっしょに泣いてくれたりした。そのときの居酒屋の主人は妻を亡くしたので店をゆずりたがっていた。それに年もいっていた。わたしのところの前庭を通りかかって、わたしたちを見た。立ちどまって、すぐに居酒屋を賃貸しようと言ってくれた。わたしたちを信用していたので前払いはなし、賃貸料もずいぶん安くしてくれた。父の世話になりたくなかったし、ほかのことはどうでもよかった。居酒屋のことを考えると、新しい生活になって、きっと少しは忘れられると思ったので、ハンスと結婚した。これが経過のすべてです」

しばらく、ともに口をつぐんでいた。それからKが言った。

「居酒屋の主人のしたことは立派ですが、軽はずみでしたね。それとも、お二人に目をかけるような特別の理由があったのですか?」

「ハンスをよく知っていました」

と、女将が言った。

「ハンスの伯父にあたります」

「なるほど、もっともです」

と、Kが言った。

「とすると、ハンスのまわりの人たちは、あなたとつながりができるのを望んでいたのですね?」

「たぶん、そうね」

と、女将が言った。

「わたしは知りません。そんなことを考えたことは一度もなかった」

「そうにちがいありません」

と、Kが言った。

「だって犠牲を厭わなかった。居酒屋を保証なしにあなたにゆだねたんじゃないですか」

「あとでわかったことですが、軽はずみでもなかったのですよ」

と、女将が言った。

「わたしは仕事にとびこみました。鍛冶屋の娘です、からだは丈夫、女中も下男もいらない、とびまわっていた。食堂も、調理場も、馬小屋も、庭も、なんだってやる、料理が上手だから、貴紳荘の客をいただいてしまった。あなたはお昼はまだここでとったことがない。だからお昼の客を知らない。以前はもっと多かった。あれからずいぶんになる。その結果、わたしたちは賃貸料をきちんと払っただけでなく、何年かして店をそっくり買い上げた。いまだって、ほとんど借金はなし。思いがけないこともあったわ。無理をしすぎて、わたしは心臓を悪くした。もう、こんなおばあさんになってしまった。わたしがハンスよりずっと年上とお思いでしょう。でも、ほんとうは二つか三つ年上なだけ。あの人は年をとらない。だって仕事といえば——パイプをくゆらせている、おしゃべりを聞いている、それからパイプの掃除、たまにビールを運んでいく——これじゃ年をとりっこない」

「あなたの働きはすばらしい」

と、Kが言った。

「それは認めます。でも、いま話しているのはあなたの結婚前のことで、そのときにはきっと人目を引いたでしょう。だってハンスの身内が犠牲を厭わない、少なくとも、大きな危険を覚悟してまでも居酒屋をゆずりわたして、結婚にし向けた。あなたの働きに期待はしていても、確証はなかったし、ハンスのぐうたらぶりは、よく知られていた」

「やれやれ」

と、女将が疲れたようすで応じた。

「あなたが何を言うつもりなのか、どんなにそれが見当ちがいか、わたしにはわかっている。そういったことにクラムはまるでかかわりはない。どうしてわたしのために手を廻さなくてはならないのかしら。いいえ、そもそもわたしのために何かしさえするかしら？　わたしのことなど何ひとつ知りもしなかった。わたしを呼ばなくなったのは、わたしを忘れたしるし。呼び出しをしない者は、すっかり忘れている。そのことはフリーダの前では言わなかったわ。忘れただけじゃない。もっとひどい。忘れた人なら、また知り合える。クラムでは、そうはならない。もう呼び出さなくなった人は、クラムには過去の人であるだけでなく、将来にわたってもそうなんだ。あなたの考えが手にとるようにわかる。あなたの郷里であるよその土地では意味があるかもしれないけれど、ここではまるで無意味な考えだ。もしかするとあなたは思っているのではありませんか、クラムがわたしにハンスのような男を夫に与えたって。いずれもう一度わたしを呼び寄せるとき、厄介ごとにならないようにするためにね。そんなバカなことは考えないこと。クラムがほんのちょっとでも合図をしたら、わたしはすっとんでいく。何が邪魔立てできるかしら。バカげたこと、まるでバカげたこと。そんなバカげたことを思うだけでも、どうかしている」

「どういたしまして」

と、Kが言った。

「どうかしているわけじゃない。あなたのおっしゃったことまでは考えていなかったにせよ、正直言うと、そんなふうに考えかけてはいました。さしあたりわたしにいぶかしいのは、まわりの人がそんなに結婚を望んでいたことで、期待が実際に実現したことです。おかげであなたは心臓と健康をダメにした。これらの事実とクラムとを結びつけたい気はしましたが、あなたがおっしゃったほどまでは思わなかった。

誘いをかければ乗ってくるので、それでまた叱りとばすつもりでいたのでしょう。だってあなたは叱るのが好きなんだ。たのしんでいただいていいですとも！　わたしが考えたのは、こうなんです、クラムがまず結婚のきっかけをつくった。クラムがいなければ、あなたは不幸にはならず、前庭にぼんやりすわっていることもなく、クラムがいなければハンスが気がつくこともなく、あなたが悲しんでいなければ、気弱なハンスがあなたに声をかけることもなく、クラムのことがなければ、あなたはハンスとともに泣くなんてこともなく、クラムがいなければ、年とった、気のやさしい伯父で居酒屋の持主が、あなたとハンスが寄りそってすわっているのを見かけることもなかったし、クラムがいなければ、あなたはもうどうでもいいと思ったりしなかったし、だからハンスと結婚もしなかった。とすると、すべてのことにクラムがかかわっていると、そんなふうにわたしは思ったのです。それだけじゃない。あなたが忘れたいと思わなければ、あなたはそんなにがむしゃらに働かなかったでしょうし、店をこんなに繁盛させなかった。ここにもクラムがいるじゃないですか。さらにクラムは、あなたの病気の原因でもある。結婚前からあなたの心臓は、不幸な情熱のせいで疲れはてていたのですからね。ただ疑問としてのこるのは、どうしてハンスの伯父がそんなに結婚させたがったのかということです。あなたご自身がおっしゃいましたよ、クラムの愛人だったということは輝かしい名誉であって、二度と失うことがないってね。それが惹き寄せたのか。さらにですね、わたしが思うに、あなたをクラムに導いた幸運の星が――幸運の星としておきます、あなたがそんなふうにおっしゃった――あなたのものであって、あなたのもとにとどまっていると期待したのではありませんか。クラムがしたように、そんなに早く、そんなに突然、消え失せるとは思わなかった」

「本気でそんなふうに思っているの？」

と、女将がたずねた。

「本気ですよ」

と、Kはすばやく言った。

「ハンスの身内が期待していたことは、まるきり正しくもなかったし、まるきりまちがってもいなかったと思っています。さらにあなたがなさったまちがいにも気がついていると思っています。一見のところは、すべてうまくいきました。ハンスは面倒をみてもらえるし、しっかり者の妻があって、尊敬され、店も借金なし。しかし、ほんとうは、みんながみんな、うまくいったわけじゃない。ハンスはきっと、ごく単純な娘に愛されていたら、もっと幸せになれた。あなたが非難なさるように、おりおり酒場でぼんやりしているとしたら、実際、そうしないではいられないからであって——だからといってハンスは不幸ではない、それぐらいはわたしにもわかっていますよ——しかし、あの美男子の気の好い青年は、ほかの女とのほうがずっと幸せだったし、それにそのときはもっと自立していて、もっと働き者で、もっと男らしくもなっていたと思いますよ。あなた自身もまた幸せではない。おっしゃったとおり、三つの記念の品がなくては生きていけなかったし、心臓を病んでいる。とするとハンスの身内はまちがっていたのだろうか？　わたしはそうは思わない。あなたの上に祝福があったが、それを引き下ろすすべを知らなかった」

「どんな手抜かりをしたというの？」

と、女将がたずねた。ベッドにからだをのばし、天井を見上げていた。

「クラムに問い合わせること」

と、Kが言った。

「そうすると、つまり、またもやあなたにもどってくる」

と、女将が言った。

「あるいは、あなたにも」

と、Kが言った。

「われわれのことがらは隣り合っています」

「クラムに何を望んでいるのですか？」

と、女将がたずねた。からだを起こし、枕をふって寄りかかりやすくした。それからKの目をじっと見つめた。

「わたしは正直に自分の場合を話したわ、少しでも参考になるようにとね。だからあなたが何をクラムに望んでいるのか、正直に話してくださいな。わたしはフリーダをやっと説得したのですよ、自分の部屋に行って、そこを出ないようにとね。あの娘がいては、あなたは正直にはおっしゃらないと思いましたから」

「隠すことなど、何もありません」

と、Kが言った。

「さきにちょっと、申しておきたいことがあります。クラムはすぐに忘れると、あなたはおっしゃった。一つには、とてもあり得ないことにわたしには思えますし、二つには、それは証拠のないことです。そんなふうに言われているだけでしょう。いままさにクラムの恵みを受けていた娘が言いそうなこと。あなたともあろう人がそんな単純なつくり話を信じるなんて、へんじゃありませんか」

「つくり話なんかじゃありません」

と、女将が言った。

「いろんな体験から示されたこと」

「新しい体験からの反証がありますよ」

と、Kが言った。

「あなたの場合とフリーダの場合とに違いがありますね。クラムがフリーダをもはや呼ばないということは、べつにそんなことが起きたわけではないのです。むしろクラムは呼んだのだが、しかしフリーダは従わなかった。いぜんとしてクラムが待ちつづけているかもしれないのです」

女将は口をつぐんでいた。ただ目で計るようにしてKをじっとながめ、それから口をひらいた。

「おっしゃりたいことは、黙って聞きます。わたしにかまわず正直に話してください。ただ一つだけ、お願いがあります。クラムの名前を言わないでくださいな。《彼》とか何とかですまして、名前は言わずにすませていただきたい」

「いいですよ」

と、Kは言った。

「しかし、彼に何を望んでいるか、話しにくいですよ。まずはすぐ近くで彼を見たい、つぎに声を聞きたい。つぎにわれわれの結婚をどう考えているのかを知りたい。それから彼に頼みたいことは、話し合いのなりゆきと関係している。いろんなことが話に出るでしょうが、わたしにとってもっとも大切なことは、面と向かい合うこと。まだほんとうの役人とは直接だれとも話したことがない。自分で思っていた以上に、それはむつかしいようです。しかし、いまや個人としての彼と話し合う必要が生じました。わたしの考えるところでは、このほうがずっと実現しやすい。役人としての彼ならば、おそらくいかめしい執務室で話さなくてはならない。城かもしれないし、たぶんそうではないと思いますが貴紳荘かもしれない。個人としてなら、どこでもいい。往来で出くわせば、そこでもできる。それからついでに役人としての彼に応対することになれば、それはそれでいいのですが、それが第一の目的ではないのです」

「わかりました」

と、女将は言って、まるで恥ずかしいことを口にするかのように、枕に顔を押しつけた。

「あなたが面談したがっているってことを、つてを頼ってわたしがクラムに伝えることができるなら、返答が下りてくるまで自分からは何もしないと約束してほしいのです」

「その約束はできませんね」

と、Kが言った。

「あなたのお気持なり、あるいはあなたの気まぐれに応えたいのは山々ですが、のんびりしてはいられない。村長との話し合いが、はかばかしくなかったからなおさらです」

「言いわけでしょう」

と、女将が言った。

「村長はまるで何でもない人物です。あなただって気がついたはずでしょう？　みんな女房まかせ、あの女房がいなければ一日だって村長をしていられない」

「ミッツィですか？」

と、Kがたずねた。女将がうなずいた。

「そばにいました」

と、Kが言った。

「彼女は何か言いましたか？」

と、女将がたずねた。

「べつに何も」

と、Kが答えた。

「何か意見を言うなんて感じは、まるきりありませんでした」

「そうなんだ」

と、女将が言った。

「なんだってまちがって見ている。いずれにしても村長があなたに何を言おうとも、何の意味もありません。村長の女房とは折りをみてわたしが話します。クラムからの返事が遅くとも一週間以内にくると、あなたに請け合うとしたら、わたしに従わない理由はないはずでしょう」

「だからといって決まったわけではない」

と、Kが答えた。

「腹は決まっています。たとえ拒否の返答でも、決めたことはやってみます。そういう腹づもりをしているからには、さきに相談をたのむわけにいきません。頼まないでやれば大胆ではあれ、当然の試みなのに、拒否の返答のあとでは、あきらかな反抗になります。そのほうがずっとひどいことになります」

「ひどいかしら？」

と、女将が言った。

「いずれにしても反抗だわ。まあ、お考えどおりになさい。スカートを取ってくださいな」

Kにかまわず女将はスカートをはくと、調理場に急いだ。しばらく前から食堂がざわついていた。のぞき窓をたたく音がした。助手たちが一度、小窓を突きあけて、腹がへったと叫んだ。ほかの顔もあらわれた。小声だが何人もの歌う声さえ聞こえた。

Kと話していて昼食の用意が遅れたのだ。まだ支度ができていない。客がやってきた。さすがに誰も女将の許可なしに調理場に入ってきたりはしなかった。のぞき窓から見ていた者が女将のことを言ったので、女中たちがすぐに駆けつけた。Kが食堂に入ってみると、驚くほど多くの人がいた。男女とりまぜ二十人以上にのぼり、田舎風だが農夫ではないいで立ちで、のぞき窓に群がっていたのが、いそいでめいめいのテーブルにもどった。隅の小さなテーブルに何人もの子供をつれた夫婦がいた。夫はやさしげな青い目の男で、灰色の髪とひげが目についた。立ったまま前かがみになり、ナイフをタクトにして子供たちに歌わせていた。声が高まりそうになると注意している。きっとそうやって子供たちの空腹をなだめているのだ。女将はお定まりの言葉を投げかけて謝った。誰も文句は言わなかった。女将は夫を探したが、厄介な雲行きを見てとって、とっくに逃げ出していた。女将はのろのろと調理場にもどった。フリーダのところへ急ぐKには目もくれなかった。

7　教師

Kは二階で教師と出会った。うれしいことに部屋は見ちがえるようになっていた。フリーダがせっせと働いたのだ。空気がそっくり入れ換えてあった。さらに暖炉で十分にあたためてある。床は磨かれ、ベッドは整えられ、女中たちが残していたがらくた類は壁の絵とともになくなっていた。テーブルはついさきほどまで、どこに目をやっても汚れのこびりついた板を見せていたが、いまや手編みの白い覆いがかけてある。客だって迎えられるというものだ。Kのちょっとした洗濯物をフリーダがさっさと洗って暖炉のわきに吊るしていたが、それもさして気にならない。教師とフリーダはテーブルのわきにすわっていた。Kが入ってくると二人とも立ち上がり、フリーダは軽くキスをした。教師は小さくお辞儀をした。Kはぼんやりしていたのと、女将とのやりとりにまだ気をとられていて、教師を見るなり訪ねなかったことの詫びを述べはじめた。Kの来訪を待ちきれず、自分から訪ねてきたのだと思ったからだ。教師のほうは、自分と相手とのあいだに訪問の約束があったのを、言われてやっと思い出したようだった。

「そうでした、測量士さんだ」

ゆっくりと口をひらいた。

「たしか数日前、教会前の広場で話をした方ですね」

「ええ」

と、Kはそっけなく言った。あのとき、よるべない思いで我慢したのだが、この部屋では我慢することはない。Kがフリーダに向き直り、すぐにも大事な訪問をしなくてはならず、なるたけ身ぎれいにして行きたいと言うと、フリーダはそれ以上は何も聞かず、すぐに助手たちに声をかけた。二人は新しいテーブル掛けを、もの珍しげにいじっていた。Kが服と靴をすぐにぬぐから、下の中庭でよく手入れするように言いつけた。フリーダ自身は吊るしてあったシャツを取ると、アイロンをあてるため調理場へ下りていった。

Kは教師と二人きりになった。教師は黙ったきり所在なげにテーブルのそばにすわっていた。Kは声をかけないまま、シャツをぬぐと、洗面器で顔を洗いはじめた。教師に背中を向け、つづいてやっと来訪の理由をたずねた。

「村長さんからの用事です」

と、教師は答えた。その用件を聞きたいとKが言ったが、水音ではっきり聞きとれない。やむなく教師は近寄って、Kのかたわらの壁に寄りかかった。Kは洗面を詫び、訪問の予定に気がせいている旨を告げた。教師は聞き流してから、口をひらいた。

「あなたは村長さんに無礼を働きましたね。長老で、いろいろと功績があり、世間をよく知った、立派な方なのに」

「無礼を働いたとは知りませんでした」

からだを拭きながらKが言った。

「でも、作法のことではなく、ほかのことを考えていたのは事実です。わたしの生存がかかっていました。忌まわしい役所仕事のおかげで、脅かされているのですからね。あなた自身、役所側のおひとりですから、くわしくは申しますまい。村長さんはわたしのことで苦情を言ってましたか？」

「誰に苦情を言ったりするでしょう？」

と、教師が言った。

「たとえそんな人がいても、苦情を言うような人でしょうか？　あなたとの話し合いをめぐって村長さんの口述をちょっとした調書にまとめたのです。それで村長さんのやさしさと、あなたの返答ぶりがよくわかりました」

フリーダが片づけたらしく、櫛が見つからない。あちこち見廻しながらKが言った。

「なんです？　調書ですって？　当人のいないところで、あとから、その場に居合わせなかった人がまとめるなんて、あまりあることじゃない。どうして調書などをつくるのです？　役所の手続きなんですか？」

「いいえ」

と、教師が言った。

「手続き半分といったところで、正式のものではありません。何であれ、きちんとしておかなくてはならないのでつくるだけです。いずれにしてもできていて、あなたの名誉となるものではないようです」

櫛はベッドにまぎれこんでいた。やっと見つけ出してから、Kは落ち着いた声で言った。

「調書があってもかまいませんが、そのことを言いに来られたのですか?」

「ちがいます」

と、教師は言った。

「でも、わたしも人間ですから自分の意見というものがありますからね。言いつかってきた用向きは、村長さんの人の好さのたまものでしょう。言っときますが、わたしは了承していません。仕事柄やむをえず、また村長さんの顔を立てて、それで用向きを果たしているだけでしてね」

顔を洗い、髪に櫛を入れてから、Kはテーブルのそばで、シャツと服が届くのを待つことにした。教師の用向きには、さして関心がなかった。村長について述べた女将の意見も頭にあった。

「もう昼すぎですね?」

予定の道のりを考え、思案をそのまま口にした。それから気をとり直して、問いかけた。

「村長から何かわたしに伝言があるのでしたね?」

「ええ、まあね」

教師は責任をすべて振り払うように肩をすくめた。

「決定があまり長引くようだと、あなたが業を煮やして、何か思いがけないことをしやしないかと村長さんは恐れています。わたしとしては、どうして村長さんがビクついているのかわかりませんね。したいことをさせればいいというのが、わたしの意見です。われわれはあなたのお守り役ではないのだから、あなたのあとをハラハラして追っかける義務などない。村長さんはべつの意見でして、決定そのものは伯爵方の役人のすることだから、村長さんは早めることはできない。それで自分の権限内で、当座の、なんとも寛大な決断をなさった。受けるかどうかはあなたしだいですが、さしあたり、学校の小使をしてはどうかと申し出ておられます」

自分への申し出に対して、はじめKはほとんど注意しなかった。だが、自分に何か申し出があったということは、無意味ではない気がした。それはつまり村長の見解によると、Kが何をしでかすかわからず、村としてもKからみずからを守るため、ある程度の費用は当然と考えている。なんと事態を重要視していることだろう。教師はさきには調書をつくり、村長に使いに出され、じっとここで待っていたわけだ。

Kが思案ありげなのを見てとると、教師は言葉をつづけた。

「わたしは反対しました。教会守りの女房がときおり掃除をしているし、女教師のギーザ嬢が監督をしている。わたしは子供たちのことで頭がいっぱいで、このうえ小使のことまで心配したくないと言って断わりました。村長さんは学校がとても汚いと言い返しました。わたしは、そうひどくはないと答えました。本当にそうだからです。それからつけ加えて言ったのです。そもそも小使を備えればよくなるだろうか？もちろん、そんなことはない。小使などは、まるでこれまでいなかったことはべつにしても、学校は教室が二つきりで控え室がない。とすると小使は家族づれで教室の一つに住むことになる。眠ったり、調理することもある。汚さないわけがない。すると村長さんが言うには、小使の仕事はせっぱつまったあげくの救いであって、だから一生懸命、職務を果たすはずだ。それにあなたのほかに奥さんと助手二人が加わるので、学校だけではなく校庭もすっかりちゃんとするだろうと、そんなふうにも村長さんは言うのですね。それぞれにわたしは反駁して、簡単に言い負かしました。とどのつまり村長さんは、あなたの肩をもつのはやめにして、笑いながら言いましたよ、相手は測量士だから、校庭にきれいな花壇をつくってくれるだろうって。冗談に対しては反駁できません。それで用向きをことづかって来たわけです」

「先生はよけいな心配をなさっていました」

と、Kが言った。

「その仕事を受ける気はありませんね」

「ありがたい」

と、教師は言った。

「無条件に断わるというのですね、いや、ありがたい」

帽子を取るなり一礼すると出ていった。

入れかわるようにしてフリーダが険しい顔でもどってきた。シャツにアイロンをかけていない。何を言われても答えない。Kは機嫌を変えるために、教師のことと、その申し出のことを話した。それを聞くなり、フリーダはシャツをベッドに放り出し、あたふたと出ていった。まもなくもどってきたが、渋い面をした教師といっしょで、彼は挨拶すらしない。フリーダは少し待ってほしいと懇願した——あきらかに途中でも何度となく言ったのだ——それからKをわきのドアからつれ出した。Kがまるで知らなかったドアで、隣り合った屋根裏へ通じていた。フリーダは興奮して息を切らしながら、やっとそこで事のしだいを説明した。女将はKに打ち明け話をしてしまったこと、さらに悪いことにKとクラムとの話し合いに関して譲歩をしてしまい、当人が言うには冷たく鼻であしらわれたので、そのため心を決めたというのだ。もはやKをわが家に置いておけない、城とつながりがあるというなら、すぐにも利用するがいい。今日にも、いますぐにも、ここを出ていってもらおう、役所から直接、命令か指示を受けないかぎり、二度と受け入れない。そんな指示がくることはないだろう。というのは女将だって城とつながりをもっており、いざとなれば、それを使うすべはこころえているからだ。そもそもKは主人のうかつさから宿に入ったまでで、困りはてたあげくではない。それが証拠に今日の朝も、寝泊まりするところならほかにもあると豪語していた。むろん、フリーダは残ってもいい。もしKとともに出ていくことになれば、女将はとても悲しむだろう。いまもそのことを思っただけで、かまどのそばで泣きくずれた。心臓を病んだ、気の毒な人なのだ。悪気《わるぎ》があってのことではない。女将の思い込みかもしれないが、クラムとの思い出という宝物が関係している、こうしないではいられないのだ。女将はつまりこんな状態で、自分はむろん、どこであれKに従うだろう、雪であれ氷の中であれ、ついていく。そのことは言うまでもないことながら、自分たちには状況が非常に悪い。だから村長の申し出は救いの神のように思える、たとえKには気が進まない仕事であれ、はっきり言って間に合わせの職場にすぎず、時を待っていれば、たとえ最終的に不利な決定が下ろうとも、そのときほかの手を考えても遅くはない。

「どうしても困ったら、こうしましょう」

フリーダは叫ぶように言うと、Kの首にとびついた。

「ここを出ていく。どうして、とどまらなくちゃあいけないの？　でも、さしあたりは、あなた、おねがい、申し出を受けてほしい。教師をつれもどしたわ。《引き受ける》と、ひとこと言ってくれるだけでいい。それからわたしたち、学校に引き移る」

「それはまずい」

と、Kは言った。しかし、深刻に考えていなかった。住居のことは、ほとんど頭になかった。それに屋根裏に下着姿でいて、こごえていた。両側は壁も窓もない吹きっさらしで、刺すように冷たい風が吹き抜けていく。

「きみがあんなにきれいにした部屋だのに、出ていかなくちゃあならないなんて。それに仕事も気がのらないね。さっぱり気がのらない。あのチビの教師に頭を下げるなんて、いやなことだ。しかも上司というわけだ。もうしばらくここにいられたら、たぶん今日の午後にも状況が変わるはずだ。せめてきみがここに残れたら結果を待っていて、教師には曖昧な返事をしておく。自分のことならなんとかなる。いざとなればバルナ――」

言いかけた口をフリーダが手でふさいだ。

「ダメ」

不安げに彼女は言った。

「二度とそれは言わないで。ほかのところだったら、どこだってついていく。あなたがそうしろというなら、どんなに辛くてもここに残る。どうしてもイヤだというなら、申し出は断わる。でも、それは正しくない。だって、今日の午後にもほかに道がひらけるのなら、そのときになって学校の仕事をよせばいい。誰もとめない。教師に頭を下げるのがイヤなら、わたしにまかせて。わたしが、ひとりで話すから、あなたは黙って立っててくれればいい。これからもそうする。気が進まないなら、あの人と口をきかなくてもいい。わたしがあの人に使われる役になる。でも、そうはならない。だってあの人の弱味を知っているもの。そんなわけだから小使を引き受けても、なんてことはないわ。断わると大変なことになる。今日にも城から何も言ってこないと、あなたひとり、どこにも泊まるところがない。村のどこにも夜の宿りが見つけられない。あなたの未来の妻として、わたしが恥じなくていられる寝場所のこと。あなたに寝る場所がないというのに、わたしにはここで寝ろというの。あなたが夜と寒さのなかで往き迷っているというのに、どうして暖かい部屋に寝ていられるの」

この間、Kはわが胸を抱くように腕を交叉させ、少しでも寒さをまぎらわすために、うしろにまわした手で自分の背中をたたいていたが、つづいて言った。

「ほかに手がない。よし、受けるとしよう！」

部屋にもどるなり教師には目もくれず、暖炉にかじりついた。教師はテーブルのそばにすわっていた。やおら時計をひっぱり出した。

「遅かったじゃないか」

「そのかわり、すっかり話がつきました」

と、フリーダが言った。

「引き受けます」

「結構だ」

と、教師は言った。

「しかし、この仕事は測量士さんに申し出たものだから、直接ご本人から言ってもらいたい」

フリーダがKに手を差しのべた。

「もちろん」

と、フリーダは言った。

「引き受けるでしょう、そうね、引き受けるわね?」

Kはいっさいの返答をただ《ああ》ですました。それも教師にではなく、フリーダに向かって答えた。

「となると、あとは一つ」

と、教師が言った。

「あなたに職務を伝えておきます。この点、あとでごたごたしないように。測量士さんは毎日、二つの教室を掃除し、暖めておく。建物のちょっとした修理、並びに教材と体操の器具の面倒をみる。雪掻きをして校庭に道をつけておく。わたし、および女の先生の使い走りをする。暖かくなったら庭仕事をやる。そのかわりに教室の一つに住んでいい。ただし、同時に二つが使われていなくて、さらに住居となったところで、これから授業をするとなると、直ちに移動すること。学校で調理をしてはならない。かわりにあなたと、あなたの家族は、村の費用によりこの食堂で賄いを受けられる。学校の品位を傷つけてはならず、とりわけ授業中の子供たちに家庭内の好ましからざる情景を見せてはならない。これは言うまでもないでしょう。教養あるおかたとして当然ごぞんじのとおりですね。これと関連し、ひとことご注意を申し上げるが、フリーダさんとの仲をすみやかに公のものとなさるように。こういったこと、またほかのこまかいことに関して雇用契約を取り交わしますから、校舎に移りしだい署名をいただきます」

Kには、すべてがつまらぬことに思えた。自分と関係がないか、いずれにせよ拘束されることはないようだが、ただ教師の勿体ぶりがシャクにさわったので、こともなげに言った。

「了解。どれもお定まりのこととときた」

場をとりなすために、フリーダが俸給をたずねた。

「支払いについては」

と、教師が答えた。

「一か月の見習い期間後に考慮される」

「わたしたちには、つらいです」

と、フリーダが言った。

「ほとんど無一文で結婚することになる。家計をどうすればいいの。村に請願書を出しますから、すぐに少しでもいただけませんか？　お口添えいただけないでしょうか？」

「断わる」

と、教師が言った。ずっとKに向かって話しかけてくる。

「そういった請願は当方が指示したときにかぎります。わたしは指示しないでしょう。このたびの職はあなたへのおなさけであって、自分の公的な責任を承知していれば、さらにおなさけを願うなどのことはあってはならない」

やおらKは、ほとんど意志に反して口をはさんだ。

「おなさけとおっしゃるが、どうでしょう」

さらに言葉をつづけた。

「それはどうやら、わたしの側のことですよ」

「いいえ」

教師は薄笑いを浮かべた。相手の口をひらかせたというわけだ。

「その点、わたしはよく知っています。学校の小使の必要度は測量士のそれと、どっこいどっこいでしてね。厄介ものにすぎないのです。村当局は支出をどうやって説明するか、頭の痛いことです。いちばんいいのは、また正直なところは、当局への要求なんぞはテーブルにおっぽり出して、何もしないことです」

「同感ですね」

と、Kが言った。

「心ならずもあなたはわたしを傭わなくてはならない。頭を痛めても、わたしを傭わなくてはならない。やむなく誰かを傭わなくてはならず、その誰かがそれを承知してくれるわけですから、その誰かさんのおなさけというものです」

「バカなことだ」

と、教師は言った。

「いやでも傭わなくてはならない。村長さんのやさしさ、度のすぎたやさしさのせいだ。測量士さん、いいですか、ちゃんとした働きを見せるまで、へんな考えは捨てなくてはなりますまいよ。もし俸給が出るとして、そのためにも、このことは忘れないでいただきたい。さらにご注意しておきますが、あなたの振舞いは問題なしとはいえませんぞ。わたしとの話し合いの間、いまも目を覆いたいほどですが、下着に下ばき姿ではありませんか」

「そのとおり」

Kは笑って、両手を打ち合わせた。

「助手どもめ、いったい、どこにいる?」

フリーダは戸口へ急いだ。教師はもうこれ以上、Kとは話せないと見きわめをつけ、フリーダにいつ学校へ越してくるかをたずねた。

「今日」

と、フリーダが言った。

「ならば明日の朝、検分します」

教師はそう言うなり手を上げて挨拶すると、フリーダが自分のために開けたドアから出ようとして、女中たちとぶつかった。女中たちは部屋にもどるため、どっさり品物をかかえており、誰であろうと前をゆずるけはいがない。やむなく教師は二人のあいだをくぐり抜けた。フリーダがつづいた。

「お急ぎだな」

と、Kはこのたびは安らかな調子で言った。

「まだ出ていかないのに、はやくもご入来か?」

女中たちは答えず、とまどったように包みを持ち上げた。あいかわらずの汚れ物がぶら下がっていた。

「これまで一度も洗ったことがないのだろう」

悪意ではなく、ある種の親しみをこめてKが言った。二人はそれに気がついて、そろって重たげな口をあけ、きれいに揃った、丈夫そうな、獣のような歯を見せてニヤリと笑った。

「おいで」

と、Kが言った。

「くつろぐがいい。おまえたちの部屋だ」

二人はまだ、たじろいでいた――部屋がまるでちがっているように思えたからだ――Kは引っぱろうとして一人の腕をとった。だが、すぐに手をはなした。二人がチラリとたがいを見かわしてから、仰天したように目をみはり、そのままKを凝視したからだ。

「もう十分に見ただろう」

何かある不快な気持をこらえながらKが言った。フリーダがもどってきた。うしろにおずおずと助手たちがついてきた。フリーダから服と靴を受けとって、Kは身支度をした。助手に対してフリーダは不可解なほど我慢強いのだ。二人は中庭で服の手入れをするはずだった。姿が見えないのでフリーダが探しまわったところ、下でのんびりとお昼を食べていた。服を丸めたまま膝にのせていた。フリーダが自分で全部しなくてはならなかった。農夫たちに睨みをきかせられるというのに、助手たちには小言すら言わず、手ひどい怠慢を、当人たちを前にして笑いごとのようにして話し、いたずらをするように一方の助手の頰をつついた。Kはしめしをつけたかったが、いまはともかく出ていかなくてはならない。

「おまえたちはここに残れ。引っ越しのときフリーダを手伝うんだ」

二人は納得せず、いつもどおりうるさく騒ぎ立てようとした。

「そうよ、二人はここにいるの」

フリーダの声に従った。

「これからどこへ行くのか、知っているね?」

と、Kがたずねた。

「ええ」

と、フリーダが答えた。

「引きとめない？」

と、Kがたずねた。

「ほかにもいろんな厄介ごとがあるのに」

と、フリーダが言った。

「いまさらわたしが言って、何になるものですか！」

フリーダが別れのキスをした。そしてパンとソーセージの小さな包みをわたした。Kがお昼を食べていないので、下で用意してきたのだ。それからKに、終わってからはこちらではなく、まっすぐその足で学校へ行くように念を押してから、Kの肩に手をそえ、ドアの外まで見送った。

8　クラムを待つ

女中や助手たちでいっぱいのムッとする部屋をあとにして、はじめKはうれしかった。道もかなり凍りついていて雪がしまり、歩きやすい。ただ、はやくも暗くなりかけていたので足を速めた。

城の輪郭は消えかけていたが、いぜんとしてもの静かにひろがっていた。Kはこれまでついぞ、そこに生活の兆しを見たことがなかった。たぶん、離れすぎていて目につかないのだろうが、目はやはり見つけようとする。静まり返っているのが堪えがたい。城をながめていると、おりおりKには、じっとすわって目の前を見つめている誰かを観察しているような気がした。思いに耽っていて、それでまわりのすべてから閉ざされているのではなく、気ままで、こだわりがなく、ひとりっきりで、誰にも見られていないと思っていたのが、気がつくと見つめられている。だが、それでもっていささかも平静さを失わない。実際――そのせいなのか、あるいはだからこそかもしれないが――見つめているこちらの視線が定まらず、すぐにすべっていく。はやばやと昏《く》れてきたせいで、よけいにそんな気がした。Kが見つめていればいるだけ、なおのこと識別がつかず、まわりの暗さがいっそう深まってきた。

貴紳荘にはまだ明かりがともっていなかった。Kが着いたちょうどそのとき、二階の窓が開いた。肥って、きれいにひげを剃った男が毛皮の上着姿で身をのり出し、そのまま窓にもたれていた。Kが挨拶をしたが、会釈を返そうともしない。玄関にも酒場にも人がいなかった。酒場にたちこめたビールの匂いは、この前よりもひどかった。橋亭では、そんな匂いはしないのだ。Kはすぐに、この前、クラムをうかがったドアへと向かい、取っ手をそっと下に押したが、鍵がかかっていた。のぞき穴を手さぐりして探したが、きっと蓋がぴったり合っているのだろう。手さぐりでは見つからない。それでマッチをすった。とたんに叫び声がしたのでびっくりした。隅の暖炉わきのドアと配膳台とのあいだに、若い女が背を丸めてすわり、マッチの明かりのなか、寝ぼけ眼でこちらを見つめていた。フリーダのあと釜にちがいない。相手はすぐに思いついて、電気をつけた。不機嫌な顔をしていたが、Kに気がつくと微笑を浮かべた。

「測量士さんでしょう」

手を差しのべ、自己紹介をした。

「ペピーと申します」

小柄で、血色がよく、健康そうだ。赤みがかったブロンドの髪がゆたかで、それを太いお下げに編み、さらに顔のところでカールにしていた。ねずみ色の艶のある服が、ちっとも似合っていないのだ。下のところを子供っぽい、へんてこな絹のリボンで絞っていて、なおのこと窮屈そうだ。フリーダのことを訊きただし、またもどってくるかどうかたずねた。意地悪そうな口調だった。

「フリーダが出ちまったせいよ」

と、ペピーは言った。

「それで急にわたしが呼び出された。誰でもいいってわけにいかないものね。これまでは部屋づきの女中だった。この取り替えっこはワリに合わない。ここは夕方と夜の仕事だから、とても疲れる。我慢できそうにないわ。フリーダがよしたのもよくわかる」

「フリーダは満足していた」

と、Kが言った。フリーダと娘との違いをわからせるためである。相手はそれを無視している。

「あの人を信じちゃダメ」

と、ペピーが言った。

「フリーダは辛抱がきくの。ほかの者にはなかなかできない。何か言うつもりでもフリーダは言わないから、何か打ち明けるつもりだったってことがわからない。いっしょにここで働いて何年にもなる。いつも同じベッドで寝ていたわ。でも、あたし、あの人と親しくはならなかった。きっともうあたしのことなど忘れているわ。友達というのは橋亭の女将さんだけだと思う。あの人らしいわ」

「フリーダと婚約したんだ」

と、Kは言った。そのかたわら、ドアののぞき穴を探ってみた。

「知ってる」

と、ペピーが言った。

「だからいま話している。そうでなきゃ、あなたには何の意味もないじゃないの」

「なるほど」

と、Kが言った。

「しっかり者の女を手に入れたのだから、自慢していいと言うのだな」

「ええ」

フリーダのことで、まんまと告白をさせたかのように、ペピーが満足そうに笑った。

だが、Kの頭を占め、探しものから少し気をそらしたのはペピーの言ったことではなく、この女のいで立ちと、この場にいるということだった。むろん、フリーダよりずっと若く、まだ子供じみていて、いで立ちときたらお笑いである。酒場の女というのを大げさに考え、そのとおりに着飾ってきたわけだ。彼女なりにもっともなことだった。それというのも、当人に合ってもいないのに間に合わせで選ばれただけで、その身にあまる大役なのだ。フリーダが腰につけていた革の小さな鞄すらまかされていない。不満を言うのは思い上がりというものだ。子供のように単純ではあれ、おそらく城とかかわりはもっている。嘘をついたのでなければ部屋づきの女中だった。自分の立場をつゆ知らずに、ここでただ寝起きしてきた。この小柄な、肥った、少々丸まっこいからだを抱きしめても彼女は何を失うでもなく、いっぽうKには得るところがある。困難な道のための励ましにもなるだろう。フリーダの場合も、おおかた、そうではなかったか？　いやいや、まるでちがっていた。フリーダの目つきを思い出しさえすれば、すぐにわかること。まちがってもKはペピーには触れなかったが、いまやちょっと目をふさがなくてはならなかった。それほど食い入るように見つめていたからだ。

「明かりがないほうがいい」

ペピーが電気を消した。

「びっくりしたからつけただけ。ここにどんな用があるの？　フリーダが忘れ物をしたの？」

「そうだ」

と、Kは言ってドアを指さした。

「その部屋だ。テーブル掛けを忘れた。白い、手編みのやつだ」

「ああ、あれね」

と、ペピーが言った。

「覚えている。きれいにできた。あたし、手伝ったのよ。でも、この部屋ではないと思うわ」

「フリーダはここだと言った。誰かいるの？」

「誰もいない」

と、ペピーは言った。

「お偉いさんたちの部屋。ここでお偉いさんたちが飲んだり食べたりする。そのための部屋だけど、たいていの人は上の自分の部屋にいる」

「誰もいないのなら」

と、Kが言った。

「中に入って探したいが、誰もいないかどうかわからない。クラムはよくここにいるそうだね」

「いまはきっといないと思うわ」

と、ペピーが言った。

「すぐにいなくなる。橇《そり》が中庭で待っている」

すぐさま、ひとこともわけを言わず、Kは酒場をとび出した。玄関のところから出口ではなく、奥に進んで、すぐに中庭に出た。なんと静まり返っていて、きれいなんだ！　四角形の中庭で、三方は建物、一方が通りに面している——Kの知らなかった裏道だ——そちらには高い、白い塀と大門があり、重々しい扉が開いたままになっていた。前から見るよりも中庭側からのほうが、建物がずっと高く見えた。少なくとも二階分がズラリとあって、ずっと大きく見えた。上に隙間をのこして目の高さあたりまでの木造のベランダがついていたからだ。Kの斜め前方の中央棟の隅が、ま向かいの棟とつながっていて、そこにポッカリとドアのない入口が見えた。その前に黒っぽい幌をかけた橇が待機していた。馬が二頭つながれている。暗いなかにポツンと馭者らしい姿が見えた。ほかに誰もいなかった。

両手をポケットに入れ、まわりを注意深く見廻しながら、Kは中庭の二方を壁沿いに進んで橇に近づいた。馭者は先だって酒場にいた農夫の一人で、毛皮をひっかぶり、Kが近づくのをぼんやりと、猫の道筋を追うようにながめていた。Kがすぐそばに来て挨拶をすると、暗闇から現われた男に馬は少し騒いだが、農夫はいぜんとして、まるきり興味なさそうだった。それがKにはありがたかった。壁に寄りかかって昼食の包みをひろげた。感謝の気持でフリーダを思った。こんなにきちんと気を配ってくれている。そのかたわら、さらに建物の内部をうかがった。階段が直角に折れて下へ通じている。天井の低い、見たところ深そうな通路が交叉していた。どこもきれいで、白い塗装がしてあって、くっきりと線がついている。

Kは予期した以上に待ちつづけた。とっくに食べ終わり、寒さが身にしみてきた。とっぷりと暮れて闇になったが、クラムはいぜんとしてやって来ない。

「もっと長びくだろうな」

突然、耳近くにガラガラ声がして、Kはとび上がった。馭者である。うたた寝からさめたように伸びをし、あくびをした。

なりかけていた。

「何が長びくのだ？」

と、Kがたずねた。邪魔立てがむしろありがたかった。緊張して待ちつづけるのが、すでにおっくうに
「おまえさんが立ち去るまでだ」

と、馭者が言った。Kは意味がわからなかったが、そのことはたずねなかった。たずねないほうが、いばっている人間の口をひらかせやすいのだ。こんな暗闇のなかで返答がないと、反応をそそられる。実際、しばらく間を置いてから馭者が言った。

「コニャックはどうだ？」

「いただこう」

即座にKが言った。なんともうれしい申し出だった。寒くてたまらない。

「橇の戸を開けな」

と、馭者が言った。

「脇のポケットに二、三本入っている。どれか取り出して飲むといい。それからこちらに渡してくれ。毛皮のせいで下りるのがめんどうだ」

あれこれするのは気が進まなかったが、もうかかわり合いになったので言われたとおりすることにした。橇のそばでクラムと顔を突き合わせることになるかもしれないが、やむを得ない。Kは橇の戸を開けた。内側につるしてあるポケットからすぐにも一瓶を取り出せたのだが、戸を開けてみると中に入ってみたくてたまらない。ほんのしばらくでも、そこにすわっていたかった。それでそのまま入りこんだ。橇の中は

格段にあたたかかった。戸を閉じるのははばかりがあるので開いたままにしておいたが、やはりあたたかい。ベンチにすわるようなものと思っていたが、天井もあればクッションも毛皮もある。どちらの側に寝そべってもいいし、背伸びをしてもいい。やわらかく、あたたかくつつまれている。腕をひろげ、頭をクッションにもたせかけて、Kは橇の中から暗い建物を見つめていた。クラムが下りてくるのに、どうしてこんなに暇がかかるのだろう？　長いこと雪中にいたあと、急にあたたかくなって、全身がしびれたぐあいだ。クラムの姿を見たくてたまらない。こんなところでクラムと出くわすのはまずいとは思いつつ、ただぼんやりとそんな気がするだけで、すべてがおぼろげに思えてならない。Kが橇の中にいるのを馭者は知っているはずなのに何も言わず、コニャックを渡せとも言わない。ありがたいかぎりだが、お返しはしなくてはなるまい。同じ姿勢のままKはのろのろと脇のポケットに手をのばした。開いたほうの戸にあるのは手が届かないので、閉じた側のポケットをさぐった。どちらでもいいのだ。こちらにも瓶が入っていた。Kは一本抜き出して、栓をねじり、匂いを嗅いだ。おもわずニヤニヤしないではいられなかった。甘い匂いがした。やさしい匂いだ。それはまるで、好きな人にほめられ、うれしい言葉をかけられたぐあいで、それもどうしてなのかまるでわからず、わかりたいとも思わず、そんなふうに言われたと知るだけで幸せこの上ない、そんな気持だった。

「はたしてコニャックなのか？」

疑ってみて、ためしにまず味見をした。たしかにコニャックだった。不思議なほどからだを燃え立たせ、あたためてくれる。飲むと変わるものなのだ。甘い匂いをただよわせるだけだったものから馭者に似合いの飲み物になる。

「そんなものなのか?」

わが身を非難するように言ってみた。またひと口、ゴクリとやった。

そのとき——Kはまだ瓶を口にあてていた——辺りがパッと明るくなった。階段の上、廊下、玄関、外の入口に電気がともった。階段を下りてくる足音がする。Kの手から瓶がすべって、コニャックが毛皮にこぼれた。Kは橇からとび出した。あわてて戸を閉じたので、大きな音がした。一人の男がゆっくりと建物から出てきた。せめても助かったのは、クラムではなかったことだ。いや、それとも、まさに残念なことなのか? さきほどKが二階の窓辺に見た人物だった。若くて、とびきり見ばえがいい。赤らんだ顔をしていたが、表情は厳しい。Kもまたきつい目で見つめた。自分の眼差しそのものだと思った。いましがた自分のしたことは、助手たちを差し向けたときに彼らがやらかしたにちがいないことではあるまいか。向かい合っても相手は口をつぐんでいた。ぶ厚い胸であれ、言うべきことに息がつけないかのようだった。

「これはひどい」

ポツリと言って、帽子を少し押し上げた。

どうしたことだ? Kが橇の中にいたことについて何も知らないくせに、何かがひどいと、もうわかったのか? たとえばKが中庭にまで入りこんできたということを見とがめているのか?

「どうやってここに来ましたか?」

やや小声で言った。息をつき、やむを得ないことに納得している。何という問いだ! 何と答えろというのだ! あれほどの希望とともにのり出した道がムダごとだったと、この人物にまではっきりと言わなくてはならないのか? 答えるかわりにKは橇に向き直り、戸を開け、中に忘れていた帽子を取った。コニャックが踏み板にこぼれていることに、いやでも気がついた。

それから相手に向き直った。橇の中にいたことを、あらためて申し述べようとは思わなかった。取り返しがつかないわけではない。問われれば、そのときにはともかく、少なくとも戸を開けるようには馭者からたのまれたことを言うつもりだった。それよりまずいのは不意を打たれたことだった。身を隠すための時間がなかったことだ。それをしていれば、心おきなくクラムを待つことができた。あるいは、しっかりした考えをもっていなかったことだ。橇の中にいると腹をきめ、戸を閉めて、毛皮の上でクラムを待っている。少なくとも、この人物が近づくまでじっとしている。むろん、現われたのがクラムその人でないなどとは知る由もなかった。橇の外で迎えるほうが、やはりよかったのかどうか。いろんなふうに考える余地はあったが、いまやキリがついたのだから、いずれにしてもせんないことだ。

「いっしょに来ていただこう」

と、相手が言った。命令口調ではなかったが、言葉にではなく、わざと何でもなさそうなすげない手つきに命令がこもっていた。

「人を待っているのです」

と、Kは言った。何か期待してではなく、ただ決めたことであったから言ったまでだ。

「おいでください」

と、相手はまたもや言った。Kが誰かを待っていることについて、決して疑っていないことを示すかのように断乎として言った。

「待っている人と行きちがいになります」

全身をすくめてKが言った。ヘマをしたとの気持の一方で、これまで手にしたものは、たとえ固く握ってはいないように見えても、任意の命令にゆずりわたしてはならない財産にちがいなかった。

「待っている、いないにかかわらず、いずれにしても行きちがいになりますよ」

当人の言い分ではあれ、Kの思いに添うように相手が言った。

「同じことなら待っています」

Kは言い返すように答えた。こんな若造のひとことで、ここから追われたくなかったのである。これに対して相手は顔を上げ、優越の表情を浮かべると、ちょっと目を閉じた。わからず屋に対して冷静でありたいというふうで、少し開いた唇を舌の先で舐めると、つぎには馭者に声をかけた。

「馬を外せ！」

馭者はうやうやしく、とともに横目でKを睨みつけると、毛皮をつけたまま下りにかかった。主人から指示の撤回は願わないにせよ、Kからは何らかの返答を求めるかのように、おそろしくノロノロと、橇をつけたままの馬を横手の建物へつれもどした。両開きの扉の向こうが厩舎と馬車置き場らしかった。Kはひとり取り残されたのに気がついた。一方へは橇が遠ざかる。他方へは、Kがやって来た道を若い人物が歩いていく。どちらもめだってゆっくりしていた。まだ呼びもどすのは自由だと告げているようだった。

呼びもどせなくもなかったが、それは無用のことなのだ。橇を呼びもどすとは、自分を追い払うことを意味していた。そこで居場所をゆずらず、じっと立っていた。勝利ではあるが、よろこびのない勝利だった。若い人物と馭者を、Kはかわるがわる見つめた。若い男は戸口に来た。さきほどKが中庭に出てきたところだ。彼はもう一度振り向いた。相手のかたくなさに首をかしげるそぶりをしたようにKには思えた。

それから決断したようにさっさと玄関へ入り、すぐに姿が消えた。馭者はそのあとも中庭にいた。橇は手間がかかる。厩舎の重い扉を開き、橇を後退させて橇の置き場にもどし、さらに馬を外して飼い葉桶のところへつれていく。すべてをいとも厳粛にすませていった。専心あと始末につとめて、しばらくは橇と縁切りといったふうだった。Kに一顧だにくれず黙々とすすめていく手ぎわに、主人の仕打ちよりもKに対する手ひどい非難をこめているようだった。厩舎の仕事をすませると、ゆっくりと、全身をゆするような足どりで、馭者はななめに中庭を横切り、大門を閉め、また引き返してきた。いぜんとしてゆっくりしていて、雪の中の自分の足跡だけを見つめている。ついで厩舎の中から扉を閉め、電気を消した——誰のために明かりが必要というのだ?——木製のベランダの上の隙間だけに明かりがのこっていて、うつろう目をいくらか引きとめた。Kには、すべてのつながりが絶たれたような気がした。むろん、これまで以上に自由であって、いつもなら禁じられているところでも気が向けば待機していてもいいし、誰にもできなかったこの自由の獲得をやってのけたし、誰も彼に触れたり追い払ったりできない。話しかけすらできない——少なくともそんな確信めいた思いがしたが——と同時に、この自由、この待機、この勝利以上に、無意味で、絶望的なものはないような気がした。

9　尋問を拒む戦い

気持を振り切るようにして建物にもどった。このたびは壁に沿ってではなく、雪のまん中をまっすぐ歩いていった。廊下で橋亭の主人と出くわした。彼は黙ってKにうなずくと、酒場のドアを指さした。Kは手引きされるように中へ入った。からだが凍えていたし、人に会いたかったからだ。しかし、つぎにはガッカリした。いつもは樽だけがあるところに、わざわざ据えたらしいが小さなテーブルが置かれ、さきほどの若い男がすわっていた。そして前に——Kにとって気の重い光景だった——橋亭の女将が立っていた。ペピーは自慢げに頭をそらし、あいかわらず薄笑いを浮かべ、これみよがしにお下げ髪を振り廻しながら忙しく往ったり来たりしていた。ビールを運んできたかと思うと、つぎにはインクとペンを持ってきた。若い男は前に書類をひろげ、こちらの数字、またテーブルの端の書類の数字を引きくらべていた。それからやおらペンをとった。女将はひと息ついたふうで、唇を突き出しぎみにしたまま目の下の男と書類とをじっと見つめていた。すでに必要なすべてを述べ終えて、それが受け入れられたようすだった。

「測量士さんがやっとお見えだ」

若い男はチラっとKを見て、すぐに書類に目を落とした。女将もそっけなく、冷やかな目つきでKを一瞥した。Kがカウンターに近づいてコニャックを注文すると、ペピーはようやくKに気がついたようだった。

Kはカウンターに寄りかかり、手で両目を押さえた。何も気にしないでいたかった。それからコニャックを舐めて、とても飲めたしろものじゃない、といったふうに押しもどした。

「お偉い人の飲み物よ」

ペピーはひとこと言って残りを空け、グラスを洗って棚に置いた。

「お偉がた用に、もっといいのがあるだろう」

と、Kが言った。

「そうかもね」

と、ペピーが答えた。

「でも、ここにはないわ」

それきりKは用ずみとばかり、またもや若い男の世話にかかったが、べつに入り用のものはない。うしろをうろうろしながら、うやうやしげな面もちで肩ごしに書類をのぞき見している。愚かな知りたがりと勿体ぶりというもので、それを女将が眉を寄せてにらんでいた。

やにわに女将が耳をそば立てた。耳を澄まして一点を凝視している。Kは振り向いた。とりたてて何も聞こえない。ほかの者たちもそのようだった。だが女将は爪先立ちして中庭に面した裏手のドアに駆け寄って鍵穴からのぞいている。それから振り向いた。カッと目をあけ、頰を紅潮させている。指で招き寄せたので、ほかの者も代わるがわるのぞき見た。女将がいちばん熱心だった。ペピーも身をのり出していた。

若い男はいちばん気がのらないようだった。ペピーと男はまもなくもどってきたが、女将はやはり張りつめた面もちでのぞいていた。深くうつ向き、ほとんどひざまずいた姿勢で、鍵穴に向かい、自分を通してくれるようにかきくどいているように見えた。もうとっくに何一つ見えなくなっていたからだ。ようやく諦めて立ち上がると、両手で顔を撫で、髪をととのえ、大きく息をついた。わが目を部屋と人に慣れさせなくてはならないというふうで、それもいやいやながらという感じだった。このときKが声をかけた。自分が知っていることを確かめるためというより、攻められるのが恐いので、さきに仕掛けたといったぐあいだ。それほど彼は敏感になっていた。

「クラムが立ちさったのですね?」

女将はものも言わずKのそばを通りすぎた。小さなテーブルから男が言った。

「もちろん、そうです。あなたが見張りをあきらめたので、クラムは出ていけた。どんなに神経がこまやかであるか、驚いたでしょう。クラムがしきりにまわりを見廻していたのを、女将さんは気がつきましたか?」

女将は気づかなかったらしい。若い男は言葉をつづけた。

「もう何も見えないのが幸いだった。雪の中の足跡は馭者がかきならしておいた」

「女将さんは何も気づかなかった」

と、Kが言った。何かを望んでのことではなく、ひとえに男の言い方があまり断定的に聞こえたからである。

「きっとわたしが見逃したのだわ」

はじめ女将は男の肩をもったが、つぎにはクラムに加勢するようにつけ加えた。

「いずれにしても、クラムがそんなに神経質とは思わないわ。わたしたちはもちろん、あの人を恐れていて、あの人を守ろうとしている。だからクラムはとても神経がこまかいということにしている。それでいいのだし、クラムの望むところでもあるけれど、ほんとうはどうなのか、わたしたちは知らない。たしかにクラムは話したくない人とはついぞ話さない。そんな人にはとても注意していて、前に出るのをとてもイヤがっている。そんな人とは決して話をせず、目の前にこさせないからといって、それだけで人の目が我慢できない人だなどと言えるのかしら。ためしたことがないのだから証拠にはならないわ」

しきりに若い男がうなずいた。

「まったく同意見です」

と、彼は言った。

「測量士さんにわからせようと、言い方をちがえただけなんですね。クラムが外に出ていくとき、きっと何度も辺りをうかがった」

「きっとわたしを探していたんだ」

と、Kが言った。

「そうも言える」

と、若い男が言った。

「とてもそこまでは思いつかなかった」

みんなが笑った。わけもわからないくせに、ペピーはとりわけ、けたたましく笑った。

「和気あいあいとしたところでいかがでしょう、測量士さん」

やおら、その男が言った。

「調書の完成に力をかしていただけませんか」

「いろいろと書いてありますね」

離れたところからKは書類に目をやった。

「ええ、悪い習わしでしてね」

と、若い男は言って、またもや笑った。

「ところで、あなたはまだわたしが何者か、ごぞんじないでしょう。モムスと申しまして、クラムづきの村の秘書です」

そのひとことで部屋全体が静まり返った。女将とペピーはむろん彼をよく知っていたが、名前と肩書に打たれたかのようだった。当の若い男自身、まるで自分の受容能力を超えたことを口にしたかのように、そして少なくとも自分の言葉にこもっている晴れがましさから遅まきながらにせよ逃れるかのように、やおら書類にかがみこみ、何やら一心に書きはじめたので、部屋にはペンの走る音だけがしていた。

「村の秘書とは、そもそも何ですか」

しばらく間をおいてからKがたずねた。すでに名のりを上げたからには、モムスがおめおめ説明できるものではないので、代わりに女将が口をひらいた。

「モムスさんはクラムの秘書です。クラムの秘書の一人ですが、その勤務地と権限が――」

書きものを中断してモムスが勢いよく首を振ったので、女将が言い直した。

「勤務地だけで権限ではないのですが、村に限られています。モムスさんは村が必要とするクラムの文書を担当していて、村から出されるクラムへの請願を、まず最初に取りついでくれる人なんです」

ことのしだいがまだ呑みこめず、ぼんやりした目でKが見つめているので、女将はとまどって言いそえた。

「そんなぐあいになっているのです。城の役人はそれぞれ、村の秘書をもっています」

モムスはK以上に注意深く聞いていたが、つけたすように女将に言った。

「たいていの村の秘書は一人の上司についているが、わたしは二人いるんだ。クラムとヴァラベーネの二人を受けもっている」

「そうでしたね」

女将は自分も気がついて、Kに向き直った。

「モムスさんは二人の主人に仕えていて、それがクラムとヴァラベーネです。兼任の村の秘書なんですよ」

「兼任ね、なるほど」

と、Kは言うと、いまや身を乗り出すようにして見上げているモムスに対し、ほめられたばかりの子供にほほえみかけるようにして、うなずきかけた。そこにある種の軽蔑がこもっていたが、二人はそれに気づかなかったか、あるいはまさに望んでもいるようだった。Kときたら、ほんの偶然にもせよクラムに目をかけられる見込みがない。まさにそのKの前でクラムの側近の仕事ぶりがくわしく告げられた。あきらかに意図あってのことで、Kが一目も二目もおいて、ほめたたえるように要求している。しかし、Kにはそれが通じない。これまで全力をつくしてクラムの一瞥を求めてきた。そんなKにとって、クラムの庇護のもとに生きているモムスごときの地位は大したものではなく、賞讃しようと思わず、ましてや妬ましくもない。なぜならば、クラムに近づくこと自体が問題ではなく、自分、つまりKその人、余人にあらずしてひとりKが、いかなる願いでもなく、ひとえにクラムに近づき、その庇護にすがるのではなく、そのわきを通過して、さらに進んで城に行きつくためなのだ。

Kは時計を見た。

「さて、もどらなくちゃあならない」

とたんにモムスの有利に転じた。

「ごもっとも」

と、彼は言った。

「学校の小使の勤めがある。しかし、ほんの少し待ってもらいたい。少々おたずねするだけですから」

「その気はありません」

Kはドアに向かいかけた。モムスは書類をテーブルにたたきつけて立ち上がった。

「クラムの名において、わたしの問いに答えることを要求する」

「クラムの名において?」

Kがくり返した。

「クラムがわたしのことなどを気にしているのですか?」

「それについては」

と、モムスが言った。

「わたしが判断することではないし、ましてやあなたが、とやかく言うことはない。心おきなく、あちらにまかしておけばいい。クラムよりゆだねられた地位の名のもとに、いまここで、答えることを要求する」

「測量士さん」

女将が口をはさんだ。

「意見を差しひかえていました。これまでいろいろ助言をしましたね。ほんとに心からのことなのに手ひどくはねつけられてきた。秘書さんのところへ来たのは——隠し立てしませんとも——あなたの行動とあなたのもくろみを役所にきちんと伝えておいて、あなたが二度とわたしのところに住みつかないようにするためなんです。いまはもう安心で、このさきも変わらないでしょう。それでいていまわたしが意見を言うのは、あなたを助けるためではないんですよ。秘書さんにはあなたのような人とやりとりするのは大変だから、少しでも力ぞえをしたいからです。でも、あなただって、わたしがありのままを申しますから——あなたに対していつもそうだし、たとえイヤでもそうするの——その気になりさえすれば、わたしの意見から役に立つことが引き出せると思いますよ。いまの件では、ただ一つのことをご注意しておきましょう。あなたにとってクラムに行きつくただ一つの道は、秘書さんの調書を通してのことなんですよ。でも、これは言いすぎね。たぶん、この道はクラムにまで届かない。ずっと手前でとぎれている。そのことは秘書さんのお考えしだいだわ。いずれにしてもクラムの方角に向かっているのはこの道だけ。なのにそのただ一つの道を拒否しようとなさる。それもひとえに意固地だからね？」

「どういたしまして、女将さん」

と、Kが言った。

「これはクラムへの唯一の道ではないし、ほかのどれよりいい道ってわけでもありません。それからあなた、秘書さん、わたしがここで答えることが、クラムのところまで届けていいかどうか、あなたがお決めになる」

「まあ、そうですね」

モムスはとりたてて見るべきものもないのに、誇らかに目を伏せ左右を見た。

「それが秘書の職務です」

「ごらんなさい、女将さん」

と、Kが言った。

「クラムのところへの道が必要なのではなく、まず秘書さんのところに向かわなくちゃあならない」

「その道をあなたに開いてあげようと思ったのですよ」

と、女将が言った。

「あなたに午前中、クラムへの請願を取り継いであげましょうって申し出なかったかしら。秘書さんを通してのこと、あなたはイヤがったけど、いまになってわかったはずだわ、ただこの道だけしかないってね。今日、あんなことをしたんですもの、クラムの不意を狙って隠れていた、あんなことをしたからには、もう成功の見通しなんてほとんどなくなった。これが最後のちいさな希望なの。消えかけていて、ほんとはもう希望でも何でもないのかもしれないけど」

「女将さん」

と、Kが言った。

「クラムに近づこうとすると、あれほどとめようとしたくせに、いまになってわたしの請願を大まじめにとっておられる。こちらの計画が不首尾に終わったのを、もうダメときめつけておられるらしいのは、どうしたことですか？　クラムに近づくのを、ほんとに心から押しとどめたのなら、たとえクラムまでは届かないにせよ、どうしていまになって、ともかくもその道にのせようと、やっきになったりするのですか？」

「やっきになっていますかしら？」

と、女将が言った。

「あなたの試みはムダごとだということが、その道にのせようとすることになるのかしら？　あなたはそんなふうにして、自分の責任をわたしにひっかぶせようとなさる。とてつもなくひどい話だ。そんなふうになさるのも、秘書さんが前におられるからではないのかしら？　どういたしまして、測量士さん、わたしはべつにあなたを、その道にのせようなどとはしていませんよ。一つだけ打ち明けておきますと、はじめてあなたを見たとき、少しばかり高く買っていた。すぐにフリーダをわがものになさったのに驚いた。ほかに何をやらかすかしれない。へんなことをもっと起こさせないためには、頼んだり脅かしたりするしかないと思ったものだわ。でも、そのうち、落ち着いて考えられるようになりました。したいことをさせておけばいい。中庭の雪の上に足跡をつけたりはするでしょうけど、ただそれだけのこと」

「矛盾がすっかりとけたようですね」

と、Kが言った。

「矛盾をご注意したことで満足するとしましょう。ついては秘書さんにお教えねがいたいのですが、女将さんのおっしゃることはどうなんですか。つまり、わたしについて作成なさるおつもりの調書は、その結果として、わたしがクラムに会うはこびとなるようにしてくれるのですか。もしそうなら、すぐにも質問に答えます。その点、何であれいたしますとも」

「そんなかかわりはありません」

と、モムスが言った。

「わたしはただ、本日の午後のことを正確に書きとめたまでです。クラムの村内記録ですね。記載は終わりましたが、二、三個所に空白があって、正確を期してあなたに埋めてほしいのです。ほかに目的はありませんし、いかなる意図もありませんね」

Kは黙ったまま、じっと女将を見た。

「どうしてそんなに、じろじろごらんになるの?」

と、女将がたずねた。

「わたし、まちがったことを言ったかしら? この人、いつもこうなんですよ、秘書さん、いつもこう。受けとったことを勝手に取り替えて、まちがったことを聞かされたと言い張るんです。わたし、ずっと言ってる、今日も言ったし、いつもそう。クラムに迎えられる見通しはゼロだって言ってきた。見通しがないのなら、この調書によってもどうにもならない。これほどはっきりしたことがあるかしら? それからわたし、言ったわ、この調書は、この人がクラムに対して持っているたった一つのたしかな結びつきだって。これだってはっきりしたことであって、疑いようのないことだわ。それでもわたしの言うことを信じないで、あいも変わらず——どうしてだか、何のためだか知らないけど——クラムのところへ出向きたがっている。となるとその考えにそって、クラムに対して持っているたった一つの手がかりを助けるしかない。それがこの調書だわ。わたしはそのことを言っただけ。それをまちがいだと言い張るのは、わざと言葉をひん曲げているのだわ」

「女将さん、そういうことでしたら謝ります」

と、Kが言った。

「そういうことなら、わたしが誤解したのです。つまりわたしは、いま明らかになったようにまちがって、あなたがさきにおっしゃったことから、ほんのかすかでも自分には希望があるんだと聞き取ったのですね」

「そうですよ」

と、女将が言った。

「ずっとそのことを言ってきました。いままたあなたは、わたしの言葉をねじ曲げる。このたびは逆向きにね。わたしの考えでは、あなたにそのような希望があって、ただそれはこの調書しだいだってこと。だけどあなたがすぐさま、《クラムと会えるなら、質問に答える》なんて言い放つことではないの。子供が言ったのなら笑ってすませるけど、大のおとなが言うと役所への侮辱になるわ。秘書さんは上手に答えて、あなたの無礼を帳消しにしてくださった。わたしの言う希望というのは、あなたがこの調書で、ある種のつながり、ことによるとクラムとのつながりを持つことになるかもしれないってこと。それは希望といえないかしら？　わざわざそんな希望を与えてもらうのだもの、質問に答えて少しはお役に立ってもいいのじゃないかしら？　もちろん、どの程度にたしかな希望かは言えないし、秘書さんは立場上、それを仄めかしもできない。この人にとっては今日の記録をつくるだけ、職務からのこと。たとえあなたがわたしの言ったことから、あれこれたずねても、これ以上はおっしゃらないわ」

「秘書さん、どうなんですか」

と、Kがたずねた。

「クラムはこの調書を読みますか?」

「いいえ」

と、モムスは答えた。

「どうして読まなくちゃあならないのです? すべての報告に目を通すなんてできないし、それにそもそも、クラムはまるきり読まないのです。《報告など持ってくるな!》と、口癖のように言ってます」

「測量士さんったら」

女将が苦情を言った。

「またそんな質問で手こずらせる。クラムがこんな調書を読んで、あなたのつまらない生活を知ることが必要なのかしら、望ましいのかしら。むしろあなたは、ひざまずいてたのんだほうがいいのじゃないかしら、こんな調書はクラムの目から隠してくれって。でも、見せるのと同じように隠しておけってたのむのもバカげているわ。誰がクラムに対して何かを隠せるかしら。見せろというよりは少しましなだけね。それにあなたの希望とやらに入り用なのかしら? 自分ではっきり言ったわ、クラムの前に出て、たとえクラムが見ていず聞いてもいなくても、前で話す機会がありさえすれば満足だって。この調書によって、少なくともその機会ができるかもしれない、それ以上かもしれないのじゃないかしら?」

「それ以上?」

と、Kがたずねた。

「どんなぐあいに?」

「いつもこうだ」

女将が大声を上げた。

「子供みたいに何だってすぐに口に放りこめるようにしてもらいたがる。そんな問いに誰が答えられるというの? 調書はクラムの村内文書室にくる。それは聞いたでしょう。それ以上のことは、何一つはっきりと言えないわ。調書と、秘書さんと、村内文書室の意味が呑みこめているのかしら? 秘書さんがあなたを尋問するとなると、それがどんな意味なのかわかりましたか? 秘書さんはもしかすると、いえ、たぶんに自分ではわきまえていらっしゃらない。ここに静かに腰かけて義務を果たしている。正確を期して、と自分でも言った。クラムがこの人を任命したこと、クラムの名のもとに仕事をしていること、この人のしたことがクラムのところまで届かないとしても。でも、さきだってクラムの同意ずみだってこと、そのことを考えてくださいな。クラムの精神をおびていないものが、クラムの同意など得られっこない。秘書さんにあけすけにお世辞を言っているのではないのよ。そんなことをすると秘書さんだって気を悪くなさる。だけどこの人そのものではなくて、クラムの同意のもとにこの人が何ものであるかを話しているの。いまの場合がそれだわ。クラムの手のついている道具なのに、これに従わない人に災いあれだわ」

Kは女将の脅かしなど怖れなかったし、女将がこれ見よがしにチラつかせる希望にも倦んでいた。クラムは遠かった。女将は一度、クラムを鷹にたとえた。Kにはそれが滑稽に思えたものだが、もはやそうではない。クラムの遠さをKは思った。手の届かない場所のこと、おそらくはこれまでついぞ耳にしたことのないような叫びによってだけ、わずかに破れるはずの沈黙、その見下ろした目つき、決して見返されず、そらされもしないクラムの目。Kのいる下からは、手のほどこしようもなく高いところに引かれた円環の世界をKは考えた。ほんのつかのま、のぞくだけ――すべてがクラムであり、鷹と同じだ。この調書とは、もとより何のかかわりもない。いまやモムスがその上で、塩つきのビスケットを割って、ビールのつまみにしている。調書の上に塩つぶとビスケットのかけらがちらばった。

「おやすみ」

と、Kは言った。

「尋問というやつは嫌いでしてね」

そのまま、すたすたとドアに向かった。

「行っちまう」

モムスがほとんどおびえたように女将に言った。

「そんなことをする勇気はないわ」

と、女将が言った。それ以上、Kは聞かなかった。すでに廊下に出ていた。冷えており、強い風が吹きこんでいた。向かいのドアから主人がやってきた。ドアのうしろから、のぞき穴ごしに見張っていたのだ。上衣の裾のところを押さえつけている。風がひっさらいかねないからだ。

「もうお帰りですか?」

と、彼が言った。

「へんですか?」

と、Ｋがたずねた。

「ええ」

と、主人が言った。

「尋問を受けたのではありませんか？」

「いいえ」

と、Ｋが答えた。

「尋問などさせませんよ」

「どうしてですか？」

と、主人がたずねた。

「どうしてでしょうね」

と、Ｋが答えた。

「どうして尋問を受けなくてはならないのか、冗談とも役所の気まぐれともつかないことに、どうして従わなくてはならないのか。つぎのときには冗談や気まぐれから従うかもしれませんが、とにかく、今日はお断わりです」

「なるほど、ごもっともです」

と、主人は言った。相手に応じたまでで、心からの同意ではなかった。

「これから店の者を酒場にやらなくてはなりません」

と、主人が言った。

「とっくにその時間がきていたのですが、尋問の邪魔をしたくなかったものですから」

「そんなに重要なことだと思っているのですか?」

と、Kがたずねた。

「もちろんです」

と、主人が答えた。

「するとわたしは断わるべきではなかった?」

「ええ」

と、主人は言った。

「そんなことはしないほうがよかった」

Kが黙りこんだので、慰めるためか、それともさっさとケリをつけるためか、主人はつけたしした。

「でも、だからといって、すぐにも天から硫黄が降るわけじゃないですよ」

「そうとも」

と、Kが言った。

「そんな天気模様とは見えませんね」

二人は笑いながら左右に別れた。

10　通りで

外の階段に出てくると、風が音を立てて吹きまくっていた。Kは闇に目をやった。ひどい、ひどい天気だった。それとどこか関連しているのか、女将のことが頭をかすめた。あの手この手を使ってKを調書に向かわせようとしたものだ。それに対して頑張り通したこと。もちろん、はっきり腹を見せてのことではなかった。ひそかに彼女はKを調書から遠ざけようともしていたはずで、つまるところ頑張り通したのか、それとも屈服したのか定かではない。腹黒いのだ。この風のように、一見、意味もなく吹きつのっているようで、遠くの見知らぬところから送られてくる。それが何なのか見定められない。

通りを歩きだしたとたん、遠くに明かりが二つゆれているのに気がついた。生きているもののしるしがうれしくて足を速めた。向こうからも近づいてくる。それが助手たちとわかったとき、どうしてそんなにがっかりしたのか、自分にもわからなかった。たぶん、フリーダに言われたのだろう、まっしぐらにやってきた。ランタンが風にもまれて音を立てていた。暗闇から解放されてよく見ると、Kが使い慣れた明かりだった。にもかかわらず、がっかりした。Kは未知の人を心待ちにしていた。こんななじみの者ではなかった。それに二人はKにとって厄介者にすぎないではないか。ところが助手だけでなく、二人にまじり闇からバルナバスが歩み出てきた。

「バルナバス」

と、Kは叫んで手を差し出した。

「来てくれたのか？」

再会の驚きのせいで、しばらく、バルナバスにまつわる腹立ちをすっかり忘れていた。

「お手紙が来ています」

バルナバスは以前と変わらずにこやかに言った。

「クラムからです」

「クラムからの手紙だって！」

Kは顔をのけぞらせ、急いでバルナバスの手から手紙を取った。

「明かりだ！」

助手たちに言うと、二人は左右からぴったりとKに寄りそい、ランタンを高く差し上げた。風から守るため、Kは便箋を小さくたたまなくてはならなかった。それから読んでいった。

「橋亭の測量士殿！　これまでなされた測量を承知している。助手たちの働きもなかなかのものだ。人を使うすべを心得ておられる。この調子でお願いしたい！　立派にやりとげていただきたい！　中断は望むところではない。報酬については近く決定をみるので安心されたい。いつも気にかけていることを書きそえておく」

あと追いで読んでいた助手たちが、吉報に小躍りして「万歳」を三度叫び、ランタンを振り廻したので、

Kはやっと手紙から顔を上げた。

「静かにしろ」

二人に声をかけ、それからバルナバスに言った。

「誤解だ」

バルナバスはわかっていない。

「誤解だ」

と、Kはくり返した。午後の疲れが、ぶり返してきた。学校の建物までがはるか遠くに思えた。バルナバスの背後に、その家族の姿が浮かんできた。助手たちはいぜんとしてつきまとってくるので、Kは肘で突きとばした。フリーダのそばにいるように命じたのに、どうしてフリーダは迎えに寄こしたりしたのだろう。もどり道は自分で見つけられる。こんな連中といっしょよりも簡単だ。助手の一人はマフラーを首に巻いており、その先っぽが風に煽られ、何度かKの顔を打った。もう一人がすぐさま、長い尖った指でふざけ半分に先っぽを引きはなすのだが、何にもならない。のみならず二人とも先っぽがはためくのがうれしくてならず、くり返されるたびに跳び上がっている。

「行くんだ！」

と、Kがどなった。

「迎えにくるのなら、どうして杖をもってこなかったのだ？　どうやっておまえたちを追い返そうか？」

二人はバルナバスの背中に身をひそめた。べつに恐がってもいなくて、手のランタンを左右からバルナバスの肩にのせかけようとする。バルナバスはすぐさま払いのけた。

「バルナバス」

と、Kは声をかけた。バルナバスがまるでわかっていないことに、胸がしめつけられる思いがした。ふだんなら彼の上衣は晴れやかだが、事態がこうなると何の助けにもならない。押し黙った壁のようで、どうするすべもない。それというのもバルナバス自身、無力なのだ。ほほえみが明るいだけ。空の星が地上の嵐にそうであるように、ほほえみは助けにならない。

「何てことを書いてきたと思う」

Kは手紙をバルナバスの顔にかざした。

「まちがったことが伝えてある。測量などしていないし、助手の働きは見てのとおりだ。はじめてもいない仕事を中断はできないし、望むも望まないもないのだ。してもいない仕事を承知されるいわれがない！安心されたいもないものだ」

「そのことをお伝えします」

と、バルナバスが言った。手紙に目を走らせていたが、読めなかったにちがいない。顔をすりつけていただけだ。

「伝えると言うが、きみを信じていいものかな？　何としても信頼できる使いでなくてはならない。とりわけ、いまがそうだ！」

Kは苛立って唇を嚙んだ。

「ご主人さま」

バルナバスが少し首をかしげた。――Kはあやうく、またもやバルナバスを信じてしまいそうになった――

「きっとお伝えします。この前に言いつかったことも、きっとお伝えします」

「何だって！」

Kが叫んだ。

「それもまだ伝えていない？　あくる日に城へ行ったのじゃなかったのか？」

「いいえ」

と、バルナバスが言った。

「父は年とっています。ごらんになったでしょう。いろんな仕事があって、父を手伝わなくてはならなかったのです。でも、すぐにまた城へ出かけます」

「いったい、何をしている。まったく、わけのわからんやつだ」

Kは声を荒げて、自分の額をピシャリとたたいた。

「クラムのことが、すべてに優先するのではないのか？　使者という大切な任務をさずかっていながら、そんなにいいかげんにやっていいのか？　きみの父親の仕事がどうだというのだ？　クラムは知らせを待っている。なのにきみときたら、大急ぎで駆けつけるかわりに、くだらんことにかまけている」

「父は靴屋です」

バルナバスは変わらぬ口調で言った。

「ブルンスヴィックからの注文があったのです。わたしは父の下働きです」

「靴屋――注文――ブルンスヴィック」

Kは一語ずつ、もう二度と口にしないかのように、いまいましげに言った。

「道に人っこひとりいないというのに靴をこしらえてどうなる。靴屋稼業がどうしたというのだ。使いをゆだねたはずだ。靴台にのっけて、ぼんやりしているためではない。すぐに使いに立つのが務めだろう」

少し気持を落ち着けた。クラムはたぶん、ずっと貴紳荘にいただろうと思いついたからだ。城にはいなかったと思われる。しかし、バルナバスがKの最初の伝言を、たしかに承知している証明に復唱をはじめたので、またまた苛立った。

「わかった。そんなものは聞きたくない」

「ご主人、どうか怒らないでください」

われ知らずKを罰するかのように、バルナバスは視線をそらし、目を伏せた。Kの叫びにびっくりしたせいらしかった。

「きみに怒っているのじゃない」

と、Kが言った。いまやむしろ自分自身への苛立ちだった。

「ただ、大事なことなのに、こんな使いしかいないとは困ったことだ」

「でも、こうなんです」

バルナバスが口をひらいた。使者の名誉を守るために、許されている以上を言おうとしている。

「クラムは報告を待っていないんです。届けにいくと腹を立てるくらいです。《またぞろ、来たか》なんて言ったことがあります。遠くから姿を見かけると、たいていは立ち上がって隣の部屋に入ってしまって、会ってくれないのです。それにすぐに伝えに行けとは決められていないのです。決められていれば、きっとそうします。でも決められていないんです。ちっとも出向かなくとも何とも言われません。知らせにいくのは、こちらしだいでいいんです」

「わかった」

助手から目をそらすためにも、バルナバスを見つめたままKが言った。助手どもときたら、かわるがわるバルナバスの肩ごしにゆっくりと顔をのぞかせ、Kに睨まれると、風の音をまねた奇声を発して、しゃがみこむのだ。いつまでもそんなことをしている。

「クラムのところではどうなのか、わたしは知らない。あちらのことを全部きちんときみが見ているかどうか、怪しいものだと思っている。たとえきちんと見ていても、どうなるものでもない。だが、知らせを届けることは、きみにできるし、だからきみにたのんでいる。ほんの短い伝言だ。明日すぐに届けて、明日にも返事をもらってくるか、あるいは少なくとも、どんなふうに迎えられたか、それだけでも知りたいのだ。できるかな、やってくれるか？　わたしにはとても大事なことなんだ。いずれ十分にお礼をするし、いま何か願いがあるなら、できることなら引き受ける」

「きっとお役目を果たします」

と、バルナバスが言った。

「頑張って、できるだけきちんとやってもらいたい。クラムに直接伝えて、クラムから直接、返事をもらう。明日、それも、午前中にすませてもらいたい。やってくれるね？」

「全力をつくします」

と、バルナバスが言った。

「でも、いつもそうしているんです」

「そのことでいまはもう、あれこれ言わない」

と、Kが言った。

「では、いいな、伝言をつたえる。測量士Kは、ここにみずから局長殿に口答させていただきます。諸般の事情よりして、これをなす資格をもつと思うからです。これまで仲介の人物が機能せず、やむなくこのたびの仕儀にあいなったしだいであります。それが証拠に、これまで測量の仕事を少しもなしておらず、村長の伝えるところによれば、それをなす場もないとのこと。そのため、いたたまれぬほどの恥じらいとともに局長殿の先般のお手紙を拝読したわけで、直接そこもとにまかり出るのが、ことを解決する早道と存じます。厚かましいお願いであることは重々承知しておりますが、局長殿のお邪魔にならぬようにつとめ、どのように時間を限られても異議は申さず、会談にあたり、言葉の数を限られようとも従うにやぶさかではなく、よしんば十語であれ、立派に用向きは果たす所存であります。ここに伏してご決断をお願いいたします」

Kはわれを忘れて話していた。クラムの戸口に立ち、門番と話しているかのようだった。

「思ったよりずっと長くなった」

と、Kが言った。

「しかし、口で伝えるんだ。手紙は書きたくない。書類の山にまぎれこむのが関の山だ」

バルナバスの心覚えのため、助手の一人の背中を台にして、もう一人に明かりをもたせ、あわただしく紙切れに書きとめた。バルナバスが復唱するのを書いていったまでで、彼はそっくり覚えこんでおり、助手がわざと口出しをするのにかまわず、学校の生徒のように朗誦した。

「すごい記憶力だな」

と、Kが言って、紙切れを渡した。

「よそでも、そのとおりにやってくれ。それで頼みごとはどうだ？　何もないのか？　正直なところ、何か頼みを言ってくれたほうが、伝言の行末に安心できるんだが、どうなんだ？」

バルナバスはしばらく黙っていた。それから言った。

「姉がよろしくとのことです」

「姉さんね」

と、Kが言った。

「そうそう、大柄な、丈夫そうな娘さんだ」

「二人ともよろしくとのことです。とくにアマーリアがそうです」

と、バルナバスが言った。

「アマーリアが今日、あなたへのこの手紙を城からもって帰りました」

その知らせに目をとめてKがたずねた。

「アマーリアはわたしの伝言を城に届けられないか？　あるいは二人して出かけて、どちらかが運をためせないかな？」

「アマーリアは事務局に入れません」

と、バルナバスが答えた。

「そうでなければ、よろこんでやってくれます」

「たぶん明日、わたしがきみたちを訪ねていく」

と、Kが言った。

「とにかく返事をもらってきてくれ。わたしは学校できみを待っている。姉さんと妹に、わたしからもよろしく」

Kの言葉がバルナバスには、とてもうれしいらしかった。別れの握手のあと、彼はそっとKの肩にふれた。いまやすべて、バルナバスがはじめてさっそうと食堂の農夫たちのなかにやってきたときにもどったようで、Kはバルナバスの手を、勲章のようにして微笑とともに受けとめた。気分がやわらいだので、帰る道筋は助手たちがしたいとおりにさせていた。

11　学校で

全身を凍りつかせて住居にたどり着いた。どこもまっ暗で、ランタンのローソクは燃えつき、助手たちに手を引かれて、Kはさぐるようにして教室に入ってきた。助手たちはもう、ここをよく知っていた——クラムの手紙を思い出して、「おまえたちの最初のみごとな働きぶり」と、Kは言った——半ば寝とぼけて、隅からフリーダが声をかけてきた。

「Kを寝させてあげるの！　邪魔しちゃあだめ！」

睡魔に打ち負かされて待ちきれなくても、Kのことで頭がいっぱいなのだ。ついで明かりがともされたが、ランプの炎を絞っていなくてはならない。灯油がのこり少ないからだ。新しい世界は不足だらけだった。一応はあたためてあったが、体操にも使われる大きな部屋で——体操用具がまわりに置かれ、天井からもぶら下がっていた——それに備えつけの薪をすでに使いきっていた。Kにくり返し言われたが、はじめは十分あたたかかったが、残念ながら、それからどんどん冷えてきたという。薪小屋にたっぷりたくわえがあるが、入口に錠が下りていて、鍵は教師が保管している。授業中の暖房以外は薪の持ち出しを認めない。ベッドがあればそこに逃げこむ手もあるが、藁袋が一つあるきりで、フリーダが目をみはるようにきれいなショールでつつんでいた。しかし、羽根ぶとんなどはなく、目の粗い、貧弱な毛布が二枚きりで、ほとんどからだをあたためない。粗末な藁袋ですら助手たちがしきりに狙っていたが、その上に横になるなど、もとよりもってのほかのこと。フリーダが不安げにKを見た。フリーダがどんなにひどいところでも、住みやすくするすべを心得ていることは橋亭で立証ずみだが、ここのようにまるきり備えがなければ、どうしようもないのである。

「体操用具が、わたしたちのたった一つの飾り」

涙をこらえ、無理にもほほえみを浮かべて言った。しかし、どんなに物がなくても、またベッドや暖房にこと欠いても、明日には何とかしてみせると強い調子で言った。だから明日まで辛抱してくれというのだ。言葉からも、意味合いからも、しぐさからも、Kのせいで貴紳荘を、さらに橋亭までも出なくてはならなくなったことを、これっぽちも恨みがましく思っていないのが見てとれた。そのためKも、すべてを我慢するのにやぶさかではないのだった。それはたいして難しいことではなかった。バルナバスのことで頭がいっぱいで、託した伝言を一語一語、思い返していたからだ。バルナバスに授けたとおりではなく、クラムの前で述べられるところを想像していた。それにフリーダがアルコールランプの上で珈琲をわかしてくれたのが身にしみてうれしかった。Kは冷えていくストーブに寄りかかり、手なれた支度ぶりを目で追っていた。教壇の上に、こればかりは欠かせない白いクロスをひろげ、花模様のある珈琲茶碗をのせると、かたわらにパンとベーコンと、さらにサーディンの缶詰を並べた。いまや支度ができた。フリーダもまだ夕食をとっていなかった。Kを待っていたのだ。二つの椅子があったので、Kとフリーダが腰を下ろした。助手たちは足元の教壇に腰掛けた。二人とも片ときもじっとしていず、食べるあいだにもさわぎ立てた。どれも十分にもらっているのに、食べ終えるより早く何度も立ち上がり、まだどれほどのこってい るか、さらにいくらかもらえるのかを確かめた。Kはいさいかまわなかったが、フリーダの笑い声で二人に気がついた。Kは机の上でフリーダの手にそっとわが手をのせ、どうしてそんなに面倒をみるのか、手ひどい不作法ですら大目に見ているのはどうしてか、と小声でたずねた。甘やかしていては、いつまでも手が離れない。相手の振舞いに応じた処置があるもので、たとえば懲らしめるとか、あるいはもっとふさわしくて効果があるのは、彼らが逃げ出すように手ひどく扱うことではないか。この学校を住み家にするにしても、あまり楽しいものとも思えない。そう長くはいないにしても、助手たちがいなくなって、二人だけで静かに住めば、物がなくても気にならないだろう。彼らが日ごとに厚かましくなっているのに気がつかないか。フリーダがいると元気づいて、フリーダの前では、Kがふだんのようには手ひどくしないのをよく知っている。手をかけずに二人をお払い箱にする簡単な方法がありはしないか。フリーダだってそれを知っているのではないか。なんといっても土地のことにはくわしいのだ。それに、そうしてやったほうが彼らのためでもあるのではないか。こちらでいっしょにいては楽な生活はできないし、これまでのらくらしていたのが、そうもいかなくなる。フリーダはこの数日の緊張から無理はできないし、Kはいまの窮状を脱するために、あれこれ手をとられる。ともかく助手たちがいなくなれば、Kとしてもホッとひと息つけて、ほかのことに加えて小使の雑用だって、とどこおりなくできるだろう。

フリーダは注意深く聞いていた。それからKの腕をそっと撫でながら、すべて同感だと言った。しかし、もしかすると助手たちの不作法に目を尖らせすぎているのではないか。若いし、陽気で、少し単純で、はじめて他人に仕えることになり、厳しい城の規律から解放された。そのためずっと興奮していて、気持が動転している。そんな状態で、しばしばバカをしでかす。それに腹を立てるのは当然ながら、笑うのがむしろ自然ではなかろうか。自分としては、おりおり笑い出さずにいられない。しかしながら、彼らは追い出して二人きりがいいという点ではまったく同意見である。フリーダはKにすり寄って、その肩に顔をうずめた。そのまま話すので聞きとりにくく、Kはフリーダの方へかがみこまなくてはならない。助手たちに用心すると、ほかに方法がないからで、フリーダはKが提案したことが失敗に終わらないか怖れていた。フリーダの知るかぎり、Kの方から助手を求めたのであって、だから送られてきたからには追い出せないだろう。いちばんいいのは、いま見るとおりの軽はずみな連中として受け入れることで、そうすれば、さして気になるまい。

Kはその意見に同意しなかった。そして半ば冗談、半ばまじめに、フリーダが助手たちと手を結んでいる、少なくとも二人に愛情をもっているように見えると言った。なるほど、男ぶりのいい青年だが、しかし、気持はどうあれ、縁が切れないはずはなく、自分が助手たちにそれを実証してみよう。

そうなればうれしい、とフリーダは言った。ついては今後は、もう彼らのことで笑ったりしないし、必要のないかぎり話さないと言った。考えてみれば笑うようなことではないのだ。いつも二人の男に見張られているのは、実際のところ尋常のことではないのであって、Kの目で二人を見るすべを知った。事実、助手たちがまたもや立ち上がったとき、フリーダは身ぶるいした。二人は食べ物の残りをたしかめ、ささやき合いの理由を知りたいらしかった。

フリーダに助手たちを不快に思わせるためにも、Kは二人の不作法を利用した。フリーダを抱き寄せ、寄りそって食事を終えた。つづいては床につく。全員が疲れはてていた。助手の一人は食事中に寝入りこみ、もう一人がそれをおもしろがって、その寝ぼけづらを上の二人にとくと見せようとした。Kとフリーダは手で制して椅子にすわっていた。寒さが耐えがたく、横になる決心がつかない。とうとうKが、このままではとても寝られないと言った。Kは斧を探した。助手たちが一つ知っていて、もってきたので、三人で薪小屋に向かった。粗末な戸を破るのに手間はかからなかった。助手たちは、これまでこんなすばらしい薪を見たことがないかのように歓声をあげ、追っかけたり、つつき合ったりしながら、薪を教室に運びはじめた。まもなく薪の山ができた。火が燃え上がり、みんなストーブのまわりに床をつくった。助手たちは毛布を一枚もらった。それにからだをくるみこむ。一枚で足りた。というのは、いつもどちらかが起きていて、ストーブの番をする取りきめになったからである。まもなくストーブのそばはあたたかくなり、もはや毛布もいらない。ランプが吹き消された。あたたかさと静けさにホッとして、Kとフリーダはのびのびと眠りについた。

夜中にKは何かの物音に目が覚めた。まだ眠りのつづきのまま隣に手をのばすと、かたわらにはフリーダではなく助手が寝ていた。たぶん気持が高ぶっていて、それで急に目が覚めたりもしたのだろうが、村にきてはじめてと言っていいほどびっくりした。ひと声叫んではね起きると、おもわず拳で助手を殴りとばしたので、彼が泣き出した。すぐにことが判明した。さきにフリーダが目を覚ました——そんな気がしただけらしいが——何か大きな生き物、猫と思われるが、それが胸の上にとび乗り、すぐまた逃げたというのだ。フリーダは起き上がり、ローソクをつけ部屋中に生き物を探した。助手の一人が、そのすきにちゃっかりと藁袋に入りこみ、手ひどいお返しをくらったわけだ。フリーダは何も見つけられなかった。もどってくる途中、夕食のときに話したことを忘れたように、うずくまってうたた寝をしている助手の髪を撫でて慰めてやっていた。それに対してKは何も言わなかった。ただ助手たちに暖房は中止するように伝えた。運んできた薪をあらかた燃やしてしまって、暑すぎるほどになっていた。

朝、みんなが目を覚ましたとき、すでに最初の生徒たちがやってきていて、もの珍しげに寝床をとり巻いていた。不都合きわまることだった。朝になって再び冷えびえとしていたが、夜中は暑いほどあたたまっていたので、全員が下着だけになっていた。これから服を着るという矢先に女教師のギーザが戸口にあらわれた。ブロンドの髪の大柄な美人で、少々固苦しい若い女だった。新しい小使のことは知っており、教師から扱い方を吹きこまれていたのだろう、やにわに敷居のところから声を放った。

「なんてことかしら。結構なことね。あなた方は教室で寝る許可を受けたかもしれないけど、わたしはあなたたちの寝室で授業をする義務はないわ。小使一家が朝までずっと、ベッドでいちゃついているなんて、ま、なんてことかしら！」

いくつか異議を申し立てる点があった。とくに一家ということとベッドの点だと、Kは思ったが、ともかくもフリーダといっしょに――助手たちは使いものにならないのだ。床に寝ころがったまま、女教師と生徒たちをポカンと見つめている――大急ぎで体操用の平行棒と木馬を押してきて、毛布をひっかけ、小さな仕切りにした。子供たちの目をさえぎって、せめて着換えをする。しかし、それすら取りかかれない。バケツに汲みたての水が用意してないことを女教師がなじった――ちょうどKも自分とフリーダ用に、水が必要だと思ったところだったが、女教師を刺激するので、さしあたりはあきらめた。しかし、それでことはすまなかった。ひきつづいて大ごとになった。というのはうっかりしたことに、夕食の残りを教壇から片づけるのを怠っていた。女教師は一つ一つ定規ではじき落とした。つぎつぎと床に落ち、サーディンの缶詰の油や珈琲の飲みのこしが床に流れた。珈琲ポットが粉々になった。女教師はいさいかまわない。掃除するのは小使の役目なのだ。着換えも終わらないさきにKとフリーダは平行棒によりかかり、自分たちのささやかな持ち物がくだけ散るのを見つめていた。助手たちは着換えのことなど念頭にないのだろう、毛布にくるまったまま隙間からのぞいている。子供たちが見物していた。フリーダには珈琲ポットが胸に痛んだ。Kが慰めるために、すぐに村長のところへ行って代わりをもらってくると言うと、気を取り直し、まだシャツとスリップのまま仕切りから走り出た。少なくともテーブル・クロスだけは取りもどしたい。これ以上に汚されたくなかったからだ。それには成功したが、女教師はフリーダを脅かすため、めったやたらに定規で机をたたいていた。Kとフリーダは着換えてから、あっけにとられている助手たちをあわただしくせきたて、さらに手伝って服を着させた。全員身なりがととのったので、Kが仕事を割り振った。助手たちは薪を運んできて、暖房をする。まずは隣の教室。そちらにはもっと大きな危険が迫っていた。すでに教師が来ているかもしれないからだ。フリーダは床を掃く。Kは水を汲んできたり、そのほかの仕事をする。さしあたり朝食はあとまわし。女教師の気分のぐあいを判断するために、Kは最初に外へ出たかった。彼が呼んだら、つづいて出てくること。そのようにしたのは、一つには助手たちの愚かさのせいで事態をこれ以上悪くしないためだったが、いま一つには、なるたけフリーダをいたわりたかったからである。フリーダには自尊心があるが、Kにはそんなものはない。フリーダは感じやすいが、彼はちがう。フリーダは目下の小さなイヤなことだけで頭がいっぱいだが、Kはバルナバスと将来のことを考えている。フリーダはすべて指示に従った。ほとんど彼から視線をそらさない。Kが進み出たとたん、女教師が大声をあげた。

「どうなの、寝坊したのね？」

子供たちがドッと笑った。そのあとも笑いがとまらない。Kは無視した。問われたわけではないからだ。そのまま洗面台に向かいかけると、女教師がたずねた。

「わたしのニャンコちゃんに何をしたの？」

大きな、年とった肉づきのいい猫がグッタリと机の上に寝そべっていた。脚がどうかしているらしく、女教師がしらべている。フリーダの言ったことは本当だった。猫がとびのったわけではなかっただろう。この猫にはとびのりはできなかっただろうが、這いのぼってきて、いつもとちがい人間がいるのに驚き、いそいで隠れようとして脚を傷つけたのだ。Kはそのことを順を追って説明したが、女教師は結果だけをとりあげた。

「わかったわ。あなたたちが傷つけた。やってくる早々に、とんだご挨拶ね。ほら、ごらん」

女教師はKを教壇に呼びつけ、猫の前脚を見せた。Kがよく見ようとすると、前脚をつかみ、爪でKの手の甲をひっかいた。爪は鋭くはなかったが、女教師が猫におかまいなしに強く押しつけたので、血の筋が走った。

「さっさと仕事にかかるの」

女教師はじれったそうに言うと、またもや猫にかがみこんだ。フリーダは助手といっしょに平行棒のところから見つめていたが、血の筋を見て悲鳴をあげた。Kは手の甲を子供たちに見せ、それから言った。

「ほうら、意地悪な化け猫がこんなことをした」

むろん、子供たちのために言ったのではなかった。彼らはさかんに叫んだり笑ったりし合っていて、いまさらそのかしたり、けしかける必要はない。声をかけても聞かないし、言っても通らない。女教師は横目で侮辱に応えると、すぐさま猫の手当てにとりかかった。最初の怒りが血の懲罰でみたされたらしいので、Kはフリーダと助手に声をかけて仕事をはじめた。

Kがバケツの汚れ水を運び出し、新しい水を汲んできて教室の掃除にとりかかったところ、十二歳ばかりの少年が長椅子から立ってやってきた。Kの手にふれ、何か言うのだが、まわりがさわがしいので聞きとれない。突然、騒ぎが一度にやんだ。朝からずっと怖れていたことが起きた。戸口に教師が立っていた。小男の彼が両の手にそれぞれ助手の首すじをつかんでいる。薪を持ち出すところをつかまえた。声を張り上げ、一語ごとに区切りをつけながら言った。

「薪小屋の戸を破ったのは何者だ? ひねりつぶしてやる。犯人はどいつだ?」

女教師の足元で床を磨いていたフリーダが立ち上がり、まるで力を授けてもらいたいというようにKを見た。それから口をひらいた。眼差しと態度に、身についた威厳があった。

「わたしです、先生、ほかに方法がなかったのです。朝早く教室をあたためておくためには、小屋を開けなくてはなりません。夜のうちに鍵をあなたのところへ取りにいく勇気がなかったのです。わたしのいいなずけは貴紳荘にいました。夜ずっとあちらにいるかもしれず、わたしがひとりで決めなくてはならなかった。まちがったことをしたのなら、世間知らずをお許しください。何が起きたのか、わたしのいいなずけは見てとって、ひどくわたしを叱りました。そして早朝の暖房を禁じました。あなたが倉庫に錠を下ろしたのは、自分が来るまで教室をあたためなくてもよいということのしるしだと言うのです。暖房をしなかったのは、この人の罪ですが、小屋を破ったのは、わたしのせいです」

「戸を壊したのは誰だ?」

教師が助手たちにたずねた。二人はつかまれた手をもぎはなそうとして、もがいていた。

「その人」

と、二人は言って、しきりにKを指さした。フリーダが笑った。その笑いは当人の言葉以上に事実を証明しているようだった。フリーダは床磨きに使っていた雑巾をバケツで絞りはじめた。いまの説明でこの一件は終了したのであって、助手の言うことは、あとの冗談であることを主張するかのようだった。ひざまずいて、ふたたび仕事にかかってから、フリーダが言った。

「わたしたちの助手はまだ子供でしてね、いい年をしていても、教室の長椅子が似合いだわ。わたしが夕方、ひとりで斧で戸を破った。とても簡単だった。助手の手もかりなかった。そばで邪魔をするだけね。夜になってわたしのいいなずけが帰ってきました。外に出て、戸の壊れぐあいを見て、できることなら修理しようとしたんです。そのとき助手たちもいっしょに走り出ました。きっとここに二人だけで残されるのがイヤだったのね。わたしのいいなずけが壊れた戸口のところで立ち働いているのを見たものだから、それでいま《その人》なんて言ったのね——ほんと、子供なんだから」

フリーダが話しているあいだ、助手たちはたえず首を振ってはKを指さして異議を唱えつづけたが、聞き入れられないとわかると諦め、フリーダの言葉を命令とみなして、教師にさらに問われても口をつぐんでいた。

「そういうことか」

と、教師が言った。

「おまえたちは嘘をついたのだな。それとも軽はずみに罪を小使に押しつけたのか?」

二人はなおも答えなかった。しかし、わなわなと震え、目をキョトキョトさせていることからも、うしろめたいことが見てとれた。

「ならば、お仕置きをするとしよう」

と、教師は言って、生徒に隣室へ竹の棒を取りにやった。教師が棒を手に取ったとき、フリーダが叫んだ。

「いいえ、助手たちは本当のことを言いました」

バケツに雑巾をたたきつけるように投げこんだので、烈しく水がとび散った。そして平行棒のうしろへ走りこみ、身を隠した。

「嘘つきばっかり」

女教師は猫の脚に包帯を巻き終えると、膝にのせた。膝からはみ出るほどに大きい。

「小使さんは、そこにいてもらおう」

と、教師は言うと、助手二人を突きとばし、Kに向き直った。この間、Kは箒によりかかり、耳を傾けていた。

「そこの小使さんは臆病だから高見の見物をして、ほかの者が罪をなすり合うのを、ただながめていた」

「それはともかく」

と、Kが言った。教師の最初の怒りはフリーダが口出ししたせいで、かなりやわらいでいることを見てとった。

「助手たちが少々懲らしめられても、わたしには辛くはなかったですよ。これまで十度は当然のお仕置きを免れてきたのだから、一度ぐらいは不当な罰をくらってもいい。わたしとあなた、先生とがですね、もろにぶつかるのが避けられれば、それにこしたことはない。たぶん、あなたにとっても、そのほうがいいでしょう。しかし、フリーダは助手を庇って、わたしを見捨てた」

——Kはここで、ひと息置いた。しんと静まったなか、毛布のうしろでフリーダがすすり泣く声が聞こえた——

「こうなればむろん、ことの白黒をつけるしかない」

「ひどい話だわ」

と、女教師が言った。

「まったく同感です、ギーザさん」

と、教師が言った。

「あなた、おい、小使、重大な職務違反につき、即刻クビだ。いずれ懲罰があるはずだが、いまは保留しておく。すぐに荷物をまとめて出ていってもらいたい。いなくなってくれれば、われわれにはお恵みだ。やっと授業ができる。さっさと出てってもらおう！」

「わたしはここを出ていきませんよ」

と、Kが言った。

「あなたは上司だが、しかし任命者ではない。それは村長だ。村長から言われれば受け入れる。それに村長だって、ここで凍えるようにと任命したわけじゃない。わたしが思いあまって何かするかもしれないと——それはあなたがおっしゃったとおりだ——そうさせないように職を与えた。だからいまわたしをクビにするのは、まるきり村長の意図に反している。直接、村長の口から聞かないかぎり、信じませんね。軽率ないまの命令に従わないほうが、きっとあなたの身のためでもありますよ」

「従わない?」

と、教師が言った。Kは首を振った。

「よく考えることだ」

と、教師が言った。

「自分の判断がいつも正しいとはかぎりませんぞ。たとえば昨日の午後のことだ、尋問を拒否したね?」

「どうしてあなたがいま、そんなことを言うのです?」

と、Kがたずねた。

「言っておきたいからだ」

と、教師が答えた。

「最後にもう一度言う。出ていけ!」

少しも効果がないとわかると、教師は教壇へ近寄り、女教師とささやきを交わした。女教師は警察を口にしたが、教師が首を振った。そのうち話がついて、教師が生徒たちに声をかけた。隣の教室に移って、あちらのクラスと合同の授業を受ける。生徒たちはこの変更に大歓迎で、笑ったり叫んだりしながら教室を出ていった。教師と女教師がしんがりについた。女教師はクラス名簿をもち、その上に肥っちょのせいで、われ関せずといった顔の猫をのせている。教師は猫をこちらにのこしていきたいようで、それとなく言いかけたとたん、女教師がKの残酷さを楯にしてピシャリとはねつけた。教師にとって腹立たしいことに、Kのせいで、とんだとばっちりをくったわけだ。その腹いせにか、戸口のところで捨てゼリフを投げつけてきた。

「ギーザさんはやむをえず生徒たちとここを出ていく。あなたがわたしの命令に反抗して従わなかったからです。それにあなたの汚ならしい世帯のただ中で授業をするなど、若い女性にとって、とても耐えられない。あとに残って、もう人目をはばからなくていいのだから、ここで好き放題をすればいい。言っときますが、それは長くはつづきませんぞ」

ついでピシャリとドアを閉めた。

12　助手たち

一同が出ていったのを見すまして、Kは助手に言った。

「出て行け！」

突然の命令にびっくりして、二人は従った。しかし、背後でKがドアに錠を下ろしたとたん、すぐにもどろうとした。哀願して、ドアをたたいた。

「クビだ」

と、Kが叫んだ。

「二度とおまえたちは仕事に使わない」

二人はむろん、承知しない。ドアをたたき、足で蹴とばしつづけた。

「もどりたい、ご主人、助けて！」

流れに沈んでいく自分たちに、Kがしっかりした陸地ででもあるかのように声を上げた。しかし、Kは動じない。ひどい物音に教師が介入してくるまで、じっと待っていた。まもなく、そうなった。

「ろくでなしの助手どもを中に入れてやれ！」

と、教師がどなった。

「クビにした」

Kがどなり返した。教師への予期していなかった効果というものだ。クビにするなら、それをとことんやりとげる、それだけの力があれば、さらに何をやらかすかわからない。やむなく教師は助手たちをなだめにかかった。ここでおとなしくしていれば、いずれKが入れてくれるはず。そう言いのこして立ち去った。二人はおとなしくしていたかもしれないが、Kがまたもや、はっきりとクビにしたこと、二度と受け入れる気はないことをどなりはじめたので、彼らもさきほど同様にあばれだし、またもや教師がやってきた。このたびはなだめたりせず、おそらく竹の棒を使ったのだろうが、助手たちを校舎から追い出した。

まもなく二人は体操室の窓の前に現われた。窓わくをたたいて叫ぶのだが、もはや聞きとれない。そこには長くはいなかった。深い雪のなかでは、気持のせくままに跳びまわれない。そこで校庭の柵に走り寄り石の台にとびのった。離れているにせよ、そこからだと教室の中がよく見える。柵につかまりながら右往左往して、立ちどまるたびに両手を握って哀願するようにKへ差し出した。どうあがいても効果のないことにとんちゃくせず、いつまでもやめない。まるでわれを忘れたふうで、目ざわりとばかりにKが窓のカーテンを引き下ろしても、なおも哀願しつづけている。

部屋が薄暗くなった。Kはフリーダを探して平行棒のところへ行った。Kと目が合ったとたん、フリーダは立ち上がり、髪をととのえ、涙を拭った。そして黙ったまま珈琲の支度にかかった。フリーダは一部始終を知っていたが、助手たちをクビにしたことをあらためてKは告げた。フリーダはうなずいただけだった。Kは教室の長椅子に腰を下ろし、フリーダののろのろした動きをながめていた。ずっとこれまでは初々しさと決然としたところがあって、フリーダの貧弱なからだを美しくしていた。その美しさが消えていた。わずか数日、Kと過ごしただけで、こうなった。酒場のつとめは楽ではなかったが、おそらく彼女には合っていたのだろう。それともクラムとのへだたりが、この凋落の本当の原因なのか？　クラムの近くにいることが、彼女を途方もなく魅力的にしていた。その魅力でもってKを引き寄せ、その男の腕の中で、いまやしおれた。

「フリーダ」

Kが呼びかけた。フリーダはすぐに珈琲ひきをわきに置いて、Kのいる長椅子にきた。

「怒っている？」

と、フリーダがたずねた。

「いや」

と、Kが答えた。

「ほかにしようがなかったと思うよ。きみは貴紳荘で満足していた。あのままにしておくべきだった」

「そうね」

と、フリーダは言って、悲しそうに目の前を見つめている。

「あなたはわたしを、あのままにさせとくべきだった。あなたといっしょに生きるような、そんな値打ちはない。わたしといっしょでないほうが、あなたの望んでいるものが実現するのではないかしら。わたしのせいで、ひどい先生の下についたし、こんな惨めな職を引き受けた。クラムと話す機会をつくるのに苦労している。みんなわたしのため、でも、わたしはそんな値打ちはない」

「ちがう」

と、Ｋは言って、慰めるように片腕をフリーダにそえた。

「そんなことはみんな、つまらないことだ。何とも思っちゃいない。それにクラムと話したいのは、きみのためじゃない。きみはいろんなことをしてくれたじゃないか！　きみを知る前、ここではまったく風来坊だった。誰も相手にしてくれない。押しかけると、すぐに去っていく。休めるところを見つけると、こちらが逃げ出さなくてはならない人たちだった。バルナバスの一家のような――」

「逃げ出したの？　ほんとう？　うれしいわ！」

フリーダは元気にひと声叫んだが、Ｋがためらいながら《うん》というと、またぐったりと沈みこんだ。Ｋもまた、フリーダとのかかわりを通して、すべてが自分にとって有利なほうに向きだした、と言ってやる気持がしなかった。彼はそっとフリーダから手を引いた。二人はしばらく黙ったまますわっていた。やがてフリーダが口をひらいた。Ｋの腕のぬくもりが、いまや自分には、それなしにはいられないものであるかのような口調で言った。

「ここの生活はもう我慢できない。もしいっしょにいたいのなら、わたしたち、ここを出ていかなくては。どこか、南フランスとかスペインに出ていかなくてはならないわ」

「出ていくなんてできない」

と、Ｋが言った。

「ここにとどまるためにやって来た。だからここにいる」

それから矛盾を含んだまま、こともなげに、まるでひとりごとのようにつけ加えた。

「ここにとどまりたいというほか、このひどい土地に、どうして惹かれたりするだろう」

さらにまた言った。

「きみだってここにとどまりたい。ここはきみの土地だ。ただクラムがいないので、それでとんでもないことを考えるのだ」

「クラムがいなくてはいけないかしら？」

と、フリーダが言った。

「ここにはクラムのことばかり。クラムがいすぎる。クラムから離れるために、ここを出ていきたい。いないのはクラムではなくて、あなたなのよ。あなたのために出ていきたい。みんながわたしを引っぱりまわす。あなたに満たされることがない。むしろきれいな仮面が引きはがされるといい。安らかに、あなたと暮らせるように、むしろこのからだが惨めになるといい」

フリーダの言葉から、Kはただ一つのことだけを聞きとっていた。

「クラムはいまも、きみとかかわりがあるの？」

さらにまた即座にたずねた。

「クラムはきみを呼ぶの？」

「クラムのことは何も知らない」

と、フリーダが答えた。

「わたしが言ったのはほかの人のこと、たとえばあの助手たちね」

「助手たちだって」

Kが驚いて言った。

「二人がきみを追っかけるの？」

「そのこと、気づかなかった？」

と、フリーダがたずねた。

「ちっとも」

と、Kは答えて、こまかいことを思い返そうとしたがダメだった。

「たしかに厚かましいし、いやらしい若造だ。しかし、やつらがきみに言い寄るなんてことは気がつかなかった」

「気がつかなかった？」

と、フリーダが言った。

「橋亭のわたしたちの部屋から出ていこうとしなかったのに気づかなかったの？　わたしたちの関係を妬ましそうに監視していたことに気づかなかった？　藁袋のわたしの寝床に一人がもぐりこんでいたことにも、ついさっき、あなたを名指しにしたことも気づかなかった？　あなたを追い払うために落ちぶれさせて、自分たちだけでいたいからだわ。そんなことに気がつかなかったの？」

Kは答えないで、じっとフリーダを見つめていた。助手に対するこれらの訴えは、たしかにもっともだ。しかし、いずれも滑稽で、子供っぽく、せっかちで、どうしようもない二人組ということから、ごく何でもないこととしても解釈できる。どこであれKと同行したがり、フリーダのもとにいたがらなかったのも反証というものではなかろうか。Kはそういったことを口にした。

「まやかしよ」

と、フリーダが言った。

「それを見通したからではなかったの？　追い出したのは、見通したからじゃなかった？」

フリーダは窓に近寄り、カーテンを少しわきにずらして、外を見るなりKに呼びかけた。いぜんとして助手たちは柵のところにいた。あきらかに疲れていたが、ときおり全力をふり絞って学校に向かい、両腕を哀願調で差し出していた。一人は柵につかまっていなくてもいいように、柵の棒に上衣の背中を通していた。

「かわいそうに！　かわいそうに！」

と、フリーダが言った。

「どうして二人を追いだしたと思う？」

と、Kがたずねた。

「直接のきっかけは、きみだった」

「わたし？」

フリーダは外を見つめたままたずねた。

「彼らにやさしすぎたからだ」

と、Kが言った。

「不作法を大目に見て笑っている、髪を撫でてやる、いつも同情をたやさない、《かわいそうに、かわいそうに》といまも言った。ついさっきも助手たちを仕置きから救うために犠牲をいとわなかった」

「そのとおりだわ」

と、フリーダが言った。

「そのことについては、わたしにも言わせてね。あれがわたしを不幸にしている、あなたから引き離している。わたしとしたら、あなたのそばにいて、いつもいっしょで、たえずいっしょで、どこまでもいっしょでいるほど大きな幸せはないというのに。それでいて、いつもぼんやりと考えている、この地上にはわたしたちの愛のための場所はない、村にも、ほかのどこにもない。だからわたしは一つの墓を想像する、深くて狭いわ。そこにわたしたちはしっかりと、まるでヤットコではさまれたように抱き合っている。わたしはあなたに顔を埋め、あなたはわたしに顔を埋めて、もう誰もわたしたちを見ない。でも、ここでは——ほら、あの助手たち！　手を合わせているのはあなたに向けてじゃない、わたしなの」

「わたしじゃない」

と、Kが言った。

「彼らをじっと見つめているのは、きみだ」

「むろん、わたし」

フリーダはほとんど憎らしげな口ぶりで言った。

「そのことをずっと話している。そうでなくては助手たちがわたしを追い廻しても何でもない、たとえクラムのまわし者だとしても——」

「クラムのまわし者」

と、Kが言った。この言い廻しが自然だと思ったが、しかし、ひどく驚いたからだ。

「もちろん、クラムのまわし者だわ」

と、フリーダが言った。

「でも、たとえそうだとしても、同時にやくざな若者で、しつけるためには鞭がいる。なんてみっともない、イヤな連中だろう。立派なおとなの顔、ほとんど考え深い学生って顔をしていて、そのくせ、することと言ったら、子供っぽいおバカさん。わたしが気づいていないなんて思っていたの？　なんて恥ずかしい二人だろう。そうなの、彼らをイヤに思わないで、自分を恥じている。いつも目をかけないでいられない。腹を立てるはずのところで笑わずにいられない。ぶたなくてはならないときに髪を撫でている。夜、あなたのそばに寝ているとき、わたしは眠れない。あなたの向こうをうかがわずにいられない。一人がぴったり毛布にくるまって眠っている。もう一人はストーブの焚き口の前にひざをついて、火を燃やしている。からだをもたげても見ないではいられない。あなたを起こしかねないほどだった。猫にびっくりしたわけじゃない——あの猫なら知っている。眠れないこと、眠りの邪魔をされることには酒場で慣れていた——猫じゃない、わたしは自分にびっくりした。猫なんて必要じゃない。ほんのちょっとした物音にも、わたしはとび上がる。あなたが目を覚まして、それですべてが終わってしまうのが恐かった。それでまたとび上がって、ローソクをつけた。あなたがすぐにも目を覚まして、わたしを守ってくれるようにね」

「まるで気づかなかった」

と、Kが言った。

「ただそんな予感があって、それで二人を追い出した。もう出ていったのだから、きっとすべてよくなる」

「ええ、やっといなくなってくれた」

と、フリーダは言ったが、辛そうで、よろこびの顔ではなかった。

「ただ、あの二人が何者なのか、わたしたちは知らない。クラムのまわし者と、想像のなかでふざけて考えたけど、たぶん、ほんとにそうなんだ。あの日、単純だけどキラキラした目は、わたしにはどこかクラムの目を思い出させる。そうだ、クラムの眼差しだわ、わたしを刺しつらぬくようにして、ときたま二人の目から伝わってきた。だからあの二人が恥ずかしいと言ったのはまちがいだ。そうだといいと思っただけ。それにわたしは知っている、よそのところ、よその人だと、同じ振舞いがバカげていて、腹立たしいのに、あの二人だとそうじゃない。尊敬と感嘆の目で二人の愚かさをながめている。クラムのまわし者だとすると、誰がわたしたちを、彼らから解放してくれるのかしら。そもそも解放されるのはいいことなのかしら？　すぐにも呼び入れて、二人がもどってくるほうが、そのほうが幸せじゃないのかしら？」

「呼びもどせと言うの？」

と、Kがたずねた。

「ちがうわ、ちがう」

と、フリーダが言った。

「そんなこと、言いっこない。とびこんでくるときの目つき、わたしと再会したときのよろこびぶり、子供のように跳びはねたり、男っぽく腕をのばしてくる、そういったことは、たぶんわたしにはもう堪えられない。でも、あなたがこれからも彼らにきつくあたると、それできっとクラムはあなたを拒むのだと考えると、あなたをわたしは何としても守りたい。だから彼らを入れてやるほうがいい。早ければ早いほどいい。わたしのことは考えなくていい。できるかぎりで自分を守れるし、ダメになるのなら、そのときにはダメ。でも、そのときでも、あなたのために起きたことだと思っている」

「助手について、こちらの判断に念押しされたようなものだ」

と、Kが言った。

「呼びもどしたりは決してしない。追い出したのは、場合によれば断乎とやるという証明であって、クラムと本質的に何のかかわりもないと、証し立てたことでもある。昨夜ようやくクラムから手紙を受けとったが、それによると、助手に関してまちがって伝えられている。それではっきりわかるが、クラムにとって助手たちはどうでもいいのだ。そうでなければ、きっと正確な情報をもってこさせただろう。きみはクラムの影を見ているが、だからといって何の証明にもならない。残念なことに、きみはまだいまも女将の影響を受けている。それで何であれクラムを見るのだ。いぜんとしてきみはクラムの愛人で、いぜんとしてわたしの妻じゃない。ときおり、それを思うと気がめいる。まるですべてをなくしたみたいだ。やっと村にたどり着いたような気がして、それもあのときのように希望にみちてじゃなく、失望だけが待っているような気持だ。一つまた一つと失望を味わって、おしまいには澱《おり》を呑まなくちゃあならない」

フリーダが沈みこんでいるのを見てとると、Kはほほえみを浮かべてつけ加えた。

「でもそれは、ほんのときたまのこと。それにきみは、つまるところ何かいいこと、つまり、わたしにとっての意味の証明なんだ。きみか助手か、選ぶのをきみが要求したら、つまり助手たちは終わりってことだ。きみか助手かを選ぶなんて、なんてバカげた考えだろう。いずれにせよ、彼らとはきっぱりこれで縁切りだ。弱気の虫にとりつかれたのも、もしかすると、われわれがまだ朝食をとっていないせいかもしれないよ」

「そうかもね」

フリーダは疲れた笑いを浮かべ、支度にかかった。Kも箒を取り上げた。

13　ハンス

しばらくすると、そっとドアをノックする音がした。

「バルナバスだ！」

Kは叫ぶと、箒を放り出して、一足とびに戸口に向かった。何よりもその名前にびっくりして、フリーダはじっと見つめていた。Kは手がふるえて、古風な錠前がすぐに開けられない。

「いま開ける、いますぐ開ける」

誰がノックしているのかたずねもしないで、同じ断わりをくり返してから、期待してひき開けたドアから入ってきたのは、バルナバスではなく、さきに一度、Kに話しかけようとした小柄な少年だった。しかしKは思い出す気にもならない。

「ここに何用だね？」

Kがたずねた。

「授業は隣だ」

「そちらから来たんです」

と、少年は答えて、大きな褐色の目で静かにKを見上げている。まっすぐに立って、両腕をわきにそろえていた。

「何用なんだ？　早く言いたまえ！」

と、Kは言うなり、少し前かがみになった。少年が小さな声で言ったからだ。

「手助けできませんか？」

「手助けしたいんだとさ」

Kはフリーダを振り返って言った。それから少年に声をかけた。

「何て名前だね？」

「ハンス・ブルンスヴィックです」

と、少年は言った。

「四年生です。父はオトー・ブルンスヴィックといって、マドレーヌ通りの靴屋です」

「そうか、ブルンスヴィックというのか」

Kはやや少年にやさしく言った。やがて判ったのだが、女教師が猫の爪でKの手につけたミミズばれにハンスはいたたまれず、即座にKの味方になろうと心を決めた。そんなわけで重い罰を覚悟の上で、脱走兵のように教室を抜け出してきた。いかにも少年らしい義俠心にとらわれているらしく、おのずと真剣さが見てとれた。はじめハンスは遠慮がちだったが、まもなくKとフリーダに慣れてきて、熱い珈琲をもらってからは、元気づき、すっかり打ちとけた。あれこれ熱心に、遠慮会釈なく問いかけてくる。一刻も早く大切なことを知って、Kとフリーダに対する行動を決めたいというふうだった。全体にどこか命令調のところがあったが、それが子供っぽい無邪気さとまじり合っており、それでつい半ば本気、半ば冗談で聞いてみたくなる。いずれにしても、すっかり少年に気を取られ、仕事は中断のまま、朝食が長びいた。少年は生徒用の長椅子、Kは教壇、フリーダは椅子にそれぞれすわっていたが、まるでハンスが教師で、試験をして、解答を判定しているかのようだった。ハンスのやわらかそうな口のまわりに笑みが浮かんでいて、いましていることが遊びであると、ちゃんと承知しているようだった。しかし、だからこそ、まじめに取り組んでいて、ことによると笑いではないかもしれず、幼い者のよろこびが口辺にただよっているのかもしれなかった。なぜかあとで少年は認めたのだが、Kを前から知っていたという。いちどラーゼマンのところで出くわしたからだ。Kはうれしくなった。

「あのとき、女の人の足元で遊んでいたな?」

と、Kがたずねた。

「はい」

ハンスが答えた。

「母さんです」

つづいて母親について話さなくてはならなくなったが、口ごもり、何度も催促されてやっとはじめた。それではっきりしたのだが、やはり幼い少年だった。たしかにときおり、とくに質問において、おそらくは何か先のことを予感してか、あるいは聞き手がへんに耳をそば立てているせいでそう思っただけかもしれないが、精力的で、賢明で、視野のひろい一丁前の男のように話すくせに、その直後にまるきり幼い生徒に立ちもどって、問われたことがわかっていなかったり、ほかのことと混同した。また子供らしいお構いなさで、何度注意されてもむやみに小声になり、あれこれ大事なことを問われると反抗するように口をつぐみ、それもなんとも平然とやってのけるところなど、おとなにはとてもできないことだった。どうやらたずねるのは自分にだけ許されていると思っているようで、人に問われるのは規律に反していて時間の無駄だと考えているらしい。問われると背中をまっすぐのばし、頭を伏せ、下唇をつき出して、じっとすわっていた。フリーダはそれが気に入って、何度も質問を投げかけた。そうすると黙らせられると思ったからだし、たしかにときには成功した。しかし、それはKを苛立たせた。全体として、わかったことはあまりなかった。母親は病気がちだが、どんな病気なのか、はっきりしなかった。ブルンスヴィックの妻が膝にのせていた赤ん坊はハンスの妹で、名前はフリーダといった。（自分に問いかけてくる女が同じ名前であることがハンスにはおもしろくないようだった）。家族は村に住んでいるが、ラーゼマンのところではなく、あのときは風呂に入りに行っただけだった。ラーゼマンのところには大きなたらいがあって、それで湯につかったり、ふざけたりするのが子供たちにはとてもうれしいが、ハンスはもうそんな仲間には入らない。父親についてハンスはおごそかというか、こわごわというか、それも母親のことに話が及ばないかぎりは口にした。母親にくらべると、父親の価値はあきらかに小さい。いずれにせよ家族に関することは、どんなに聞き出そうとしても、答えが返ってこなかった。父親の商売については、この地方きっての靴屋であることがわかった。肩を並べられる者などいない。このことが、ほかの質問のときでも力説された。名人靴屋は、ほかの靴屋、たとえばバルナバスの父親にも仕事をまわしている。ブルンスヴィックがそれをするのは、ひとえにあわれみの心からだ。そんな意味のことを仄めかした。そのときハンスは誇らかに顔を上げ、フリーダはおもわず唇を寄せてキスをした。城に行ったことがあるのかの問いには、何度も問われたのちにやっと「いいえ」と答えた。母親について同じ問いをされても答えなかった。やがてKは疲れてきた。彼にも問いが無駄に思えてきた。この点、少年が正しいのであって、無邪気な子供の口を通して家族の秘密を聞き出そうとするのは恥ずかしいことだし、しょせんは何も聞き出せないとなると、恥の上塗りというものだ。キリをつけるためにKは少年に、どういうことで手助けするつもりなのかたずねた。返ってきた答えに、Kはもはや驚かなかった。仕事の手伝いをしたいというだけのことで、教師と女教師がこれ以上にKをいじめないようにしたいとのこと。Kはハンスに、そういう手助けは無用だと答えた。いじめるのは教師につきもので、仕事をきちんとしていれば防げる。仕事そのものは大したことではなく、今日は偶然の事情から手間どったまでだし、それにいじめられても、何てことはない。生徒とはちがって、すぐに振り払ってしまえるのだ。それにいずれ教師などの手の届かないところへ行ってしまうかもしれず、だから教師に対抗するための手助けであれば、それには及ばないから、安心して教室にもどるがよかろう。願わくばハンスが罰をくらわないように。Kはべつに強調したわけではなく、われ知らず暗示したまでなのだが、必要としないのは教師に対するための手助けであって、ほかの手助けについては言わなかった。ハンスはそれを正確に嗅ぎとって、Kがほかのことで手助けを必要としているのではないかとたずねた。よろこんで手助けしたいし、もし自分の力が及ばないときは、母に頼めば、きっとうまくいくだろう。父だって困ったことがあると母に助けを求める。それに母は一度、Kのことを口にした。母はめったに家から出ない。あのとき例外的にラーゼマンのところにいた。いっぽう、ハンスはよくあそこへ行って、ラーゼマンの子供たちと遊んでいる。それで母はいちど、測量士がまた来たのではないかとたずねた。母は弱くて病気なので、どうしてたずねるのかなどと、たずねてはいけない。だからハンスは、あれから測量士に会ったことはない、とだけ答えた。それ以上の話にはならなかった。いま、この学校で見かけたからには、話しかけずにはいられなかった。母に報告できるからだ。自分から言わなくても願いが叶うのが、母はいちばん好きなのだ。これに対してKは、しばらく考えてから、自分は助けを必要としない、必要なものはすべてもっている。しかし手助けしようというハンスの心は非常にうれしいし、気持だけはいただいておく。いずれ何か必要とすることがあるかもしれず、そのときにはお願いしたい。住所はたしかに知っている。むしろ自分のほうが少々手助けできそうだ。というのはハンスの母が病弱で、手当てのできる者が当地にいないらしいのは気の毒だ。それ自体はさほどでもないのに、放置してあとで取り返しのつかないことになるものだ。自分は少し医学の心得があり、それにもっと重要なことだが、病人を扱ったことがある。医者が匙を投げた者でも、Kには成功した。故郷ではこの特技によって《特効薬》などのあだ名がついていた。ハンスの母と会って話ができるといい。手助けができるかもしれず、受けた好意のためにも、ぜひやってみたい。この申し出に対しハンスの目が輝いたので、Kは勢いこんだが、結果は案に相違して、ハンスはいくつかの問いに答えたあと、こともなげに、よその人は母を訪ねたりできない、と言った。とても感じやすいからである。あのときもKと、ほとんど口さえきかなかったが、それでもあとで何日か寝こんでしまった。そういったことがよくある。父はあのときのKのことを、とても怒っていた。だからKが訪ねてくるなど父はとても許すまい。なにしろ父はあのころ、Kを探し出して、振舞いのことで咎め立てしようとしていたのだ。母がやっととめたほどだ。何よりも母自身、誰とも話したがらない。Kのことをたずねたのは特別のことではなく、むしろ反対で、Kのことを口にしたからには、また再会したいのなら、そのことも言ったはずなのに言わなかった。そんな気持はないからだ。Kのことは聞いてみたいが、会いたいとは思わない。それに母はほんとうの病人というのではなく、なぜぐあいが悪いのか、よく知っている。ときおりそっと言うのだが、たぶん、土地の空気が合わないのだ。しかし、父や子供のためにも、ここを出たくない。それに病気も以前よりはずっとよくなった。以上がKが聞き取ったあらましである。母親をKから守ろうとしたせいで、理路整然と話した。手助けしようと申し出た人から、へだてていようとする。母からKをへだてておくために、ときには自分が述べたことと矛盾をきたした。たとえば病気に関してがそうだった。たとえそうであれ、ハンスはKに対して、いぜんとして好意的だった。ただ母親のことになるとムキになって、ほかのことを忘れてしまう。母親の相手方が悪者になる。いまはKがそれであって、父親だってそのうき目をみかねない。その父親をタネにKは新手を考えた。あらゆるよけいなものから母を守っているのは、優れた父の考えであって、Kにしても、あのときそのことを感じていれば、敢えて話しかけたりしなかった。遅まきながらそのことを謝っておきたい。その一方で、Kにはさっぱり理解できないのだが、ハンスの言うとおり病気の原因がはっきりしているのに、父はどうして引きとめておいて、ほかの空気のところへやらないのだろう。引きとめていると言わざるをえない。母は子供や夫のために出ていかないとのことだが、子供はつれていけるし、行きっぱなしになるのではなく、それに遠方でもない。上の城山で十分であって、空気がちがう。これくらいの遠出の費用を父は惜しみはしまい。この地方きっての靴屋であるし、それにきっと父か母の知人や親戚が城にいるはずだ。彼らがこころよく迎えてくれる。どうして保養にやらないのか？　病いを軽く見てはならない。Kはほんのちょっと一瞥しただけであるが、顔色の悪さと弱々しさが目にとまったので、それでつい話しかけてしまった。あのときすでにいぶかしく思ったのだが、湯気が立ちこめ、洗濯もしているようなひどい空気のなかに、病んだ母を父がそのままにしていることだ。当人は大声でしゃべったりしていた。父は病気というものがわかっていないのだ。なるほど、このところはよくなったかもしれないが、病気というのは気まぐれで、しかるべき手を打っていないと、とどのつまりはなるようになるもので、そのときには、どうあがいても助ける手だてがない。Kが母と話せないのなら、父と話をして、そのことに注意を喚起してはどうだろう。

ハンスは緊張して聞いていた。だいたいはわかっており、よく呑みこめない最後のくだりに脅かされたようだ。それでもハンスは、父とKが話はできないだろうと言った。父はKを嫌っている。たぶん、教師のような扱いに出るだろう。ハンスはKのことを言うときはほほえみながら気の毒そうに話し、父のことになると、辛そうに、悲しげに話した。そのあと、もしかするとKは母と話せるかもしれないと、つけ加えた。ただし、父に知られてはならない。内緒のことを、しかも罰せられずにする方法を考えている女のように、ハンスは目を一点に据えて考えこんだ。それからあさってなら、うまくいくかもしれないと言った。父は夕方、貴紳荘へ行く。そこで話し合いがある。だからハンスがやってきて、Kを母のところへ案内する。母が承知しているという条件つきの話で、母はきっと承知しないだろう。父の意にそぐわないことを母はしない。すべて父に従っている。たとえハンスにすら、バカげたことだとわかっていることでも、母は従う。いまやハンスがKに、父に対抗するにあたっての手助けを求めていた。まるで錯覚に陥っているかのようで、Kを助けるつもりで、実のところは助けを求めていた。なじみの者たちには助けられないとすると、突然にあらわれ、母が口にしさえしたよそ者にはできるのではあるまいか。少年がそっと隠していて、ほとんど陰険ですらある本心というもので、これまでの言動からはわからなかったが、遅まきながら、偶然のことから、また計画を通して正直なところが引き出されたようだった。ついでハンスはあれこれKと話し合って、克服すべき困難を相談した。ハンスがどう頭を絞っても克服しようのない困難だった。思案にふけりながら、たえず助けを求めるように目をしばたいてKを見た。父が出かける前に何も母には言ってはならない。でないと父にわかって、すべてがダメになる。だから出かけたあとに話すことになるが、母のことを考慮すれば、やみくもに手早くというわけにいかない。ゆっくりと、まさにぴったりの時でなくてはならず、そのときようやく母の同意を求められる。それからやっとKを呼びにこられる。しかし、それでは遅すぎないか？　父がすぐに帰ってくるのではあるまいか？　やはり不可能だ。いや、不可能ではないとKは反駁した。時間が足りないかもしれないことは怖れる必要がない。ほんのちょっと会って、ひとこと告げればいいのだし、それにハンスが呼びにくるまでもない。ハンスの家の近くにKが隠れている。ハンスの合図で、すぐに駆けつける。いや、それはいけない、とハンスが言った。家の近くで待っていてはならない――またもや母親の感じやすさを力説した――母の承諾なしにKが動き出してはならない。母に隠れて、そんな約束はできない。ハンスがKを学校まで呼びにくる。それも母が承知の上でないとできないことだ。なるほど、とKは言った。そのときはたしかに危険きわまる、ハンスの家で父と鉢合わせするかもしれず、たとえそうはならないまでも、母は不安に駆られて寄せつけないだろうし、すべて父のせいで挫折する。これに対してハンスが反論した。やりとりがつづいた。Kはハンスを長椅子から教壇に呼び寄せ、膝のあいだに抱きかかえ、ときおり頬ずりしたりした。その親しみが功を奏したのだろう、ハンスがときおり異議を申し立てたが、おおよそ以下のとおりの一致をみた。ハンスはまず母親にありのままを告げておく。ただし、母の同意を軽くするため、Kがブルンスヴィックその人と話したがっていること、それも母のことではなく、K自身のことに関してである。これは格好の理由であって、ハンスとのやりとりのなかでKは思いついた。ブルンスヴィックは、ほかのことでは危険で悪意ある人物であれ、もともと自分の敵になるわけがない。少なくとも村長の述べたところによると、いかにも政治的な思惑あってのことであれ、測量士招聘を主張した張本人なのである。だからKが村にやってきたのは、ブルンスヴィックにとって歓迎すべきことであったはずだ。となると最初の日の不興げな挨拶と、ハンスの言う反感というのがほとんど不可解だが、Kがすぐさまブルンスヴィックに庇護を求めなかったので気を悪くしたのではあるまいか。もしかするとべつの誤解があったのかもしれず、それは少し話せば解決するはずなのだ。そのあかつきには、Kはブルンスヴィックという強い後楯をもつことになり、教師に対し、また村長にすら十分対抗できる。そして村長や教師がKに学校の小使を押しつけているといった役所側の目にあまる欺瞞が――欺瞞でなくて何であろうか？――白日のもとにさらされることになる。Kをめぐりブルンスヴィックと村長とのあいだに新しい対立が起きれば、ブルンスヴィックはKを自分の方に引き入れるにちがいなく、Kはブルンスヴィックの客となり、またKはブルンスヴィックの力を借りることができるだろう。となれば村長の抵抗も何ほどのこともなく、きっと願いを達することができようし、病弱の人の相談にものれる――Kが夢想に耽っていると、ハンスは母のことを考えて、黙っているKを心配そうに見つめた。厄介な病例に処置しかねて、手立てを考えこんでいる医者をうかがうような目つきだった。測量士招聘のことをブルンスヴィックと話したいというKの提案に対してハンスは了解した。そうすれば父に対して母を守っていられるし、それは応急処置といったもので、なろうことなら、そんなふうにならないほうがいいのである。夜おそくKが父を訪ねてくることの是非についてハンスは質問した。Kが小使としての処遇の悪さ、また教師による屈辱的な扱いが我慢できず、やむにやまれぬ思いでやってきた、といった方針を伝えると、少し顔をくもらせてハンスは納得した。

こんなふうにして予想できるすべてを相談し、成功の可能性がなきにしもあらずという結論に達したとき、ハンスは重荷を下ろしたように陽気になり、なおしばらく、まずはKと、つぎにはフリーダと、子供っぽいおしゃべりをした。フリーダはずっと、まるでべつのことを考えるようにしてわきにいたが、このときふたたび話に加わった。あれこれたずねたなかで、大きくなったら何になりたいのか、とフリーダがたずねると、ハンスはすぐさま、Kのような人になりたいと言った。ところがKがその理由をたずねると、返答できないのだった。学校の小使はどうだといわれ、それは即座に否定した。ほかのことをたずねているうち、おいおいに理由がわかってきた。Kの現在の状況は決して願わしいものではなく、悲惨であり、哀れきわまる。ハンスもそれはちゃんと見ていた、あらためて他人と比べるまでもない。ハンス自身、母に見せたくないし、言葉をかけさせたくない。にもかかわらず彼はKのところにやってきて、助力を求め、Kが同意したとき、ひどくよろこんだ。ほかの人にもKと同じようなことを認めた気がするが、なかでも母自身がKのことを口にしていた。このような矛盾からハンスのなかに一つの信念が生まれた。いまはたしかにKはずっと下で、ひどい状態でいるが、いつか、とてつもない遠い将来には、すべての人を超えている。そのとてつもない遠さと、そこに導いていくはずの誇り高い進展にハンスは惹かれるのだという。そのためにも現在のKは我慢しよう。この願いのなかのとりわけ子供っぽく、かつ英知にみちたところは、つぎの点にあった。つまり、ハンスがKをずっと幼い者のように見下ろしていて、その将来がはるかかなたに、小さな少年の未来そのものよりもはるか遠くにひろがっていると思っていることだった。フリーダがたずねるたびに、やむをえずハンスは、ほとんど悲しげな生まじめさでそのことを話した。なぜハンスが自分を羨むのか、理由を知っているとKが述べ、それはつまり、きれいなコブのある棒のせいだと言ったとき、ハンスの顔が明るくなった。それは机の上に置かれていて、話しているあいだ、ハンスは何げなくそれをいじくっていたのである。そういったステッキの作り方をKは知っており、計画が成功したら、とびきりの一本を進呈しようと約束した。ハンスが実際、ただステッキのことを考えていたのかどうか、もはや定かではなかったが、ハンスは約束に大よろこびした。別れに際して、わざわざしっかとKの手を握り、晴れやかに言った。

「では、あさってに」

14　フリーダの非難

ちょうどいいときにハンスは出ていった。すぐあと、いきなり教師がドアをあけて、Kとフリーダがしずかに机のそばにすわっているのを見ると、わめき立てた。

「お邪魔いたしますよ！　どうなんだ、いつになったら掃除が終わるんだ。あちらに詰めこまれていて、授業がままならない。おまえさんがたはこちらで、したい放題だ。広い体操室でのんびりと店をひろげている。二人きりでいたいものだから、助手たちも追い出した。さっさと腰を上げて、仕事にかかってもらおう！」

ついでKに言った。

「おまえはひとっ走りして、橋亭から昼食をとってくる」

腹立ちまぎれにどなりつけたが、言葉は比較的おだやかだった。ぶしつけな《おまえ》すら、さほどではない。Kはすぐに腰を上げるつもりでいたが、教師からそれとなく聞き出したかったので、わざと言った。

「でも、クビにされました」

「クビにされようと、されまいと、昼食をとってくるんだ」

と、教師が言った。

「クビにされたか、されなかったか、それを知りたい」

と、Kが答えた。

「何をほざく」

と、教師が言った。

「クビを受け入れなかったのは、おまえじゃないか」

「受け入れないとクビにはならないのですか？」

かさねてKがたずねた。

「わたしはクビにした」

と、教師が言った。

「そのことは覚えとけ。村長がひっかかっているだけのこと、わけのわからん話だ。それはいい。急げ、さもないと、ほんとにここから追い出すぞ」

Kにはこれで十分だった。つまり、あいまに教師は村長と話したのだ。あるいは話しはしなかったが、村長の言いそうなことを思案しなおしたら、Kの旗色がよくなった。Kが昼食をとりに出かかると、廊下から教師が呼びもどした。べつにまた用を言いつけて従順さをはかりにかけ、つづいてさらにこき使うつもりなのか、それともさらに命令がしたくて、給仕のようにあちこち忙しく走らせてみたいからなのか。いずれにせよ、Kのほうも従順すぎると、教師の奴隷兼殴られ役になることに気がついていたが、しかし、さしあたりは、ある程度までは我慢しようと決めていた。いまもみたとおり、教師は正式にはクビにできないが、手をかえ品をかえていじめにかかるだろう。だが、Kにとって小使の職場が以前にまして意味をおびていた。ハンスと話をして、新しい希望が生まれた。ほとんど不可能であって、まるきり根拠がないにせよ、二度と忘れないような希望である。バルナバスさえ影がうすれるほどだ。それをあてにするとしよう。しないではいられない。となると、そこに力を集中しなくてはなるまい。ほかのことに気を散らさない。食べ物、住居、村の役所、いや、フリーダのことさえ忘れる。つまるところ、フリーダにかかわっているのだ。ほかのすべてはフリーダとの関係がなければ、気にかからないからだ。だからフリーダにいくらかでも安定を与えているこの職場は、手離さないようにしなくてはならない。この目的からして教師に関しては、我慢できる以上に我慢するとしよう。さほど辛いことではないのだ。小さな山や谷のつらなりは人生につきものであって、Kがめざしていることに比べれば何でもない。名誉と平穏につつまれた人生を送るために当地へ来たわけではないのである。

そんなわけで食堂へ駆け出す矢先に命令が変わっても、すぐさま応じた。女教師が自分のクラスとともにもどれるように教室をととのえておく。そのあとで昼食をとってくる。教師は腹ペコで、のどが渇いてならない。仰《おお》せのとおり、とKはうけあった。しばらく教師はつっ立ったまま、Kの働きぐあいをうかがっていた。寝床を片づけ、体操用具をもとにもどし、すばやく掃除する。フリーダが教壇を洗って、磨いていく。教師は働きぶりに満足したようで、さらにべつの用を言いつけた。ドアの前に暖房用の薪を用意しておくこと――薪小屋に行かせたくなかったのだ――すぐにもどってきて、ようすを見る、と脅かしてから教師は生徒の方へもどっていった。

しばらく黙々と立ち働いていた。やがてフリーダがKにたずねた。教師にどうして、これほど唯々《いい》諾々《だくだく》と従うのか。同情とやさしさにみちた言い方だった。教師の命令といやがらせに対して守ってみせると、フリーダが約束したことを思い出した。フリーダの思ったようにはいかなかった。Kは言葉少なく、小使になったからにはきちんと職務を果たすとだけ答えた。それからまた黙々と働いた。短いやりとりのせいで、Kはまた、自分がハンスと話していたあいだ、フリーダが思いに沈んでいたことを思い出した。そこで薪を積み上げながら、いったい何を考えていたのかと、率直にたずねた。フリーダはゆっくりと顔を上げ、とくに何も、と答えた。橋亭の女将のこと、女将の言ったことがかなり当たっていたことを思っていた。Kがさらにたずねると、フリーダはしばらく迷っていたが、やがてくわしく話しだした。仕事の手は休めない。仕事に精出しているからではないのだ。それが証拠に仕事はちっとも進んでいない。仕事にかこつけてKの顔を見ないでいられるからである。フリーダは話した。Kとハンスとのやりとりを、はじめはなにげなく聞いていた。やがて、Kの口にした二、三の言葉にギクリとして、注意して聞きはじめた。それからというもの、Kの言葉がいちいち女将の言った警告と重なってくる。これまで気にとめていなかったことなのだ。フリーダの曖昧な言い方が気にさわるし、訴えるような涙声に、せつなさよりも苛立ちをかき立てられて——少なくとも思い出を通じ、またしても女将が自分の人生に割りこんでくる。現実にはほとんど閉め出しているのだ——Kはかかえていた薪を足元に投げ出し、その上に腰を据えると、きびしい口調で、もっとはっきり言うように要求した。

「何度もあったわ」

と、フリーダが話しだした。

「はじめのときすぐに、女将さんは何とかしてわたしに、あなたのことを信用させまいとした。あなたが嘘をつくとは言わなかった。反対に女将さんは言ったわ、あなたが子供みたいに率直だって。わたしたちと全然ちがっているから、たとえ率直に言われても、わたしたちにはなかなか信じられないし、いい女友達でもできて、さきに手本でも見せてくれなければ、いやな思いをしたあげく、やっと信じられるまでになってくるって。女将さんのように人間をよく知っている人にも、事情は変わらないとも言ったわ。でも、橋亭で最後に会ってから――女将さんの言葉よ、ひどい言い方だけど、それを言うわ――あなたのしっぽをつかんだって。どんなことがあっても、もう騙されない、腹の底は見えている。《まあ、何も隠しちゃあいないのだけど》って、女将さんはいつもそんなふうに言ったわ。それからつけたした。《いつも気をつけているの、何てことないときでも耳をそば立てておく、聞きすごさずに、ちゃんと聞くの》。いつもそう言った。わたしのことで聞き出したって、あなたが下心あってわたしに言い寄った――女将さんはこんなひどい言い方をした――それというのも、わたしがたまたまあなたの前にあらわれて、気に入ったし、それに酒場の女であって、手っとりばやい犠牲にもってこいだと考えた。女将さんが貴紳荘の主人から聞いたところでは、あなたはあのとき貴紳荘で夜明かしするはずだった。そのためにもわたしが好都合だった。それで一夜の恋人にした。それ以上のものにするためには、ほかの何かが必要で、その何かがクラムなのだ。あなたがクラムから何を望んでいるのか、女将さんは知ってるとは言わなかった。ただ、こう言ったわ。わたしを知る以前からあなたが、あともそうだけどクラムに会いたがっていた。ちがいといえば、はじめは甲斐もなくてだったけど、いまはわたしというあてになる手段を手に入れたと思っている。本気になっており、まもなく、しかも優位な立場でクラムの前に出ていくつもりでいる。わたし、ビクッとした――ビクッとしただけで、それ以上のことはなかった――今日、あなたがいちど口にしたときのこと、わたしを知る前は、ここで迷っていたと言った。たぶん、女将さんが使ったのと同じ言葉ね。女将さんはまた、あなたがわたしを知ってから、あなたの狙いが決まったと言った。わたしという者によって、クラムの愛人を手にしたし、それで担保を手に入れたようなものだから、なるたけ高く売りつける、そんな腹づもりだって。そうやってクラムと取引するつもりでいる。あなたにはわたしは何でもなく、売りつける値段がすべてだから、わたしのことだと何でも応じて、値段のことだと頑固になってゆずらない。だからこそ、わたしが貴紳荘をなくしても平気、橋亭にいられなくなっても平気、辛い小使の仕事を押しつけられても平気、やさしさなどこれっぽちもない、わたしのための時間さえない、助手にまかせっぱなし、助手の妬みも知らない、あなたにとってわたしの唯一つの価値はクラムの愛人だったこと、あなたは何も知らないものだから、あれこれ手をつくして、わたしにクラムを忘れさせないようにしようとしている、いざってときに、わたしに最後に抵抗されると困るからだ、あなたが女将さんと角突き合うのは、女将さんにわたしをさらわれかねないと思っているからだ、だから喧嘩をしかけて、わたしが橋亭にいられないようにしたし、わたしにかかわるかぎり、どんなことがあってもあなたのものでいるってことを、あなたは疑わないって言ったわ。クラムとの取引を、あなたは商いだと考えているって。掛け引きと掛け引き、あなたはいろいろ計算している、いい値で売れるなら、何だってする、クラムがわたしを望むなら、わたしを彼にゆずる、わたしがあなたのもとにとどまるのをクラムが望むなら、そばにいる、わたしと手を切れとクラムが言えば、手を切る、有利だと思えば、お道化だってやってのける、わたしを愛しているふりをして、クラムの冷静さにゆさぶりをかけ、自分の無意味さをことさら言い立てて、そんな人間にとって換わられたクラムを恥じ入らせたいのだって。クラムの人柄に関してわたしがうっかり述べたことをクラムに取りついで、クラムがふたたびわたしを呼ぶようにたのみこむって。それもしっかり売りつけてのちのこと。ほかに手がなければ、Kという夫婦の名のもとにもの乞いをする。女将さんはしめくくりに言ったわ、クラムについて思っていたことや、またクラムとわたしとの関係で想像していたこと、そういったすべてが思いちがいだったと気づいたとき、そのときわたしの地獄がはじまるって。というのは、そのときはじめて、わたしはあなたにとって、ただ一つの所有物になる、あなたにはこれしかない、しかも値打ちがないとわかったしろもので、あなたはそういうものとして扱うだろう、わたしに対して所有物以外にどんなふうにも思っていないのだから」

身を固くして、口をつぐみ、Kはじっと聞いていた。腰を下ろしていた薪がころがりだし、Kも床にすべりそうになったが、いさいかまわず、ついで立ち上がって教壇にすわり直した。そしてフリーダの手をとった。フリーダは弱々しくさからった。

「いまの話のなかで、きみの考えと女将の意見と、いつもちがっているわけではないんだね」

と、Kが言った。

「女将さんの意見を言っただけ」

と、フリーダが答えた。

「わたしはじっと聞いていた。女将さんを尊敬している。でも、生まれてはじめて女将さんの考えが、まるきり受け入れられなかった。あの人の言ったことはすべて、とてもひどいこと、わたしたち二人がどんなだか、まるきりわかっていない。女将さんの言ったこととの反対が、むしろ正しいような気がした。わたしたちの最初の夜のあとの悲しい朝のことを思い出したわ。あなたはわたしのそばにひざまずいて、すべてが失われたような目をしていた。実際にそうなった。わたしはどんなにつとめても、あなたを助けられない。ただ邪魔をしてきた。わたしのせいで女将さんがあなたの敵になった。あなたはいまも見くびっているけど、いちばん手ごわい人なんだ。わたしのために気を配らなくてはならず、職を見つけなくてはならず、そんな負い目があって村長と話したものだから、教師に顎で使われる羽目になった。助手たちにまで、いいようにされた。でもいちばん悪いのは、わたしのためにあなたがクラムに対してまずいことをしたことだ。いまもクラムに行きつこうとしているのは、なんとか彼をなだめようという甲斐のない努力だわ。わたしは自分に言いきかせた、何だってわたしよりもずっとよく知っている女将さんがいろいろささやきかけたのは、わたしがひどい自責の気持に駆られないようにしようとしたのだと。ありがたいけど、よけいなお世話だわ。あなたに対する愛が何だってのりこえさせてくれる。最後には、この愛があなたをって運んでいくはずだ。ここ、この村でなければ、どこかよそのところね。その力の証明がもうあった、バルナバス一家からあなたを救ったわ」

「それはあのとき、きみが言い返した意見だった」

と、Kが言った。

「あれから、どう変わったの?」

「わからない」

とフリーダは答えて、Kの手を見た。フリーダの手をとっている。

「何も変わっていないのかもしれない。あなたがこんなふうにすぐそばにいて、こんなふうに静かにたずねると、そんなときは何も変わっていない気がする。でも、ほんとうは、そうじゃない」

――フリーダは手を引いた。向かい合って背をのばしてすわり、顔を覆わずに泣いた。涙にぬれた顔をさしつけていた。自分のことで泣くのではなく、だから隠すまでもなく、Kの裏切りを悲しんで泣いていて、だから悲しみの顔を見せつけるのがふさわしい、とでもいうように――

「ほんとうは、ハンスと話しているのを聞いていて、すっかり変わった。何げなさそうに、あなたは話しはじめた。ハンスの家庭のことをたずねた。何やかやのこと、まるであなたが酒場に入ってきたときみたい、人なつっこくて、率直で、子供みたいに熱心にわたしの目を求めていた。あのころとちっともちがわない。女将さんがここにいて、横で聞いていて、それで意見を言ってほしいとわたしは願ったわ。でも、それから突然、どうしてそうなったのか知らない、どんな腹づもりからあなたが少年と話しているのか気がついた。なかなか心をひらかない少年を、あなたは気持のこもった言葉でつかんだ。ほんとうの目的に向かうためだ。それがだんだん、わかってきた。目的はブルンスヴィックの女房だった。気づかっている話しぶりだけど、それだけあからさまに、あなたが取引だけを考えているのがよくわかった。相手をとらえる前から、もうあなたは欺いていた。あなたの言葉からわたしのこれまでだけでなく、将来のことも聞きとった気がした。すぐ横に女将さんがすわっていて、すべてを説明しているみたいだった。ありったけの力で女将さんを押しのけようとするのだけど、そんなことをしても無駄なこともよくわかっている。欺かれたのは、もうわたしではない。わたしは欺かれたことなどないわ、よその女ね。それで気を取り直して、何になりたいかと、わたしがハンスにたずねると、あなたみたいになりたいとハンスは言った。それほどすっかりあなたのものになっていた。こんなふうに取りこまれた善良な少年と、あのときの酒場のわたしと、どれほどちがっているかしら？」

「きみのいうことはみんな、ある意味では正しい」

と、Kは言った。非難に慣れてきたので冷静だった。

「まちがっていない。ただ敵意がこもっているだけだ。女将の考え、わたしの敵である女将の考えだ。きみは自分の考えだと思っているだけのこと。それが慰めになる、教えられる、女将のことで、いろいろ学べる。わたしには彼女はそんなことは言わなかった。ほかでは少しも容赦しなかったのにね。あきらかに女将はきみに、この武器をゆだねたのだ。きみがそれをいつか、こちらにとってとりわけひどいとき、あるいは決定的なときに使うように願ってだね。わたしがきみを利用しているとすれば、女将も同じようにきみを利用している。でもね、フリーダ、考えておくれ、すべてがまったく女将の言うとおりだとしたら、ただ一つの場合だけ、ひどいことになる。つまり、きみがわたしを愛さなくなったときだ。そのとき、つまりそのときになって、わたしが計算と腹づもりできみを手に入れ、これを高く売りつけるってことが現実になる。とすると、すでにあのとき計画ずくで、きみの同情をひくために、オルガと腕を組んできみの前に現われたことにもなる。わたしの罪を数えあげるとき、女将はそれを忘れていたのかな。そんなひどいことじゃなくて、ズルい野獣があのとき、きみをひっさらったのじゃなくて、わたしがきみに向かったように、きみがわたしに向かってきて、二人が相手を見つけた。ともに自分を忘れた。フリーダ、言っておくれ、どちらだった？　そのときには、自分のことと、きみのことと、何のちがいもない。ただ一人の敵が、女将のような敵意の人がいるだけだ。どの場合もそうだ、ハンスとのこともそうだ。ハンスとのやりとりについて、きみは感じやすさのせいだろうが誇張しているよ。ハンスとわたしの考えていることがまったく同じでないとしても、かけ違っているほど大きいわけじゃない。それにハンスには、われわれの意見のちがいがわからなかったわけじゃないんだ。そんなふうに思うとしたら、あの注意深い少年を見くびったことになる。たとえハンスにすべてを隠していたとしても、それで誰に不都合が生じるのでもない、そう願いたいね」

「きちんと見きわめるのは、とてもむずかしいわ」

と、フリーダは溜息をついた。

「もちろん、あなたを疑ってなどいなかったし、女将さんからいろいろ吹きこまれても、よろこんで投げ捨てる。ひどいことを口にしたら、ひざまずいて許しを乞うわ。でもあなたが、たくさんのことをわたしに隠しているのは事実だわ。あなたは帰ってきて、また出かけていく。どこから帰ってきたのか、どこへ行くのか、わたしは知らない。ハンスがノックしたとき、あなたはバルナバスの名前を呼んだ。どうしてだか、あの忌まわしい名前をなつかしげに言ったわ。あんなにはずんだ声でわたしを呼んだことがあるかしら。あなたがわたしを信用していないのに、わたしに不信が芽ばえておかしいかしら。女将さんにすがるしかない。あなたの行動が、女将さんの言葉を裏書きしている。全部がそうだとまでは言わないわ、わたしのために助手たちを追い出したのではなかったかしら？　あなたがすること、話すことすべてに、たとえ辛くても、どんな思いで自分にとっていい種をさがそうとしているか、あなたはごぞんじなのかしら」

「何よりもまず、いいかい、フリーダ」

と、Kが言った。

「どんなささいなことも、きみに隠してなどいない。女将がいかにわたしを憎んでいるか、きみをわたしからひっさらおうとして、いかに画策しているか、どんな卑劣な手を使ってそうしているか、知っているね。それでもきみは女将に従っている、フリーダ、そうだろう。何をきみに隠しているか、言えるかな？わたしがクラムに行きつこうとしていることも、きみは知っている。きみにはその手助けができず、だからわたしがこの手でかちとらなくてはならないことも知っている。これまでは成功していないことも知っている。役に立たない試みをいろいろしてきた。惨めな思いをしてきたことを数えあげて、惨めさを倍にしなくちゃあならないの？　クラムの橇のそばで午後ずっと、凍りつきながら空しく待っていたことを自慢らしく話せというの？　幸いにもこんなことはみんな思い出さなくてもよくなって、いそいそときみのもとに駆けつけると、またもやすべてが、きみから脅かすように持ち出されてくる。それからバルナバスのことだけど、たしかに待ち受けていた。クラムの使いなのだ。わたしが任じたわけじゃない」

「またバルナバスね」

と、フリーダが叫んだ。

「バルナバスがちゃんとした使いだとは思わないわ」

「おおよそ、きみの言うとおりだ」

と、Kが言った。

「しかし、わたしのもとに送られてくるただ一人の使いなんだ」

「なおさら悪い」

と、フリーダが言った。

「よけいに用心しなくては」

「残念ながら、これまでそんな必要がなかった」

苦笑しながらKが言った。

「めったに来ないし、もってくることは大したことじゃない。クラムから直接くるのが、せめてもの救いってものだ」

「そうだわ」

と、フリーダが言った。

「あなたの目標はもうクラムなんかじゃない。きっとそれでわたしは不安でしようがないのだわ。いつもわたしを飛びこしてクラムをめざすのはひどいけど、クラムから遠ざかるようにみえるのが、もっとひどい。それは女将さんさえ予想していないことだ。女将さんによると、わたしの幸せ、疑わしいものであれ、とにかく現実の幸せは、あなたのクラムに対する期待が無駄だったとはっきりわかった日に終わるはずだって。でもあなたは、もうその日を待ってもいない。突然、少年がやってきて、あなたは彼と、その子の母親をめぐって戦いだした。生きるための空気を手に入れようと闘っているみたいにね」

「ハンスとのやりとりを、正しくわかってくれたわけだ」

と、Kが言った。

「実際、そうだった。でも、きみのこれまでの生活がすっかり沈みこんでしまったというのかな。(女将をべつにしての話だね。女将はいっしょに沈んでいくような女じゃない)前進するためには戦わなくてはならない。いちばん下からはじめるときは、とくにそうだ。それも忘れてしまったのかな。少しでも希望を与えるものを、どうやって使うか、それも忘れたの? ハンスの母親は城からの人だ。彼女自身がそう言った。最初の日にラーゼマンのところに迷いこんだときだった。その人に助言を、あるいは助けを求めてどうしていけない。クラムとへだてている障害を女将が全部知っているとしたら、あの人はきっと、自分が降りてきた道筋を知っている」

「その道を通ってクラムをめざすの？」

と、フリーダがたずねた。

「むろん、クラムだ。ほかにどこへ行く？」

言うなりKはあわてて立ち上がった。

「のんびりしていられない、昼食をとってこなくちゃあ」

フリーダが執拗に、もうしばらくいてほしいとKに言った。とどまることが、Kの述べたことすべての証明であるかのように、おかしなほど強い口調で言った。だが、Kは教師のことを言って、ドアを指さした。いつなんどき突き開けられるかもしれない。すぐにもどってくると約束した。暖房は自分がするから、かまわずともいい。とどのつまり、フリーダは黙ってKの言葉に従った。外へ出てKが雪を踏み分けて歩いていくと——とっくに雪かきはすんでいるはずなのに、なんとも作業が遅れている——助手の一人が疲れはてて柵にしがみついていた。一人だけで、もう一人はどうしたのだろう？　少なくとも一人は首尾よく追い払ったのか？　残った一人はいぜんとして望みを捨てていなかった。Kを見るやいなや元気づき、両手を差しのべ、哀れをさそうように目をみひらいた。

《諦めない点では見上げたやつだ》と、Kは呟き、つけたした。《このまま柵のところで凍えるがいい》。拳をつくって脅しつけて寄せつけない。助手はあわてて大きくあとずさりした。このときフリーダが窓を開いた。Kから言いつかったとおり、暖房にさきだって空気を入れ換えておく。すぐに助手はKからはなれ、どうしようもなく引かれるように窓へすり寄った。助手に対して親しみの表情をしてみせ、Kに向かっては、やるせない顔つきでフリーダが少し手を振った。拒否か挨拶かわからなかったが、助手は近寄ってもいいと取ったらしい。フリーダは急いで外側の窓を閉めた。しかし、取っ手に手をかけたまま、首をかしげ、目をみはり、凍りついたような笑みを浮かべていた。助手を脅すよりも、よけいにそれが惹きつけていることを知っているのだろうか？　Kはもう振り返らなかった。なるたけ急ぎ、それだけ早く帰ってこようと思ったからだ。

15　アマーリアのもとで

　ようやく――午後おそく、もう暗くなっていた――Kは校庭の雪かきをすませた。雪を小道の両側に積み上げ、たたいて固めた。これで一日の仕事が終了。校門のそばに佇んでいた。まわりを見廻しても誰もいない。例の助手は数時間前に追放した。かなりの遠さまで追い立てた。すると彼は庭と小屋のあいだのどこかに隠れ、それっきり姿を見せない。フリーダは中にいる。洗濯にとりかかったか、あるいはギーザの猫の世話をしている。フリーダに世話をゆだねたのは、ギーザ側が厚い信頼を寄せてきたしるしだった。もっとも、うれしくもないし、よけいな仕事であって、本来ならKは断わっていた。だが、いろいろ失敗をしたあとであれば、ギーザと手を結ぶのは悪くない。Kが小さな子供用の水桶を屋根裏から下ろしてきて、湯をわかし、猫をそっと洗ってやったとき、ギーザはいたく満足した。それから猫をそっくりフリーダにゆだねてしまった。ついで、Kが村に着いた夜に出くわした、例のシュヴァルツァーがやってきた。最初の夜に根ざした怖れと、小使ふぜいに対する侮りとがまじり合った目つきで、シュヴァルツァーはKに挨拶した。ついでギーザと隣の教室に入った。二人は入ったきり出てこない。橋亭で聞いたところだが、城の執事の息子であるシュヴァルツァーは、ギーザが好きなあまり、すでに長らく村に住みついていた。縁故を利用して村から助教諭に任じられたが、職務をもっぱら、次のようなやり方で果たしていた。すなわち、ギーザの授業は欠かさず出席して、子供たちにまじって長椅子にすわっている。あるいは、むしろこちらを好んだが、教壇のギーザの足元にいる。かくべつ邪魔にはならない。子供たちはとっくに慣れてしまった。簡単であって、シュヴァルツァーは子供たちに何の関心もなく、ろくに話もしない。体操の授業だけはギーザに代わってつとめていた。そばにいて、同じ空気を吸い、ギーザのぬくもりを感じているだけで満足なのだ。彼のいちばんのよろこびは、ギーザのかたわらにすわり、いっしょに学習帖を見ていくことだった。今日も二人はそれにかかっていた。シュヴァルツァーが学習帖の山を運んでいった。教師は自分の分も二人にやらせている。まだ明るいあいだ、窓辺の小さな机で二人が仕事をしているのをKは見かけた。頭をくっつけ合って、動かない。いまそこには二つのローソクの炎だけがゆらめいていた。二人を結びつけているのは厳粛で寡黙《かもく》な愛だった。主役はギーザである。気むずかしい性格で、怒ったときは手がつけられない。そんなとき、ほかの者なら、とても我慢できないし、元気者のシュヴァルツァーも相手に合わすしかない。ゆっくりと近づき、ゆっくり話し、なるたけ口をきかない。だが、それなりに十分なお返しがあることは見てとれた。ギーザが黙ってそばにいるからだ。とはいえ、ギーザはおそらく彼をまるで愛してはいないのだ。ギーザの丸い目は灰色をしていて、ついぞ輝くことはなく、ただ瞳孔だけが廻るように見え、いかなる問いにも答えることがない。ただシュヴァルツァーを何もいわずに大目に見ている。執事の息子に愛されて光栄などとも考えていない。シュヴァルツァーの熱い眼差しにつきまとわれていようと、いまいと、ギーザはポッテリしたからだで、変わることなく過ごしていた。いっぽうシュヴァルツァーはギーザに対し、村にとどまるという犠牲を払っていた。父親からの使いが来て、息子をつれもどそうとするのだが、シュヴァルツァーは鼻息荒く追い返す。そんなことで、ちょっとでも城のことや息子の務めを思い出させられると、それが自分の幸せを損って、とり返しのつかない妨げになるかのようなのだ。とはいえシュヴァルツァーには、たっぷり暇があった。というのはギーザはつね日頃、授業と学習帖を見るときしか彼の前に姿を見せないからだ。相手をじらせるためではなく、要するにのんびりしているのがお気に入りで、だからひとりでいるのが何よりも好きだった。わが家のソファーに寝ころがっているときが、ギーザはいちばん幸せにちがいない。かたわらには猫がいるだけ。ほとんど動かないから邪魔にならない。そんなわけでシュヴァルツァーは一日の大半は、用もなくうろついていた。それが嫌いではなかった。というのは、ギーザの住んでいるレーヴェン通りへ出かけられるからだ。そして、のべつ出かけて行く。ギーザのいる屋根裏部屋に上がって、閉ざされたままのドアごしに耳を澄ましている。ドアの向こうが不可解なまでに静まり返っているのをたしかめると、そそくさと立ち去っていく。こういった生活様式のもたらすところが、決してギーザのいるところではないにせよ、ときおり露呈することもあった。役所流の傲慢ぶりが笑うべきときに顔を出す。むろん、助教諭という現況にはまるでそぐわない。Kも体験したところだが、たいていはへんてこなぐあいに終了した。

ただ不思議なことに、少なくとも橋亭では、シュヴァルツァーはある種の敬意とともに語られており、ことが尊敬よりも滑稽に類しているときでもそうなのだ。ギーザもまたこの敬意に浴していた。だがシュヴァルツァーが助教諭として、Kよりはるかに上位に立つものと考えているならば、まちがった考えというものであって、そういった優越はありえない。小使というのは教師にとって、ましてやシュヴァルツァーのたぐいの教師には非常に重要な人材であって、あだやおろそかにしてはならず、それをすると手痛い目にあうものだ。身分意識からして、どうしても侮りの目で見てしまうときは、しかるべき返礼でもって鼻薬をきかせておかなくてはならない。Kはときにそのことを思い出したくなるのだが、シュヴァルツァーは彼には最初の夜から貸しがあった。その結果が翌日の処遇となって如実にあらわれた。シュヴァルツァーのしたことが、すべてあとにつづくことに方向を与えたといえるのだ。シュヴァルツァーのせいで不当にも、着いてすぐさま、役人たちの注意をひいてしまった。見知らぬ村で、知り合いもなく、憩う場もなく、長い道のりに疲れはて、よるべなく藁袋に横になっていたとき、シュヴァルツァーにたたき起こされた。ひと晩ずれていたら、すべてがちがっていたかもしれない。静かに、半ば隠されたなかで、一切が進んだのではあるまいか。誰も彼のことなど知らず、不審に思うこともなかった。旅の若者のようにして躊躇なく一日の憩いを与えただろうし、役に立つ人間、信頼できるやつだと見抜き、それが口づたえにひろがって、やがてどこかの下男として食いぶちにありついていたかもしれない。むろん、役所の目は逃れられなかった。だが、夜ふけに自分のせいで本部あるいはほかの部局の誰かが電話でたたき起こされ、即座の判断を要求されるなどのことはなかっただろう。見かけはへり下っていても、押しつけがましく要求してくる。しかもそれが城では不評らしいシュヴァルツァーときている。そういった経過とはちがって、Kがあの翌日のしかるべき時間に村長のドアをたたき、当然のなすべきこととして、通りすがりの旅行者である旨を届け出る。村の一軒でたしかな宿りを確保しており、明日にもまた旅をつづける。あるいは予想しなかったことながら、当地で仕事にありついたことを申し述べる。むろん、ほんの数日であって、長くとどまるつもりはない。シュヴァルツァーさえいなければ、そんなふうに、あるいはそれと似たふうになっていただろう。役所はきっとそれ以上はゆっくりと、いつもの流儀で対応し、とりわけ目の敵としている当事者の苛立ちにおかまいなしに、粛々と取り扱っただろう。ことごとくKには咎のないこと、罪はあげてシュヴァルツァーにある。しかし、シュヴァルツァーは執事の息子であり、見たところはまったく正しく処置をした。ひとりKが償いをするしかない。すべてをひき起こした笑うべき原因は何であろうか？おそらく、あの日、ギーザがはなはだ気まぐれで、ためにシュヴァルツァーは夜ふけまでうろつく羽目になり、腹立ちまぎれにKに八つ当たりをした。とはいえ、ちがった目で見ることもできる。こちらはシュヴァルツァーの処置に、Kは多くを負うている。ひとえにそのおかげで、ひとりでは成果をみない、成果を上げる気にもならない、役所側はほとんど何も容認せず、Kはそもそものはじめから、可能なかぎり術策なしに、公明にして正大に役所と立ち向かうことになった。ひどい賜物だったともいえるので、おかげでKは虚偽や術策をこらさなくてもよかったが、ほとんど無防備でもあり、いずれにせよ戦いにあってひけをとったし、役所と彼では力の相違がいちじるしく、どんなに虚偽や術策をこらしても、その相違を有利に利用することができず、おのずといつもしがない者でしかないと、自分に言いきかせなければ絶望に陥りかねないのだ。とはいえ、Kがそんなふうに思って自分を慰めたままであって、シュヴァルツァーはいぜん罪あるままなのだ。あのとき彼がKに不利益を与えたとすれば、つぎにはKを助けてはどうなのだ。Kはあい変わらず、はじめの条件そのままであって、助けを必要とする。現にバルナバスにしても、待ちぼうけを食わしている。フリーダをおもんぱかって、Kは終日、バルナバスの家へ出かけて行くのを躊躇していた。フリーダに先立ってバルナバスと出くわすように、ずっと外の仕事をしていた。雪かきが終わってからも期待して外に佇んでいた。しかし、バルナバスは来なかった。となるとバルナバスの姉妹のところに出向くしかない。ほんのちょっとだけ、敷居ごしにたずね、すぐにもどってくる。Kはシャベルを雪に突き立てると駆け出した。息を切らしてバルナバスの家までくると、二、三度ノックしてからドアを引き開け、部屋のなかをたしかめもせずに問いかけた。

「バルナバスはまだ帰っていませんか?」

そのあとやっとわかったが、オルガはいなくて、二人の年寄りが、このたびも薄暗い奥のテーブルについており、戸口で何が起こったのかわからず、ゆっくり顔を差し向けていた。つづいてようやく、アマーリアがストーブの前の長椅子に毛布をかぶって横になっているのに気がついた。Kが現われたのにびっくりしてとび起き、手を額にあてて事態を呑みこもうとしている。オルガがいれば、すぐに答えただろうし、Kはすぐに引き返せたのだが、こうなればやむなくアマーリアのもとへ歩み寄るしかない。手を差し出すと、アマーリアは黙ったまま握りしめた。たたき起こした感じの両親にお詫びをしてほしいと言うと、アマーリアが両親に短い言葉を投げかけた。オルガは中庭で薪を割っているという。アマーリアは疲れはてていた——その理由は言わなかった——それでついさきほど、横になった。バルナバスは帰っていないが、もうすぐもどってくるにちがいない。夜っぴいて城にいたためしがないからだ。Kは礼を言った。すぐにも帰途につける。だがアマーリアが、オルガを待っていてはどうかと言った。残念ながら時間がないというと、するとアマーリアは、今日すでにオルガと話しただろうと言った。Kが驚いて否定して、オルガが何か特別のことを伝えたがっていたのかとたずねると、アマーリアは少し不機嫌なときのように口をゆがめ、黙ったままKにうなずきかけた。あきらかに別れのしるしであって、再びそこに横になった。そのままの姿勢でじっとKを見つめていた。彼がまだそこにいるのをいぶかしがっているようだった。その目はいつも同じで冷たく、澄んでいて、動きがない。視線のそそがれている当のものを見ているのではなく、

——Kにはこれが気になった——ほんの少し、気づかないほどだが、しかし、あきらかに見すごしている。無気力のせいでも、とまどいでも、不誠実でもなく、あるたえまのない、あらゆる感情に勝る孤独への願望のせいらしい。きっとアマーリア自身も、こんなぐあいにしてしか意識しないだろう。最初の夜に同じような目つきに見つめられたような気がした。すぐにこの家族から受けたうとましい印象はおそらく、この眼差しのせいだろう。それ自体はうとましくはなく、誇らかであり、うちとけず、毅然としている。

「アマーリア、きみはいつも悲しそうだね」

Kが話しかけた。

「何か辛いことがあるの？　それは口に出して言えないの？　きみのような田舎娘は、はじめてだ。今日やっと、いまやっと、そのことに気がついた。きみは村の者なの？　ここで生まれたの？」

アマーリアは、ただ最後の問いだけに答えるようにうなずいた。それから言った。

「オルガを待っているのね？」

「どうしてずっと、同じことを言うのかわからない」

と、Kが言った。

「ここにいるわけにはいかない。いいなずけが待っている」

アマーリアは肘をついて顔を向けた。いいなずけのことは初耳だと言った。Kが名前をあげたが、彼女はフリーダを知らなかった。その婚約のことをオルガは知っているかと、アマーリアがたずねた。たぶん、知っているとKは言った。自分がフリーダといっしょのところをオルガは見ているし、村では噂がすぐに伝わる。しかしアマーリアは、オルガは知らないはずで、それを知ると悲しむだろうと言った。Kが好きらしいからだ。はっきりとは言わないが、ひっこみ思案なたちで、でも気持は外に洩れるものだ。アマーリアは錯覚している、とKが答えると、アマーリアはほほえんだ。そのほほえみは悲しいものだったが、暗い顔を明るくしたし、黙っていても語りかけたし、ぎこちなさをときほぐし、秘密を捨てさせ、これまで秘めていたものを捨てさせ、それがまた取りもどされても、そっくり取りもどされるわけではない。自分は錯覚などしていない、とアマーリアは言った。もっと多くを知っており、Kもまたオルガに好意をもっていて、いま訪ねてきたのもバルナバスの伝言とかを口実にしているが、ほんとうはオルガが目当てだ、自分は何もかも承知しているから、これからはむずかしく考えず、遠慮なく訪ねてきてほしい、伝えたかったのはこのことだ、とアマーリアは言った。Kは首を振って、婚約のことを口にした。アマーリアは、さほど気にとめていないようで、Kがひとりでその女の前に現われたときの印象が強烈だったのだろうと述べ、いつその女を知ったのかとたずねた。まだ村にきて、ほんの数日ではないか。Kが貴紳荘のことを話すと、アマーリアはそっけなく、Kを貴紳荘につれていったのがいけなかったと言った。ついては薪をかかえて入ってきたオルガを証人役に呼んだ。オルガは冷たい空気のせいで引きしまり、上気していた。元気で、たくましい。仕事のせいで、いつもの重たげに部屋にいる姿とは別人のように見えた。薪を投げ出すと、屈託なくKに挨拶をした。すぐにフリーダのことをたずねた。Kは目でアマーリアに合図したが、彼女は反証のようにはとっていないようだった。Kは少しムッとして、いつもはしないことだが、くわしくフリーダのことを話した。学校のひどい状態のなかで家事をやっているしだいを語った。立てつづけにしゃべっていて、ついうっかり——すぐにもどりたいとは考えていた——別れぎわの礼儀として、一度お訪ねいただきたいと言った。言ってしまって自分で驚き、口をつぐんだ。アマーリアはすぐに、K

につぎのひとことの余裕を与えず、よろこんで訪ねたいと応じてきた。オルガもつられて同じことを言った。Kはいぜんとして早く別れを告げなくてはと思いつつ、アマーリアの眼差しのなかで落ち着かなく感じながら、まわりくどい言い方はやめにして、お招きしたのは考え足らずのことだったと謝り、ただ気持から出たまでのこと、残念ながらお迎えすることができない、フリーダとバルナバス家とのあいだには、自分には不可解な敵意があるらしいから、と釈明した。

「敵意なんてものじゃない」

と、アマーリアが言った。長椅子から立ち上がり、毛布をうしろに投げすてた。

「そんな大げさなことじゃない。みんなの意見の受け売りにすぎないわ。さあ、早くいいなずけのところに行ってあげなさいな。急いでいるのでしょう。わたしたちが訪ねるなんて心配しなくてもいい。冗談で言っただけ、意地悪をしてみた。あなたはいつでも来るといいわ、邪魔だてするものはない、バルナバスの伝言を口実にするといい。安心して口実にできる。だってバルナバスは城から伝言をことづかってきても、それを伝えに学校まではとても行けないわ。そんなに走り廻れない。可哀そうに、疲れきっている。だから伝言を聞きにこられるといい」

アマーリアがこんなに話すのをはじめて聞いた。いつもの話し方とちがっているようだった。何か威厳めいたひびきがあった。Kだけでなく、あきらかにオルガもよく慣れた姉妹のはずなのに、ちがったものを感じていた。少しはなれて立ち、両手を前にして、少し脚をひろげ、やや前かがみの姿勢で、じっと目をアマーリアにそそいでいた。いっぽうアマーリアは、ただKを見つめていた。

「バルナバスを待っているのは大したことではないと言うのなら、大きなまちがいだ」

と、Kは言った。

「役所とのことを解決するのが、いちばんの、正確にいうとただ一つの願いなんだ。バルナバスの助けなしには実現しない。おおかたがバルナバスしだいなんだ。一度はがっかりさせられたが、それはバルナバスのせいというよりもこちらが悪かった。はじめのころは頭がどうかしていた。あのころは、ちょっと夕方の散歩をすれば、万事うまくいくぐらいに考えていた。無理なことはやはり無理だとわかったのに、それをバルナバスのせいにした。きみたちの家族や、きみたちについての判断にも影響されていた。もうすんだことだ。いまではきみたちを、よく知っていると思っている。だってそうじゃないか」

——ぴったりの言葉を思案したが、すぐには思い出せず、ありあわせでまに合わせた——

「きみたちはやさしいよ、これまで知ったかぎりでは、村のだれよりもやさしい。だけどアマーリア、誤解しているよ、きみの兄さんの任務とまではいわなくても、わたしにとっての意味を軽く見すぎている。兄さんの任務をよく知らないとすれば、やむをえないから、とやかくは言わない。でも、よく承知しているのなら——そんな気がするのだが——とすると、ひどいよ。だってそれは、きみの兄さんがわたしを騙していることになる」

「安心して」

と、アマーリアが言った。

「わたしはよく知らない。知りたいと思わない。あなたのことがかかわっているとしてもね。何かしてあげたいとは思う。あなたが言ったように、わたしたち、やさしいから。でも、兄のことは兄の領分、わたしは何も知らないわ。知りたくもないのに、ときおり聞こえてくる以外はね。オルガがよく知っている。

オルガは兄と親しいから」

と言うなり、アマーリアはそこを離れた。まず両親にささやきかけ、ついで台所へ入った。別れの挨拶を口にしなかった。Kがずっとここにいるので、それは必要ないとでもいうようだった。

16

残されたKはポカンとした顔をしていた。オルガはそんなKを笑って、ストーブのそばの長椅子へ引っぱっていった。Kと二人ですわっていられるのが、ほんとうにうれしそうだった。それは満ち足りた幸せで、むろん嫉妬によって曇らされてはいない。まさにその嫉妬から遠く、ためにとげ立っていないことがKにはここちよかった。目の前の青い目に見入っていた。誘いかけたりせず、尊大でもなく、おずおずとやすらかで、またほのかに応えてくる。それはフリーダや橋亭の女将の言い分を打ち消していた。あらためて思い直させ、考えを改めさせるかのようだった。よりによってKがアマーリアをやさしいと言ったことにオルガが首をひねったので、Kはオルガといっしょに大笑いした。オルガによると、アマーリアはほかの何であれ、やさしいなんてことはたえてないというのだ。ついてはKが釈明した。賞讃はもちろんオルガに寄せたものだが、アマーリアは誇り高いので、自分の前で言われたことは何でも自分のものにするだけでなく、こちらからも何だって彼女に分けてやりたくなる。

「そのとおりだわ」

まじめな顔になってオルガが言った。

「あなたが思っている以上にほんとうなの。アマーリアはわたしより年下で、バルナバスよりもまた年下だけど、家で何か決めるのはアマーリアだわ。良いことにも悪いことにもね。もちろん、アマーリアは悪だって善だって、みんなよりよけいにもっている」

それは大げさだとKは言った。たとえばの話、アマーリアはさきほど、自分は兄の仕事には気がまわらず、オルガならよく知っていると言ったではないか。

「どう説明すればいいかしら？」

と、オルガが言った。

「アマーリアは弟のことも、わたしのことも気にしない。そもそも誰のことも気にしない。気にかけているのは父と母のことだけ。夜昼とわず面倒みている。いまだって何か欲しいものをたずねて、支度をしに台所へ行った。両親のためには無理しても起き出していく。今日はお昼から気分が悪くなって、ここで休んでいたのにね。姉や兄のことは気にしていないけど、でもわたしたちはあの子に、いちばん年かさみたいにして頼っている。アマーリアが意見を言えば、むろん、それに従う。でも、自分のほうはそうはしない。あの子の心はわからない。あなたは人間をよく知っている。よそからやってきた。あなたにはアマーリアが、並外れて利口だとは思えませんか？」

「並外れて不幸だとは思えるね」

と、Kは言った。

「でも、きみたちが寄せている尊敬と、どこで一致するのだろう。たとえばバルナバスは使者の務めを果たしているのに、アマーリアはそれを買わない、むしろ軽蔑しているみたいじゃないか」

「バルナバスは、ほかに何か仕事があれば、ちっとも満足していない使者の役目など、すぐにも捨てるでしょうよ」

「靴屋の修業をしたのじゃなかった？」

と、Kがたずねた。

「ええ」

と、オルガが答えた。

「ブルンスヴィックの手伝いもしています。でも片手間の仕事ね、全部の時間をあてたら稼ぎがずっとよくなるんだけど」

「となるとだ」

と、Kが言った。

「となれば、使者の仕事はやめてもいいわけだ」

「やめてもいいですって？」

オルガが驚いてたずねた。

「稼ぎのために引き受けたと思っているの？」

「そうだろう」

と、Kが言った。

「きみはいま、バルナバスが満足していないと言ったよ」

「満足していないのは、いろんな理由があってのこと」

と、オルガが言った。

「でも、城の任務だわ、ともかくも、城の仕事、そう考えていいはずね」

「どうして？」

と、Kが言った。

「きみたちはそれすら疑うの？」

「いえいえ」

と、オルガが答えた。

「疑うわけじゃない。バルナバスは事務局に出かける。召使と対等に言葉を交わす。離れたところから、一人ひとり役人をながめている。わりと大切な手紙を受け取る。口頭で伝える使いをまかされることもある。いろんな用がある。弟があんなに若くてこれほどになったのを誇っていいわ」

Kはうなずいた。いまはもどることを考えていなかった。

「バルナバスはもう制服をもらっているね？」

と、Kがたずねた。

「あの上衣のこと？」

と、オルガが言った。

「ちがう。あれはアマーリアがこしらえた。使者になる前だった。でも、それは大切な点ね。制服じゃない、そういうものは城にはないわ。もっと前に役所の背広をもらっていていいはずなの。ちゃんと確約もされた。でも、城では何だっていつもゆっくりだし、いちばん悪いのは、どうしてそんなに遅いのか、わけがわからないこと。役所仕事におなじみの進み方かもしれないし、役所仕事すらはじまっていなくて、バルナバスはまだテスト中かもしれない、あるいはつまるところ、手続きはもう終わったけれど、何らかの理由から約束が撤回されて、バルナバスには支給されないことになったのかもしれない。はっきりしたことはわからない。たとえわかっても、ずっとあとになってのことだわ。土地にこんな言い廻しがあるのを、ごぞんじかしら、《役所の決定は若い娘のように臆病だ》っていうの」

「あたっている」

と、Kは言った。オルガよりも、ずっとまじめにとっていた。

「よくあたっている。まだほかにも娘と共通するところがありそうだ」

「たぶん、そう」

と、オルガが言った。

「おっしゃることがよくわからないけど、たぶん、ほめた意味でのことでしょう。でも、役所の上衣に関してなら、バルナバスの心配ごとの一つで、わたしと弟は悩みを共にしているから、わたしも気がもめる。どうして弟は役所の服がいただけないのか、わけがわからない。問題はそうは単純ではないの。たとえばお役人はみんな役所の服を持たないみたいなんです。こちらのわたしたちが知っているかぎり、またバルナバスが話すところでは、お役人たちはふだん着だわ。とはいえ、きれいな服だけど、そんな服でいる。そうそう、あなた、クラムを見たでしょう。バルナバスは役人じゃない、いちばん下の役人ですらないし、それになりたいとも思い上がっていない。上のほうの人は、こちらの村ではとても見かけたりしないけど、バルナバスの報告によると、役所の上衣を着ていない。それならいいじゃないかって、そんなぐあいに言われるかもしれないけど、でも、慰めにはならない。バルナバスは高い身分の召使かしら？　ちがう。そう思いたがっても、むりなこと、そうじゃない、村にもどってきて、村に住んでいることがいい証拠だわ。身分の高い召使は役人よりもずっと控え目だわ。たぶん、当然であって、かなりの役人よりも上のところにいるのじゃないかしら。いくつか、そう思えるふしがある。ほとんど仕事をしないし、バルナバスによると、そういったより抜きの偉い人たちがゆっくりと回廊を歩いているのは、とびきりの見ものですって。バルナバスはいつもそっとそばを通りすぎる。つまり、バルナバスが高級な召使であるわけがない。とすると下っぱの召使の一人になる。でも、そのたぐいの者は役所の服をもらっている。少なくとも村に下りてくるときは、その服を着ている。制服というのじゃない、いろんなところがちがっている。でも服を見ると、ひと目で城の召使だってわかる。貴紳荘でそういう人を見たでしょう。一番めだつのは、たいてい体にぴったりくっついていること。農夫や職人はそんな服は着ない。バルナバスはその服をもらっていない。恥ずかしいとか、屈辱的とかだけでないわ。それなら我慢できる。とくに悲しいとき――ときおり悲しくなる、珍しくないわ、わたしたち、バルナバスとわたしによくあるの――みんな疑わしくなってくる。バルナバスのしているのは、そもそも城の仕事なのかってたずねてみる。もちろん、事務局へ出かけていく。でも事務局は、ほんとうに城かしら？　たとえ事務局が城の一部だとしても、バルナバスが出入りを許されているのはどうかしら？　バルナバスが入っていけるのは、それはいろんな事務局の一つで、仕切りがあって、その奥にもべつの事務局がある。奥へ進むのは禁じられてはいないけど、自分の上司に出くわせば奥へ進むわけにいかない。所定のところへつれていかれて、それからもどされる。いつも監視されてるわ。少なくとも、そう信じている。たとえ奥へ進んでも、そちらに自分の仕事がなければ、どうにもならない。単なる侵入者ね。仕切りを、はっきりした境界と思ってはいけない。そのことはバルナバスがいつも注意してくれる。彼が出向く事務局にも仕切りはある。彼が通っていく仕切りもあるってことね。それはまだ入ったことのない仕切りとちっとも変わらない。だから、問題の仕切りの向こうに、べつの事務局があるときめつけてはならない。バルナバスが出入りしているのと変わらないかもしれない。でも、いまいった悲しい気分のときには、そんなふうに思えてくる。すると疑いがふくらむわ。どうしようもない。バルナバスは役人と話す。仕事をあずかる。でも、どんな役人であって、どんな伝言かしら。彼の言うとおり、いまはクラムに配属されていて、クラムからじきじきに用を受ける。大したことね。高い位の召使だって、なかなかこうはなれない。ほとんど大変すぎるほどで、それがまた心配の種になる。だってクラムに直接に配属されて、クラムと直々に話すってこと、大したことだわ、そうですとも。でも、そこでクラムとされている役人が、ほんとにクラムだって、どうして信じられるのかしら？」

「オルガ」

と、Kは言った。

「冗談を言いたいのかい。クラムの顔は知られている。わたしだってちゃんと見た。どうしてそれまで疑ったりできる？」

「むろん、そうだわ。疑えっこない」

と、オルガが言った。

「でも、冗談なんかじゃない、大まじめに心配している。これを話すのは、自分の気持を軽くしたいのでも、あなたの気持を重くしたいからでもないの。あなたがバルナバスのことをたずねたからだし、ちゃんと知っておくほうがいいから、アマーリアがわたしに話せって言ったからよ。バルナバスのためでもあるわ。あなたが彼に、あまり大きな希望を持たないように、バルナバスがあなたを失望させて、あなたがガッカリするのを見て苦しまないように。バルナバスはとても傷つきやすいわ。昨夜はほとんど寝ていない。昨日の夕方、あなたに言われたからよ。あなたは不満だって言った、バルナバスのような《こんな使いしかいない》のは、とても困ると言ったでしょう。それでバルナバスは眠れなかった。あなたの前では、そんな姿はきっと見せなかったと思う。城の使者は自制しなくちゃあならない。でも、バルナバスにはむずかしい。あなたとでもそうだわ。あなたのつもりでは、とりたてて大変なことを要求していない。使者の役目について自分なりの見方がある。それにもとづいて要求しているつもりでしょう。でも、城の見方はちがうわ。あなたの考え方と同じではない。どんなにバルナバスが身を犠牲にしてもダメ。困ったことに、あの子はときおり、そんなことをしかねないのね。従うのがいいの、さからってはいけない、自分がしているのはほんとうに使いの仕事なのか、疑ったりしてはダメ。あなたに対しては、もちろん、疑問を抱いたりしていられない。そんなことをしようものなら、自分の存在すらもおかしくなる。自分が従っていると信じている原則を、ひどく傷つけることになる。このわたしにだって、はっきりと言わないわ。お上手を言ったり、キスをしたりして聞き出さなくちゃあならない。そんなときでも疑いをもっているなんてことは、なかなか認めようとしない。アマーリアと似たところがあるの。わたしがいちばん親しいのに、それでも全部は言わない。クラムのことは、わたしたち、ときおり話すわ。わたしはクラムを見たことがない。あなた、ご承知でしょう、フリーダはわたしが嫌いで、のぞかせてくれなかった。でも、むろん、クラムがどんな人か、村ではよく知られている。会った人だっている、クラムのことは聞いている。証言や噂や、それにわざとつくり上げる気持もあって、クラムの姿ができている。大筋ではそのとおりだわ。でも、ただ大筋だけのこと。こまかいところではちがっているし、クラムのほんとうの顔立ちはもっと、ちがっているのではないかしら。村に来たときと、村を去るときとは別人みたいにちがうし、ビールを飲む前と飲んだあととはまたちがう。起きているときと眠っているときでもちがう。ひとりのときと、人と話しているときもまたちがう。とすると、城にいるときは、まったくちがっていると思うわ。村にいるときだって、人の言うことはいつもちがっている。背丈もちがう、物腰もちがう、肥りぐあい、ひげの形、みんなちがう。ただ服だけはありがたいことに同じで、クラムはいつも同じ服を着ている。黒の上衣で裾が長い。人の言うことがちがっているからって魔法なんかじゃなくて、よくあることだ、人それぞれの気分や気持の高ぶりぐあい、望んだり失望したりの度合いが人ごとに微妙にちがっていて、そのせいだ。それにクラムを見かけるのは、ほんの一瞬なので、よけいにちがうのね。いまお話ししたことは、バルナバスがよくわたしに話してくれたことで、個人的にまるきりかかわっていなくても、おおよそはこのとおりだと思っていいの。わたしたちにはそうじゃないけど、バルナバスにとっては、ほんとうにクラムと話しているかどうかは死活問題ってものだわ」

「わたしにも少なからずそうなんだ」

と、Kが言った。二人はストーブの前で、なおのこと寄りそった。オルガから知らされたことは、あまりうれしくないことで、Kは当惑していたが、それを埋め合わせるものがあった。少なくとも見たところ、自分とよく似た人間をここに見つけたということだ。だから近づいていいし、多くのことで理解し合える。フリーダよりも、ずっと多くのことでわかり合ってる。バルナバスの使いにかけた期待は、すでに萎みかけていたが、しかし、バルナバスが上の城でうまくいかないぶん、こちらの村では親しみが増していく。バルナバスやオルガのような不幸な苦労が、この村にあるなどと思ってもみなかった。まだ事情がはっきりしたわけではなく、まるで逆になるかもしれないが、オルガの無邪気さにまどわされて、バルナバスの誠実さを疑ってはならないのだ。

「クラムがどんな人かという報告を、バルナバスはよく知っているわ」

オルガがまた口をひらいた。

「どっさり集めて検討した。もしかすると多すぎたかもしれない。村でもいちど馬車の窓ごしに見たことがある、見たように思っただけかもしれないけど、ちゃんとわかるだけの条件はそなえている。でも城の事務局に出向いて――あなたにはどんなふうに話したかしら？――何人もの役人のなかで指さされ、あれがクラムと言われても、それとわからなかった。あとあとも、それがクラムだとは、どうにも腑に落ちなかった。あなたがバルナバスに、ではみんなが思っているクラムと、どの点でちがうのかとたずねても、バルナバスは答えられない。いえ、むしろ答えてくれる、城のクラムはどんなだったかというと、わたしたちの知っているクラムと、まるきり同じで、《わかった、バルナバス》って、わたしは言うわ。《どうして疑うの、どうして悩んだりするの》って。するとバルナバスは、あきらかに困ったようすで城のお役人の特徴を数えだす。でも、数えるというよりも、つくり出しているように見えるし、それにごくつまらないことばかりで――たとえば、うなずくときに顔をゆらすとか、チョッキのボタンを外しているとか――とてもそのままには受け取れない。クラムがバルナバスと、どんなふうにして会うのか、わたしにはそのほうが大事なような気がする。バルナバスは何度も話してくれた、図に描いて話してくれたこともあるわ。ふつうバルナバスは事務局の大きな部屋に通される。でも、それはクラムの事務局ではない。誰の事務局でもない。長細い部屋で、両側に立ち机がざっと並んでいる。あいたところは狭くて、二人がすれちがうのもやっとのほどだって。そこが役人の場で、広いところは陳情に来た人や参観者や召使や使者のいるところなんです。立ち机にはぶ厚い本が開いたまま置かれている。ずっとそんなふうに並んでいて、たいていの机には役人がいて、開いたままの本を読んでいる。同じ本をずっとじゃないけど、本を取り換えるのではなくて、場所を取り換える。席を換わるとき、ぶつかり合ったりするので、バルナバスはいつもびっくりするって言ったわ。場所が狭いせいね。立ち机のすぐ前に低い小さな机があって、書記がすわっている。役人が希望すると、口述筆記をする。役人がはっきりと命じるのじゃない。口述のときも小さな声で、口述だとはほとんど気づかない。あい変わらず読んでいるように見える。でも読みながらささやいていて、書記が聞きとる。すわっていると口述の声が聞きとれないときは、とび上がって聞きとると、すぐすわって書きとめる。つぎにまたとび上がる、聞きとって、すわって書く。これをずっとやっている。なんてへんてこな光景でしょう！　ほとんどわけがわからない。バルナバスはいつだって飽きるほど見ていられる。参観者の場に何時間も立っている。ときには何日もね。クラムの目にとまるまで立ちん坊をしている。たとえクラムの目にとまり、直立の姿勢をとっても、何が決まったわけじゃない。クラムがすぐにまた目をそらして本にもどり、彼のことなど忘れてしまうかもしれない。そういうことがよくあるの。そんなに無視されていて、使者の任務って何かしら？　朝、バルナバスが城に行くって言うとき、胸がしめつけられる気がするわ。おそらく、まるで意味のない道のりなんだ。きっと無意味な一日なんだ、たぶんに甲斐のない希望なんだ。それでどうなるというの？　こちらには靴屋の仕事がたまっている。それには手をつけず、ブルンスヴィックからは、せっつかれる」

「なるほど」

と、Kが言った。

「バルナバスは使いを託されるまで、長いこと待たなくてはならない。それはつまり、召使が多すぎるせいじゃないのかな。誰もが毎日、仕事がもらえるとはかぎらない。みんなそうだから、嘆くにはあたらない。それでも結局は、用向きがまわってくる。バルナバスはわたしに二度、手紙をもってきた」

「嘆いたりできない」

と、オルガが言った。

「それは不正を犯したことになる。とりわけわたしは、また聞きで知っているだけだし、それにバルナバスはいくつか言わないことがあるから、わたしのような女には判断がつかない。でも、その手紙のことだけど、あなたに渡した手紙だって、バルナバスは直接クラムからもらったわけじゃない、書記から手渡された。べつに決まってもいない日の、なんてことのない時に——だから務めは楽そうに見えて、とても疲れる。バルナバスはいつも注意していなきゃあならない——書記が思い出して、手招きしてくれる。クラムが指示したわけじゃないの。クラムはしずかに本を読んでいる。おりおりはね、よくするのだけど、バルナバスが近づいてくるとき、ちょうど眼鏡を磨いていることがある。そのとき彼を見たかもしれない、眼鏡を外していてもよく見えるってことを仮定しての話だけれどね。バルナバスは疑っているわ。クラムはほとんど目を閉じていた。眠っているようで、ただ夢で眼鏡を磨いているみたい。その間、書記は机の下にどっさり置いている書類や手紙類から、あなた宛をさがしている。いまちょうど書いたもののようではなかった。封筒からして、ずっとそこにあった、ずっと前の手紙のようだった。そんな古い手紙だとすると、どうしてバルナバスをそんなに長く待たせていたのかしら？　あなたも待たせたわ。それにまた、その手紙も待たせた。だって相当古びているんですもの。おかげでバルナバスは無能な、のろまな使者だってレッテルが貼られる。書記のほうは簡単だわ。バルナバスに手紙を渡して言えばいい。《クラムからKだ》ってね。そのままバルナバスは下がってくる。バルナバスは帰ってくる。息を切らしている。やっといただいてきた手紙をシャツの下に肌身はなさずにつけている。わたしたちはそれからここにすわる。バルナバスが話しだす。二人してあれこれ考えて、やっとなしとげたことを考える。それでわかることは、たいしたことではないってこと、さらに怪しげなしろものだってこと。バルナバスは手紙を置いたきり、渡す気がしない。でも眠る気にもなれず、靴の仕事にとりかかる。そこの腰掛けに夜っぴいてすわっている。そういうわけなの。これがわたしの秘密。アマーリアがかかわらないのも不思議はないでしょう」

「その手紙はどうなった？」

と、Kがたずねた。

「手紙のこと？」

オルガが答えた。

「しばらくして、わたしが何度もせっついてからね、何日も、何週間もたっていることがあるわ、バルナバスは手紙をとり上げて渡しにいく。そういうつまらないことは、わたしの言うことを聞く。バルナバスの話を聞いたあと、しばらくはぼんやりしているけれど、そのうちわかってくる。バルナバスはわたしよりほかのことをよく知っているから、だから何もする気にならないってことが呑みこめる。それで何度も言うことにしている。《バルナバスはいったい、何がしたいの？ 何になりたいの？ どんなことを願っているの？ もしかして家族を、わたしを捨ててしまわなくてはならないまでになり上がりたいの？ それがあなたの目標なの？ もう手に入れたことに、そんなにひどく不満なのはどうしてか、ほかに理解できないから、いやでもそう思わずにいられない。まわりを見てごらん、近所の人で、こんなまでになった人がいるかしら。むろん、ほかの人の状況はわたしたちみたいじゃない。ほかの人は暮らしのことで何とかしようとしなくてもいい。そんな比較はしなくても、すぐにわかる、すべてがとても順調だってこと。たしかにままならないことがある、怪しげなこと、ガッカリすること、でもそれらはみんな、わたしたちがとっくに知っていたことじゃないかしら。あなたに贈られてきたわけじゃない、あなたが自分で小さいことでも一つ一つ戦いとらなくてはならない。誇りにすべきであって、へこたれる理由じゃない。それにあなたは、わたしたちのために戦っているのじゃないの？ それがつまらないというの？ 新しい力がわいてこないの？ こんな弟をもってわたしは幸せだし、ほとんど鼻高々だってことも、あなたを落ち着かせないの？ あなたが城で手にしたことではなくて、わたしがあなたに見つけたことで、わたしはガッカリだわ。あなたは城に入っていい。事務局をたえず訪れている。一日中、クラムと同じところにいる。ちゃんとした使者、役所の服を当然もらってもいい、大切な手紙類を運んでいく。そういったご身分じゃない、みんなまかされている。城から下りてくる。わたしたち、うれし涙で抱き合っていられるはずなのに、そうじゃない、わたしの見るところでは、すっかり元気をなくして、くよくよしている。靴屋の仕事に手をとられて、手紙こそわたしたちの未来を保証するものなのに、うっちゃらかしている》、そんなふうに話してやるわ。何度もくり返すと、そのうちバルナバスは溜息をつきながら手紙を取り上げて、出かけていく。でも、わたしが言ったからではない。城に行ったときに報告ができないので、それでしょうことなしに出かけるんだわ」

「きみがバルナバスに言ったことは、みんなそのとおりだ」

と、Kが言った。

「びっくりするほどみごとに、全部をとりまとめている。なんときみは、いい判断力をしていることだ!」

「いいえ」

と、オルガが言った。

「それはあなたの錯覚。もしかすると、わたしだってバルナバスにまちがったことを言ったかもしれない。バルナバスは何を手に入れたかしら? 事務局に入っていいけれど、そこは事務局らしくさえない。事務局の控えの間って感じ。ことによると控えの間ですらなくて、ほんとうの事務局に入れない人々が、そこにとどめられている部屋かもしれない。クラムと話すけど、それはクラムかしら! クラムとよく似ている他人じゃないのかしら? 書記だってこともある。クラムと少し似ているので、もっと似るように工夫して、クラムが眠って夢みている格好で偉そうにしているだけ。そんな格好はまねしやすいから、誰だってしたがる。ほかの点は厄介だから手を出さない。クラムのように求められていてもほとんど姿を見せない人は、想像のなかでたやすくちがった姿になるものだわ。たとえばクラムはこちらにモムスという村の書記をもっている。そうなの、あなた、知っているのね? モムスもめったに姿を見せない。でも、わたしは何度か見たことがある。若くて、がっしりした体格の人、そうでしょう? たぶん、クラムはあんなふうじゃない。でも、村にはきっとモムスこそクラムであって、余人ではないと言い張る者がいるわ。勝手にへんなふうにこしらえていく。城のなかだって、そうじゃないかしら？　誰かがバルナバスに、あの役人がクラムだと言った。実際、よく似ている。だからこそ、よけいにバルナバスはいつも疑っている。疑っても当然のことばかしなのね。クラムがそんなその他大勢の部屋で、鉛筆を耳にはさんだような役人といっしょに、ぶつかり合ったりしているかしら？　そんなことはとてもありそうにない。バルナバスはよく言うわ。少し子供じみて、ときおりだけど――でも、これは信頼できる気まぐれってもの――《役人はまったくクラムとよく似ている。自分の事務室にすわっていて、自分の机に向かっていて、ドアにクラムと名前がついていたら――きっとクラムだと思う》ってね。子供っぽいけど、筋が通っている。城に上がったとき、すぐ何人かの人に、ほんとうのところはどうなのかとたずねてみれば、もっと筋が通っている。バルナバスによると、いろんな人が部屋にたむろしている。たずねられもしないのにクラムを指さした人の言うことと、ほかの人の言うこととが、同じように信頼できないとなると、いろんなちがいのなかから、一つのよりどころというか、比較する点を引き出さなくてはならない。わたしの思いつきじゃなくて、これはバルナバスの思いつきね。でも彼は実行しようとはしない。自分の知らない規則を、それと知らず傷つけて、地位を失うのが恐いからだ。それで誰にも話しかけない。そんなにたよりない気持でいる。でもその辛い不安こそ、どのことよりも彼の立場をはっきり示していると思うわ。何てことのない質問ですら我慢して口をつぐんでいるとき、あちらのすべてがバルナバスにはどんなに疑わしくて、怖ろしく見えていることでしょう。そのことを思うと、ひとりでそんな見知らぬ部屋にやるのが辛くてならない。弱虫じゃなくて大胆な子が、あちらでは恐くてならず、きっとふるえているんだわ」

「そこがいちばん大切な点だと思うよ」

と、Kが言った。

「そうなんだ。きみがいま話してくれたことから、はっきりわかるような気がする。バルナバスは、この任務には若すぎるんだ。彼が話すことのどれ一つ、まじめに受けとれない。上では恐いままに過ぎていて、何もちゃんと見られないのに、下りてくるとそれを報告しろと言われる。それでとんでもないデタラメを口にする。不思議じゃないね。役人に対する怖れは、きみたちここの者には生まれながらのものだ。生きているかぎり、ずっと持っていて、しかもちがったふうに持ちつづけ、あらゆるところからも吹きこまれる。自分自身でふくらませる。だからといって、どうとは言いたくない。もし役所がいいところなら、畏怖を感じるはずなんだ。バルナバスのような、およそ世間知らずの若者を、うかつに城にやるべきじゃない。村の世界がやっとの人間なんだ。それが突然、城にやられ、正確な報告を求められる。ひとこと、ひとことがそのまま黙示録のように受けとられ、取り方しだいで人生の幸せが左右されるまでになる。そんなにまちがったことはない。むろん、きみと同じように、わたしも錯覚していた。彼の言葉によって、よろこんだり、ガッカリしたりした。まるで根拠がなかったわけだ」

オルガは何も言わない。

「きみは弟を信用している」

と、Kが言葉をつづけた。

「だからきみの心を変えるのは容易ではない。きみがどんなにバルナバスを愛していて、何を期待しているか、よくわかるからね。でも、しなくてはならない。きみの愛情や期待のためでもあるんだ。なぜって、ほら、いつもきみにきちんと認めさせないものがある――何がそうだか知らないが――バルナバスがやりとげたわけではなく、与えられただけのものを見きわめてない。バルナバスは事務局に入っていい。きみの言い方だと、控えの間だね、じゃあ控えの間としよう。ずっと奥につづく多くのドアがある。仕切りがある。十分な腕があれば、そこを通っていけるだろう。たとえばの例だけど、わたしには、その控えの間は少なくともいまのところ、まったく立ち入れない。バルナバスがそこで誰と話しているのかは知らない。たぶん、いちばん下っぱの書記だろう。たとえいちばん下っぱでも、つぎの上のところには案内できるし、たとえ案内できなくても、少なくとも伝達はできる。よしんば伝達できなくても、伝達のできる誰かに引きわたすことはできる。見かけのクラムは、本物のクラムと何一つ共通するものがないかもしれず、そっくりだと思うのは、バルナバスのようなおどおどした目にそう見えるだけで、役人のうちのいちばん下っぱかもしれない。役人ですらないかもしれない。しかし、その立ち机にいるからには、何らかの任をおびていて、大きな本で何かは読み、書記に何かささやき、ずいぶんかかってであれ、バルナバスに目をやるからには、何かを考えている。そういったすべてがまちがいで、彼も、そいつがなすことも、何の意味もないとしても、何者かが彼をそこに据えたのであって、何らかの意図があってのことだろう。そういったことを考えれば、わたしは言いたいのだね、そこには何かある、何かがバルナバスに提供されている、少なくとも何かではある。なのにバルバナスがそこで得るのは疑いと、不安と、失望だけだとすると、それは彼が悪い。しかもわたしは最悪の場合を言った。そこまではありえないだろう。なぜなら、たしかにわれわれは二通の手紙を受けとった。わたしはさして信頼しないにせよ、バルナバスの言うよりは何かがある。まるきり価値のない古ぼけたものかもしれない。まるきり無価値な手紙の山から、何となく抜き取った。何となく、何の考えもなしにね。歳の市でカナリアを買うときみたいだ、わんさといるなかから任意の一羽をとり出して、運命を決めるんだ。そうかもしれず、しかし、その手紙はわたしの仕事と、少なくとも何らかの関係をもっている。あきらかにわたし宛だ、わたしのためにはならないけどね。村長と村長の妻が証言したとおり、クラム自身の手になるものだ。またしても村長を借りると、個人的なもので、何を伝えたいのかはっきりしなくても、しかし、大きな意味がある」

「村長がそんなことを言ったの？」

と、オルガがたずねた。

「ああ、村長はそう言った」

「バルナバスに話してやるわ」

と、オルガが言った。

「きっと元気になる」

「元気づける必要はない」

と、Kが言った。

「元気づけるってことは彼に言うことなんだ、きみは正しいってだね。これまでどおりやるべきだとね。しかし、そのやり方では、ついに何も手に入らない。目をふさがれた人に、目かくしごしによく見ろと元気づけたとしても、やはり何も見ないだろう。目かくしをとってやったら、はじめて見える。バルナバスが必要としているのは助力であって、元気づけることではないのだ。考えてごらん、上の役所は厳然として大きい——こちらにくるまで、わたしもほぼそんなふうに思っていた。なんと子供っぽいことだろう——つまり、あちらに役所があって、バルナバスはそちらに向かう。そばに誰もいない、ひとりっきりだ。

哀れなことにひとりきりだ。事務局の暗い隅にすくんだまま、失踪していなければ、それだけでも、とても大したことだとも」

「わたし、バルナバスの引き受けている任務の重さを見すごしているわけじゃないわ」

と、オルガが言った。

「役人に対する怖れというのを、わたしたちはもっている。それはあなたが言ったとおりね」

「でも、それはまちがった怖れなのだ」

と、Kが言った。

「おかどちがいの怖れであって、それは相手の品位を下げるだけだね。その部屋に入る権利をさずかったのに、何もしないで一日を過ごしていたり、あるいは下りてきて、その前でふるえていた人を疑ったり、そしってみたり、あるいは失望からか疲れからか、手紙をすぐに配らなかったり、ゆだねられた伝言をすぐに伝えないのは、怖れなどと言えるかな? そうじゃない。非難はもっとある。きみ、オルガにもね。言わずにすまされない、役所を怖れているのに、バルナバスをあの幼なさとあの弱さのまま、ひとりぼっちで城へやったじゃないか。少なくとも、とどめなかった」

「あれからずっと」

と、オルガが言った。

「いまあなたがした非難を、わたしは自分でしている。といっても、わたしがバルナバスを城へやったということで非難されるいわれはないわ。わたしが送り出したのではなく、バルナバスは自分から出かけていった。きっとどんな手段でも、説得したり騙してでも、力を振るってでも、引きとめるべきだった。

わたしが彼を引きとめるべきだった。でも今日があの決定の日として、バルナバスの苦しみや、わたしたち家族の苦しみを、いまと同じように感じていて、バルナバスが責任や危険を全部はっきり知っていて、ほほえみを浮かべ、やさしく、わたしから離れて出かけていくとすると、わたしはいまだって引きとめないわ。この間のいろんな経験にもかかわらず引きとめない。あなたがわたしの立場だったら、同じようにすると思うわ。あなたはわたしたちの苦しみを知らない。だからわたしたちに、なかでもバルナバスにひどいことをしている。わたしたちはあのころ、いまよりは希望をもっていたけれど、それはあのころも大きな希望ではなかった。わたしたちの苦しみだけが大きく、それはいまも変わらない。フリーダはあなたに、わたしたちのことは何も話さなかった？」

「ほのめかしただけだ」

と、Kは言った。

「はっきりしたことは何も言わなかった。きみたちの名前を出すだけでいきり立つ」

「橋亭の女将さんはどうだった？」

「べつに何も聞かなかった」

「ほかに、誰からも？」

「誰からも」

「もちろん、そうだ、誰が、何か話したりできるだろう！　わたしたちについて、みんな少しは知っている。伝わっていることか、あるいは聞きかじった噂ばなし、たいていは自分でこしらえあげたしろものだ。みんな、わたしたちにまつわって、必要以上に考える。でも、それを話したりしない。口にするのは、はばかる。その点、人々の思うとおりだわ。いいこと、あなたにさえ、話して聞かせるのはむずかしい。あなたがそれを聞いて、立ち去って、もうわたしたちのことは、どんなにあなたの心を打ったように見えたとしても、もう何も知ろうとしない。そういったこともないことではないわ。そのとき、わたしたちはあなたを失ったことになる。打ち明けて言えば、バルナバスのこれまでの城の仕事よりも、ずっと大きな意味のある人をなくしてしまったことになる。でもね——わたし、ひと晩中、あれかこれか考えていた——やはり話さなくちゃあならない。でないとあなたは、わたしたちの状況がつかめない。バルナバスに不正を犯す。とりわけそれは、わたしには辛いことだ。ぴったり心が一致し合うことがなければ、あなたはわたしたちを助けられないし、役所外のわたしたちの助けも受けてくれない。だけど、やはりたずねておくわ、あなた、ほんとうにそれを知りたい？」

「どうしてたずねるの？」

と、Kがたずねた。

「どうしても必要なら知りたいじゃないか。どうしてたずねる？」

「迷信のせい」

と、オルガが言った。

「あなたは、わたしたちの事件に引っ張りこまれる、バルナバスと同じように、なんの罪もないのにね」

「話してもらおう」

と、Kが言った。

「尻ごみしたりしない。女のこわがりで、きみが実際よりもひどくしていないかな」

17　アマーリアの秘密

「自分で判断してね」

と、オルガは言った。

「だって、とても簡単なことに聞こえる。どうしてそれが大きなことなのか、すぐにはわからない。城の役人の一人だけどソルティーニというの」

「そいつは聞いたことがある」

と、Kが言った。

「測量士招聘の件にもかかわっていた」

「ちがうと思うわ」

と、オルガが言った。

「ソルティーニとまちがっているのじゃないかしら、《d》で書く人。ソルティーニは、ほとんど表に出てこないわ」

「そうだ、そうだ」

と、Kが答えた。

「ソルディーニだった」

「そうでしょう」

と、オルガが言った。

「ソルディーニはよく知られている。いちばん働き者の役人の一人で、よく話題になる。いっぽうのソルディーニはずっとひっこんでいて、たいていの人が知らない。三年あまり前に、わたしは一度だけ見たわ。最初で最後の一度きり。七月三日の消防団のお祭りのときで、お城も関係していた。お城が新しい消防ポンプを寄付したの。ソルディーニは消防関係にたずさわっていたのだと思うわ、でも、たぶん、代理で引き受けたのね――たいてい役人は互いに代理をし合う。だからどの役人がどこの担当なのか、よくわからない――それで消防ポンプの引き渡し式に来ていた。もちろん、お城からはほかにも役人や召使が来ていた。ソルディーニはきっとそういう性格なんでしょう、ずっとうしろにいた。小柄で、ひ弱そうで、考え深そうな人。なかでもいちばんめだつのは、額に皺が寄るところだわ。皺が全部――まだ四十をこえていないのに、とっても皺があるの――鼻から額にかけて、まるで扇子みたいにいっせいに皺ができる。ああいうのはついぞ見たためしがないわ。それでお祭りのあった日のことだけど、わたしたち、つまりアマーリアとわたしは、何週間も前から楽しみにしていた。晴着をいくつか、その日のためにこしらえてもらった。とくにアマーリアの服はきれいだった。白いブラウスの胸のところがふくらましてある、レースが何列もついている。母が自分のレースをそっくりまわしたの。わたし、焼き餅をやいて、お祭りの前の日は夜おそくまで泣いていた。朝になると橋亭の女将さんがようすを見にきたとき――」

「橋亭の女将さん？」

と、Kがたずねた。

「そうよ」

と、オルガが答えた。

「あのころ、とても親しかった。そんなわけで女将さんが来た。女将さんもアマーリアがすてきだと思ったのね。わたしをなだめるために自分の首飾りを貸してくれた。ボヘミアざくろ石でできた首飾りだった。出かける支度がととのって、アマーリアがわたしの前に立ったとき、みんな目を丸くした。父は言ったわ。《いいか、今日、アマーリアは花婿を見つけるぞ》。鼻高々でつけていた首飾りを、わたしったら、自分で取ってアマーリアの首につけた。どうしてそうしたのか自分でもわからない。もうちっとも焼き餅をやいていなかった。アマーリアが勝ったのだから、それで頭を下げた。誰だってアマーリアの前では頭を下げなくては、と思ったわ。わたしたち、きっとあのとき、彼女がふだんとは別人に見えたので驚いたんだ。だって、もともとアマーリアは美人じゃなかった。暗い目つきは、あのとき以来ずっとだけど、わたしたちを見下ろして高いところにあって、おもわずハッと頭を下げたくなった。みんな、そのことに気づいていた。わたしたちを迎えにきたラーゼマン夫婦もそうだった」

「ラーゼマン？」

と、Kがたずねた。

「ええ、ラーゼマン」

と、オルガが言った。

「わたしたち、とても尊敬されていた。わたしたちなしではお祭りもはじまらないほどだった。父は消防団の第三隊長だった」

「そんなに元気者だったわけ？」

と、Kがたずねた。

「父のこと？」

意味をとりかねてオルガが問い返した。

「三年前はまだ若い衆みたいだったわ。貴紳荘で火が出たときなど、役人の一人でガラーターってとても重い人を背中にしょって、走るようにして運び出したわ。わたしも現場にいた。火事なんてものじゃなくて、ストーブのそばに置いてあった乾いた薪がくすぶり出しただけ。ガラーターがびっくりして、窓から助けを求めたの。消防団がやってきて、火はもう消えてたけど運び出すことになった。ガラーターはぼってりした人で、こんなときは大変だった。父のために話しただけ。三年ちょっとたっただけなのに、ほら、あんなふうになってしまった」

このときやっとKは、アマーリアが部屋にもどっているのに気がついた。ずっと奥の両親のテーブルのそばにいた。母親に食べさせていた。リューマチで両腕がきかないのだ。そのかたわら父親に、食事はもう少し我慢するようにと話しかけていた。すぐつぎに順番がまわる。しかし、待ちきれない。父親はすでにスープに口をつき出し、ままならないからだのまま、スプーンですすろうとしたり、唇を皿につけてじかに飲もうとするのだが、どちらもうまくいかない。それで不機嫌そうにうなっていた。手がふるえて、スプーンは口に届く前にカラになっていたし、唇を近づけると、口より先にひげがスープにつかり、まわりに垂れ、とびちって口には入らない。

「三年で、ああなった?」

と、Kがたずねた。年寄りと、隅の家族のテーブルに不快感を覚えるだけで、いぜんとして同情がわいてこない。

「そう、三年で」

と、オルガがゆっくりと言った。

「あるいはむしろ、お祭りの数時間でと言えばいいかしら。お祭りは村のはずれの小川のそばの牧場で開かれた。わたしたちが着いたとき、もうどっさり人がいた。隣り合った村からも大勢が来ていた。あまりにぎやかなのでぼんやりしたほどだった。父はもちろん、まず最初に消防ポンプのところへわたしたちをつれていった。見たとたん、父はよろこびのあまり笑いだしたわ。新しい消防ポンプがうれしくてならなかった。手にとって、わたしたちに説明しはじめた。何か言われると言い返す、黙っていると、また何か言う。ポンプの下側を見せたくて、わたしたちみんなをしゃがみこませた。ポンプの下に這いこませそうにもなった。そのときバルナバスはいやがったので、どやされたのよ。アマーリアだけは消防ポンプに無関心で、そばにじっと立っていた。きれいな服を着て、背中をまっすぐのばしていた。誰もが声をかけるのをはばかったほどだ。わたしはときおりアマーリアのところに走っていって、腕を引いたのだけど、アマーリアは何も言わなかった。いまだに説明がつかない。どうしてああなったのか、わたしたちがずっと消防ポンプの前にいて、父がそこから離れた。そのときソルティーニに気がついた。きっとその間ずっと、消防ポンプのうしろにいてポンプの柄によりかかっていたのだわ。まわりはとてもうるさかった。お祭りにはつきものだけど、お城が消防ポンプのほかにトランペットをいくつか寄付したせいもあった。特別製で、ほんのちょっと吹くだけで、子供でも吹けて、それでものすごい音が出る。それを聞くと、トルコ軍が攻めてきたみたい。とにかくはじめての音で、吹き鳴らされるたびにびっくりしたわ。新品だから誰もが鳴らしたがるし、お祭りだから無礼講だった。それもわたしたちの周りでね、きっとアマーリアが惹き寄せたのね。何人もが吹いていて、耳がどうにかなりそうだった。そのうえ父に言われてポンプに注意していなくてはならなくて、それだけで精一杯で、だからソルティーニに気づかなかった。かなりのあいだ見すごしていた。それまで会ったこともなかったしね。《あそこにソルティーニがいる》って、ラーゼマンが父にささやいた。わたしはそばに立っていた。父は深い礼をして、わたしたちにも礼をするように合図した。それまでは知らなかったけど、父は寄付のことからソルティーニを消防関係の担当だと思って、とてもあがめていた。家で何度もソルティーニのことを話したわ。それでわたしたちはびっくりした。そのソルティーニとほんとうに出くわすなんて、なんてことでしょう。でもソルティーニはわたしたちに無頓着でした。ソルティーニだけじゃない。たいていの役人は人前に出てくると関心がなさそうで、ソルティーニも疲れているみたいだった。役目柄のせいで村にいるだけ。こういった役目をいやがるからってひどい役人ということもないんです。ほかの役人や召使は、これまでここに来たこともあったので、村人のなかにまじっていたけど、ソルティーニはポンプのそばにいて、人が請願やお上手を言って近寄ってくると、ジロリと睨んで追い払っていたわ。そんなわけで、わたしたちが気づいたあとから、やっとソルティーニもわたしたちに気づいた。わたしたちがうやうやしくお辞儀をして、父が挨拶をはじめると、わたしたちに目を向けた。一人ひとりを順に見ていった。とても疲れているみたいで、一人のつぎにまた一人がいることに溜息をついているみたいだった。アマーリアまできたとき、視線がとまったわ。アマーリアを見上げた。ソルティーニよりも背が高いから。ハッとして、それから轅《ながえ》をとびこした。アマーリアをもっと近くで見るためだった。わたしたちは誤解して、父に手引きされるままに近寄った。ソルティーニは手を上げて制して、わたしたちに行けと合図した。ただそれだけ。わたしたちはアマーリアが、ほんとうに花婿を見つけたといってからかったわ。バカなわたしたちは午後ずっとはしゃいでいた。でもアマーリアはいつもより口数が少なくなった。《ぞっこん、惚れちまった》とブルンスヴィックが言った。いつもがさつな人で、アマーリアのようなタイプは、まるきりわからない。でも、そのときばかりはブルンスヴィックの言うとおりのような気がした。わたしたちはその日、ほんとにバカになっていて、アマーリアのほかはみんな、お城の甘いワインに酔いしれていた。真夜中に家にもどったとき、そんなありさまでした」

「で、ソルティーニは？」

と、Kがたずねた。

「そうそう、ソルティーニね」

と、オルガが言った。

「そのお祭りのあいだ、わたしは何度か通りすがりにソルティーニを見た。轅に腰をかけて、腕組みをしていた。ずっとそうしていて、やがてお城からの車が迎えにきた。消防訓練にも立ち会わなかった。父はソルティーニが見てやしないかと期待して、同じ年ごろの男たちのなかで抜群の働きを披露したわ」

「それからソルティーニが見てやしないかと期待して、同じ年ごろの男たちのなかで抜群の働きを披露したわ」

「きみはソルティーニにとても敬意を払っているみたいだ」

「敬意ね」

と、オルガが言った。

「ええ、ソルティーニから届いたわ。あくる朝、アマーリアの叫び声で目が覚めた。わたしたち、二日酔で眠りこけていた。ほかの者はすぐまたベッドにもぐりこんだけど、わたしははっきり目覚めて、アマーリアのところへ走ったわ。アマーリアは窓辺に立っていた。手紙をもっていた。一人の男がちょうど窓ごしに渡したところだった。手渡して、返事を待っていた。アマーリアは手紙を――ごく簡単なものだった――もう読み終えていて、ダラリと下げた手にもっていた。そんなふうに疲れているとき、とくに可愛らしい。わたしはそばに膝をついて、手紙を読んだわ。読み終わるかどうかのときに、アマーリアはチラッとわたしを見てから手紙を取り上げた。読むためではなかった。ひき破って、切れはしを外の男の顔に投げつけて、窓を閉めた。これが、すべてを決めた朝でした。すべてを決めた朝と言ったけれど、先立つ午後がずっと決定を下していたわけね」

「手紙には、どうあった？」

と、Kがたずねた。

「そうだ、そのことをまだ話していなかったわ」

と、オルガが言った。

「手紙はソルティーニからで、ざくろ石の首飾りの娘に、と宛て名書きがされていました。中身をそのままくり返すのは、とてもできないけど、貴紳荘の自分のところに来るように要求していて、三十分もすると、自分は城へもどるからって。いやらしい言葉が使ってあって、わたし、それまでまるきり知らなかったから、前後のつながりから半分ほどがやっとわかった。アマーリアを知らなくて、この手紙だけを読んだ人なら、こんな手紙を送りつけられる娘は、たとえまるきりそうじゃなくても、とんだあばずれ女と思ったでしょうね。恋文なんてものじゃなかった。愛の言葉なんてどこにもなかった。ソルティーニはむしろ怒っていたわ。アマーリアを見て心をつかまれたこと、仕事からそらされたことに腹を立てていた。わたしたちはあとで知ったのだけど、ソルティーニはどうやらお祭りのあと、夕方すぐにお城にもどるつもりだったらしい。それがアマーリアのせいで村にのこった。朝になってもアマーリアのことが忘れられず、怒りにまかせて手紙を書いた。そんな手紙に対して、はじめはカッとするわ。どんなに心の冷たい人でもそうね。だけどつぎには、アマーリア以外の人ならきっと、怒って脅している口調のために不安がわいてきたでしょうね。ところがアマーリアは、ただ腹を立てた。あの子は自分にも他人にも不安を知らない。わたしはそれからまたベッドに這いこんだけど、手紙のおしまいが何度も浮かんできた。《すぐに来い。さもないと――！》それでとぎれていた。アマーリアは窓ぎわにのこっていた。外をながめていた。また使いが来るのを待っていて、来れば同じことをする、そんな身構えをしているみたい」

「それがつまり役人なんだ」

Kが口ごもりながら言った。

「そんな徒輩《やから》がいるものだ。きみの父はどうした？　のこのこと貴紳荘へ行ったりせず、しかるべきところへ断乎として苦情を申し立てた、そう願いたいね。この一件のいちばん醜悪なことは、アマーリアに対する侮辱ではない。それは簡単に回復できる。そのことにきみがどうして、そんなに重きを置くのかわからない。どうしてソルティーニがそんな手紙で、こっぴどくアマーリアをさらしものにしたと言えるのか。いまの話を聞いていると、そんなふうに思えるけれど、しかし、まさにそれはありえない。アマーリアは名誉回復を簡単にできたはずだし、数日後には、その一件は忘れられていた。ソルティーニはアマーリアをさらしものにしたのではなく、自分をさらしてしまった。そんなソルティーニに対して、そんな権力の濫用ができるということに対して、わたしは怖れる。その件では失敗したのだ。はっきり表に出て、まったく秘密がなく、相手のアマーリアがずっとうわ手だったからだ。無数のほかのケースでは条件が少しちがうと、まんまと成功する。人の目に隠される、悪用された者の目からもね」

「いけない」

と、オルガが言った。

「アマーリアがこちらを見ている」

両親に食べさせたあと、アマーリアはつづいて母親の着換えにとりかかっていた。ちょうどスカートをぬがせているところで、母親に両腕を自分の首に巻きつけさせ、少しかかえ上げ、スカートをはがすと、そっと下ろしてすわらせた。父親には、自分よりさきに母親の世話がされるのが不満でならない。あきらかに母親のほうがよけいに手がかかるから起こったことだが、手間がかかっていることで娘を懲らしめるつもりか、自分で服をぬぎだし、それもまだ必要のない、手っとり早いことからはじめた。足にひっかけていた、むやみに大きいスリッパをぬごうとするのだが、どうやってもうまくいかない。そのうち、ぜいぜい喘ぎながらあきらめて、からだをつっぱらかしたまま椅子にもたれこんだ。

「決定的なことが、あなたにはわかっていない」

と、オルガが言った。

「いまあなたが言ったことは、みんな正しいかもしれない。でも決定的だったのは、アマーリアが貴紳荘へ行かなかったことだ。使いの者をどう扱ったか、それ自体は、なんてこともない。もみ消すことだってできる。でも、アマーリアが行かなかったこと、それとともにわたしたち家族への呪いがはじまった。となると使いの者への扱いも許せないことになる。それがことさら声高に言われだしたわ」

「なんだって！」

Kが叫んだ。オルガが懇願する手つきをしたので、すぐに声を落とした。

「姉のきみが言いたいのじゃないだろうね、アマーリアがソルティーニの要求に従って、貴紳荘へ駆けつけるべきだって」

「ちがう」

と、オルガが言った。

「そんな嫌疑をどうしてかけられるのかしら。どうしてそんなことが考えられるの。何をするにせよ、アマーリアのように、たしかにまちがいのない人はほかにいない。もしアマーリアが貴紳荘へ出かけていたら、むろん、それが正しいことだったからなんだわ。でも、行かなかったことは、すごいことだ。わたしだったらどうしたか。あなたに打ち明けるけど、わたしがそんな手紙を受けとっていたら、出かけたでしょうね。さきのことが恐くて堪えられない。アマーリアだからできたこと。いろんな逃げ道があるわ。上手に手間をかけて、時を見はからって、それから貴紳荘へ行く。ソルティーニが発ったあとだとわかる、使いを出した直後に発ったってことにする。いかにもありそうなことだわ。あの人たちは、すぐ気が変わる。アマーリアはそれをしなかったし、それに類したこともしなかった。深く傷ついたので、なんの留保もなしに返答した。形だけでも従って、貴紳荘の敷居をまたぐだけぐらいでもしていれば、運命はちがっていたでしょう。こちらにとても頭のいい弁護士がいる。何もないところからでも、何だってひねり出せる。この場合は何もないという有利な条件じゃなかった。反対に、ソルティーニの手紙をないがしろにしたし、使者を侮辱した」

「どんな運命だって言うの？」

と、Kがたずねた。

「どんな弁護士にせよ、ソルティーニには犯罪的な行為があったのだから、アマーリアを訴えたり、罰したりできっこないだろう？」

「どういたしまして」

と、オルガが言った。

「それができる。もちろん、法律による訴訟ではないし、直接に罰したりしない。べつのやり方で罰したわ。アマーリアと、わたしたち家族全員をね。どんなに厳しい罰であるか、あなたはきっとわかってくる。あなたには不正なことであって、とんでもないと思えるでしょうけど、それは村ではまるきり少数意見だわ。わたしたちにはありがたい意見だし、慰めてくれる。あきらかに誤解にもとづいているのでなかったら、慰めになる。それは簡単に証明できる。フリーダを引き合いに出して、ごめんなさい。でも、フリーダとクラムの間には、最後にどうなったかをべつにすると、アマーリアとソルティーニとの場合とよく似たことがあった。はじめは驚いたかもしれないけど、あなたもいまは認めてくれるでしょう。それにこれは慣れってものではないのですよ。慣れたからって、そんなに鈍感になれるものではありません。ただ誤解がなくなったまでのことね」

「ちがうよ、オルガ」

と、Kが言った。

「どうしてきみがフリーダを引き合いに出すのかわからない。まるきりべつなんだ。まるきりちがった二つを勝手にまぜこぜにしないことだ。その上で話しておくれ」

「おねがい」

と、オルガが言った。

「比べるのにこだわっても、悪くとらないでね。比較されることからフリーダを守らなくてはと、あなたが思っているとしても、フリーダの件にもまだ誤解が残っている。フリーダは守るべき人じゃなくて、ほめるべき人だわ。二つの場合を比べて、わたしだって同じとは言わない。白と黒との関係にあって、フリーダは白ね。フリーダの場合はせいぜいのところ、不作法にもわたしが酒場でしてしまったように――あとで、とても後悔した――笑えるだけだ。ここで笑っている人は、それでもう悪意があるか妬んでいるかのどちらかだとしてもよ。いずれにしても笑うことはできる。でもアマーリアは、血のつながりのある者は別にして、ただ軽蔑されるだけ。だからあなたの言うとおり、まるきりちがったケースだけれど、でも似ている」

「似ていたりもしない」

と、Kが言った。そしておもわず首を振った。

「フリーダはわきに置いとこう。フリーダは、アマーリアがソルティーニから受け取ったような、そんなお上品な手紙はもらっていないとも。フリーダはほんとうにクラムを愛していた。疑わしいのなら、たずねてみればいい。いまだって愛している」

「それが大きなちがいかしら？」

と、オルガがたずねた。

「クラムだって同じような手紙をフリーダに書かなかったかしら？　あの人たちが書き物机から立ち上がるとき、いつもそうだ。この世と何かしらずれている。それでぼんやりしたままに、とても下品なことを言う。みんながみんな、そうじゃないけど、たくさんの人がそうだ。アマーリアへの手紙はぼんやりしていて、ほんとうに何を書いたのか気にとめないで、紙に書きつけたのかもしれない。あの人たちの考えを、どうして知れるでしょう！　あなただって聞いたことはないかしら、あるいは噂で知らないかな、どんな調子でクラムがフリーダに話していたかってこと？　クラムについては、とても粗暴だってことが知られている。何時間も黙っていたかとおもうと、突然、唖然とするようなひどいことを言う。ソルティーニについては、そういったことはわからない。そもそも何も知られていない。人が知っているのは一つだけ、名前がソルディーニとそっくりだってこと。名前が似ていなければ、たぶん、まるきり知らなかった。消防の担当というのもきっとソルディーニとまちがえてのことだわ。ソルディーニが担当だのに、名前が似ているのを利用して、自分の仕事が邪魔されないように、代理の出席をソルティーニに押しつけたのかもしれない。ソルティーニのような世間知らずの人が、突然、村娘に一目惚れしたとなると、指物師の見習いがちょいと惚れたのとは、またちがった表われ方をするものだわ。それに忘れてはいけない、役人と靴屋の娘とには大きな隔たりがあって、何とかそれを埋めなくてはならず、ソルティーニはソルティーニのやり方でやろうとした。ほかの人なら、ほかのやり方をするでしょう。わたしたちみんなお城に属していて、へだたりはなく、埋め合わせる必要もないとは言われるけれど、それにふつうはそのとおりだけど、何かことがあるとそうではないわ。そんな実例を何度も見てきた。いずれにしてもあなたには、もうそろそろ、ソルティーニのやり方に納得がいって、あまりひどいと思わなくなったのではないかしら。実際これはクラムのやり方と比べても、ずっとわかりいいし、身近にかかわり合っていても、ずっと我慢しやすい。クラムがやさしい手紙を書くと、ソルティーニの粗暴な手紙より辛いものだわ。ちゃんとわかってね、クラムを判定しようというのじゃないの。あなたが比較に反対するから、それで比べただけのこと。クラムは女たちの司令官みたいだ。あるときはこの女、またあるときはあの女と呼びつけて、長くはつづかない。呼びつけるのと同じように去らせるわ。そうですとも。クラムはわざわざ手紙を書くなどしない。比べてみると、よくわかる。ずっと引っこんでいて、女のことではまるきり知られていないソルティーニが、やおら腰を据えて、きれいな役人の書体でとてもひどい手紙を書いた。ここにはクラムの有利になるようなちがいがなく、むしろソルティーニにとって有利だとしたら、フリーダの愛情にもかかわっていないかしら？　女たちと役人との関係は、判定がむずかしいか、あるいはいつもとてもたやすいわ。女のほうに愛が欠けることがない。役人の片思いなんてないの。この点、ある女について言われたとする——もちろん、フリーダだけのことじゃない——愛したから役人に身を捧げたとね。でもそれは賞讃にはあたらないわ。役人を愛して、その人に身を捧げた、それだけのこと。ほめられることじゃない。しかし、アマーリアは愛していないソルティーニを愛していなかったと、あなたは異議を唱えるでしょう。そうね、アマーリアは愛していなかった。でも、愛したのかもしれないわ。誰がはっきりと言えるかしら？　アマーリア自身にも言えないわ。アマーリアが、たぶんこれまでどの役人もされたことのないような手きびしさで拒絶したとすれば、ソルティーニを愛していたと言えないかしら？　バルナバスの話だと、アマーリアはいまでもときおり、三年前に窓をしめたのと同じしぐさでふるえているって。それだってほんとうのこと。だから彼女に問うわけにいかないわ。ソルティーニと縁を切ったそのことしかわからない。愛しているかどうか、アマーリア自身は知らない。でも、わたしたちは知っているわ。女というものは役人を愛さないでいられない。自分たちに目を向けてくれるならばね。どんなに否定しても、すでに前から役人を愛しているの。ソルティーニはアマーリアに目を向けただけでなく、アマーリアをよく見ようとして轅をとびこした。書き物机の仕事でこわばった脚でもってとび上がった。でも、アマーリアは例外だと、あなたは言うでしょう。ええ、そうですとも、彼女は例外だし、ソルティーニを拒否してそれを証明した。たしかに例外だ。でも、ソルティーニを愛していなかったのだとすると、例外をこえていて、それがどうしてもわからない。たしかにあの午後、わたしたちは目が見えなかったけれど、でもぼんやりとしたなかで、何かアマーリアの惚れぐあいに気がついた気がしたのは、何かしら暗示的だわ。そういったことを合わせて考えると、フリーダとアマーリアにちがいがあるかしら？　アマーリアが拒んだことを、フリーダはした。ただそれだけ」

「そうかもしれない」

と、Kが言った。

「でもわたしにとって、いちばん大きなちがいはこうなんだ、つまり、フリーダはいいなずけだけど、アマーリアは城の使者バルナバスの妹で、その運命とバルナバスの任務とがどこかでからみ合っている、そういったことなんだ。役人が彼女に、きみの話からはじめ受け取ったような、そんなひどい不正をしたのなら、わたしも関心をひかれただろうね。でも、それをアマーリア個人の苦しみとしてよりも、公の一件としてなんだ。だが、いま話を聞いて、全部が全部ではないにせよ、きみ自身の口から聞いて、十分信じられる程度にはわかってみると、思うところが変化し、この件はむしろよろこんで無視するとしよう。わたしは消防団員などではないし、ソルティーニなど、どうでもいい。わたしの気にかかるのはフリーダであって、だからきみが、こんなにこちらが腹を割っているのに、またこれからもそうしたいのに、アマーリアを餌にして何かにつけてフリーダを攻撃して、疑惑をかきたてようとするのがうなずけない。きみがわざとしているとか、悪意をもってしているとかは思わない。そうでなきゃあ、とっととここから立ち去っている。わざとじゃない、ことの次第がそうさせる。アマーリアが好きだから、どの女よりも高くもち上げようとして、アマーリア自身にはこの目的に足りる十分なものがないから、それでほかの女を貶めて埋め合わせをするんだ。アマーリアのしたことは、とてもめだつことだけど、しかし、きみがそのことを語れば語るほど、それだけなおのことその行為が偉大なのか、つまらないのか、賢明だったのか愚かだったのか、英雄的と言えるのか、それとも卑怯だったのか、決められなくなる。理由をアマーリアは胸にしまっている。誰ひとりそこに入れない。これに対してフリーダは、めだったことは何もしなかった。自分の心に従っただけだ。悪意をもたずにながめる者には、誰だってそれがわかる。はっきりしていて、誰にも検証ができて、噂が生まれる余地がない。だからといってアマーリアを引き下ろしたいのでも、フリーダを庇いたいのでもないんだ。きみにはっきりさせたいだけ、自分とフリーダの関係をね。そしてフリーダに対する攻撃が、とりもなおさずわたしという者の存在に対する攻撃であること、それを言いたいだけなんだ。わたしは自分の意志でこの地にやってきた。自分の意志から、ここに取りついたわけだね。でも、これまで起きたこと、とりわけ将来の見通しという点で――どんなにおぼつかないものであれ、とにかくそれはある――すべてフリーダのおかげなんだ。これは打ち消しようがない。たしかに測量士として採用された。しかし、それは見せかけのこと、いいようにされ、どの家からも追い出される。いまもそうだ。でも、それが手のかかる者になってきた。体積が増したってものだ。すでに何ものかであって、ささやかなものであれ、住居をもったし、地位と仕事を得た。いいなずけをもっていて、もし自分がほかの用向きをすることになれば、かわりに仕事をやってくれる。やがて結婚して、村の一人になるだろう。クラムとは役所の関係のほかに、これまではまだ役立っていないが私的なつながりも持っている。それはなかなかのことではなかろうか？　わたしがきみたちのもとに来るとき、きみたちは誰を迎えているだろう？　きみたちの一家の顚末を誰に打ち明けているだろう？　誰からきみは、たとえけしつぶ程度のものであって、およそあり得ないようではあれ、ともかくどこに助けを見つけるつもりだ？　まさかわたしではない、この測量士ではないだろう。なにしろほんの一週間前は、ラーゼマンとブルンスヴィックに力ずくで家から引きずり出された。そんな人物からではなく、きみが期待するのは、すでに何らかの力をもった男からだ。その力をわたしはまさにフリーダに負っている。あのつつましいフリーダだ。きみが彼女にそういったことをたずねようとしたら、彼女はむろん、何も知らないと言うだろう。しかし、つまるところ、アマーリアがその高慢ちきのなかでしたよりも、フリーダがその無邪気さのなかでしたことのほうが大きい。というのは、わたしにはそんな感じがするのだが、きみはアマーリアのための助けを求めていて、誰あろう、まさにフリーダに求めている」

「わたし、ほんとうにフリーダについて、そんなひどいことを言ったかしら?」

と、オルガが言った。

「そんなつもりはなかったし、言わなかったと思っている。でも、わからない、いまの境遇ときたら、ひどいものだ、世間とすべて縁が切れている。嘆きはじめると、その嘆きに運ばれて、どこへ行くかわからない。あなたの言ったとおり、わたしたちとフリーダとは、いまや大きなちがいがある。いちど強調しておいていいことだ。三年前は、わたしたちはちゃんとした市民の娘で、フリーダはみなし子、橋亭の女中だった。そばを通るとき、目もくれなかった。むろん、傲慢だけれど、そんなふうにして育ってきた。貴紳荘での夜に、いまの立場がわかったのじゃないかしら。フリーダは手に鞭をもち、わたしは召使たちの群れのなかにいた。もっと惨めだわ。フリーダはわたしたちを軽蔑しているでしょう。地位に応じていて、事実関係がそうさせる。いったい、誰がわたしたちを軽蔑していないだろう! わたしたちを軽蔑しようと心を決めれば、すぐに多数派につけるわ。フリーダの後任を知っている? ペピーというの。おととい はじめて知り合った。これまでは部屋づきの女中だった。わたしへの軽蔑ではフリーダよりもずっとすごい。わたしがビールをとりに行くと、窓から見つけて戸口へ走り、ピシャリとドアを閉めた。わたしは長いこと待たなくてはならなかった。髪につけていたリボンをわたす約束したら、やっと開けてくれた。でも、リボンを手渡すと、これみよがしに隅っこへ投げ捨てた。そんなふうに軽蔑している。むりはないわ、かなりまでわたしは彼女の好意にすがらなくてはならないのだもの。貴紳荘の酒場づきの女なんだ。もちろん、当座のことで、ずっと勤められるだけの器量なんてないわ。主人がペピーと話しているのを聞くだけで十分ね、フリーダだったときと比べるまでもない。だからといってペピーがアマーリアを軽蔑するときの妨げにはならない。アマーリアがひと睨みすれば、あのおちびのペピーなど、お下げ髪と蝶結びのリボンもろとも、あの太い、短い脚でよろついて、部屋からふっとんでしまう。昨日もまたペピーはアマーリアについて、どんなにひどいことを言っただろう。耳を覆いたかった。あなたはいちど見たでしょう、あんなふうに最後には客が引きとってくれた」

「ずいぶん恐がっているね」

と、Kが言った。

「わたしはフリーダを当然の位置に据えただけで、きみがいま思っているように、きみたちを引きずり下ろそうとしたのじゃない。きみたちの家族には、わたしにとっても何か特別のものがある。そのことは言った。その特別のものが軽蔑のきっかけになるなんてことは理解できない」

「そうかしら」

と、オルガが言った。

「わたしの心配だけど、あなたもいずれ理解してくる。ソルティーニに対してアマーリアがしたことが、軽蔑の最初のきっかけだったってこと、それが理解できないかしら？」

「それはどうも奇抜すぎる」

と、Kが言った。

「そのためアマーリアを賞讃していいし、批判してもいい、しかし、軽蔑する？　わたしには理解の及ばない感情から、ほんとにアマーリアを軽蔑するとしても、それがどうしてきみたちに及ぶのだ？　罪もない家族に？　ペピーがきみを軽蔑するなんて、とんでもない、このつぎ貴紳荘へ行ったとき、お仕置きをしてやろう」

「ほんとにそのつもり？」

と、オルガが言った。

「わたしたちを軽蔑する人みんなにお仕置きをするとなると、それは大変な仕事だわ。なぜって、すべてはお城からはじまっているのだもの。あの午前のことを、わたしはいまもはっきり覚えている。あの朝のあと、ブルンスヴィックがいつものようにやってきた。あのころ彼は父の手伝いだった。父が仕事を与えて帰らせていた。わたしたちは朝食をとっていた。アマーリアのほかはみんなとても元気で、父はずっとお祭りの話をしていた。消防に関して、いろんな計画をもっていた。お城にも独自の消防隊がいて、お祭りに派遣されてきていた。その消防隊と話し合いがあった。来ていた役人たちが村の消防の働きぶりを見て、とても感心した。お城の消防隊と比べて、村のほうが優れている。お城の消防隊の再編成について話し合いがあった。村からの指導者が必要で、何人かが候補に上がっていたけれど、父が最有力候補だった。そのことを話していた。父の愛らしい癖で、食事をしながら長々とおしゃべりをする。両腕でテーブルをかかえこむようにしてすわっていた。開いた窓から空を見上げたとき、父の顔は若々しく、希望に燃え立っていたわ。もう決して二度と見られない。そのときアマーリアが、これまでなかった重々しさで、役人たちの言葉は信用ならないと言った。彼らはそんな場合、相手の気に入るようなことを言うもので、ほとんど意味がない。あるいは、まるきり無意味で、口にしたとたんにもうすっかり忘れている。むろん、つぎのとき、また騙される。母はそんな言い方をたしなめた。父はただ娘のおませと知ったかぶりを笑っていた。それから口をつぐんだ。忘れものをいま気づいたふうで、何か探しているようすだった。忘れものなど何もなかった。ブルンスヴィックが何か使者のことと、破られた手紙のことを話していたと父は言った。わたしたちがそのことを何か知っていないか、誰がかかわっているのか、どういう関連のことなのかとたずねた。わたしたちは黙っていた。バルナバスはそのころ、まだ頑是ない少年で、何やらなんともばかなことか生意気なことを言った。話がほかのことに移って、そのことはどっかへいってしまった」

18　アマーリアの罰

「でも、すぐあと、手紙の一件のせいで四方八方からたずねてきた。親しい人も、親しくない人も、知っている人も、見知らぬ人もやってきて、すぐに帰っていった。いちばんの友達が、とりわけあわただしく帰ったわ。ラーゼマンは、いつもはゆっくりと重々しくやってくるのに、入ってくるなり、まるで部屋の寸法を目で計るかのようにチラリと見廻して、それで終わり。ラーゼマンが逃げ出したときは、子供の追っかけごっこのようだった。父はほかのお客の相手をしていたけど、すぐにとび出して、あとを追った。戸口のところまでね、そこであきらめた。ブルンスヴィックがやってきて、もう手伝いはやめたい、独立したいと父に言った。とても勿体ぶって言ったわ。頭のまわる人だから、抜け目なくこのときを生かしたのね。なじみ客がやってきて、父の倉庫棚から自分たちの靴を探し出した。修理に預けていたものだ。はじめ父は思い直させようとつとめた——わたしたち、みんなで加勢したわ——やがて父はやめにして、おおかた黙ったまま、探しまわる人々をながめていた。注文帳はつぎつぎと線で消された。客が予約していた革の在庫が引っぱり出された。未払いは清算、すべてが整然とすすんだ。わたしたちとのつながりを、きれいさっぱり絶つことができると、みんな満足していた。損になってもかまわない。予想されていたことだけど、最後に消防団の団長のゼーマンがやってきた。いまも目の前に見るようだわ。ゼーマンは大柄で、たくましかった。でも少し前屈みで、肺を病んでいた。いつもまじめ一点ばりで、ついぞ笑ったことがない。ゼーマンは父を尊敬していて、ひそかに団長のあと継ぎをほのめかしていた。そのゼーマンが父の前に立って、消防団からの退団と団員章の返還を申し渡したとき、ちょうどまわりにいた人々は用向きを中断して、いっせいに二人に近寄ったわ。ゼーマンは言葉がのどにつまったようで、ただずっと父の肩をたたいていた。自分が言わなくてはならず、しかし見つからない言葉を、父からたたき出すみたい。そうしながら、ずっと笑っていた。笑いによって自分とみんなを少し落ち着かせたい。でも、もともと笑ったりしない人だし、笑うのを聞いたことがなかったので、それが笑いだとは、誰にも思えなかった。父はこの日、ゼーマンの手助けをするには、もう疲れはてていた。絶望していた。いったい何がどうなったのか考えるにも、疲れすぎているようだった。わたしたちみんな、同じように絶望していた。ただわたしたちは若かったので、このような途方もない事態が信じられなかった。だからずっと思っていた、こんなにつぎつぎと人がやってくるからには、いまに誰かが現われて停止を命じ、すべてを元通りにもどしてくれるって。幼いわたしたちはゼーマンこそ、その人だと思っていた。笑いつづけているその笑いがふっとやんで、その口からはっきりした言葉が洩れる、いまかいまかと、それを待ち受けていた。何について笑うことなどあるのだろう。あるとすれば、わたしたちを見舞ったこの愚かしい不正だけ。団長さん、団長さん、もういいから、どうか人々に話してくださいな。そう思って、ゼーマンのほうへとつめ寄った。するとゼーマンは奇妙な廻れ右をした。それからやっと話しはじめた。わたしたちのひそかな願いを満たすためではなく、人々のヤジや怒声に応じてだった。それでもわたしたちは希望をもっていた。ゼーマンは父をほめたたえた。消防団の鏡だと言った。比類のない後輩たちのお手本、欠かすことのできない一人で、それを失うことは消防団にとって大いなる痛手となろうって。とてもいい言葉だった。ここで終えていればだけど、彼はつづけた。しかしながら消防団は、さしあたりは一時的であれ、父に退団を要請する、事態の深刻さを思えば、やむを得ない決定といわなくてはならない。昨日の父の抜群の働きがなければ、ここまでには至らなかったかもしれないが、しかし、まさに昨日の業績が役所側の注意をかき立て、いまや消防団は注目をあびており、これまでにもまして秩序につとめなくてはならない。ついては使者への侮辱事件が生じ、消防団には、ほかにとるべき道がなく、不肖わたくし、ゼーマンが通達役という因果な役目を引き受けたからには、願わくばこれ以上、手を焼かせはしないであろう。通達をすませたのですっかり満足して、もうよけいな遠慮もしなくなったわ。ゼーマンは壁の団員章を指すと、指先で引き寄せるしぐさをしたわ。父はうなずいてとりかかったけど、手がふるえて鉤から外せない。わたしが椅子に上がって手伝った。このとき、すべてが終わった。父は団員章を額ぶちから取り出しさえせず、そのまま渡すと、それから隅にすわって身動き一つせず、もう誰とも口をきかなかった。わたしたちだけでお客とやりとりをしなくてはならなかった」

「どこに城の力が働いていると思う?」

と、Kがたずねた。

「さしあたりはまだ関与しているとは思えないね。きみがいま話したことは、意味もなく人々が不安がっているだけだ。他人の不幸がうれしいのだ。友情なんてあてにならない。どこにでもあることだね。それにお父さんにしても——少なくともそんな気がするんだが——小心すぎやしないかな。団員章がどうした？　そんなものがあろうとなかろうと、能力は変わらない。欠かせない団員だ。催促されないうちに足元にたたきつけていればよかったんだ。とりわけめだつのはむしろ、きみがアマーリアのことを、ちっとも言わなかったことのような気がする。アマーリアがすべてを引き起こした。そのくせそっと奥にいて、ひどいありさまを、じっと見ていただけなのかな」

「ちがうわ、ちがう」

と、オルガが言った。

「誰も非難できないわ。誰もがああするしかなかった。すべてに城の力が働いている」

「城の力」

いつのまにかアマーリアが中庭のほうから入っていて、オウム返しにくり返した。両親はもう床についていた。

「城の話をしているの？　まだ並んですわっている。あなた、すぐにもどりたいのじゃなかった？　もう十時ですよ。こんな話がそんなに気になるの？　村には、そんな話を飯の種にしている人たちがいて、お二人のようにくっつき合って、たがいにウンチクを傾け合っているわ。でも、あなたはそんな人には見えない」

「どうして、どうして」

と、Kは言った。

「まさにそんな一人なんだ。こんな話は気にとめず、他人に気をもませているだけの人は、たいして何とも思わない」

「なるほどね」

と、アマーリアが言った。

「でも、人の興味はさまざまだわ。わたしはいちど、ある若者のことを聞いた。夜も昼も城のことばかり考えている。ほかの何も眼中にない。ひたすら城のことを思っているので、頭がどうかならないか、みんな心配したけど、そのうち、わかったわ、城ではなくて、城の事務局で洗いものをしている女の人の娘さんだった。その娘を手に入れたら、すべてまるく納まったって」

「わたしの気に入りそうな男だ」

と、Kが言った。

「さあ、どうかしら」

と、アマーリアが答えた。

「その男はともかく、妻のほうは気に入るかもね。でも、お邪魔はしないわ。わたしも休みます。明かりを消さなくちゃあならない。両親のためにね。二人とも寝つきは早いけど、一時間もすると、もう眠りがとぎれるの。すると、ちいさな明かりでも気になる。おやすみ」

実際、すぐに暗くなった。どうやらアマーリアは、両親のベッドの足元あたりに寝床をしつらえているらしかった。

「アマーリアが言った若者というのは誰のこと?」

と、Kがたずねた。

「知らない」

と、オルガが答えた。

「あの話のとおりじゃないけど、ブルンスヴィックかもしれない。ほかの人かもね。アマーリアをちゃんとわかるのは、むずかしいわ。皮肉を言っているのか、まじめなのか、わからないもの。たいていはまじめだけど、でも皮肉に聞こえる」

「頭を悩ますことなんかないんだ！」

と、Kが言った。

「どうしてアマーリアにすっかり頼ることになったの？　大きな不幸の前からだった？　それとも、そのあとから？　アマーリアに頼らないでいたいとは思わない？　考えるとへんじゃないのかな、アマーリアはいちばん年下だ。従うのは彼女のほうだ。罪があろうとなかろうと、家族に不幸をもたらした。毎日、きみたちみんなに許しを願って当然なのに、誰よりも頭《ず》を高くして、何にも無関心、ただお恵みのように両親の面倒をみているだけだ。当人の言い方だと、何にもかかわりなく、ようやくきみたちと話すときは、《たいていはまじめだけど、でも皮肉に聞こえる》というわけだ。それともアマーリアは、きみがよく言う美しさでおさえつけているのかね。でも、きみたち三人とも、とてもよく似ているし、アマーリアがきみたち二人とちがうところは、むしろマイナスになっているよ。はじめてアマーリアを見たとき、あのぼんやりした、冷たい眼差しにギョッとした。いちばん若いはずだが、見たところ、ちっともそうは見えない。ほとんど年をとらないかわりに、いちども若くなかった女のような、そんな年齢不詳の顔をしている。きみは毎日見ているから、アマーリアの顔のこわばりに気がつかないんだ。だからよく考えると、ソルティーニが気持を寄せたなんてことも、あまりまじめにはとれないのだ。ソルティーニは手紙で懲らしめただけで、呼んだのじゃなかったのではなかろうか」

「ソルティーニのことは言いたくない」

と、オルガが言った。

「城の人たちには、いちばんきれいな娘であれ、いちばんみっともない娘であれ、どうにでもなる。でも、アマーリアのことでなら、あなたはまるでまちがっている。いいこと、わたしはあなたをアマーリアの味方につけたいわけじゃない。ただあなたのために言うのよ。アマーリアはいかにも、わたしたちの不幸の原因ではある。それはたしかね。でも、この不幸にもっとも痛手を受けた父でさえ、いちばんひどいころでも、ひとことも非難めいたことは言わなかった。いつだって本心が隠せない人だのに、とくに家ではそうなのに。それは父がアマーリアのしたことを認めたから、というのではないわ。どうして認めたりするでしょう。ソルティーニの崇拝者なんですよ、父にはまるで理解できなかった。ソルティーニのためなら、父はきっとよろこんで犠牲になったり、持っているものを犠牲に差し出しもしたでしょう。でも、それはソルティーニが怒るからではない。そう、たぶん、怒っているのでしょうね。というのは、ソルティーニについて何一つつたわってこなかった。それまで表に出ない人だったのが、それからは、そもそもいない人になってしまった。それにあなたは、あのころのアマーリアを知らない。わたしたちはみんな、はっきりした罰はこないことを知っていた。誰もがわたしたちから離れていっただけ。城と同じように村の人々もね。村の人が離れていくのはわかったけど、城のことは何一つわからなかった。それまでも城の動静に気づかなかったのに、それがどう変わったか、わかりっこない。その静けさが最悪だったわ。人々が離れていくのは大したことではなかった。何かの信念からそうしたのではない。わたしたちに対して敵意をもったのではなかった。いまのような軽蔑はまだなかった。不安からそうしただけで、なりゆきを見守っていた。それに生活に困る心配もなかった。未払いだったのが全部入ってきて、いい清算ができたくらいだった。食べ物は親戚の者がひそかに手配してくれた。むずかしいことはなかった。穫り入れの季節だった。ただわたしたちは土地をもっていなかったし、どこも働かしてくれなかった。生まれてはじめて、わたしたちはノラクラ者を言い渡された。七月と八月の暑さのなかで、窓を締めきったまま家族そろってすわっていた。何も起きなかった。招かれることもなく、知らせも届かず、誰も訪ねてこない。ほんとに何もなしだった」

「すると、どうなんだ」

と、Kがたずねた。

「何も起こらず、はっきりした罰もないなら、きみたちは何を怖れていたというの？　いったい、なんて人たちなんだ！」

「どう説明すればいいかしら？」

と、オルガが言った。

「先のことは心配していなかったわ。今が十分苦しかった。罰のただなかにいたのだもの。村の人たちはただ、わたしがやって来るのを待っていた。父がふたたび仕事場を開くのを待っていた。アマーリアは服を作るのがとても上手なの。とびきりの人にだけ作っていたのだけど、だからアマーリアがまた注文を聞きにくるのを待っていた。人々はみんな、自分たちがしたことに胸を痛めていた。村でとても尊敬されていた一家が突然、閉め出されると、誰もが何かしら不便なものなのだ。わたしたちに三下り半を突きつけたとき、ただ自分たちの義務を果たしたと思っていた。わたしたちだって同じ立場に立たされていたら同じようにしたでしょうね。何が問題なのかも、きちんとわかっていなかった。引き裂かれた紙をもって使いが貴紳荘にもどってきた。フリーダが見ていた。使いが出ていって、それからもどってきたこと。ほんの少し話を交わした。フリーダが知ったことが、すぐにひろまった。それも悪意からではない、単に義務感からのことだった。同じような場合には、みんなの義務ってものだ。わたしがいま言ったように、人々には、すべてが幸せな解決をみるのがいちばんうれしい。そのうち、わたしたちが人々を訪ねて、もう全部きちんとしたとか、誤解があっただけでそれもすっかりとけたとか、あるいは、たしかに罪を犯したけど、もう償いがすんだとか――こういった言い方でも十分なの――あるいは、城とのつながりによって事件はそっくり片づいたとか、そんなふうに告げたとする。みんなきっと両手をひろげて迎えてくれたでしょう。キスをして、抱きしめ、お祭りさわぎになった。わたし自身、何度かそういったのを体験した。いま言ったようなことを告げるまでもないかもしれない。わたしたちが自分から出向いて、あれこれ申し出て、手紙の一件についてはひとことも言わずに、元通りのおつき合いをしていれば、それでも十分だった。みんなあのことを話さなくてすむのがうれしい。人々がわたしたちから離れたのは不安だったからだけど、そのほかに、事柄が微妙なことだったからだ。だからそんなことは耳にしたくないし、話したくない、考えたくもない。どんなぐあいであれ、かかわりをもちたくない。フリーダが話したのは、告げ口がうれしいからではなく、そんなことから自分を、またみんなを守りたかったせいだ。何かが起きたが、なるたけ気をつけて遠ざかっているように気づかせるためだった。わたしたち家族が問題なのではなく、ただ事件だけ。わたしたちがその事件に巻き込まれていたから、だからわたしたちが槍玉にあがっただけで、わたしたちがふたたび出ていって、すんだことはすんだこととして、その事件とはケリをつけたことを行動で示すなら、どんなぐあいにケリをつけたかなんて誰も問わない。事件がどうあれ、もう二度と話題にはのぼらないとはっきりみんなにわかれば、すべてはめでたし、めでたしになっていた。あちこちから助けの手がのびる。全部が全部、わたしたちが忘れたわけではなくっても、人はそのことをわかってくれて、きれいにさっぱり忘れるように手助けしてくれた。そのはずだった。でも、わたしたちはそんなふうにはせず、ずっと家にいた。いったい、何を待っていたのでしょう。たぶん、アマーリアの指示を待っていた。あのときのあの朝、アマーリアがわが家の指導権を取ったのね、それをしっかり握っていた。何をしたわけでもない。命令したのでも、懇願したのでもない、ほとんどただ沈黙でもって支配していた。わたしたちほかの者は、むろん、いろいろ相談することがあった。朝から晩までささやき合っていた。父が突然、不安にかられて大声を出すことがあって、わたしは夜半までベッドのそばにいたこともあるわ。バルナバスと並んでただすわっていたこともある。バルナバスは全体がほとんどわかっていなくて、しきりにはっきりした説明を聞きたがった。ずっと同じことをたずねてきた。同じ年ごろの者に待ち受けている平穏な歳月が、もう二度ともどってこないことは知っていた。それでいまわたしたちがこうしてすわっているように、わたしとバルナバスは並んですわっていた。いつ夜になって、いつ朝がきたのかも気づかなかった。わたしたちのなかで母がいちばん弱かった。きっとみんなの苦しみだけでなく、一人ひとりの苦しみをともに苦しんでいたからだわ。みんなそれぞれ待ち受けているとはわかっていたけど、母の変わりようには、ゾッとする思いだった。母が好んだのはソファーの隅だった。そのソファーはもうない。ブルンスヴィックの持ち物になって、あそこの大きな居間にある。母はソファーの隅にすわって、眠っているのか、それともひとりごとを言っているのか——はっきりとはわからなかった——唇がかすかに動いていて、ずっとひとりで話しているらしかった。わたしたちの話がいつも手紙にもどったのは当然ね。はっきりしていることを、ことこまかに思い返したし、はっきりしないことはあれこれ、どこまでも考えた。どうすれば解決をみるのか、ない知恵をしぼりつづけた。当然のことだし、避けようのないことだけど、でも、いいことではないでしょうね。自分たちが逃れたいことに、ますますはまりこんでしまうから。たとえすてきなことを思いついても、アマーリアなしには誰にも実行できない。何を話しても下準備にすぎなくて、結果がアマーリアに届かなくては無意味だった。たとえ届いても、ただ沈黙と出くわすだけ。でも幸せなことに、わたしはあのころよりもいまのほうがアマーリアがよくわかっている。わたしたち全員よりも、はるかに多くアマーリアは耐えていた。あんなに耐えていて、いまも同じ屋根の下で暮らしているのが不思議なほどだ。母はたぶん、わたしたちみんなの苦しみを耐えていた。自分の上にふりかかってきたから耐えたので、長くは耐えきれなかった。いまも母が耐えているかどうかわからない。もうあのころから、頭がおかしくなっていた。アマーリアは苦しみを耐えただけでなく、それを見通すだけの考えをそなえていた。わたしたちは結果を見ただけだけど、彼女は原因を見た。わたしたちは何らかのちょっとした解決方法を念じていたけど、アマーリアはすべてがもう決定ずみであることを知っていた。わたしたちはささやき合ったけど、彼女はただ沈黙した。真実とまっすぐ向かい合って生きていた。その生き方にあのころも、そしていまも耐えている。それと比べたら、わたしたちの苦しみなんて、ものの数じゃないわ。そのうちわたしたちは家を手ばなさなくてはならなくなった。ブルンスヴィックがあとに入った。わたしたちは、この小さな小屋をあてがわれた。一台の手押し車で何度か往き来して荷物を運んだわ。バルナバスとわたしが引っぱって、父とアマーリアが後押しをした。母はさきにこちらに移していたわ。荷箱にすわっていて、わたしたちが着くたびに悲しみを呟きながら迎えたわ。わたしはいまも覚えている、ウンウン喘いで引っぱっているあいだにも——とても恥ずかしかった。穫り入れの車と何度も出くわしたから。人はみんな黙っていて、目をそらしたわ——わたしたち、バルナバスとわたしは引っぱっているときにも、心配ごとや対策を話さずにいられなかった。話していて、つい立ちどまったりするもんだから、うしろから父に叱られた。どう話し合ったところで、引っ越しのあとも何一つ変わらなかった。変わったのは、ただ貧乏が押し寄せてきたってこと。親戚のお恵みはやんだし、貯えも底をつきかけていた。それと同時に、あなたもごぞんじのとおりのわたしたちへの軽蔑がはじまった。わたしたちが手紙の一件から抜け出せないのを人々は見てとった。それで気を悪くした。わたしたちの運命の重さを、正確には知らないにせよ、それなりに知っていた。わたしたちがそれを克服していたら、それにふさわしく敬意を払ってくれたでしょう。わたしたちにそれができなかったので、それまで一時的にしていたことを、最終的に決定した。つまり、わたしたちを閉め出しにした。あの人たちも、同じ立場にいれば自分たちも、ほぼ同じようにしかできないことを知っていた。だからこそ、どうしてもわたしたちを縁切りにしないではいられなかった。もうわたしたちを人間扱いしない。家族の名前を口にしない。どうしても言わなくてはならないときは、バルナバスにかこつけた。いちばん罪のない者だからね。わたしたちのこのちっぽけな小屋も評判が悪いわ。あなたもそうじゃないかしら、一歩入ったとき、軽蔑されるだけのことはあると思ったはずだ。時がたって人々がときおりここに来ることがあると、何でもないものに鼻をヒクヒクさせる。小さな石油ランプがそこのテーブルの上に吊るしてあるっていったことにね。テーブルの上でなくて、どこに吊るせばいいのかしら。でも人々は、それをへんだって受け取るわ。ランプをほかのところに移しても同じこと。わたしたちはいるだけで、そして持ち物もみんな、いつも軽蔑の目で見られる」

19　乞食行

「そのあいだ、わたしたち、何をしたかしら？　いちばん悪いこと、実際に起きたことよりも、もっと軽蔑を買うことばかり――わたしたち、アマーリアを裏切った。彼女の無言の命令から自分たちをもぎ離した。もうあのままでは生きられなかった。まるきり希望なしでは生きられない。それぞれが自分のやり方で城に哀願する、あるいは押しかける。しようのないことだった。何もよくはできないことを知っていた。城に対してわたしたちがもっているたった一つの、いちばん望みのあるつながりは、ソルティーニとのつながりだった。父の好きな役人とのつながり、それがまさにあの出来事のせいで切れてしまった。そのこともまた知っていた。でも、それでもとりかかった。父がはじめたわ。村長や秘書や弁護士や書記を訪ねてまわる。意味のない哀願の道のりだった。たいていは会ってもらえない、すきを狙ったり、たまたまのことで会ってもらえることがあった――それを聞くたびに、わたしたちは歓声をあげて、手をたたいた――でも、すぐに追い出され、二度と会ってもらえない。答えるのは簡単だわ。城はいつも簡単にすませる。何を望んでいる？　何が起きたのだ？　何のために赦しを乞うのだ？　いつ、誰が、城でおまえに指一本でも触れたか？　たしかにおまえは零落した。客を失った。しかし、そういったことは、どこにだってあるじゃないか。仕事の世界や市場では、のべつあること。城はそんなことにまでかかわらなくてはならないのか？　実際のところ何であれかかわりをもっているのだが、個人の利益に仕えるだけのようなことには、口出ししないし手をそめない。役人をやっておまえの客を追っかけ、力ずくで引きもどさなくてはならないのか？　それに対して父が異議を唱えた。――家でわたしたちは、あらゆることを相談していた。作戦会議と反省会ってわけね。部屋の隅でそっと話し合った。アマーリアに気づかれてはならない。アマーリアは気がついていたけど、なすがままにさせていたわ――父の意見だと、零落を訴えているのではない。村で失ったものは、簡単に取りもどせる。そんなことは二の次のこと。ただ赦してほしいだけ。しかし、何を赦してほしいのだと、向こうはたずねた。告発があったわけじゃない。そんな記録はどこにもない。少なくとも法的な手続きに関する書類には見当らない。だからして確認できるかぎり、告発がなされたことはなく、進行中でもない。できるものなら、自分になされた公的な処分をあげてみろ。父は答えられなかった。公的機関が介入するなどのことがあったのか？　それについても父は知る由もない。何も知らず、何も起きていないのに、いったい何を願っているのか？　何を赦してほしいのか？　せいぜいのところ、いま役所を手こずらせていることが問題といえば問題であり、まさにこれこそ許しがたいこと。父はゆずらなかったわ。そのころ、まだとても元気で、強いられた状況のなかで時間がたっぷりあった。《アマーリアの名誉を取りもどしてみせる。そう長くはかからない》と、日に何度もバルナバスやわたしに言った。声をひそめて言った。でも、ただアマーリアのために言ったのだわ。だって父はほんとうは名誉を取りもどすことではなくて、赦してもらうことだけを考えていた。でも、赦しを得るためには、まず罪を確定しなくてはならない。しかし罪など、どの役所も認めていない。父はある考えを抱きはじめた——もうかなり気持が弱っていたしるしね——秘密にして、告げてくれないのは袖の下が足りないからだというの。それまでは定まった経費だけ払っていた。わたしたちの家計には、それだってとても痛手だったけれどね。べつに摑ませなくてはならないと父は考えた。もちろん、まちがっている。わたしたちの役所は、たしかに賄賂をとるわ。でもそれは事を簡単にして、よけいな説得などなしですませたいからだけのことで、だから賄賂は何の役にも立たない。でも父が望むのだから邪魔したくなかった。わずかに残っていたものを売り払った——ほとんど日常になくてはならないものだったけど——父の資金ってわけね。しばらくのあいだ、父は毎朝、満足そうに出かけていった。いつもポケットに、お金をチャラつかせることができたからだ。わたしたちはずっと腹ペコだった。お金をひねり出して実現したことといえば、父がなんとか希望にあふれていてくれたことだけだった。でも、それが仇にもなった。父はからだをいためた。お金がなければ当然もっと早く終わりをみていたものが、ズルズルと長びいた。賄賂をもらっても実際は何もできないので、ときには書記が何かわざとらしいそぶりをして、調べてみるなどと約束したり、何がしかの手がかりをつかんだように仄めかし、仕事を離れて片肌ぬごうと請け負ったりした——父は疑うどころか、ますます信じやすくなっていた。あきらかにバカバカしい約束を手土産にして、意気揚々ともどってきた。そしてアマーリアに隠れて、唇をゆがめて笑いながら、目をむいてアマーリアを指して話すのを見ているのは、ほんとに辛いことだった。苦労した甲斐があって、まもなくアマーリアは救われるが、しかし、アマーリアにはいちばん最後に伝えることにしよう、すべてまだ内々の段階だから、秘密をかたく守るように、などと言った。父のためにお金をひねり出すのが、もうとてもできなくなるなんてことがなければ、そんなことがなおもつづいていたはずだわ。その間、何度も懇願した結果、バルナバスがブルンスヴィックの見習いとして使ってもらえることになった。それも夜そっと仕事を受け取りに出かけ、夜またそっと届けにいく——わたしたちのためにブルンスヴィックがある種の危険を引き受けたことはたしかだけど、そのかわり、ほんのちょっぴりしか賃金をよこさない。バルナバスの仕事は非の打ちどころがないというのにね——その賃金で辛うじてわたしたち、わたしたちは父に、飢え死にしないでいられた。ひどく気を使いながら、またさきにあれこれ下準備をしておいてから、わたしたちは父に、お金の打ちきりを伝えた。父は意外と冷静に聞いてくれた。父の頭ではもう、いくら努めても見通しの立たないことは理解できなかったけど、失望ずくめで疲れていた。たしかに父は言った——以前のようにははっきりとした口調ではなかった。父は明快すぎるほどはっきり話す人だったのに——これまでもあまりお金はいらなかった、明日か今日にもすべてがわかるかもしれず、そこまでいかないと全部が無駄ごとになる、資金が欠けて頓挫したことになる、そんなことを言いました。でも、その言い方からして、父がそんなことを信じていないのがわかったわ。だってすぐに、ほんとに即座に、新しい計画を言い出した。罪が証明できず、そのため役所を巡っても何一つ達成できなかったので、もはやおすがりするしか方法がなくなった、役人を個人的に訪ねていくというの。役人には思いやりのある、やさしい人もいる。役所ではゆずるわけにはいかないが、役所の外だとべつであって、相手の不意をつけば、何とかなりそうだって」

Kはずっともの思いに沈んでオルガの話を聞いていたが、このとき話を遮って問いかけた。

「それはまちがっていると思う?」

あとの話を聞けばわかったろうが、すぐにも知りたかった。

「ええ」

と、オルガが言った。

「同情とか、それに似たことは、まるでダメ。わたしたち、まだ若くて世間知らずだったけれど、そのことはわかっていた。父もむろん知っていた。でも父は忘れていた。ほかにもいろんなことを忘れていた。父は計画を組み立てたわ。城の近くの広い道を役人の馬車が走っていく。そこで待ち受けていて、赦しをおたのみしてみようというのだった。正直なところ、およそバカげた計画だった。たとえ奇蹟があって、たのみごとが相手の耳に届いたとしても、役人の一人ひとりに何ができるかしら？　赦すとかどうとかは、せいぜいのところ役所全体の事柄だった。それだってたぶん、赦すなんてできない。裁けるだけ。ある役人がたとえ馬車から降りて、貧しい、疲れはてた年寄りが、モゴモゴと呟くのを聞きとったとしても、それで何がわかるかしら？　役人たちは教養がある。でも、とても片寄っている。専門のことなら、ひとこと聞くとそれで全体がつかめるが、ほかの部局のことは何時間説明しても、ただうなずいているだけで、ひとこともわかっていない。それはまったく当然のことだわ。小さなお役所仕事でためしてみるといい。相手は肩をすくめてそれで終わりになるような、ちょっとしたこと、そのことだけでもわかってもらおうとして一生かかっても、何の成果もないものだわ。父が仮に該当する役人と出くわしたとしても、さきに書類が出ていなければ処理がつかない。ましてや往来では何もできない。そもそも赦しなど出せっこない。役所の手続きをして、それに応じたつぎの窓口を指示するだけ。そんな結果にたどりつくのも、とうてい不可能なことだった。そんな新しい計画に本気になっていたのだから、父はもうそのころ、どうかしていたにちがいないわ。こんなやり方に、ケシつぶほどの可能性でもあるのなら、道には請願者があふれている。そんな可能性などまるきりないことは小学生にもわかる。だから道に人っこひとりいなかった。でも、それがまた父の希望を高めたようだった。父はあらゆることに希望を見つけていた。それはまた、とても必要だった。まともな頭の持主なら、あんなとっ拍子もないことは思いつかない。ひと目でダメなことがわかるものだ。役人が村へ来たり、城へ帰るのは、散策などではない。村でも城でも仕事が待っている。だから馬車を急がせる。窓の外をながめて、請願の者をさがしたりしない。車中でもずっと書類をひろげているわ」

「そうかな」

と、Kが言った。

「ある役人の橇の中を見たことがあるが、書類などなかったよ」

オルガの話を聞いているうちに、大きな、ほとんど信じられない世界がひらけてきて、Kは自分の小さな体験をさしはさまないではいられなかった。その世界があること、ついては自分もそこにいることを、われとわが身に納得させたかったからである。

「そういうこともあるわ」

と、オルガが答えた。

「でも、その場合はもっと悪いわ。その役人はとても大事な用をおびていて、書類がとても貴重なので持ち出せなかったか、あまりに沢山あって、持って出られなかったからだ。そんなときは全速力で走らせるわ。いずれにしても父のための時間などない。それに城にはいくつか入口があって、あるときは一つがしきりに使われるし、べつのときは、べつのところにワンサと押し寄せる。変わるのに決まりといったものはない。朝八時、ある通りがこみ合っていたかとおもうと、三十分後はべつの通りで、十分後には第三の通りに移っている。また三十分すると、はじめの通りにもどって、一日中そんなふうだけど、いつ何どきガラリと変わるかもしれない。村の近くで通りが全部合わさるけど、でもなおのこと馬車はみんな先を急ぐわ。いっぽう、城が近づくとテンポが少し遅くなる。でも、通りのぐあいが定まっていなくて見通しがつかないように、馬車の数も同じで、まるきり一台も見かけない日があるかと思うと、つぎの日はどっさり出ている。そんな車と、わたしたちの父を考えてほしいの。いちばんいい服、やがてそれしかなくなったのだけど、その服を着こみ、わたしたちの祝福とともに毎朝出かけていった。消防団の小さな徽章を、ほんとうはいけないのだけど、いつももっていて、村を出るとつけた。村では見つかるのを怖れていた。ほんとにちっちゃな徽章で、二歩もはなれると目にとまらないのにね。でも父によると、きっと通過する役人の目にとまるはずだって。城の入口に近いところに菜園があって、ベルトゥーフとかいう人がやっており、城に野菜を納めていた。菜園の柵の細長い石の台が、父には都合がよかった。ベルトゥーフは大目に見てくれた。以前は父と親しくしていて、いつも靴をたのんできた。その人、足が悪くて、父だけが自分に合う靴がつくれると信じていたのね。その台に父は日々毎日すわっていた。いやな雨の多い秋だったけど、父は雨を何とも思っていなかった。朝、いつもの時刻になると、ドアの取っ手を握って、わたしたちに別れの合図をした。夕方、ほとんど全身ぬれねずみになってもどってきた。毎日、背中が曲がっていくようだった。部屋の隅に倒れこむと、わたしたちにまず、ちょっとしたことを話した。たとえばベルトゥーフが同情から、また古い友情から、柵ごしに毛布を投げかけてくれたとか、走り過ぎる馬車のなかに、たしかに顔見知りを見分けたとか、ときおり馭者が気がついて、鞭を軽くなぶるように振りまわしたとか。やがてそんな話もしなくなった。何か成果があるなどと、あきらかにもう期待していなかった。ただ自分の義務と考えていたのね、辛い仕事だと思って出かけ、そこで一日を過ごす。そのころだわ、リューマチが痛みだした。冬が近づいていた。早々と雪が降った。ここは冬が早いわ。父はあるときは雨にぬれた石にすわっていた。つぎには雪の中にいた。夜は痛みでうめいていた。朝、出かけるかどうか心がゆらぐことがあった。それでも自分を励まして出かけていった。母がすがりついて、はなそうとしなかった。父はきっと、脚が不自由になってきて自分でも不安だったのだ。同行を許したわ。それで母にも痛みがはじまった。わたしたちはよく両親のそばにいた。食べ物をもっていったり、ただ顔を見るためだったり、あるいは帰るように説得しに行った。いつもそこにいたわ、うつ向いて、小さな台に二人してもたれ合っていた。薄っぺらな毛布にくるまって、ちぢこまっている。とても二人をつつみきれない毛布だった。まわりはただ灰色の雪と霧だけ、見わたすかぎり人っこひとりいない、車一台こない。なんてこと、まったく、なんて光景だったことでしょう！　ある朝、父は脚がつっぱらかって、もうベッドから立てなかった。せつなかったわ。父は少し熱にうなされていた。菜園のそばに馬車が止まって、役人が降りてくる、そんな夢を見ていたのだわ。役人は柵のところで父を探してから、首を振りながら怒ったように馬車にもどっていく。父はそのとき、大きな叫び声をあげた。まるでそこから役人に気づかせ、自分がなぜいないのか釈明したいかのようだった。長い不在になった。父はもうあそこへもどれなかった。何週間も寝たきりだった。アマーリアが世話をして、看護し、いっさいの面倒をみた。おりおりはよくなるけど、いまも変わらない。アマーリアは痛みをやわらげる薬草を知っている。ちっとも眠らなくてもいられる。何にも驚かないし、何も怖れない。決して苛立ったりしない。両親のためには何だってする。わたしたちは何も手伝えず、ただうろうろしているだけなのに、アマーリアはいつも冷静で、もの静かだ。もっともひどい時期がすぎて、父が左右から支えられて、そっとベッドから出られるようになったとき、アマーリアは手をひいて、わたしたちにまかせた」

20　オルガの計画

「また父のたずさわる何かが必要になった。家族の罪を拭いとるのに役立っていると、父にそんなふうに思いこませるような何かがね。そういったのを見つけるのは、むずかしくない。何だってベルトゥーフの菜園の前にすわっているのと同じで、つまりは目的に叶っている。でもわたしは、自分にも希望が芽ばえるようなことにしたかった。役所の書記のところや、あるいはほかのところでも、わたしたちの罪に話が及ぶと、いつも判で捺したようにソルティーニの使いに対する侮辱のことが言われる。それ以上は誰も触れようとしない。そうだ、とわたしは思ったわ。たとえ見かけにせよ、使者の侮辱がみんなの意見なのであれば、たとえまたもや見かけだけにせよ、それを回復すればいい。使者と和解すればいいのだ。告訴はされていないと、はっきり言明されている。事件はまだ役所まで上がってきておらず、使者の段階であって、つまりは個人のこと、赦すのも、個人の自由。そのこと自体に大きな意味はないし、ただ見せかけであって、しょせんは何も変えないとしても、父はよろこぶだろうし、これまで父を苦しめてきたいろんな情報屋さんだって少しは面目を失うわけで、それは父にはうれしいはずだ。となると、さきにしなくてはならないのは、使者を見つけることだった。計画を話すと、はじめ父は不機嫌だったわ。頭がすっかり固くなっていたものね。ベッドについていたあいだ、わたしたちが成功の邪魔をしたのだと、ずっと思いこんでいた。まずお金の支援を打ちきった。つぎにはベッドから外に出さない。他人の考えを受け入れられなくなっていたせいもある。わたしがまだ話し終わらないさきに、父はわたしの計画を非難した。父の意見によると、これからもベルトゥーフの菜園で待ちつづけるのがいい。もう毎日のぼっていく力がないので、わたしたちが手押し車で運ぶべきだって。でも、わたしは負けなかった。父もゆっくりと同意してきた。ただ父にとってひっかかったのは、この場合はわたしにおんぶされていることだった。というのは、使いの人を見たのはわたしだけで、父は使者を知らない。召使はみんな似たりよったりで、もう一度見たからといって、見分けがつくかどうか、たしかではない。わたしたちは貴紳荘に出かけ、そこで召使たちを探しはじめた。たしかにソルティーニの召使だったし、ソルティーニはもう村に来ない。しかし、あの人たちはよく召使を取り換えるから、ほかの主人の召使になっているのを見つけるか、あるいは見つからなくても、ほかの召使から何らかの情報が手に入る。このためにはともかく毎晩、貴紳荘にいなくてはならない。ポケットが空っぽの客なんて、ああいうところでは、もっとも歓迎されないわ。でも、わたしたちがそこで役立つことがわかった。あなた、フリーダがあそこで、どんなに召使たちに手を焼いていたか知っているでしょう。もともとはごくおとなしい連中で、お勤めが単純なので慣れっこになって勿体ぶっているだけ。《召使のようにあれかし》といって、役人の祝福の言い廻しがあるわ。実際、安楽に過ごしている点でいうと、召使が城のご主人ってものね。自分たちでもそのことを承知していて、城ではいろんな規則に、おとなしく、うやうやしく従っている。わたし、実地にそれを知っている。村に下りてきても、そんな余韻ってものがある。でも、それは余韻だけで、城の規則の外となると、もう人が変わったみたい。

荒っぽくて、手のつけられない人たち、規則に代わって本能のままに動きたがる。恥知らずなことといったら限りがないわ。村にとってありがたいのは、命令なしには貴紳荘を出てはならないと決められていること。そのぶん貴紳荘で引き受けなくてはならない。フリーダには手にあまるので、召使をおとなしくさせるために、わたしを使うのが都合よかった。それで二年前から、少なくとも週に二回は召使とともに夜を厩舎で過ごしている。父がまだ貴紳荘へいっしょに行けたころ、父は酒場のどこかで寝て、朝にわたしがもってくる知らせを待っていた。たいして報告することもなかったわ。お目当ての使者は、これまでもまだ見つからなかった。いまもソルティーニに仕えているって。ソルティーニが目をかけていて、ソルティーニが遠くの部局に移されたので、そちらへ行ったのかもしれないって。召使たちも長らくソルティーニと会ったことがないとかだった。見たことがあるという者もいたけれど、やはりまちがいだった。そんなわけで、わたしの計画は失敗したのだけど、全部が全部、失敗というのではなかったわ。使者は見つけられなかったし、父が貴紳荘に通って夜を過ごすのも、たぶんわたしを可哀そうに思ってそうしたのだろうけど、やがて終わりをみた。父は二年前からあんな状態ね、あなたも見たでしょう。でも父は母よりも、まだいい。母はもう時間の問題ね、アマーリアの献身的な看護のせいで、その日がのびているだけ。それでもわたしは貴紳荘で城とのつながりを手に入れた。自分がしたことを後悔しないといっても軽蔑しないでね。城とのつながりなんてなんてこともない、そんなふうにあなたは思うかもしれない。そのとおりなの、たいしたつながりじゃない。いまではどっさり召使を知っている。村へ最近やってきた役人たちのほとんど全部の召使を知っている。いずれ城に行ったとき、手づるがないわけじゃない。たしかに村にいるときの召使は、城とではまるでちがう。たぶん誰だったのか見分けたりもしないと思うわ。村でつき合った者はとりわけ知らんぷりをするわ。城で再会できればとてもうれしいなんて、うわごとのように厩舎では誓ってもね。それにわたしは体験ずみだけど、彼らはちっとも約束を守らない。でも大切なのは、そのことじゃない。召使を通して城とつながりができただけではなく、さらにまた、たしかでなくても望んでいることがある。あちらの誰かがわたしを、またわたしのすることを、じっと見ているってこと――たくさんの召使たちの管理は役所の仕事のなかでも特に大切で慎重を要するところだわ――わたしをじっと見ている人が、もしかすると判決をやわらげてくれるかもしれない。もしかすると、わたしがなんともあさましいやり方であれ、家族のために戦っていて、父の努力を引き継いでいることをわかってくれるかもしれない。それをわかってくれるなら、わたしが召使から金を受けとって、家族のためにあてているのも赦してくれるだろう。ほかにも手に入れたことがある。あなたもきっとわたしの罪にするだろうけど。召使たちから、あれこれのことを知ったわ。城の仕事にありつく方法に裏道があるってこと。表向きの採用はむずかしくて、何年も待ちぼうけをくらわされるけど、裏道だと、すぐにありつく。たしかにちゃんとした傭い人じゃない。数に入らず、半ば黙認されたってぐあいで、権利もないし義務もない。義務がないことのほうが不都合ね。でも一ついいことがある。どこであれ、すぐそばにいるわけだから、機会があれば利用できる。正式の者じゃないけど、たまたま何か仕事が生じることがある。使用人が近くにいない。声がかかる。駆けつける。すると、ついいままではそうじゃなかったのに念願のものになっている。レッキとした使用人だ。そんなチャンスはいつ生まれるか？　すぐのこと、やってきてすぐだったり、まわりを見たとたんだったり、チャンスが待ち受けている。新米がすぐにチャンスをつかんだからといって、しっかりしていたせいではない。べつの場合は何年たってもそんなチャンスはまわってこないし、裏道組が正式の採用に受かることはもう絶対にない。だから問題はあるけど、しかたがないわ。正式の採用はとてもこまかく審査されるし、評判の悪い家族の者は、はじめからハネられているのに秘密にされている。たとえば、そんな家の誰かが審査を受けたとするわ。やきもきしながら結果を待っている。そんな見込みのないことをやってみたのかって、世間はあきれても、当人はそれでも希望をもっている。希望をもたずに、どうしていられよう。何年もして、髪が白くなったころに不採用だと知る。すべて空しく、人生をムダにしたとわかる。でも、ここにも例外があって、それで軽はずみにやってみたりする。評判の悪い人が最後には受かったりする。野獣の匂いってものについ惹かれる役人がいるのだわ。採用の審査のとき、あたりを嗅ぎまわっている。口をゆがめ、目をむいてね。そんな役人は悪評つきってタイプに食欲をそそられるらしいの。我慢するために、わけても厳重に規約を楯にしたりする。悪評つきは採用にいたらず、いつまでも採用待ちにとどめられて、死後にやっと通知がきたりする。そんなわけで正当な採用も、そうでないものも、いろんな厄介ごとがひそんでいて、その種のことを狙うとなると、すっかりきちんと考えてからでないとダメ。わたしたち、つまりバルナバスとわたしは手抜かりなかったわ。貴紳荘からもどってくると顔をつき合わせて、わたしが知ったことを話してやった。一日中話しこんでいた。うっかりバルナバスの手がとまってしまって、仕事がはかどらないこともあった。あなたの言う意味の罪を、わたしがかぶることになるのかもしれない。召使たちの話すことは、あまり信用がならないことをわたしは知っていた。城のことは話したがらないのも知っていた。すぐにほかの話にするし、勿体をつける。たとえ話しだしても、すぐに仲間と交代して、バカを言い、いばってみせ、たがいにホラを吹いたり、出たらめを競い合ったりして、暗い厩舎のなかでいつまでもどなり合っている。せいぜいのところ、ほんのちょっぴり、ほんとうのことを仄めかすだけだった。バルナバスには気がついたことをすべて話したわ。バルナバスはまだほんとうのことと嘘っぱちとを区別する力がなくて、家族の状況のせいであれこれのことに飢えていたせいか、何であれ呑みほして、もっともっと聞きたがった。実際のところ、わたしはバルナバスに新しい計画を考えていた。召使どもから手に入れられるものはもう何もない。ソルティーニの召使は見つからなかったし、きっと今後も見つかるまい。ソルティーニも、またソルティーニといっしょに使者も、ずっと知らないところへ移ってしまったのだろう。顔や名前も忘れられているようで、わたしがくわしく話してもどうにもならず、やっと思い出すだけで、ほかのことは何も聞き出せなかった。召使たちとのわたしの生活でいうと、どう思われようと、わたしにはどうしようもなかった。あるとおりに受け入れられて、そのかわり家族の罪がほんの少しさっぴかれるのを祈るしかなかったわ。見かけの上でもそれらしい変化はなかったけど、つづけるしかない。わたしには、ほかにできることがなかったからだ。城でなんとか自分たちのために働きかけることをあきらめなかった。バルナバスをあてにしていた。召使たちの話からわかったことがあった。聞き出す気持があればできたことで、わたしは何が何でも聞き出そうとしたわ。城の業務に採用されると、家族のためにいろんなことができるってこと。もちろん、そんな話に信用が置けるかしら？　どこまでがほんとうかは言えないけど、たとえ信用できても、ほんのちょっぴりであることは、はっきりしていた。たとえば一度きりで二度とは会わないか、たとえ会うことになっても気がつかないかのような召使が約束したとする、わたしの弟が城に採用されるように尽力するとか、少なくとも、城にくれば手助けをしてやる、元気づけるなどのことね。というのは召使たちの話によると、採用希望者はあまり長く待たされるので気を失ったり、頭が混乱して、ふぬけになって、友人が面倒をみてやらないとダメになるって——そんな話をどっさり聞かされたから、たぶんもっともな注意なんだわ。だけど請け負ったことなんて、まるで空《から》約束なんだ。でもバルナバスにはそうじゃなかった。なるほど、バルナバスには彼らを信じてはいけないと警告していたのだけど、わたしが話したこと自体で十分、バルナバスはわたしの計画に好感をもってしまった。わたしがそのために気を配ったことよりも、バルナバスは召使たちの話に感銘を受けたのね。そんなわけで、わたしは自分にしか頼れなかった。両親とはアマーリア以外、意思が通じない。父ゆずりの計画を、わたしが自分なりにするにつれて、アマーリアはわたしから離れるようになった。あなたとか、よその人がいる前だとわたしと話すけれど、そうでなければ決して口をきいてくれないわ。貴紳荘の召使たちにとって、わたしはおもちゃだわ。みんなむしゃぶりついてくるだけ。この二年間、あの連中の誰かと親しみのある言葉を交わしたことなんてない。ただいやらしいこと、嘘っぱち、出たらめばかり。だからわたしにはバルナバスしかいなかった。そのバルナバスはまだ幼かった。わたしの話を聞いていると、目を輝かせた。いまもその輝きはのこしている。それを見て、わたしはギョッとした。でも、やめなかった。あまりに大きいことがかかっているように思えた。もちろん、父のような壮大な、そして空しい計画など、わたしはもっていなかった。男たちのあの頑固さはもち合わせていないわ。使者の侮蔑をつぐないさえすればよかった。そのしおらしさを認めてもらえればいい。自分のやり方が失敗したのだから、つぎはバルナバスを通してべつのやり方で、たしかな成果を上げたかった。一人の使者を侮辱して、本部の第一線から退かせたのであれば、ついてはバルナバスという人間を新しい使者として申し出て、侮辱された使者の仕事をバルナバスに代理させる。すると侮辱された者は侮辱を忘れるのに十分なだけの長い時間、心おきなく遠くにいられる。わたしはたしかに気がついていた。しおらしい思いつきのようでいて、この計画には傲慢さがこもっている。わたしたちが役所に人事のことで指図するような印象を与えかねない。あるいは役所が最良のものを秩序立ててできるかどうか、疑っているかのようだ。ここで何かがなされると思いつく前に、すでにとっくにされてしまったみたい。でも役所がそんなふうに誤解することはありえないと思い直したわ。もし誤解するとしても、わざと誤解することはない。わたしがすることをこまかく調べもしないで、頭から拒むことはない。だからわたしは計画をすてなかった。バルナバスは功名心にはやっていた。支度にかかっていたころ、バルナバスは心がとても高ぶっていて、靴屋の仕事は自分には、つまり未来の城の者には似つかわしくないと思ったり、アマーリアがたまのことだけど声をかけると、言い返したりした。それも断乎としてね。わたしは彼に、つかのまのよろこびを大目に見たわ。バルナバスが城へ出かけた初日にはやくも、よろこびと高ぶりは消えてしまった。簡単に予想できたことだけどね。あなたにもう話したとおり、それからあの形だけの任務がはじまった。びっくりしたわ、はじめての城に、正しく言うとそこの事務局へ、バルナバスはなんてこともなく入っていった。いわゆる仕事場となったところね。それを聞いたとき、わたしはほとんど我を忘れたわ。バルナバスが夜にもどってきてそのことをささやいたとき、わたしはアマーリアに走り寄って、抱きしめ、部屋の隅に押しつけて唇や歯でキスをした。アマーリアは痛いのと驚いたのとで泣きだした。興奮のあまり、わたしは口がきけなかった。それまでも長らく、たがいに話をしていなかった。それはあくる日にとっておいた。でも翌日は、もう何も話すことなどなかったわ。はじめの日と同じことがあっただけ。二年間ずっとバルナバスは、この単調な、重苦しい務めをつづけてきた。召使たちは、まるで役に立たなかった。いちどバルナバスに短い手紙を持たしたことがある。バルナバスに目をかけてやってほしいとたのみ、以前の約束のことも書いておいた。バルナバスは召使を見かけると、すぐに手紙を取り出して、差し出した。わたしを知らない召使だったこともある。バルナバスは黙ったまま手紙を突き出した。とても口がきけなかったらしい。それにしてもひどかった。誰ひとりバルナバスを助けはしなかった。そのうち決着がついた。わたしたち自身がとっくにつけておくべきことだったけど、ある召使がね、たぶん、もう何度か手紙を突きつけられていた者だろうけど、丸めて屑籠に放りこんだ。ついわたしは思ったのだけど、その男は言いたかったのじゃないかしら。《おまえたちもいつも手紙をこうやっているだろう》とね。この間ずっと、こんなふうに何の成果もなかったけど、バルナバスには、いいように働いた。いいようにと仮に言ってのことだけど、つまり、バルナバスは老成したわ。はやばやと大人になった。あれこれのことで大人を通りこしている。二年前はまだ少年だった。それと比べるとね、弟を見るのがとても辛いことがある。大人になったのなら、こちらもホッとして頼りになってくれるはずだけど、そんなふうに感じない。わたしがいなければ、バルナバスはたぶん城へは行かなかった。城へ行くようになってからは、わたしには頼らない。わたしがただ一人の話し相手なのに、心にあることのほんの少ししか打ち明けない。城のことはいろいろ話すけど、その話や、伝えてくれる小さな事実からは、どうしてそれがこんなにも人を変えてしまったのか、とても理解できない。少年のころの勇気ね、わたしたちみんなが絶望していたときも絶やさなかったのに、それをいま大人になって、どうしてすっかりなくしてしまったのか、それがさっぱりわからない。たしかにバカげたことだ、くる日もくる日も、意味もなく待機している、変わる見込みもない、それが蝕んでいく、疑ぐり深くして、とどのつまりは絶望をこえて無能にまでしてしまう。でも、どうしてその前に抵抗しなかったのかしら？　すぐにわかったのだから、なおさらだ。つまり、わたしの言ったとおりで、張り切ってみても何にもならない。でも、わたしたちの家族の状況をよくするのには何らかのことはあるってこと。というのは城では何であれ、召使の気まぐれはべつにして、とてもつつましやかに経過する。何しろ仕事がすべてで、何であれそれが優先するのだから、自分というものが顔を出す余地はない。子供っぽい願いなど論外ね。でも彼がわたしに話したところでは、はっきり見たように思うって。バルナバスが入ってもかまわない部屋の、結構あやしげな役人たちにしても、力と知識は絶大だって。早口で、半ば目を閉じ、ちょっと手を動かしながら口述している。あるいはひとことも言わず人差し指だけで、ブッブツ言っている召使を遠ざける。そんなときは召使が、息をつめ、幸せそうにほほえんでいるって。役人たちは書物のなかに大事な個所を見つけると、バンと叩いてみせ、すると狭いところをもがくようにまわりの者が駆け寄って、首を前に突き出している。そういったことがバルナバスに、夢をふくらませたのだわ。いつかその人々の目にとまり、言葉を交わせるまでになれば、それもよそ者としてでなく、いちばん下級ではあれ事務局の同僚として話せるまでになれば、自分たちの家族のために大きなことができるような気がするとバルナバスは思ったのだ。しかし、まだそこまでにいっていないし、それに相手に近づくような、その何かをするってこと、つまりバルナバスはとっくに自分が、まだ若いけれど家族の不幸な事情から、家長といった責任をおびているって知っているのに、でも一歩を踏み出す勇気がない。それから最後のことを打ち明けるわ。一週間前、あなたはやってきた。わたしは貴紳荘で、誰かがそのことをしゃべっているのを聞いた。でも気にかけなかった。測量士がきたと言われても、それが何のことだかもわからなかった。でも、つぎの晩、バルナバスが、いつもより早くもどってきた——ふだんならきまった時刻に、わたしがいつも少し出て迎えるわ——部屋にアマーリアがいるのを見ると、わたしを通りにつれ出した。そしてわたしの肩に顔をのせて、しばらく泣いていた。昔の少年そのままだった。何かが起きた、それが彼には堪えられない。まるで目の前に突然、まるきり新しい世界がひらいて、その新しさにつきものの幸運や不運が背負いきれないみたい。何が起きたのかといえば、あなたに渡す手紙を一通、受け取ったこと。これはもちろん、最初の手紙ね。そもそも彼がもらった最初の仕事だった」

オルガが話を中断した。静まり返ったなかに、ときおり両親のゼイゼイいう息づかいが聞こえた。オルガの話につけ足すように、Kはごく軽い調子で言った。

「きみたちはわたしに対して偽っているね。バルナバスはその手紙を、まるで古くからの、仕事慣れした使者のようにして手渡したし、アマーリアと同様にきみも、つまりここではきみたちは一致していたわけだが、使者の仕事も手紙も、何かほんのついでのことのようにしていたよ」

「わたしたち二人は区別してね」

と、オルガが言った。

「バルナバスは二通の手紙によって、また幸せ者になったわ。自分の仕事にあいかわらず疑いはあったけれどね。それは自分とわたしだけのことにした。あなたには、使者があらわれるときはこうでなくては、と自分ながらに考えているとおりの格好で出ていけるようにつとめていた。だから、いまでこそ役所の服をもらえる希望が高くなったけど、あのときはわたしがほんの二時間でズボンを仕立て直して、役所の服のように、からだにぴったりの形にした。少なくともそっくりなようにね。この点、あなたの目なら簡単にごまかせたもの。それはバルナバスのこと。アマーリアはもともと使者の仕事を軽蔑していた。そしてバルナバスとわたしの様子や、そっとたがいにささやき交わしていることから、ほとんどうまくいっていないのを見てとって、前よりもっと軽蔑している。だからアマーリアはありのままを話している。あなたは疑っているけど、アマーリアは騙さないわ。わたしがときどき使者の仕事をおとしめたとしたら、それはわざとあなたを騙そうとしてではなくて、不安だからだわ。たとえ疑わしいしろものでも、バルナバスにゆだねられた二通の手紙は、三年このかた、わたしたちの家族が受けた最初の恩寵のしるしってものだった。これが転機であって偽りではないとすると――偽りのほうが転機より多いものだわ――この転機は、あなたがやってきたことと関係している。わたしたちの運命は、ある意味であなたしだいになった。この二つの手紙は、はじまりにすぎなくて、バルナバスの仕事はあなたにかかわる以上に、もっとひろがるかもしれない――望んでいいのなら、そうなってほしい――でも、さしあたりは、すべてあなたしだいだわ。あちらの城では、分かち与えられたもので満足しなくてはならないとしても、こちらの村では自分たちで何かできるのではないか。つまり、あなたの好意を確保する。あるいは嫌われないようにする。あるいは、これがいちばん大事なこと、わたしたちの力と経験にもとづいて、あなたを守る、あなたと城とのつながりが――これによってわたしたちが生きられるのだから――なくならないようにする。どうすれば、いちばんいいだろう？　まず、わたしたちがあなたに近づいても、あなたがわたしたちに疑惑を抱かないようにすること。あなたはここではよそ者であって、だからむろん、あらゆる面に疑いをもっている。当然のことだわ。さらにわたしたちは世間から軽蔑されており、あなたは世間的な意見を吹きこまれている。とりわけ、あなたのいいなずけからね。たとえまったく意図してのことでなくても、あなたのいいなずけと反対のことを言って、あなたの気を悪くしかねない。それをしないで、どのようにあなたの前に出るか。あなたたちが手にする前に伝達の中身はわたしが読んだけれど――バルナバスは読まなかった。使者として許されていないのね――ひと目でさして重要とは思えなかった。古びていたし、あなたを村長のもとへと指示するだけだった。おのずと重要でないことを示していた。ではこの上であなたに対し、どのように振舞えばいい？　重要さを強調すると、自分たちを怪しくしてしまう。あきらかに重要でないものを大げさに言うのだものね。この伝達をもたらして自分たちを高く売りつけようとする。あなたの目的でなく、わたしたちの目的を追求する。そうやることによって、あなたの目から見れば伝達そのものをおとしめ、心ならずもあなたを欺くことになる。しかし、この手紙にあまり価値を置かないとすると、同じように自分たちを怪しくしてしまう。だって、なぜわたしたちは、こんな意味もない手紙を渡すことに大わらわになっているのか、言うこととすることがちがうではないか。宛名人のあなただけでなく、これをゆだねた者までも欺くことにならないか。わざわざ重要ではないと断わりながら渡すようにと、ゆだねられたわけではないのだから。二つの極端のまん中を保つこと、手紙を正しく判定はできないことであっても、手紙自体がたえまなく価値をとり換える。あれこれ考えだすと、きりがない。きりをつけたのは、ほんの偶然のせいだった。意見もまた偶然のものだもの。あなたをめぐる不安がきざしてくると、すべてがごっちゃになる。わたしの言うことを、あまり厳密にとらないでね。たとえば一度あったわ、バルナバスがもどってきて、あなたがバルナバスの仕事ぶりに不満を言ったとか。バルナバスはショックを受けて、それに使者の傷つきやすさもあって、この仕事をやめると言い出したとき、そんなとき、わたしは失敗をとりもどすために、ごまかしもするし、嘘もつく、ペテンだってする。役立てば何だってする。でも、少なくとも自分の気持では、自分たちのためであると同時にあなたのためにしているのだと思っている」

ノックの音がした。オルガが戸口に走り、ドアを開いた。暗闇のなかにカンテラに照らされて人影が見えた。夜遅くの来訪者がささやき声でたずね、オルガがささやき返した。相手は納得せず、部屋に押し入ろうとした。押しとどめられないと思ったのだろう、オルガがアマーリアに声をかけた。両親の眠りをさまさないように、また来訪者を遠ざけるように知恵を貸してくれというのだ。すぐさまアマーリアが戸口に向かい、オルガを押しのけると外に出て、うしろ手でドアを閉めた。ほんの一瞬で終わった。すぐさまアマーリアは部屋にもどった。オルガが手こずったことを、即座にすませた。

そのあとKはオルガから、自分を訪ねてきた者だと知らされた。助手の一人が、フリーダの頼みでKを探している。オルガはKを助手から隠しておきたかった。ここを訪れていたと、あとでフリーダに告げるとしても、当人が告げたほうがいい。助手に見つけられてはならない。Kは同意した。しかし、ここで夜を過ごしてバルナバスの帰りを待つのはどうかとさそわれると、それは断わった。申し出自体はありがたかった。もう夜がふけていたし、自分の意志とかかわりなく、この家族と結ばれている気がしており、ある理由からはとんでもないとしても、そのむすびつきの気持に照らせば、ここに泊まるのが村中でいちばん自然なことに思われたからだが、しかし、やはり断わった。助手がやってきたことにギョッとした。Kの心を知っているフリーダや、自分を怖れているはずの助手が、力を貸し合っているのが腑に落ちない。助手を寄こすことをフリーダは厭わなかったのだ。しかも一人だけであって、もう一人はフリーダのそばにいることになる。Kはオルガに、鞭はないかとたずねた。鞭はなかったが柳の小枝があったので、オルガから受け取った。さらにKは、べつの戸口がないかとたずねた。中庭に面した出口があるが、通りに出るには隣家の庭の柵をのりこえ、庭をつっ切らなくてはならない。Kは、かまわないと言った。中庭から柵へ案内しながらオルガが心配を口にしたので、手短かにKは答え、さらに話し方に少し手練手管がまじっていたにせよ悪く思ってはいず、よく了解がいったことと、自分を信頼して打ち明けてくれたことへの感謝を述べ、バルナバスがもどってきたら、学校に帰りついたことを見計らって自分のところに寄こしてくれるようにたのんだ。夜ふけでもかまわない。バルナバスの伝言が唯一の希望というのではない。もしそうなら状況はひどい。しかし、それを決して拒みたくないし、大切にしたい。その際、オルガを忘れない。自分にとっては伝言よりもずっとオルガが大切であって、その勇気、思いやり、判断のよさ、家族への献身に心打たれた。オルガかアマーリアかと問われたら、選ぶのに迷わない。そういって固くオルガの手を握りしめ、ついで隣家の庭の柵を飛びこえた。

通りに出てくると、暗闇のなかに助手がまだ戸口でウロウロしているのがわかった。おりおり足をとめ、窓のカーテンごしに部屋をのぞきこもうとしている。Kが声をかけると、のぞきの現場を押さえられたことにさしてうろたえず、Kのもとへやってきた。

「誰を探している?」

Kは問いかけながら、腿にあてて柳の小枝のしなりぐあいをたしかめた。近づいてきた助手が言った。

「あなたです」

「きみは誰だ?」

不意にKが言った。助手とは思えなかったからだ。ずっと年をとり、疲れた男に見えた。皺だらけのくせにまん丸い顔をしている。助手が歩くときは、足取りはやく、関節が電気仕掛けのようだったが、いまはそんなふうではなく、ノロノロと、少し足をひきずっていて、病人じみている。

「わたしがわかりませんか?」

と、相手が言った。

「イェレミアスです、あなたの助手ですよ」

「そうかな?」

と、Kは言って、背中に隠した柳の枝を、もう一度たしかめた。

「まるで別人みたいじゃないか」

「ひとりだからです」

と、イェレミアスが答えた。

「ひとりだと、たのしい若さが消えてしまう」

「アルトゥーアはどうした?」

と、Kがたずねた。

「アルトゥーア?」

と、イェレミアスが問い返した。

「あのチビの可愛いやつ? とっととやめました。あなたは少し手ひどすぎましたからね。気が弱い者は我慢できませんよ。城にもどって、あなたのことを訴えています」

「おまえはどうなんだ?」

と、Kがたずねた。

「へこたれませんね」

と、イェレミアスが言った。

「アルトゥーアはわたしのことでも訴えています」

「何を訴えている?」

と、Kがたずねた。

「つまりですね」

と、イェレミアスが答えた。

「あなたが朴念仁だってこと。われわれが何をしたというのです? 少しふざけた、少し笑った、あなたのいいなずけを、ほんの少々からかった。それも全部、ことづかってきたことです。ガラーターから言われたとおりを――」

「ガラーター?」

と、Kがたずねた。

「ええ、ガラーターです」

と、イェレミアスが言った。

「あのころ、彼がクラムの代理をしていました。あなたのもとへ送るとき、ガラーターは言いましたよ――しっかり覚えています。任務ですからね――測量士の助手として行くのだ、と言いました。測量のことなど何も知らないと言うと、それは大したことじゃない、必要になれば、自分で何とかしろ。大切なのは、相手をたのしませること。報告によると、何だって深刻にとる男らしい。村に着いたところで、ほんとうは何でもないのに、当人には大きな出来事なので、そいつを気づかせろって言われました」

「すると、どうなんだ」

と、Kがたずねた。

「ガラーターの言ったとおりで、きみたちは任務を果たしたのか?」

「どうでしょうね」

と、イェレミアスが言った。

「わずかなあいだでは無理でしょう。あなたが荒っぽい人だってことはわかりました。そのことで苦情を申し立てています。ただの傭われ者で、それも城の者でもないくせに、どうしてわかろうとしないのですかね。これがとても厳しい任務であって、あなたのように、さらに厄介にしてしまうのは不当だし、得手勝手だし、ほとんど子供じみたことじゃありませんか。心ないしわざです。われわれを柵のところで凍りつかせたり、ひとこと言われて一日中ふさいでいるようなアルトゥーアに、マットの上で拳を振るったし、あの午後、雪の中でわたしをあちこち追いまわしたじゃないですか。ヘトヘトになって一時間は喘いでいました。わたしはもう若くないいんですよ!」

「わかった、イェレミアス」

と、Kが言った。

「みんな、きみの言うとおりだが、訴えるのならガラーターに言うがいい。ガラーターが自分から送って寄こしたのであって、こちらが頼んだわけじゃない。望んだのじゃないから、送りもどしてもいいだろう。力ずくではなく、おだやかにしたかったが、そうさせなかったのは、きみたちだ。どうしていま話したことを、やってきたとき、すぐに言わなかったのだ!」

「任務ですからね」

と、イェレミアスが言った。

「黙ってするのが当然です」

「じゃあ、いまはもう任務じゃないのか?」

と、Kがたずねた。

「任務じゃありません」

と、イェレミアスが言った。

「アルトゥーアが城で放棄を申し出ました。少なくともあなたとは、はっきり縁切りにする手続きの最中です」

「しかし、まだ任務を果たしているみたいに、わたしを探していたじゃないか」

と、Kが言った。

「ちがいます」

と、イェレミアスが言った。

「フリーダをなだめるために探していただけです。あなたがバルナバスのところの娘なんぞのために出かけたので、フリーダはとても悲しんだ。あなたがいないことではなく、あなたに裏切られたことにですね。フリーダは前からそれがわかっていて、それで苦しんでいましたね。あなたがまともな人間にもどったか、たしかめるために学校の窓からのぞいたら、あなたはいなくて、フリーダが教室の椅子にすわって泣いていました。それでわたしが近寄っていって、話がついたし、とっくに実行ずみですよ。わたしは貴紳荘の部屋づきの給仕です。少なくとも城でわたしの件の処理がつくまではですね。フリーダは酒場にもどりました。フリーダには、そのほうがいい。あなたの女房になるなんて、どうかしています。犠牲だけ強いて、その意味がわかってなかったのですからね。フリーダはやさしいから、あなたに悪いことが起きたのじゃないか、もしかするとまだバルナバスのところにいるかもしれないと気をもんでいました。あなたがどこにいるか、むろんはっきり知っていましたが、わたしは出かけてきました、これを機会にけりをつけようと思いましてね。あんなに気をもんだのだから、フリーダを安心して寝かせてやりたいじゃないですか。わたしだってそうしたい。それでやってきたら、案の定だ。あなただけでなく、娘たちが紐でゆわえたようにくっついている。とくにあの髪の黒いほうだ、ノラ猫め、しきりに粉をふりかけてやがる。蓼食う虫も好きずきだ。それに隣の庭を大まわりしてくることもなかったんだ。あの道ならよく知っていますよ」

21

とうとう起きてしまった。予想していたが、防ぐことができなかった。フリーダが去ったのだ。これっきりというのではない。それほどひどくはなかった。取りもどせるにちがいない。他人の影響を受けやすいのだ。そこへこの助手ときている。フリーダの立場を自分たちの立場と同じに考え、自分たちは縁が切れたのでフリーダもそそのかした。Kがもどりさえすればいい。フリーダの言ったことすべてを思い出させれば、後悔してもどってくる。オルガたちのおかげでいい結果が得られたことを述べれば、訪ねていったことにも納得するはずだ。あれこれそんなことを考えて自分を落ち着かせようとしたのだが、Kは落ち着けなかった。ついさきほどオルガに対して、フリーダをほめたたえたばかりなのだ。自分の唯一のよりどころとまで言った。そのよりどころが確かなものではなかった。Kから奪うのに力ある者の介入なども必要ではなかった。このしがない助手で足りた。おりおりは、生きてはいないのではないかと思わせたほどのしろものだ。

イェレミアスはすでに立ち去りかけていた。

「イェレミアス」

Kは声をかけて呼びもどした。

「正直に言うから、正直に答えてくれ。もう主人と召使の関係じゃない。きみはうれしいだろうが、こちらだってそうだ。だからもう、互いに嘘をつき合うことはない。念のためこの小枝を握ってきたが、きみの目の前でこの小枝を折っちまう。きみを怖れて裏道をとったのじゃない。びっくりさせて、こいつを振り廻してやろうと思ってね。悪くとらないでくれ。もう過ぎたことだ。役所から送りつけられた召使ではなく、単に知人だったら、きみの顔つきに多少ともひっかかるとしても、すんなりといったと思うよ。なおざりにしてきたことを、いまから取りもどそうじゃないか」

「そうですか？」

助手は、あくびをしながら目をしばたいた。

「もっとくわしく説明すればいいんだが、その暇がない。フリーダのところに行かなくちゃあ。可愛いのがお待ちかねでね。フリーダはまだ仕事についていない。主人を説得したのだ――たぶん、忘れるためだろう、フリーダはすぐにも仕事につきたがっていたが――それで少し余裕を与えてくれた。いっしょにいてやりたいじゃないか。いまの申し出だが、むろん、あなたに嘘をつく必要はない。しかし、打ち明ける必要もないんだね。あなたとは事情がちがう。任務でお仕えしていたときは、大切なおかただった。お人柄じゃなくて、任務のせいであることは言うまでもない。だからあなたの望むことは何だってしただろう。しかし、いまはどうだっていい。小枝を折ってみせたって、なんてことはない。ひどい主人をもってたもんだと思うだけだ。取りこもうったって、そうはいかない」

「話し方を聞いていると、信じきっているみたいじゃないか」

と、Kが言った。

「もう縁が切れて、怖れるものなんかないとだね。そうでもなかろうと思うよ。たぶん、まだ完全に縁が切れたわけじゃない。手続きはそんなに迅速にすすまない——」

「おりおりは即決だ」

イェレミアスが言い返した。

「おりおりは、そうだ」

Kが答えた。

「しかし、いまがそうだとはかぎらない。少なくとも、きみもわたしも決定の文書をもらっていない。ようやく手続きに入ったばかりだ。城とのつながりを利用して何をした覚えもないが、これからはしてみよう。となると、きみにとって不利な結果になることもある。きみはご主人に気に入られる努力をしなかった。小枝を折る必要はないかもしれない。フリーダを引っさらった。いたくご満悦のようだが、きみの人柄を高く買うとしても、またわたしなど、もはやきみの眼中にないとしても、ほんの二こと三こと、わたしがフリーダに声をかければ、たちどころに、きみが手なずけるのに使った嘘がばれてしまうだろう。嘘ずくめでフリーダを背かせたにちがいない」

「そんな脅しにはのりませんよ」

と、イェレミアスが言った。

「わたしを助手にもちたくなかったんだ。助手のわたしを恐がっていた。助手そのものを怖れていた。恐いもんだから人の好いアルトゥーアを殴ったんだ」

「そうかもしれない」

と、Kが言った。

「だから痛くもなかったかな？　同じ方法できみへの怖れも、もっとしばしば実地で示していたほうがよかったようだ。助手稼業がうれしくなかったのがわかったとなると、怖れには目をつぶっても、いやでも助手をつづけさせてみたいじゃないか。しかもこのたびはアルトゥーアなしで、おひとりときた。じっくりと目をかけさせてもらおうか」

「そんなことで恐がるとでも思っているのか？」

と、イェレミアスがたずねた。

「思っているとも」

Kが答えた。

「むろん、きみは少し怖れている。きみが利口者なら、うんと怖れていいところだ。どうしてさっさとフリーダのところへ行かないのだ？　好きなんだろう？」

「好き？」

と、イェレミアスが問い返した。

「やさしいし、頭がいい。クラムの愛人だった。だからどうあっても立派な女だ。あなたのもとから離れるようにしてくれと、何度もたのまれていたんだ。気持どおりにして、どうしていけない。それにあなたには、なんてこともないはずだ。バルナバスのとこで、いい目にあってきたんだからな」

「恐がっているのがよくわかる」

と、Kが言った。

「不安でたまらない。それで嘘でもって言いくるめようとする。フリーダが頼んだのは一つだけだ。盛りのついた犬みたいに助手がつきまとうから、追い払ってくれってこと。つい暇がなかったものだから、頼みどおりにしてやれなかった。いまになって手抜かりのツケがきた」

「測量士さん！　測量士さん！」

横道から呼び声がした。バルナバスだった。息を切らしてやってきたが、Kの前でお辞儀は忘れなかった。

「うまくいきました」

と、バルナバスが言った。

「何がうまくいったのだ？」

と、Kがたずねた。

「クラムへの請願を伝えたか？」

「それは駄目でした」

と、バルナバスが言った。

「努力したのですが無理でした。言われもしないのに中に入って、一日ずっと立っていました。立ち机のすぐそばへ寄っていきました。明かりを遮ったので書記に押しもどされるほどのところです。クラムが目を上げたとき、禁じられているのに挙手をしてみました。事務局にいちばん遅くまでいました。あそこの召使とだけになりました。クラムがもどってくるのを見てよろこんだのですが、わたしのためではなく、いそいで何かの本をたしかめたかっただけで、すぐにまた行ってしまいました。それでもその場を動かなかったので、召使に箒で追い出されてしまいました。以上、仕事ぶりに納得していただくために、すっかり申し上げました」

「骨を折ったのはわかったが、それがどうなんだ」

と、Kが言った。

「成果がなければ何にもならない」

「成果を上げました」

と、バルナバスが言った。

「わたしの事務局から出てきたとき――自分で勝手にわたしの事務局と呼んでいるのです――廊下の奥からひとりの人がゆっくりこちらにやってくるのを見たのです。ほかに誰もいませんでした。もうすっかり遅かったからです。その人を待っていることにしました。とどまっていられるチャンスができました。なろうことならずっといて、いい知らせを持って帰りたかったのです。待った甲斐がありました。エアランガーでした。ごぞんじありませんか? クラムに何人かの秘書がいますが、その一人です。弱々しい、小柄な人で、少し足をひきずっています。すぐにわたしをわかってくれました。記憶がいいのと、人をよく知っているので有名です。眉を寄せるだけで、誰だってすぐに見分けます。会ったことがなく、聞いたか、文書で読んだだけの者だってそうです。たとえばわたくしも、ろくすっぽ会ったことがなかったのです。誰だってすぐにわかるのに、はじめは自信なさそうにたずねるんです。《バルナバスじゃないかね?》と、わたしに言いました。それからまた、たずねました。《測量士を知ってやしないかね?》それから言いました。《ちょうどよかった。自分はこれから貴紳荘へ行く。測量士に来てもらおう。十五号室に泊まっている。すぐに来てもらおう。二、三の打ち合わせをするだけで、朝五時には城にもどる。ぜひとも話し合いたいと伝えるんだ》」

やにわにイェレミアスが走り出した。バルナバスは興奮していて、ほとんど気にとめていなかったので、Kにたずねた。

「イェレミアスは何をするつもりなんでしょう?」

「さきにエアランガーをつかまえたいのだ」

言うなりKは走りだし、追いすがってイェレミアスの腕をつかむと、すがりついた。

「急にフリーダに会いたくなったのか? こちらも同じだ。歩調を合わせて行くとしよう」

貴紳荘の前の暗がりに男たちが小さな群れになって突っ立っていた。手さげのランタンを持ったのが二、三人いて、少し顔の見分けがついた。Kが知っているのは一人だけで、駁者のゲルステッカーがいた。ゲルステッカーは挨拶のかわりに問いかけてきた。

「まだ村にいるのか?」

「ええ」

と、Kが答えた。

「ずっといるために来たのです」

「こちらの知ったこっちゃない」

言うなりゲルステッカーは咳きこんで、顔をそむけた。

みんなエアランガーを待っているのだ。エアランガーはすでに来ていたが、陳情者を迎えるに先立ち、モムスと打ち合わせをしている。中で待たせてもらえず、外のこんな雪の中に立っていなくてはならないのを、誰もが口々にこぼしていた。とびきり寒いというのではないが、しかしながら陳情者を夜中に何時間も建物の外に立たせているのは、心ないしわざだった。むろん、エアランガーのせいではなかった。彼はむしろ好意的であって、このことを知ったら、さぞかし機嫌を悪くしただろう。貴紳荘の女将のせいなのだ。病的なまでのきれい好きで、何人もにどっと入りこまれるのが我慢できない。

「どうしてもこうでなくてはならず、いっしょに来るというのね」

いつも女将は言うのだった。

「ならばお願いだから、一人ずつ順に入ってきてくださいな」

そんなわけで女将が強引に決めてしまった。はじめはただ、まずは廊下、ついで階段、つぎには玄関、最後に酒場で待機していたのが、とうとう通りに押し出されてしまった。それでも女将には十分ではない。当人の言いぐさだと、いつも自分の家が《とり巻かれている》のは承知できない。そもそも何のために陳情者がやってくるのか、彼女には理解できないのだ。あるとき、女将に問われて役人が答えた。

「正面階段を泥まみれにするためだね」

たぶん、不機嫌のせいで言ったまでだろうが、女将にはひらめくものがあって、何かあると、このセリフを引き合いに出す。ついては貴紳荘の前に陳情者用の待合所をつくるように持ちかけた。それは陳情者側の希望とも一致した。話し合いや尋問は貴紳荘の外でされるのが願わしいのだ。これに対しては役人たちが反対した。役人たちがまじめに反対を言い立てれば、さすがに女将も我を通せない。もっとも、ほかの問題では、無言のうちの、かつまた女に特有の執拗さで、一種の独裁を行使していた。しかし女将は今後とも貴紳荘での話し合いや尋問を我慢しなくてはならないだろう。というのは城の面々は、村に関する役所の業務のために貴紳荘を離れるのを承知しないからだ。彼らはいつも急いでおり、村にいるのは、まったくのところ、こころならずもであって、万《ばん》やむを得ないからいるまでのこと、それ以上に滞在する気持など毛頭なく、だから貴紳荘のためを思って文書類一切をかかえて出て、通りを渡り、しばらくべつの建物に移ってくれなどと言えたものではないのである。彼らはそんな暇はもち合わせていない。業務をこなすのに役人たちのいちばんお気に入りの場所は、酒場、あるいは自分の部屋である。なろうことなら食事中か寝入る前のベッドの中、あるいは早朝、起き出すのがおっくうで、もう少し横になっていたいようなときにやっつけてしまいたい。いっぽうで待合所を建てることの問題は、さしあたり願わしい解決に近づいているようだった。女将への手きびしい懲罰というもので――ついては少々、みんなのお笑い草になったものだが――まさに待合所設置の件につき多くの話し合いが必要であって、そのため当事者が来ないわけにいかないのだ。

待機中の人々のあいだで、そんなことが小声で言い交わされていた。エアランガーから真夜中に呼び出されたことについて不満はたっぷりあるだろうに、誰一人として不平をもらさない。Kがそのことをたずねると、それについてはむしろエアランガーに感謝しなくてはならない旨の返答があった。そもそも村へ出張《でば》ってくるということが、彼の善意ならびに高度な役人倫理を示しており、しようと思えば――むしろこちらがより法規に合っていると思うが――秘書をよこして、書類を受け取らせることができる。しかしエアランガーはたいていの場合、それはしないで、自分の目と耳でことをすすめようとし、そのため夜を犠牲にしている。職務表のなかに村への出張時間が入っていないからだ。Kが反論した。クラムでさえ昼間に村へやってきて、しかも何日か滞在する。秘書にすぎないエアランガーは、それほどいつも城にいなくてはならない人物だろうか？　何人かが同意するように笑った。ほかの者たちは、うろたえたように黙りこんだ。黙りこんだのがずっと多く、返答がなかった。一人だけが口ごもりながら、むろんクラムは城でも村でも欠かせないと言った。

入口の戸が開いて、ランプをもった二人の召使にはさまれ、モムスが現われた。

「エアランガー秘書官殿のお許しが出た」

と、モムスが言った。

「まずゲルステッカーとKだ、二人はここにいるか？」

二人が名乗り出た。イェレミアスがひと声あげて割りこんだ。

「ここの部屋づきの給仕です」

モムスがニヤリと笑って肩をたたいた。両名が中に消えた。

「イェレミアスには、もっと気をつけなくちゃあならないだろうな」

と、Kはつぶやいた。とともにイェレミアスよりもアルトゥーアのほうが厄介なことを思っていた。城で何やら画策しているのだ。勝手にうろつかせるよりも、手のかかる助手として辛抱していたほうが利口だったのではあるまいか。謀らみにはたけているようで、目を離すと何をしでかすかわからない。

モムスのそばを通りすぎようとすると、いまはじめて測量士だと気がついたようなふりをした。

「そう、測量士さんでしたね！」

と、モムスは言った。

「あんなに尋問を嫌っていたのに、このたびは押しかけてきた。あのときわたしとすませていたほうが簡単だったと思いますよ。まあ、正しい尋問を選びとるのはむずかしいものですが」

声に応じてKが立ちどまろうとすると、モムスがせき立てた。

「さあ、行った、行った！　あのときは返答してほしかったが、いまはいらない」

モムスのしぐさにカッとしてKが答えた。

「きみたちは自分のことしか考えていない。役所のためだけなら答えない。あのときも、いまもそうだ」

モムスが言った。

「誰のことを考えろと言うのです？　ほかにここに誰がいる？　さあ、行った！」

玄関に一人の召使が待っていた。Kが知っている中庭を抜け、つぎのドアを入ると天井の低い廊下に出た。通路も少し低くなっていく。上の階は高官用で、秘書たちは下の階のようだった。エアランガーは秘書官のなかの大物であれ、下の階にいた。召使がランタンを消した。明るい電燈がともっているからだ。こちらはすべて小づくりで、手ぎわよくできていた。空間がくまなく使ってある。廊下は立って歩けるぎりぎりの狭さで、両側にドアがずらりと並んでいた。壁と天井に隙間があるのは、おそらく通気のせいだろう。地下室のような通路のつくりからして、部屋にはきっと窓がない。隙間があるせいで通路でも部屋でも落ち着けない。多くの部屋には人がいるらしく、そしてたいていはまだ起きていて、声が聞こえ、槌をたたく音、グラスのふれ合う音がした。しかし、とりたてて陽気な感じはしなかった。低い声で、ほとんど聞きとれない。おしゃべりではないようで、口述をしているか、あるいは朗読している。ガラスや皿の音がする部屋からは、人の声は聞こえない。槌音から思い出したのだが、どこかで聞いた覚えがある、役人たちは日ごろの精神的緊張から回復するために、ときおり指物とか機械いじりといったことに励むそうだ。通路そのものにはひとけがなく、ただ一つのドアの前に蒼白い顔色の、痩せた、背の高い男が毛皮を着こんで椅子にすわっていた。夜着がのぞいているところをみると、部屋が息苦しくなったので抜け出してきたのだ。新聞をひろげていたが読むでもなく、あくびをしながら何度も目を上げた。前かがみになり、廊下を見やっている。呼び出しをかけた陳情者がまだ来ないらしい。そばを通りすぎたとき、ゲルステッカーに向かって召使が耳打ちした。

「ピンツガウアーですよ！」

ゲルステッカーがうなずいた。

「ひさしく村に来なかった」

と、ゲルステッカーが言った。

「ほんとに長いこと来なかった」

と、召使が言った。

やっと一つのドアの前に来た。ほかのドアと変わらないが、召使の話だと、エアランガーの部屋だった。召使がKに肩車をさせて、上の隙間からのぞきこんだ。

「横になっている」

肩から下りながら召使が言った。

「ベッドの上で、服を着たままだが、たぶん、うたた寝をしている。村に下りてくると生活がまるでちがうので、よくあることです、急に疲れを覚える。こうなると待っていなくちゃあならない。目を覚ますと呼び鈴で合図をする。村にきてずっと眠りっぱなしで、目が覚めるとすぐに城へもどったこともある。ここの仕事は義務ではないんです」

「このままずっと寝ていてくれるといいのだが」

と、ゲルステッカーが言った。

「目を覚まして、まだ少し仕事の時間があると、眠ってしまった自分に腹が立って、全部を大急ぎですまそうとする。ほとんど話す時間がない」

「こちらは建築のための運送許可のことでしたね?」

召使がたずねた。ゲルステッカーはうなずき、召使をわきへひっぱって、ひそひそと話しかけたが、召使はほとんど聞いていなかった。頭ぶん以上に背が高いので、ゲルステッカーの肩ごしに前を見つめ、まじめ顔で、ゆっくりと髪を撫でつけていた。

22

なにげなく辺りを見廻していて、Kはずっと向こうの通路の曲がり角にフリーダを見つけた。Kとはわからないようで、ただじっとこちらを見つめている。空の食器をのせた盆を手にもっていた。すぐにもどってくると、召使に声をかけたが、相手はまるきり注意していない——話しかければ話しかけるほど、心ここにあらざるといったぐあいなのだ——Kはフリーダのもとへ走っていった。そばまでくると、まるで自分の持ち物に手をのばすようにフリーダの肩をつかんだ。さらに二、三の意味のない問いをあびせかけ、そのかたわら、うかがうように相手の目を求めた。しかし、フリーダはこわばった姿勢のまま、ぼんやりと盆の上の食器を置き直したりしている。それから口をひらいた。

「わたしに、どうしてほしいの？　あのほら——どんな一家だか、もうあなたは知ってる——あの人たちのところからもどってきた。顔を見るとわかるわ」

Kはいそいで話をそらした。この切り出しはまずいのだ。いちばんひどい、Kにとって不都合きわまることからはじめるわけにはいかない。

「きみは酒場にいるものと思っていた」

と、Kは言った。フリーダは驚いた目つきでKをしげしげと見た。それから空いているほうの手でそっとKの額と頰にふれた。まるでKの顔を忘れたので、もういちど思い出そうとしているようだった。努力して思い出そうとしている人に特有のとりとめのない表情だった。

「また酒場に採ってもらった」

自分の話すことは大したことではないかの口調で、フリーダがゆっくりと答えた。しかし、言葉にならないところでKと対話しており、そのほうが重要というものだ。

「こちらの仕事はわたしに向いてない。これは誰だってできる。ベッドをつくってニッコリしたり、客の注文をいやがらないどころか、わざと誘ったりするのは女中にもできる。酒場は少しべつだわ。あのとき、あまりいいやめ方をしなかったのに、すぐにまた酒場に採用された。もちろん、いまは引き立てがついている。引き立てがあると、わたしを採用するのに名目ができて、よけい楽だから、主人はよろこんでいたわ。元の仕事につくようにせがんだほどだった。酒場とのかかわりを思い出せば、あなたにもわかるでしょう。最後には、わたし、承知したわ。ここではいま、手伝っているだけ。こんなにすぐに酒場をクビになるのはみっともないって、ペピーが頼んできた。顔を立ててやらなくちゃあね。骨身をおしまず働いていたから、だからあの子のために一日のばした」

「結構だ」

と、Kが言った。

「でも、わたしのために酒場を出たのじゃなかったかな。だのに結婚式をまぢかに控えて、もういちどもどろうというの?」

「結婚式などないわ」

と、フリーダが言った。

「わたしが裏切ったから？」

と、Kがたずねた。フリーダがうなずいた。

「フリーダ、考えてごらん」

と、Kが言った。

「この見かけ上の裏切りのことは、もう何度も話したじゃないか。きみはいつも最後には、まちがって疑っていたことに気がついたはずだよ。わたしの側は、あれから何も変わっていない。疚《やま》しいことは何もない。以前どおりだし、あり得ようはずがない。とすると、きみの側に変化があった。誰かに何か吹きこまれたか、そういったたぐいのことだ。いずれにしても、きみが不当なことをしているよ。だってあの二人の娘のことだけど、ひとりのほう、色の黒いほう——こんなふうに、こまかく言いわけしなくちゃあならないなんて、恥ずかしいぐらいだけど、きみが要求するからね——あの娘は、つまり、きみに劣らず困った女だ。なんとか離れていられれば、それにこしたことはないし、それもたやすいことだ。あんなにつつしみ深いのもいないからね」

「そうでしょうとも」

フリーダが叫ぶように言った。当人の意志に反して言葉がとび出したぐあいだ。フリーダの気持がそれて、Kはホッとした。こちらに乗ってきたからだ。

「つつしみ深いだなんて。あの恥知らずを、つつしみ深いと言うのね。そう思うのね、とんでもないことだけど、わざとじゃない、正直なところだ、わたしにはわかる。橋亭の女将があなたのことを言ってたわ、我慢ならないけど、見捨てもできない。まだろくに歩けないのに、前へ進みたがって、よろついているチビっ子を見ているようなもので、つい手を出したくなるって」

「それは正しい見方かもしれないよ」

ほほえみながらKが言った。

「つつしみ深いか、恥知らずか、わきにのけておくとしよう。べつに何も知りたくない」

「どうしてつつしみ深いと言ったの？」

フリーダはゆずらなかった。Kはそれをいいしるしと考えた。

「ためしてみたわけなの、それとも、ほかの人にあてつけたの？」

「どちらでもない」

と、Kが言った。

「感謝の気持からそう呼ぶんだ。自分で目立つまいとしているし、話したくても来てくれとは言わないからだ。それはこちらには大きな損失ってものなんだ。なぜって、きみの知っているとおり、われわれの未来のためにも出かけていかなくてはならない。そのために、もう一人の娘とも話さなくちゃあならない。働き者で、よく気がついて、献身的だ。イロじかけなんて誰にも言えないよ」

「召使たちはそうは言わないと思うわ」

と、フリーダが言った。

「これやあれやの意見はともかくとしてだ」

と、Kが言った。

「召使どもの欲望と同じ理由から、わたしが裏切ったと言うの？」

フリーダは黙りこんだ。その手からKが盆を取り上げ、下に置いても何も言わなかった。Kはフリーダの腕をとって、狭いところをゆっくりと往ったり来たりしはじめた。

「誠実ってことがどういうものか、あなたは知らないんだわ」

ぴったりくっつくのに少しさからいながら、フリーダが言った。

「あの女たちとどうしていたかは大事なことじゃない。あの一家のところへ出かけて、もどってきた、あそこの匂いを服につけているってことが、わたしには我慢できない恥辱だわ。それにあなたは何も言わずに学校をとび出していった。夜遅くまであそこにいた。あなたを探しにやった者に娘を使ってシラを切らせた。ニベもなくいないと言った。とりわけつつしみ深いとかの娘は遠慮会釈なしにシラを切った。あなたは裏口からそっと抜け出た。あの女たちを庇うためでしょう、あの娘どもを庇うなんて！　こんな話、これ以上はごめんだわ！」

「そのことはやめていい」

と、Kが言った。

「フリーダ、べつのことだ。そのことについては話すこともない。どうしてあそこに出かけなくてはならなかったか、きみは知っている。たやすくはないが、やってみよう。ことさら手こずらせないでくれ。ちょっと行ってバルナバスのことをたずねるつもりだった。大事な知らせを持って帰っているはずだったからね。ところがまだもどっていなかった。まもなくもどるって言われた。たしかにそのはずだった。学校のほうへ来させるようにとは言えなかった。バルナバスが来るのを、きみはいやがるからね。待っていたが、やはりもどってこなかった。代わりにイヤなやつがきた。嗅ぎまわったりされたくなかったから、裏の庭を通ったけど、逃げ隠れするつもりはなかった。だから通りに出てから、やつにまっすぐ近づいた。いまだから言うけど、柳の枝をもっていた。それだけだ。ほかに言うほどのことは何もない。ほかのことなら言いたいことがある。助手たちとのことはどうなんだ？　あの一家のことにふれるのは、きみにとって不愉快なように、わたしにとっては助手たちのことがそうなんだ。同じようなかかわり方なんだ。あの家族をきみがイヤがっているのはわかる。よくわかる。用があるから訪ねたまでだ。不当にもあの家族を利用しているような疚しさがあるほどだ。きみと助手どもはどうなんだ。二人がきみにつきまとっていることを、きみは否定しなかった。二人が気になる、なんてことも打ち明けた。だからって怒ったりしなかったよ、きみにはどうにもならない力が働いているとわかったからだ。きみが少なくとも抵抗してくれたのがうれしかった。きみを守る手助けをしていた。ほんの数時間、目を離しただけだ。きみの心を信じていたからね。きみが戸をピッタリ閉めていて、助手たちがきれいさっぱり退散したと思っていたからね──ついやつらを軽くみる、これがいけなかった──ほんの数時間、目を離したすきに、イェレミアスが、あの虫くいの、老《ふ》けた野郎が厚かましくも窓辺にすり寄った。ただそれだけで、フリーダ、きみに捨てられた。会ったとたんに《結婚式なんてないわ》のご挨拶を聞かなくちゃあならない。非難してもいいところだが、それはしない、いまのところはしない」

フリーダの気持をもう少しそらせておくのがいいように思ったので、何か食べ物を持ってきてくれるようにたのんだ。お昼のあと何も口にしていなかった。フリーダはあきらかにホッとしたようで、うなずくなり、調理場のありそうな通路の奥ではなく、わきの階段を下りていった。まもなくハムやソーセージの薄切りと、ワインを一瓶持ってきた。おそらく誰かの食べのこしで、わからないようにそそくさと並べかえたのだ。ソーセージの皮が置き忘れたままで、ワインは飲みのこしだった。しかしKは何も言わず、ガツガツと口に運んだ。

「調理場にいたの?」

と、Kがたずねた。

「ちがう。自分の部屋」

と、フリーダが答えた。

「ここの下に部屋をもらっている」

「そこがいいんだが」

と、Kが言った。

「下に降りれば、すわって食べられる」

「椅子をもってくるわ」

フリーダが行きかけた。

「いい」

Kが押しとどめた。

「下へは行かないし、椅子もいらない」

フリーダは抵抗しながら、つかまれるままになっていた。頭を伏せて、唇を噛んだ。

「たしかにあの人が下にいるわ」

と、フリーダが言った。

「あなたもそう思っていたのね？　わたしのベッドで寝ている。風邪をひいて、ふるえている。ほとんど食べないわ。はっきり言って、みんなあなたのせいだわ。助手たちを追い出さなかったら、あの女たちのところへ駆け出していかなかったら、いまごろはやすらかに二人で学校にいられた。わたしたちの幸せをあなたが壊した。イェレミアスが職務中だというのに、わたしに言い寄ろうとしたなんて、ほんとに思っているの？　とすると、ここのことが少しもわかっていないわ。イェレミアスはわたしがほしくて、苦しみながら、つけ狙っていた。でも、それは、そうしていただけ。お腹をすかせた犬がうろうろしていても、決して食卓にとびついてこないのと同じ。それにわたしもそうだった。彼に惹かれた。イェレミアスは子供のころからの遊び仲間――城山の斜面でいっしょに遊んだわ。あのころはよかったわ、あなたはいちども、わたしの過去をたずねなかった――でも、そういったことは、イェレミアスが任務についているかぎり、どうってことはない。あなたの将来の妻として、わたし、守るべきことを知っている。それからあなたは助手たちを追い出した。わたしのためにしたように誇っていた。ある点ではそうだったわ。アルトゥーアは、あなたの思いどおりになったわ、さしあたりのことだけど。アルトゥーアは気が弱い。イェレミアスのような、困難を怖れない情熱はもっていない。それにあなたはあの夜、拳を振るって殴りつけた――わたしたちの幸せに殴りつけたことでもあるわ――アルトゥーアは城へ逃げて、訴えた。まもなくこちらに来るけど、いまはいない。イェレミアスはずっといたわ。仕事のときは主人のまばたきにもビクビクしているけど、仕事を離れると恐いものなしだ。やってきて、わたしを奪った。あなたに去られ、わたしは幼なじみのものになった。どうしようがあるの。戸口は開かなかった。イェレミアスは窓を壊して、わたしを引きずり出した。それからこちらにやってきた。主人はイェレミアスを買っている。客にとっても、とても有能な部屋づきの給仕だわ。それでわたしたちは傭われた。イェレミアスがわたしのところにいるのじゃなくて、わたしたちがいっしょの部屋をもっている」

「そういうことだとしても」

と、Kが言った。

「助手たちを追い出したことを後悔していない。きみが述べたような事情だったとしたら、きみの誠実さは助手たちの職務に守られていただけで、それが解かれると終わりをみた。猛獣のただなかの二人の幸せは、鞭の威嚇があってのことで、大したものではなかったわけだ。とすると、あの一家に感謝しなくてはならない。われわれの仲を分けるために、それと知らずに働いてくれた」

二人は黙ったまま、どちらからともなくまた寄りそって、行きつ戻りつした。寄りそってもKが腕をかさないのが、フリーダには不満らしかった。

「まるく収まったということだ」

と、Kが口をひらいた。

「別れられる。きみはイェレミアス旦那のところへ行く。たぶん、校庭でひいた風邪が治らず、それできみは、ひとりゆっくり休ませてやったのだろう。こちらは学校だ。いや、きみがいないとなると、あそこはかかわりがない。受け入れてくれるところなら、どこでもいい。だのにぐずぐずしているのは、きみが話したことを少しばかり疑うだけのちゃんとした理由があるからだ。というのはイェレミアスについては、わたしには反対の印象があるんだね。任務についていたあいだは、きみのうしろにいた。任務中だからといって、きみを襲うのをこれからもずっとつつしんでいられたとは思わないね。任務を解かれたと思っている現在は、事情がちがうのではないのかな。こんなことを言って申しわけないが、きみがもはやご主人さまのいいなずけではなくなってから、きみはもう以前のようには惹きつけないんだ。きみは幼なじみの女の子かもしれないが、イェレミアスは――今夜、ほんの少し話しただけの仲だが――あえて言わしてもらうと、そういった感情的なことは、あまり感じていない男じゃないのかな。どうしてあの男がきみには情熱的な性格に見えるのかわからない。考え方は、きわめて冷たいような気がする。わたしに関して彼はガラーターから、何かわたしには不都合な用向きを言われていて、それを実行しようと頑張っていた。その種の職務の情熱は認めるとしよう――ここでは珍しいものではないとしてもだ――実践の一つとして、われわれの関係をぶっ壊した。たぶん、いろんな方法でやってみたのだ。その一つが、鼻を鳴らしてきみのお尻を追いかけまわすことだったし、べつの一つは、この点、女将が支援したようなもんだが、わたしの裏切りを言いふらすことだった。まんまと成功した。クラムへの記憶がからんでいて、それも働いただろう。職務は失ったが、もはや必要としないときのこと、まさにそのときに収穫を刈りとって、きみを学校の窓から引きずり出した。しかし、このときに仕事も終わったというもので、任務の情熱を失って、疲れたんだ。むしろアルトゥーアのようにしたかったのではないか。アルトゥーアは訴えたりしないで、仕事ぶりを言い立て、新しい任務にありつくと思うね。事後処理をしなくてはならないのが残るはめになった。きみの面倒をみるのは重い義務ってものだ。まるきりきみを愛してなどいない。それをわたしに打ち明けたよ。クラムの愛人だった女として、もちろんきみを敬うし、きみの部屋に居ついて、そのうち小クラムのように感じだすのは、当人には気に入るだろうが、要するにそれだけのことだ。きみ自体はイェレミアスにとって何でもない。きみをここに入れたのは、主だった任務のつけたしであって、きみを不安がらせないために自分も残った。しかし、当座のことだ。城からの知らせがくるまで、風邪が全快するまでのことじゃないのかな」

「なんてひどい中傷するの！」

と、フリーダは言うなり、小さな拳を打ち合わせた。

「中傷だって？」

と、Ｋがたずねた。

「ちがう。中傷した覚えはない。しかし、もしかすると不正を犯しているかもしれない。それはむろん、あり得る。イェレミアスについて述べたことは、上っつらだけのことではない。ほかの意味もある。でも、中傷だって？　中傷するとすれば、イェレミアスに対するきみの愛に水を差すって目的がなくちゃならない。それが必要であって、それが打ってつけの手段なら、中傷するにやぶさかではない。だからって誰にもとやかくは言わせない。彼は任命者を通して、わたしに対する先入見を抱いてきた。いっぽう、こちらは自分ひとりきり、だから多少の中傷は許されようとも。どちらかというと罪のない、つまるところは無力な防御手段なんだからね。拳は下ろすんだ」

そう言ってＫはフリーダの手を自分の手につつみこんだ。フリーダは手を引き抜こうとしたが、笑いかけており、真剣に力をこめてではなかった。

「中傷する必要などないんだ」

と、Kが言った。

「だってきみは彼を愛していない、ただそう思いこんでいるだけで、きみを錯覚から目覚めさせたら、きみは感謝するはずだ。そうなんだな、誰かがきみをひっさらうとしたら、暴力じゃなくて、なるたけ慎重に計算してだね、そのときは二人の助手を通してやるにちがいない。見たところ善良で、子供っぽくて、陽気で、おっちょこちょいで、高いところから、つまりは城から吹き寄せられてきた青二才だ。ほんの少し幼いころの思い出をともにしている。すべてが愛すべき思い出ときている。とりわけこちらが、すべてその逆のものであれば、よけいにそうだ。きみにはわけのわからないことを、ずっと追っかけている。それはきみには、ただ腹立たしいしろものだ。きみには憎らしい連中に近づき、おかげでこちらのせいじゃないのにへんなことがかぶさってくる。われわれの関係の欠けたところが、ことごとく利用された。どの関係にも弱いところがあるもので、われわれも同様だ。それぞれがまるでべつの世界から来ていて、知り合ってからは、それぞれの生活がまるきりべつの道についた。自信がない。まったく新しいんだものね。自分のことを言ってるのじゃない。それは重要じゃない。自分のほうはずっと恵まれてきた。きみが目を向けてくれてからだね。好意を受けとるのに慣れるのは、むずかしいことじゃない。きみはといえば、ほかのことはべつにしても、クラムから引き裂かれた。それがどれほどのことか判断がつかないが、いまは予測はつくまでにはなった。人間はふらつくし、ちゃんとしていられないものだ。いつもきみを迎える気持でいても、いつも居合わせていられるわけでなく、居合わせていなければ、きみは夢にすがろうとした。あるいは、もっと生ぐさいものだね、たとえば女将がそうだ——つまり、きみがわたしから目を離して、半ばはっきりしないものに憬れている時間があった。可哀そうに、と思うよ。そういう時間に、きみの目の向いたところへ誰かが立ち現われさえすればよかった。そこに心を奪われていった。錯覚に陥った。ほんのつかのまのもの、まぼろし、幼いころの記憶、しょせんは過ぎてしまったもの、またつねに過ぎていくかつての生活、それが自分のほんとうの生活のように思ってしまった。まちがいなんだ、フリーダ、われわれがやっと一つになる前の最後の坂なんだ。それもちゃんと見ればバカバカしいしろものだ。しっかりしろ、目を覚ませ、クラムが助手たちを送ったのだと考えていたとしても――そんなことはない。ガラーターが送ってきた――錯覚を利用して、彼らがきみをいいようにしたとしても、彼らの汚なさ、いやらしさにクラムの影を見たように思っても、ゴミのなかに、以前なくした宝石を見つけるようなもので、ほんとうは見つかりはしないんだ。たとえそこにあるような気がしても――つまるところは厩舎の召使と似たりよったりの若造だ。それも召使のように、たくましくない、ちょっぴり冷たい空気にふれると、すぐに風邪をひいてベッドにころげこんでくる。ベッドばかりは召使同様の抜け目なさで見つけるんだね」

フリーダは顔をKの肩にのせていた。たがいに腕を組みかわし、黙ったまま行きつ戻りつした。

「もしあの夜、村を出ていたら」

フリーダが口をひらいた。ゆっくりと、しずかに、ほとんど軽い調子で言った。Kの肩に安らうのは、ほんのつかのまであることを知っているかのようで、それを最後まで味わいたいとでもいうぐあいだった。

「そうしたら、わたしたち、どこかで安心していられた。いつもいっしょで、あなたの手は、すぐに握れるところにある。あなたがそばにいなくてはならない。あなたを知って以来、あなたがいないと、どんなにさびしい思いでいたかしら。いいこと、信じて。あなたがそばにいる、それはわたしが見られるただ一つの夢、ほかにないわ」

このとき、わきの通路で叫ぶ声がした。イェレミアスだった。階段のいちばん下に立っていた。下着姿にフリーダのショールを巻きつけていた。髪は乱れ、細いひげは雨にぬれたようで、目をショボつかせ、哀願するようでもあれば非難しているようでもあり、黒ずんだ頰に赤味がさしていたが、肉が削げ落ちたみたいで、はだしの足をふるわせ、それにつれてショールの長いはしがつられてふるえており、まるで病院から逃げ出してきた病人そっくりで、何をおいてもベッドにつれもどさずにいられない。フリーダもそう思ったらしく、Kから身をひるがえすと、すぐに駆け下りた。フリーダがそばにきて、ショールをきちんと巻きつけ、手早く部屋へせきたてると、それだけでイェレミアスは少し元気づいた。やっといまKに気づいたようだった。

「ああ、測量士さんだ」

と、声を出した。話をさせまいとするフリーダをなだめるように、イェレミアスがその頰を撫でた。

「お邪魔してすみません。調子がよくないので、お許しください。熱があるらしい。お茶を飲んで、汗をかくといいんです。校庭のあの忌々しい柵のせいでね、それに風邪をひいたまま、夜中に駆けずりまわった。自分で気づかないうちに、つまらないことに健康を犠牲にしている。測量士さんは遠慮なしに部屋に入ってください。病気見舞ですね、おっしゃりたいことがあれば、フリーダにおっしゃってください。二人でずっといて、二人であれこれしていたのが、離ればなれになるとなれば、最後のときにも話したいことがあるものです。こちらはベッドのなかでお茶を待っているだけで、口をはさみません。どうぞ、お入りください。わたしはおとなしくしています」

「もういいの」

と、フリーダが言って、腕を引っぱった。

「熱のせいで何を言っているのか、自分でもわかっていない。あなた、来てはいけないわ。おねがい、わたしとイェレミアスの部屋、むしろただわたしだけの部屋、いっしょに入ってもらいますまい。わたしを追いかけても無駄、どうして追いかけるの。二度とあなたのところにはもどらない。そのことを思っただけでゾッとする。あの娘たちのところに行くといい。下着だけでストーブのところに寄りそってすわっているというわ。誰かがあなたをつれに行くと、ガミガミ言って追い返すって。あなたがそんなに惹かれるのは、あそこが合っているからだ。ずっとこちらにとどめようとしたけど、うまくいかなかった。ひきとめていたのも、もうすんだこと。あなたは自由、すてきな生活が待っている。娘のひとりについては召使たちと取りっこしなくてはならないけど、もうひとりは安心ね、あなたの邪魔立てする者など、天にも地にもいない。結ばれて、早々と祝福を受けている。反対しないでね。あなたは何だって言い返す。でも、つまるところ、何が反駁されたのでもない。そうね、イェレミアス、この人、何だって言い返したわ！」

「でもね」

二人はともにうなずき合い、笑みを交わした。

と、フリーダが言葉をつづけた。

「何だって言い返して、何を手にしたのかしら。それがどうしたの？　あちらの家でどうなろうと、まるきりあの連中や、この人は、わたしのかまうことじゃない。わたしのかまうのは、あなたの世話をして、もういちど元気にすること。わたしのせいでKにいじめられるまで、あんなに元気だったあのころにもどすことね」

「ほんとうにお入りにならないのですか、測量士さん?」

イェレミアスが声をかけた。フリーダはKを振り返りもせず、イェレミアスを引っぱっていった。下に小さなドアがあった。こちらの廊下のドアよりもさらに背が低く、イェレミアスだけでなくフリーダも入るとき、腰をかがめなくてはならなかった。なかは明るく、暖かそうだった。なおしばらく、ささやきが聞こえた。たぶん、イェレミアスをやさしく説きふせてベッドに寝かせているのだろう。ついでドアが閉まった。

23

このときようやく、Kは気がついた。廊下が静まり返っていた。フリーダとともにいたところ、そして使用人の部屋らしいあたりだけではなく、さきほどまで活気づいていた部屋の並ぶ長い廊下全体がしんとしている。城からの者たちが、やっと眠りについたのだろう。Kもまた綿のように疲れていた。たぶん、そのせいでイェレミアスに対し、当然すべき抵抗をしなかった。イェレミアスに倣っていたほうが賢明だったのではあるまいか。あきらかに彼は風邪を誇張していた——大げさに言い立てるのは風邪のせいではなく生まれつきであって、お茶を飲んでもなおるまい——あのイェレミアスの手本どおりに疲労困憊ぶりを見せつけて、廊下に倒れこむ。実際、それはここちよいことだろう。少しまどろみ、そのあと少々の世話を受ける。おそらくイェレミアスのように、好都合にはいかなかっただろう。同情をひく競争では、やつがはっきりと勝利を収めた。おそらく当然の勝利であって、ほかの戦いでもこちらの旗色が悪いのだ。Kは非常に疲れていたので、目の前の部屋のどれかに入りこもうかと考えた。きっといくつかは空いており、きれいなベッドでぐっすり休めるのだ。多くのことに対するお返しというものだ。寝入る前の飲み物もある。フリーダが床に置いていった食器盆にはラム酒の小瓶がのっていたはずだ。Kはノロノロとした足どりで引き返して、小瓶をすっかり飲みほした。

力がもどったように思った。少なくともエアランガーの前に出るには十分だ。そのエアランガーの部屋のドアを探したが、もはや召使もゲルステッカーも姿が見えず、どのドアも同じなので見分けがつかない。通路のどのあたりだったか、なんとか思い返しながら、おおよそ目星をつけたドアを開けてみることにした。危ういやり方ではないだろう。それがエアランガーの部屋であれば、そのまま迎えてくれる。ちがっていたら謝るまでであって、つぎに行けばいい。大いにあり得ることだが相手がすでに眠っていれば、気づかれずにすむ。まずいのはむしろ空っぽの場合であって、そうなるとすぐさまベッドに入りこみ、いやも応もなく眠りこけるにちがいない。Kはもういちど廊下にそって左右を見廻した。誰かが来れば教えてくれる、よけいなことはしなくていい。だが長い廊下は静まり返ったままで、ひとけがなかった。ついでKはドアの前で耳をそば立てた。何の音もしない。軽くノックをした。眠っている人が目を覚まさない程度に抑えた。反応がないので、そっとドアを押したところ、小さな叫び声がした。小部屋で、幅のあるベッドが半ば以上を占めていた。小卓の上にスタンドの明かりがともっていて、かたわらに旅行鞄が置かれていた。ベッドの人は毛布にすっぽりつつまれたまま、もぞもぞと動いていた。ついで毛布とシーツのすきまからささやいた。

「誰だね？」

問われたからには、そのままにできない。Kはモッコリとしたベッドを不満げに見つめていた。残念ながら空っぽではなかったのだ。それから問われたのを思い出したので、名前を言った。いい効果があったようだ。ベッドの男は毛布を少し顔から引き下ろした。へんなものが目に入ったら、すぐにまたひっかぶるつもりのように、こわごわとした手つきだった。それから一気に毛布をはねのけて起き上がった。エアランガーではなかった。小柄で、見ばえのいい人物だが、顔そのものがある種の矛盾を含んでいるようだった。頬は子供のようにふっくらしていて、目も子供っぽくクリクリしているが、額が広く、鼻が尖っていて、口が小さく、唇はせわしなく動いている。それにほとんど顎がない感じで、それは子供とは逆の、すぐれた思考力といったものをのぞかせている。とともに満ち足りた感じがあって、自分にすっかり安住したところが健康な子供の雰囲気をたぶんにつたえていた。

「フリードリヒをごぞんじか?」

と、男がたずねた。Kは首を振った。

「しかし、彼はあなたを知っている」

ほほえみながら相手が言った。Kはうなずいた。自分を知っている人にこと欠かない。わが行く道の主な障害の一つですらある。

「フリードリヒの秘書です」

と、相手が言った。

「ビュルゲルと申します」

「失礼」

Kはドアのノブに手をのばした。

「部屋をまちがえました。秘書のエアランガーに呼ばれてきたのです」

「残念ですね」

と、ビュルゲルが言った。

「あなたがよそに呼ばれていたことではなく、ドアをまちがえたことですね。わたしはいちど起こされると、あとはもう寝つけない。しかし、あなたが気に病むことはない。わたしの個人的な不幸ってものです。どうしてここではドアに鍵がかけられないのか？　むろん、理由あってのことで、古いことわざに、秘書のドアはつねに開いておくべしとありますからね。そんなに字義どおりにとらなくてもよさそうなもんじゃないですか」

問いかけるように、また愉快そうにKを見つめた。苦情を述べたのとは裏腹に、よく休んだようだった。いまのKのように疲れはてるなど、この男にはついぞなかっただろう。

「これからどこへ行くつもりですか？」

と、ビュルゲルがたずねた。

「四時です。どこへ行こうと、起こしてまわることになる。誰もがわたしのように起こされるのに慣れているわけじゃない。誰もが我慢づよく応じてくれるとはかぎりませんよ。秘書連中は神経質ですからね。しばらくここにいてはどうですか。五時ごろになると、みんな起きてくる。それから呼び出しに応じるのがいちばんいいでしょう。ノブから手を離して、どこかにすわりなさい。ここはむろん、広くない。そこのベッドの端に腰掛けてはどうですか。机も椅子もないのに驚いていますね？　これを選んだわけですね、小さなホテル式のベッドにして、設備一式をそなえるか。大きなベッドにして、あとは洗面台だけにするか。大きなベッドを選びました。寝室では何よりもベッドが重要です。からだを思いきりのばして、よく休むべし。このベッドは、まことにどうもありがたい。眠れないので、いつも疲れている。そんなわたしには快適ですよ。一日のおおかたはここで過ごしていましてね。書類づくりも、陳情を聞くのもここでやります。まことにぐあいがいい。もっとも、当事者たちにはすわる場がないが、彼らは苦にしない。自分たちは立っていて、担当官が快適なほうが、ゆったりすわった上にどなりつけられるよりも、ずっとここちいいものです。そこのベッドの端を指示することもありますが、それは仕事の場ではなく、夜のおしゃべりをしたいときに限っています。それにしても測量士さんは無口でいらっしゃる」

「とても疲れています」

と、Kは答えた。ベッドの端をすすめられるやいなや、すぐに落ちこむようにして腰を下ろし、ベッドの支柱によりかかっていた。

「そうでしょうとも」

ビュルゲルが笑いながら言った。

「ここではみんな疲れています。たとえばわたしが昨日やり、それに今日やった仕事は些少のものではありませんよ。たしかにわたしがいま眠りこむなんてことは、まったくあり得ないですが、そのようなへんてこなことが起こり、あなたがここにいる間にも、眠りこむようなことがあるとすると、どうか静かにしていて、ドアも開けないでいただきたい。しかし、ご心配いりません、わたしは眠りこんだりしない。せいぜいのところほんの数分です。つまり、こうなんでしょうね、陳情者とのつき合いにすっかり慣れているので、それで人がいるほうが簡単に眠りこめるのですね」

「どうか、お休みください」

相手の予告にホッとしてKが言った。

「お許しいただけるなら、わたしも少し眠ります」

「そうじゃない」

ビュルゲルがまた笑った。

「すすめられると眠りこめないのです。話している間に眠くなってくる。対話がいちばん眠りをもたらしてくれますね。われわれの仕事は神経をすりへらします。たとえば、わたしは連絡秘書でしてね。何のことか、ごぞんじですか？　わたしがいちばん、しっかりした連絡をやっていましてね」

——おもわずうれしくてたまらないふうに、両手を忙しくこすり合わせた——

「フリードリヒと村とのあいだですね。城にいるフリードリヒの秘書と、村にいるフリードリヒの秘書との連絡をしているのです。たいていは村にいますが、ずっといるわけじゃない。いつなんどき城へ行くことになるかもしれない。ごらんのとおり旅行鞄を用意していましてね、せわしない生活で、誰にでもできるってものじゃない。その一方で、もはやこういった仕事なしではいられないのも事実で、ほかの仕事は退屈です。測量のほうはいかがでしょうな？」

「そういう仕事をしていません。測量士として仕事につくことはないでしょう」

と、Kが言った。そのこと自体、ほとんど考えていなかった。ビュルゲルが眠りこむことを、ひたすら願っていた。とはいえ、それもある種の義務感といった気持からのことで、ビュルゲルが眠りこむ瞬間が限りなく遠いことも、はっきりと感じていた。

「これは驚いた」

ビュルゲルは勢いよく頭をそらし、毛布の下からメモ帳を引き出して、何やら書きつけた。

「測量士だが、測量の仕事はしていない」

Kは機械的にうなずいた。左腕をのばしてベッドの支柱の上をつかみ、その上に頭をのせた。いろいろやってみて、これがいちばん楽な姿勢だとわかったからだ。ビュルゲルの言うことに、少しは注意が払えるようになった。

「さっそく調べてみましょう」

と、ビュルゲルが言った。

「本来の職務をまっとうせずに放置しているなど、あってはならないことです。あなたにとっても心外でしょう。それで悩んでいませんか？」

「悩んでいます」

ゆっくりとKは答え、ひとりほほえんだ。というのは、まさにいまはちっとも悩んでいないからだ。ビュルゲルの申し出にも、さして感銘を受けなかった。まるきり思いつきのことなのだ。どのようなことからKが招かれたのか、事情を少しも知りもせず、村や城で出くわした厄介なこと、Kが当地に滞在中に生じたり、予告されたあれこれのこと――そういったすべてを知りもしないで、さらにそういったことの予感もさっぱり感じないで、ヒョイと手をのばしてメモ帳をつかみ、ことをきちんとしてみせると申し出たのだ。

「どうやらこれまで、何度も失望を味わいましたね」

と、ビュルゲルが言った。多少とも人間に通じていることを示したわけだ。部屋に入ってからというもの、相手を見くびらないようにとKは何度も自分に言いきかせていたのだが、泥のような疲れにあっては、それを堪えているだけが精一杯だった。

「いけませんよ」

Kの思いに応じるようにビュルゲルが言った。そして、いたわりをこめて代弁しようとした。

「失望したからといって、たじろいではなりません。ここではいろんなことに、ついたじろぎがちでしょう。はじめてここにやってくると、障害がまったくこえられない気がします。実態がどうなのか、調査しようとは思いませんが、見かけが実態に応じているようです。わたしの立場からだと、確定するだけの正しいへだたりに欠けていますが、しかし、気をつけてみてください、事態とほとんど一致しないような機会がときおり生じるものなのです。ほんのひとこと、一度の眼差し、ちょっとした信頼のしるしによって、生涯にわたり、身心をすりへらして努力してきたよりも、ずっと多くのことが実現する、そんな機会が訪れるものです。たしかにそうなんです。もちろん、こういう機会がついぞ利用されないという点で、またもや事態そのものに応じているのですね。どうしてそれが利用されないのか、わたしはいつも問いつづけているのですよ」

ビュルゲルの話していることが自分にあてはまることに気がついていたが、しかしKは気にとめなかった。自分にあてはまるものすべてが、いまやイヤでたまらなかった。Kは頭を少しわきにずらした。ビュルゲルの問いを素通りさせて、もはや触れずにいたい。

「秘書たちはいつも嘆いています」

ビュルゲルは言葉をつづけ、両腕をのばして、あくびをした。それは重々しい言葉と奇妙な矛盾をみせていた。

「村での尋問を、たいていのところ、やむなく夜にしなくてはならないことです。どうして嘆いているのか？　あまりに骨が折れるからか？　夜はむしろ眠りにあてたいからか？　そうじゃない。そういったことは、むろん嘆かない。当然のことながら秘書のなかには勤勉な者もいれば、そうでないのもいます。世間と同様ですね。しかし、骨が折れるからといって嘆いたりしない。口にしたりいたしません。それはわれわれのやり方じゃない。この点、われわれは通常の時間と労働時間の区別を知りません。区別したことがないのです。とすると秘書たちは、どうして夜の尋問に反感を抱くのか？　陳情者への配慮なのか？　どういたしまして。そんなことはない。陳情者に対して秘書は配慮などしない。自分に配慮して当事者にしないといったことではなく、要するに配慮といったことはまるでしないのです。配慮をしないということこそ、任務を鉄のごとく遂行していることであって、それこそ当事者が望める最高の配慮というものでしょう。これもまた基本的には――表面だけしか見ない人は、もちろん、気づいていませんが――まったく容認されていること。たとえば、夜の尋問がまさにそうで、陳情者によろこばれています。夜の尋問に対して基本的にはいかなる苦情も上がっていない。とすると、どうして秘書たちが嫌うのか？」

それもKには答えられない。まるでわからない。ビュルゲルがまじめに述べているのか、それとも答えを求めているのは見せかけなのか、その区別さえつかなかった。《おまえのそのベッドに寝かせてくれたら》と、Kは考えた、《明日の昼には、なろうことなら夕方には、すっかり問いに答えてやろう》。しかし、ビュルゲルはKには気づいていないようだった。自分で出した問いに、すっかり気をとられていた。

「わたしが認め、かつまた体験したかぎり、秘書たちは夜の尋問に関して、つぎのような憂慮を抱いている。陳情者との交渉において、夜は交渉の公的な性格をとどこおりなく保持するのが困難ないし不可能である。それは交渉の形態のせいではない。いかなる形態をもってするかは、たとえ夜であれ昼間と同じく任意に厳しくととのえることができる。つまり、そのことではなく、公的な判断が夜には減退するということである。夜には物事を期せずして私的な見地より見ようとしがちであって、えてして陳情者は案件を、よけいに強調するし、判断にあたり、もともと関係のない事柄、問題、厄介ごとが往々にしてまじりこみ、陳情者と役人間に必須の境界が外見上は正確に守られているとはいえ、ややもするとゆるんできて、おのずと必要以上に問答がやりとりされ、特殊かつ不適切な人的交流が生じかねない。少なくとも秘書たちはそのように述べております。この種のことには職業柄、わけても敏感な感情をもつ者たちの意見でありましてね。そのような者たちですら――これは仲間うちでしばしば話してきたことなのだが――夜の尋問のあいだ、そのような不都合な変化に気づかなくなる。いや、反対に前もって、それに対処すべくつとめており、最終的には多大の成果をあげたと思っているが、しかし、あとで書類を読み返してみると驚いたことに、欠陥があからさまに出ている。まちがいがある。しかもつねに不当にも陳情者の利益となっており、それは少なくとも規則にもとづくかぎり、通常の簡易な処理方法では訂正できない。むろん、監督局によっていちどは改められるが、法的には有効でも陳情者までには及ばない。このような事態にあって、秘書の訴えは、はたして不当と言えるでしょうか?」

Kはほんのしばらく、半ばうたた寝に入っていた。それがまたしても問いかけによって邪魔された。《どうして、いつまでもこんなことを? どうして、いつまでもこんなことを?》と自問しながら、目を伏せたままビュルゲルを、難問を論じている役人としてではなく、ただ眠りの邪魔をする、それ以外にいかなる意味もない何かのようにしてながめていた。これに対してビュルゲルは自分の考えに夢中になっており、

Kを少し混乱させて、してやったりといったふうにほほえんだ。混乱させたからには、つぎには正しい道にすぐにも引きもどす用意がある。

「さて、どうか」

と、口をひらいた。

「この訴えは十分に正当であるとも申せない。夜の尋問はどこにも規定として定められていない。つまり、それを避けようとしても、いかなる規定に反するわけではない。しかし、諸般の事情、山積している仕事、城での勤務形態、どうしても手が離せない事態、陳情者への尋問はしかるべき調査終了後すみやかになすべきという規定、こういったこと、さらにほかのことともあいまって、夜の尋問が欠かすべからざる必然ともなっている。それが必然となったからには——と言うことにしてだが——すなわちこれはまた、少なくとも間接的には規定にひとしいものであり、夜の尋問に疑義を呈するのはとりも直さず——わたしは少々誇張しており、だからしてそういうものとしてお聞き願いたいのだが——だからして規定そのものに疑義を呈するのにほかならない。いっぽうでは秘書たちは、規定内で夜の尋問に対し、かつまたその、おそらくは見かけ上と思われる欠点に対し、できるかぎりの是正をなさざるをえない現状であってみれば、真摯に、かつまた精力的に実践している。すなわち、なるたけ危険性の少ないもののみを交渉の対象として、先立っては精査して、その結果いかんでは最後の瞬間でも合意を破棄して、陳述の前に改めて当事者を何度となく呼び出し、かつまた該当事項に不慣れな同僚に代理を願う。不慣れな者は手っとり早く扱えるからであって、少なくとも交渉を夜のはじまりか終わりにして、まん中の時間は避ける——このような方策はほかにも沢山ありまして、そう簡単には、してやられない。秘書たちは傷つきやすいと同時に、なかなかもってしたたかでしてね」

Kは眠っていた。本来の眠りではなく、ビュルゲルの言葉は聞いていた。さきほど疲労困憊のなかで目覚めていたときよりも、ずっときちんと聞いていた。一語一語が耳を打った。しかし、邪魔っけな意識は消えており、自由を感じた。ビュルゲルに引きとめられているのではなく、むしろKのほうからビュルゲルに向けて、おりおり手探りをする。まだ眠りの深みにはいなかったが、その中へと潜りこんだふうで、もうだれも引っぱり出せない。いまや自分が大きな勝利を得たかのようで、はやくも祝福の人々がつめかけている。栄ある勝利を祝って自分が、あるいはべつの誰かがシャンパン・グラスを差し上げた。何の勝利か知らせるために、戦いと勝利がもう一度くり返された。あるいはくり返されたのではなく、いまようやくはじまり、前もって祝福がある。それでいい。幸せな終わりは疑問の余地がないからだ。Kは一人の秘書を戦いに巻きこんだ。裸で、ギリシアの神像と似ている。なんとも滑稽で、Kは眠りのなかでそっとほほえまずにいられなかった。肩をそびやかしていた秘書がKの突きをくらってあわてふためき、差し出した腕と拳で、なんともぶざまに自分の裸をしきりに隠そうとしたからだ。戦いはすぐにけりがついた。一歩また一歩と、Kが前進する。それも大きな歩幅で進んでいく。そもそも戦いだっただろうか？　これといった抵抗もなく、ときおり秘書がヒーヒーと声を上げただけだ。ギリシアの神が、からだをくすぐられた小娘のようにヒーヒー喘いでいる。そのうちいなくなった。広いところにKがひとりいた。戦闘心をたぎらせてKは周りを見廻した。敵を探したが、誰もいなかった。祝福の人々もいなくなり、壊れたシャンパン・グラスがちらばっていた。Kはさらに踏み砕いた。ガラスの破片が突き刺さった。ハッとして目を覚ました。起こされた幼児のように不機嫌だった。目覚めてもなお夢の中のビュルゲルの裸の胸元が目

に浮かび、ついては、しきりに考えていた。《ここにおまえのギリシアの神がいる！　寝床から引っぱり出すんだ！》

「ほかにも可能性があります」

と、ビュルゲルが言った。適当な例を思い出そうとして、しかしそれが思い浮かばないかのように、思案げな面もちで天井を見上げた。

「どんなに注意を払って規制しても、陳情者には夜の尋問における秘書側の弱点を利用する可能性があります。仮にそれを弱点と考えての話ですがね。むろん、めったにないことであって、より正確に言えば、ほとんど決して生じようのない可能性とも言える。それはつまり、陳情者が夜中に前ぶれなくやってくるときであるが、たしかにありそうなことが、めったに起こらないと言われて、おそらくあなたは不思議に思うでしょう。それというのも、あなたがわれわれの事情に通じていないからでありましてね。とはいえ、あなたにも役所というものが水も洩らさぬように組織されていることに気がついたでしょう。その無類の組織のせいで、誰もが何らかの用向きで、あるいはほかの理由から、何か尋問を受けなくてはならないとき、直ちに、遅滞なく、たいていは事柄が整理されるより早く、当人がまだそのことをはっきりと知る前に、すでに呼び出しが出されるのです。まだ尋問を受けていない。審理以前であって、まだそこまで熟していない。しかし、すでに前ぶれなしに呼び出しが出されている。前ぶれなしにとはいえ、こうなると当事者は、こちらの不意を突くことはできない。せいぜい、時ならぬときにやってくることぐらいです。そのときには日取りならびに指定時刻を注意される。正しい時刻にやってくると、通例は追い返される。追い返すのはわけはない。陳情者には呼び出し状、書類には注記がある。それで十分というわけではないが、秘書には格好の防御の武器になるのですね。それはしかし、担当の秘書にかかわることで、不意を襲ってほかの秘書を夜中に訪ねる道は、誰にも開かれている。とはいえ、まず誰もそんなことはしないでしょう。ほとんど意味がないからだし、まず、それによっていたく担当秘書の気分を損ねるからです。仕事に関してわれわれ秘書は互いに嫉妬心はもっていない。誰もがむやみに仕事をしょいこまされている。しかし、陳情者に対しては権限が乱されるのは容赦しないのです。すでにかなりがバカを見たのですが、担当の秘書ではらちがあかないと思い、担当でないところに入りこもうとしたからだ。こういった試みは必ずや失敗する。権限をもたない秘書は、たとえ寝こみを襲われたのち、善意から何かをしようとしても、権限がなければろくに何もできない。一介の弁護士にかかわらず、基本的にはそれ以下であって、弁護士連中よりもずっと法律の抜け道に通じているから、ふだんなら何ごとかはできるのだが――まさにそのことに必要とされる権限を欠いていては、いかんともしがたいのですね。このような見通しにあって、権限なき秘書のところへまかり出ようなどと誰が思うでしょう。当事者はそれぞれの職業に加えて、該当部局の呼び出しや召喚に大わらわで、ただでさえ手をとられている。《手をとられている》とはいえ、陳情者側の意味合いであって、それはもとより秘書側の意味合いにおける意味ではないのですね」

Kはほほえみを浮かべてうなずいた。いまや何であれ、きちんとわかる気がした。気にとめているからではなく、つぎの瞬間には深い眠りについていると思っていたからだ。このたびは夢も見ないし、邪魔も入らない。かたや権限のある秘書たち、かたや権限のない秘書たち、さらに手いっぱいの陳情者たちが詰めかけているなかで、深い眠りに沈みこむ。そうやって、すべてを免れる。ビュルゲルのおしゃべりにはもう慣れた。自己満足した小声のおしゃべりで、眠りこみたい当人の眠りを阻害しているにちがいないが、

Kにはむしろ眠りを誘ってくれる。《水車よ、まわれ、カタカタまわれ》そんな言葉が頭をかすめた。《まわれ、まわれ、わたしのために》

「さきほどの可能性だが」

と、ビュルゲルが言った。二本の指で下唇をいじりながら、目をカッとみひらき、首をのばしている。辛い歩行ののちに念願の見晴し台に近づいたかのようだった。

「さきほど述べました、ごく稀な、ほとんどあり得ない可能性とはどこにありましょうか？　その秘密は権限に関する規定に隠されています。一つの事柄に対してただ一人の秘書に権限があるとはなっていないからです。組織は限りなくよくできているが、しかし、そのようにはなっていない。一人が主なる権限をもち、多くのほかの者たちは、ある程度まで、たとえ小さなものであれ権限をもっている。たとえとびきりの働き者でも、ほんの小さな出来事であれ、すべてかかわるものを自分ひとりの机にまとめていられるものでしょうか？　いま主なる権限と申しましたが、それは言いすぎでした。小さな権限が、すでにして主なる権限ではあるまいか？　どのような情熱をもってことにあたるか、それが決定するのではなかろうか？　いつも情熱のかぎりをつくすとはいえ、つねに同じとはかぎらない。秘書たちのなかに相違があり、さまざまな秘書がいるとしても、情熱に関してはそうではない。たとえわずかな権限しかなくても、しかるべき要求が生じれば情熱をわき立たせて立ち向かうにやぶさかではないのです。しかし、外に対しては秩序というものが必要であって、そのため陳情者には特定の秘書が矢おもてに立ち、公的な対処をする。とはいえ、その事項に主なる権限をもった秘書とはかぎらないのです。それは組織が決めることであって、そのときどきの必要に応じており、まあ、ざっと、これが現況です。その上で、さあ、測量士さん、おっしゃってみてください。陳情者が何らかの事情により、あなたにすでに述べたような、一般的に申してまったく十分すぎるほどの障害にもかかわらず、夜中に秘書の不意をつける可能性があるやいなやですね。その事項に関してある種の権限を有しているような秘書ですね。このような可能性について、思うところがあるのではありませんか？　そうではないかと思うんですがね。しかし、考えるまでもないことです。なぜなら、決してそのようなことはないのですね。特殊の形をした、とびきり小粒で融通のきくケシつぶでなくては、これ以上ないほどの網目を抜けられはしませんよ。あり得ないことだと思われますか？　そのとおり、あり得ません。しかし、ある夜――誰が保証できるでしょうか？――それが起こるのです。わたしが知る者のあいだでは、かつてあったためしがありません。たしかにそれは大した証明にはならない。わたしの知人は、いま問題になっている関係者の数に比べると限られており、その種のことがあった場合、秘書が素直に認めるとは決まっていない。きわめて個人的かつ公的な恥辱とかかわっていますからね。ともあれ、わたしの体験に照らしても、きわめて稀で、本来的に噂としてのみあって、何ものによっても実証されない事柄が、非常に誇張されていて、それゆえに懸念されているものと思われる。たとえ現実に起こっても――仮にの話ですよ――ごく簡単に帳消しにできる。つまり、その者に、いかなる場も用意されていないことを示すだけでいい。不意の訪れを怖れて毛布の下に隠れたり、外を見ようとしなくなるのは病的と言っていいのです。たとえ完全にあり得ないことが突然あり得たとしても、それですべてが失われたであろうか？　とんでもない。すべてが失われるなんてこと自体が、あり得ること以上にもっとあり得ない。むろん、陳情者が部屋にいるということは、はなはだぐあいが悪い。胸がしめつけられる。《さて、どれくらい抵抗できるかな？》と、自問してみる。抵抗なんてものはあり得ない。それは自明のことであって、状況を正しく想像してくださりさえすればいい。ついぞ見かけたことのない、いつも期待していて、まことの渇望でもって期待していて、かつまたいつも理性に即してあり得ないとみなしていた当事者がそこにいる。ただ黙ってそこにいることからして、彼らの惨めな生活に立ち入るようにと招いている。自分の持ち物のようにして探しまわってくれ、ともに空しい要求に悩んでくれ、とうながしている。静かな夜ふけにこんなお招きは魅惑的ですな。それに従うならば、役人であることを放棄することになる。となると請願を退けるのもできなくなる。正確に言うと絶望的だし、さらに正確に言うと、大変に幸せだ。絶望的というのは、なすすべがないからです。ここにすわり、陳情者の請願を聞く。それが口にされるやいなや受けなくてはならないことを承知している。少なくともみずから見通せるかぎり、たとえ役所の組織を壊してでも叶えざるをえない――これは職務において遭遇するなかの最悪の状態ですね――ほかのことはさておいてもです――みずから、とてつもない位階の引き上げを要求していることになるからです。われわれの立場よりすれば、いまここで問題になっているような請願を満たす権限はありません。だが、夜の当事者に迫られて、おのずと公的権力も増大するわけで、自分の領分以外のことにも義務を強いられ、実践しようとする。森の盗賊のように、陳情者がわれわれの権限にない犠牲を夜ふけに迫ってくる――そんなわけです。当事者がそこにいると、われわれをせき立て、押しつけ、けしかけて、半ば無意識のなかで事をすませてしまう。そのあと、どうでしょう、すぎ去ったあと、当事者は意気揚々と引き上げ、あとにわれわれが残されている、すべもなくやらかした職権濫用に直面している――その惨めさは想像もできない。しかし、にもかかわらず、われわれは幸せです。どんなにとてつもない幸福であるか。われわれはつとめて当事者に、ほんとうの状況を隠しておく。彼らはほとんど気づかない。彼らの意見では、何でもない偶然の理由から、疲れはて、失望し、そして疲れと失望からあと先考えず、どうでもいいといった気持から思ったところとはべつの部屋に入りこみ、何もわからず、そこにすわっている。まだ考える力があるとすればの話ですが、もっぱら自分の犯した失敗や、疲労のことを考えている。彼らをそのままにしておけないか？　そのままにはしておけないのです。幸せな者におなじみのおしゃべりによって、彼らにすべてを説明しないではいられない。いささかも自制できず、彼らにくわしく、何が起きたかを示さないではいられない。どのような理由からこれが起きたのか、こういった機会がいかにめったにないことで、いかに偉大なことなのか告げてやらずにはいられない。陳情者はせっかくの機会なのになすすべもなく、ただ本能のままにころげこんだ。しかし、その気になりさえすればいいですね、測量士さん、すべてを思うがままにできる。しかも自分たちの請願を口走りさえすればいい。こちらは叶えてやる用意がある。それどころか、いそいそと叶えてやりたくてたまらない――そんなことまですべて示さなくてはいられない。役人にとって辛い時です。もうそれをしてしまえば、測量士さん、起こるべくして起こることが起こったわけでして、その後はおとなしく、ただ待っていればいいのです」

Kが聞いたのはそこまでだった。眠っていた。まわりからすべて閉ざされて寝入っていた。支柱にのばしていた左腕の上の頭は、眠るうちにすべり落ちて、前に垂れ、ゆっくりと沈んでいく。腕の支えはもはや支えとはならず、代わって知らず知らずのうちに右手をベッドの毛布に突いていた。偶然、毛布の下にのびていたビュルゲルの足をつかむ事態になり、ビュルゲルは顔を上げ、重さは厭わず、そのままになっていた。

このとき。横の壁が手荒く何度かノックされた。Kはハッとして壁を見つめた。

「そちらに測量士はいないか?」

問う声がした。

「います」

と、ビュルゲルが答えた。Kの手が足から離れたので、やにわに少年のようにジャンプして起き直った。

「すぐにこちらに来るように」

またもや声がした。ビュルゲルに、またビュルゲルとKとのことにも、いっさい構わない。

「エアランガーです」

ビュルゲルが小声で言った。エアランガーが隣室にいることに驚いていないようだった。

「すぐあちらに行きなさい。腹を立てている。なだめるようにするんですね。ぐっすり寝ていたんですよ。つい声を立てすぎました。ある種のことを話し出すと、つい声が大きくなります。さあ、行きなさい。まだ眠りから覚めきっていないようですね。さあ、行った行った。まだここで、どうしたいのです? 眠くてたまらなかったせいでしょう。からだには限界があるもので、それをこえたらしかたがない。どうしようもない。そうやって世は改まる。平衡を維持している。優れた特性であって、なかんずくすばらしい仕組みだが、べつの見方よりすると、無情です。さあ、行きなさい、どうしてそんな目でわたしを見つめているのです。あなたがぐずぐずしていると、エアランガーがこちらにやって来かねない。それは避けたいですからね。さあ、行きなさい。あちらでどんないいことがあるかわからない。ここは何であれ機会に恵まれている。用いるには大きすぎるような機会だってある。まさしく自分のせいで、うまくいかないことがあるものです。それは驚くべきことだ。それはともかく、これから少しでも寝られるといいのだが。もう五時だから、いろんな音がしだすだろう。さあ、とっとと行ってくださいよ！」

突然、深い眠りから起こされてボンヤリしていた。なおもとことん、眠りたかった。無理な姿勢でいたために、からだのあちこちが痛み、Kにはなかなか立ち上がる決心がつかなかった。両手を額にあてて、膝に目を落としていた。ビュルゲルにせわしなくせっつかれても、立ち上がる気持になれない。ここにいても何にもならないことだけがはっきりしていて、ノロノロと腰を上げた。この部屋がKには、言いようもなく荒寥としているように思えた。そうなったのか、もともとそうだったのか、わからなかった。ここではもはや二度と寝こみはしないだろう。そう思うとふんぎりがつき、ほほえみを浮かべ立ち上がった。ここ手がふれるかぎり、ベッドや壁やドアにつかまりながら進み、ビュルゲルにはとっくに挨拶をすませたかのように、声もかけずに出ていった。

24

もしエアランガーが開いたドアの前に立っていなければ、そして合図をしてこなければ、Kはたぶん、ボンヤリしたまま前を通りすぎていただろう。エアランガーは人差し指でチョイと呼び寄せた。すっかり発つ用意をすませていて、黒い毛皮のマントを着て、首元まできちんとボタンをとめていた。召使が鞄を渡したところで、まだ毛皮の帽子を手にもっていた。

「ずいぶん遅かった」

と、エアランガーが言った。Kが弁明しようとすると、大儀そうに目を閉じて、言い訳を拒絶した。

「つまり、こういうことだ」

エアランガーが口をきった。

「以前、酒場にフリーダとかいう女が働いていた。わたしは名前しか知らない。当人を知らないし、関心もない。そのフリーダは、おりおりクラムにビールを運んでいた。いまはべつの娘がいる。人が変わろうと、それ自体はなんてこともない。誰にとってもそうだし、クラムにも、むろんそうだ。しかし、仕事が大きければ、おのずとまわりへの抵抗力が減じるものだ。もとよりクラムの仕事がいちばん大きい。ためにささいなことが気にかかる。ささやかな変化でも、けっこう障害になる。机の上の配置がほんの少しでも変わるときとか、ずっとついていたシミが拭き去られてもそうだ。そんなことが気にさわる。同じように新しい給仕女がそうだ。もちろん、そんなことは余人にはともかく、クラムには仕事のさまたげになることはない。それは言うまでもない。とはいえわれわれは、クラムにとっての快適ということを、つねに心がけていなくてはならない。たとえクラムにとってさまたげにならないようなことでも――そもそもクラムにはそういったものはあり得ない――たとえそうだとしても、万が一にも気にさわりそうなことは除去するようにつとめるわけだ。クラムのため、クラムの仕事のためではなくて、われわれの良心ならびにわれわれの安心のためだ。そのため、かのフリーダなる者を直ちに酒場にもどさなくてはならない。まさにその者がもどることによって、変化をきたすことになるが、その場合はふたたび追い出すとして、さしあたりはまずもどす。聞くところによると、あなたはその女といっしょに住んでいるとか。ついては直ちに帰還を促してもらいたい。個人的な感情は、顧慮されない。それは言うまでもない。だから、これ以上は説明の必要はあるまい。改めて述べるまでもないことだが、こんなささいなことであれあなたが誠意を示されれば、いずれあなたの便宜をはかる一助にもなるでしょうな。伝えたいことは以上である」

エアランガーはKにうなずいて別れを告げ、渡された毛皮の帽子をかぶると、召使を従えて足ばやに、ともあれ少し足をひきずりながら廊下を下っていった。

しばしばここでは、たやすくできることが命令される。そのたやすさがKにはうれしくない。この命令はフリーダに関係しており、Kには命令というより嘲笑のように聞こえたが、それだけでなく、何よりも、これまでの努力がすべて無駄だったとわかったからだ。いいものも悪いものも、命令はKをとびこえていった。いい命令も、つまるところ悪いものだったが、いずれにせよ、すべて頭上を素通りしていった。かかわり合うにせよ、黙らせるにせよ、自分には手が届かないし、声を出しても相手は聞く耳をもたない。エアランガーが拒絶の合図をしているのに、おまえはどうするつもりだ？　拒絶しないとしても、おまえに何が言える？　すべての元凶が疲労であることは知っていた。しかし、自分の体力を信じていたのに、それを信じたからこそ、この土地にやってきたのではなかったか。なのにどうしてほんの数日と、眠りのない一夜ぐらいに耐えられなかったのだろう？　なぜここぞのときに、どうしようもなく疲れはてたのだ？　誰も疲れていず、いや、誰もがいつも疲れていても、だからといって仕事に支障をきたさなかった、むしろ勇み立つかに見えた。そこから結論が出る。それは彼らなりの、Kの疲労とはべつの疲労だということ。ここではおそらく、幸せな仕事のさなかの疲れであって、そと目には疲労のように見えるだけで、ほんとうは確固とした平静であり、確固とした安らぎなのだ。昼間に少し疲れているように見えても、それは一日が幸福かつ順調に進んでいる証拠なのだ。ここの面々にはいつも昼間だ、とKは呟いた。

それに応じてのことだろう、早朝五時に廊下の両側のいたるところが活気づいた。部屋ごとのざわめきに、きわめて陽気なものがあった。あるところでは遠足に出かける子供たちの歓声のような声がひびいた。べつのところでは鶏小屋の鳴き声に似て、はじまろうとする一日に唱和したかのようだった。どこかで男が雄鶏の鳴きまねさえした。廊下にまだ人影はなかったが、しだいにドアに人の気配がして、細目に開いたかとおもうと、あわてて閉じる。しきりに開け閉めの音がして、上の隙間ごしに、寝乱れた頭が見え隠れした。遠くからゆっくりと、書類を積み上げた小さな手押し車を押して召使がやってくる。かたわらにもうひとり召使がいて、手にリストをもち、ドアの番号と書類の番号をたしかめている。たいていのドアの前で立ちどまった。するとドアもすぐに開いて、しかるべき書類が、ときおりは紙一枚が——この場合には部屋と廊下とで短いやりとりがなされた。おそらく召使が非難されていた——部屋ごとに渡され、ドアが閉じたままだと、書類をきちんと戸口に積み上げていく。この場合はKには、まわりのドアの動きがただならないように思われた。すでに書類は配達ずみなのに、ドアの動きがせわしなくなるようだった。どうやら、目をギラつかせて、積み上げたままになっている書類をうかがっている。どうしてドアを開けて、書類を引き取らないのか、ごく簡単なことをなぜしないのか。最後まで引き取られない書類は、のちほどほかの者たちに分配されるかもしれない。しきりにドアを開けてのぞいているのは、書類がまだ戸口にあるかどうか、つまり、まだ分配の見込みがあるかどうか、うかがっているのだろう。残されたままの書類は、おおかたがとりわけ大きな束をなしており、自慢したくてか、意地悪からか、あるいはまた、同僚への誇らかな励ましからか、さしあたりわざと残したままにしているらしいと、Kは見当をつけた。それを実証するように、ときおり、きまってKが目を離しているすきに、ながながと放置されていた書類の束が、やにわに部屋に引き込まれるのだった。そのあとドアは最前に変わらず、ピッタリと閉じてある。するとまわりのドアも静かになった。ガッカリしたのか、あるいはずっと気がかりだったものがやっと処理されて安堵したのか。だが、しばらくするとまた、おもむろに開け閉めがはじまった。

そういったすべてを、Kは好奇心だけでなく共感をもって見守っていた。ざわめきのただ中にあって、ほとんど気持がいいほどだった。こちらやあちらと——適当なへだたりをとりながら——召使について歩いた。彼らはおりおり、目をいからせ、首を突き出し、唇をとがらして振り返った。Kはなおも書類の配達を追っていた。時間がたつにつれて、作業がはかどらなくなった。リストが合っていないのか、あるいは召使に書類の区別がつかないのか、さらには何か文句が出たのか。いずれにせよ配分をやり直さなくてはならぬ事態になり、すると手押し車があともどりして、ドアの隙間ごしに返還の手続きが行なわれた。この手続き自体、なかなか手がかかる。返還となったとたん、それまでしきりと開け閉めされていたドアがピタリと閉じたままになる、といったことがひんぴんと起こるのだ。一切かかわりたくないとでもいうふうに音なしの構えになる。となると、なんとも厄介である。書類を要求してもよいと思っている者はもう待ちきれず、部屋で大きな音をたてた。手をたたいたり、足踏みしたり、ドアの隙間から何度となく書類番号をどなるのだ。そのつど手押し車が放置された。召使のひとりは、待ちきれない者をなだめにかかり、もうひとりは閉じたままのドアに向かって返還を言いたてる。待ちきれない者は、なだめられればなだめられるほどいきり立ち、召使のお定まりの文句に聞く耳をもとうとしない。慰めではなく書類がほしいのだ。ある人は上の隙間から召使めがけて洗面器の水をぶちまけた。もうひとりの召使は、あきらかに上司らしいのだが、もっと厄介なことにかかずらっていた。問題の人が返還交渉になんとか応じて書類の照合に入ると、召使はリストを示し、相手は返還すべき書類の標示をたしかめるのであるが、書類をしっかり抱えこんでいて、召使がいくらのぞきこもうとしてものぞかせないのだ。やむなく召使はべつの確証のために手押し車に駆けもどるのだが、廊下がゆるやかに下っているため、おのずと車は少し先までころがって移動している。あるいは召使は書類を要求している人のところに赴いて、抱えこんでいる側の異議申し立てとのすり合わせにかかる。ながながとつづけられ、ときには折り合いがつき、一方が書類の一部をゆずり渡すことになった。その代わりにべつの一部をもらい受ける。交換のケースである。全部をゆずり渡さなくてはならないケースもあった。召使に確証をつきつけられて進退きわまったり、はてしのない交渉に疲れたせいらしいが、召使に手渡さず、廊下に放り出した。束ねていた紐が切れ、書類がとびちって、召使は大わらわになってひろい集める。しかし、それはどちらかというと簡単にすんだ場合であって、召使の懇願にまるきり反応しない部屋があった。召使は閉ざされたままのドアの前で哀願し、誓いを立て、リストを読み上げ、規定に言及したりするのだが、すべて役立たず、部屋は静まり返っている。許可なしに召使は立ち入ることができないのだ。さすがの召使も自制心を失い、やにわに手押し車にもどると、書類の上にすわりこんで額の汗を拭いた。しばらくぼんやりしていて、あてもなく足をぶらつかせている。まわりの部屋は色めき立って、あちこちで囁きが交わされる。ドアが忙しく開け閉めされ、上部の壁のあわいに目がのぞいた。顔をへんなぐあいにタオルで隠して、それがあわただしく右や左に動き、廊下の経過を追っていた。そんな騒ぎにあってKの目にとまったのだが、ビュルゲルのドアは閉まったままで、召使はそこを通り過ぎたのに書類は配分しなかった。たぶん眠っているのだろうが、この騒ぎのなかでは、ずいぶん深い眠りといわなくてはならない。それにしてもビュルゲルにはどうして書類が配られないのだろう？　召使が通り過ぎたのはほんの数室だけで、それも空室と思われるものばかりなのだ。エアランガーのいた部屋には、すでに新しく人が入っていた。とりわけ口やかましい人物で、エアランガーはきっと夜明け前に追い立てをくったにちがいない。冷静で世間慣れしたエアランガーにはあり得ないことのようだが、戸口でKを待ち受けていたのが例証ではなかろうか。

そんな観察をしたのちに、Kはそのつど召使のところにもどってきた。この二人の召使に関しては、これまで彼が聞いていたことと、まるで一致しなかった。つねづね召使ときたら、怠け者で、のらくらしていて、傲慢だと聞かされてきたが、例外があったわけだ。あるいはきっと召使のなかにもいろんなグループがあって、これまでほとんど気がつかなかったが微妙に色分けされている。この二人がなかなか頑強なのがＫにはとくに気に入った。どこまでも我を張る小部屋との戦いにおいて——なかの住人がほとんど姿を現わさないので、Ｋには小部屋との戦いのように見えた——召使は譲らなかった。むろん、へこたれはしても——へこたれない者がどこにいるだろう？——まもなく気をとり直して手押し車から離れると、唇を嚙みしめ、スックとくだんのドアの前に直立する。つづいて二度、三度と追い返される。相手はまるきり簡明な方法、つまり、音なしの構えで応じてくるのだが、これにもへこたれない。正面攻撃に効果がないとわかると、べつの作戦をとる。たとえばＫにわかるかぎりの話だが、計略をめぐらす。ドアから離れるふりをして、いわば黙りこくった相手を沈黙のままに消耗させるのだ。さりげなくほかのドアを巡っていく。しばらくしてもどってくると、もう一人の召使を呼び寄せる。いずれもめだつように、声高にやっていく。そして閉ざされたままのドアの前で書類を積み上げだすのだ。変更があって、書類の返還を求めるのではなく、追加する事態になったかのようだ。それから歩きだすが、くだんのドアからは目をそらさない。たいていの場合、まもなくそっとドアが開いて、やおら書類を引きこもうとする。その瞬間、二、三歩で跳ぶように駆けもどり、足をドアと柱のあいだにはさみこみ、どうしても顔をつき合わせて交渉せざるを得なくするのだ。となると結果はどうなるか、おおよそ決まっている。それもうまくいかず、これの作戦でもダメだとわかると、さらにべつの手を考える。たとえば書類を要求しているほかの人物に切り換えるわけだ。もう一人の召使は、ただ言われたことをしているだけで、まったく役に立たない。その召使を押しのけ、みずから相手になって説得にかかる。頭を部屋に差し入れて、ささやきかける。約束しているらしい。つぎにはきっと配分があること、ついては問題の人物は、しかるべき懲罰が下ること。

少なくとも、くだんの部屋を指さして、疲れた身をもかえりみず、クスクス笑ったりする。匙を投げた格好だが、Kにはやはりそれが見せかけのこと、少なくとも正当な理由をもった放棄のように思えた。というのは、彼はさらにゆっくりと歩を進め、問題の人物がわめきたてていようとも、振り返りもしない。しばらく目を閉じているところを見ると、その声がイヤでたまらないのだろう。声はしだいにやんでいく。泣きわめいた子供が、やがて間を置いた泣きじゃくりに移るように、声が低くなる。静まったあとでも、ときおり、ひと声起きたり、ドアがチラリと開いてまた閉まったりする。いずれにせよ、この場合も召使は、この上なく正確に行動したようだ。一人だけ、いつまでたっても落ち着かないのがいた。静まり返っていても、それは休んでいただけで、またもやさきほどに劣らず、うるさくわめく。どうしてわめくのか、何を訴えているのか、はっきりしない。書類の配分だけのせいではなさそうだ。その間、召使は仕事を終えたが、一つだけ書類が残った。正確には紙きれといったもので、メモ帳の一枚である。相棒のうっかりミスで残ったもので、どこに配るのかわからない。

「自分用かもしれないぞ」

Kはふと思った。村長は何度も、こういったちょっとしたケースのことを口にしていた。K自身、この思いつきがバカげているとは思ったが、思案げに紙きれを見つめている召使に近づこうとした。たやすいことではない。Kが好意を示すのを、召使はまるで受け入れないのだ。厄介な仕事に忙殺されながらも、顔をしかめ、苛立たしげにKを見やって、しきりに首を振ったりした。それでも配分を終えて、いくらかKのことを忘れていたらしい。なげやりになっていた。疲労ぐあいからして当然だろう。紙きれを読んでいたのではなく、目を通すふりをしていただけのようだった。その紙きれをどの小部屋に配ろうと、相手はよろこんだだろうに、召使は配分にすっかり倦んでいた。相棒には人差し指で唇に封をする合図をすると――Kがそばに行くより早く――紙きれを小さく裂いてポケットに入れた。それは事務仕事においてKがはじめて目にした不測の事態だったが、Kがまちがって解釈したのかもしれなかった。不測の事態だとしても見すごしできるものであって、この場の事情よりして召使がまちがいなく仕事をするのは困難であり、たまりにたまった腹立ちと、こらえにこらえてきた我慢が、いちどに爆発するのもやむをえない。せいぜい紙きれを裂くことで満たされるのは、罪のないことなのだ。どうにも手のつけられない人物は、あいかわらず廊下にひびく声でわめいていた。同僚たちは、ほかのことでは互いに仲がいいとは言えないが、わめき声に関しては思いが同じといったふうで、全員に代わってわめく使命をゆだねたかのように、励ましの声をかけたり、うなずきかけたりしている。しかし、召使はもはや相手にしない。仕事は終わったのだ。もう一人の召使に合図して手押し車の握りをとらせ、来たときと同じように、ただこのたびは満足げに、車が跳ねるほどの勢いで帰っていった。いちどだけ不意に足をとめて振り返った。Kはちょうど、あいかわらずどなっている人物のドアの前にいて、何を要求しているのか聞き耳を立てていたのだが、相手はわめいても効果なしと気づくかたわら、電気仕掛けのベルのボタンを見つけたのだ。とびつくようにして押したのだろう、どなり声に代わって、けたたましいベルの音がとどろいた。ほかの部屋から、いっせいにどよめきが起きた。賛同のどよめきのようで、誰もがこれまでしたいと思いつつ、何らかの理由で見送りにしてきたことが、いまやなされたといったぐあいだった。世話してほしいのか、それともフリーダに用があるのか？　フリーダなら、ずっと鳴らしていなくてはなるまい。イェレミアスを湿布するので手がいっぱいだ。イェレミアスの風邪がよくなっても、フリーダには暇がない。イェレミアスの腕に抱かれている。しかし、ベルはすぐに効果を見せた。貴紳荘の主人みずからが、かなたからやってきた。いつものように黒服で、ボタンもきちんととめている。だが、いつもの威厳を忘れたようにして走ってきた。何か大きな不幸に呼び立てられたので、それを両手にとらえ、わが胸で息をとめたいかのように、両腕をひろげて走ってくる。ベルの音に不規則な調子がまじると、それに合わせて軽く跳躍するぐあいで、なおのこと勢いをつけてくる。うしろに何やら大きなものが見えるのは女将らしい。女将も両手をひろげて走ってきたが、足どりが小幅で気どっている。女将は遅れてくる、その間に主人が必要なことはすませているだろう、とKは思った。走る邪魔をしないように、壁にピッタリはりついた。しかし、主人はまさにKめがけて走ってきたかのように、目の前で立ちどまった。女将もすぐに追いついてきた。そして二人してKに非難をあびせかけた。とっさのことであり、驚いたせいもあって、Kにはわけがわからない。そのうえベルが鳴りつづけていて、さらにべつの部屋からもはじまった。こちらは緊急用ではなくて、悪ふざけであり、はやし立てるためだった。自分のせいであることにKはやっと気がつき、主人に羽がいじめにされるままになってその場を離れた。ベルの音がなおのこと高まったのは――背中に主人がいるし、わきからは女将にあれこれ言われたので、振り返りはしなかったが――ドアがいっせいに開いたからだ。廊下はにぎやかになった。活気のある狭い通りのように人の行きかいがはじまったようである。前につづくドアはKが通り過ぎるのをじっと待っていた。通り過ぎさえすれば、住人を外に出せる。まるで勝利を告げるかのように、さらにあらたにベルが加わって鳴りひびく。そのあとやっと――静かな、雪に覆われた中庭に出た。橇が並んでいた――Kはことのしだいを告げられた。主人にも女将にも、どうしてKにこんな大胆なことができたのか理解できないというのだ。自分はいったい何をしたのか？　Kは何度か問い返したが、問い返すまでもなく二人には、Kの罪が当然至極というのだ。問い返す気持がそもそもわからない。ようやくKには少しずつわかってきた。廊下に立っていたのがまずいけない。それは彼には、ほんのお目こぼしで立ち入りを許されただけであって、本来はせいぜい、酒場どまりなのだ。誰かに呼び出されていたのであれば、その場に当然いなくてはならないが、そのときにもいつも気づいていなくてはならない――そんなこともわからないとは、頭がどうかしているのではないのか？――いてはいけないところに自分がいるということ、呼ばれたから、それも正式に召喚されたから、やむを得ずいるということ、だからしてすみやかに出頭し、尋問を受け、直ちに退去すべきこと。自分がいてはならないところにいると、廊下にいるときから感じなかったのか？　感じたのであれば、どうして牧場の動物のようにウロウロするなどできたのか？　夜の呼び出しを受けていた。どうして夜の尋問が導入されたのか知らないのか？　夜の尋問は――Kはまた新しい説を聞かされた――昼間はとても会ってみる気にならない連中のためであって、夜の人工の明かりのもとだと、手早くすませられるし、そのあとすぐに床につけるので、イヤなことも忘れられる。ところがKの行動は、そういった用心のための事項をことごとく嘲弄するものであって、亡霊ですら夜明けとともに退散するというのに、Kときたら両手をポケットに入れ、自分がそこにいれば、部屋と住人もろとも廊下そのものが退去するかのようにして突っ立っていた。もしそんなことがあり得るとしたら――いいかね、たしかなことだ――実際にそうなったかもしれない。なにしろ役人はかぎりなく寛容だ。誰もKを追い出さないし、出て行くべしと、当然のひとことすら口にしない。Kがいるあいだ、怒り心頭に発して、せっかくの朝が台なしになったにもかかわらず、追い出すようなことはしない。相手を責めるかわりに、みずから苦しむのを選ぶのだ。ただし、相手がそれを見てとって、自分たちの苦しみを同じく分かちあってくれるはずと期待してのこと。朝になっても廊下に立っているなどのことがどういうことか、ひと目でわかるはずなのだ。期待が裏切られた。よもやこれほど感覚の鈍い、かたくなな、いかなる畏怖にも反応しない人間がいるとは思わなかった。友愛と気さくさをもってしたばかりに気づかなかった。夜の蛾ですら、あの虫ケラですら、朝がくると、隠れ家にもどって身をひそめる。消え失せたいのに消え失せられないのを悲しむものだ。ところがKは、もっともめだつところにみこしを据えていた。朝の到来をさまたげられるものなら、そうしてみようといったぐあいだった。さまたげられないが、残念なことに遅らせることはできるのだ。書類の配分を見ていなかったか？　関係者以外、見てはならないことなのだ。主人や女将ですら、自分の家でありながら見ることは許されていない。たとえば今日、召使から聞いたように、ほんのちょっぴり洩れ聞くだけのこと。書類の配分がいかに厄介なことになったか、気がつかなかったのか？　それ自体が不可解である。城からの者たちはひたすら仕事に仕えて、私利私欲をいささかも考えない。だから書類の配分という、もっとも重要で基本的な用件が、すみやかに、とどこおりなくなされることに全力をそそぐ。おそらく察しがついただろうが、配分がほとんど閉ざされたドアごしにされなくてはならないことが、とりわけ厄介なのだ。直接、同僚同士で交渉させてはならない。当然のことながら即座に気を通じ合うからだ。これに対して召使を通して渡すのは時間を要するし、文句が出ないではいないし、双方に苦の種で、あとの仕事にも影響する。どうして彼らはお互いに交渉し合えないのか？　それがどうして、まだわからないのだ？　女将にとってこんな人間を相手にするのは――主人もそれを確証したが――まるきりはじめてのこと、なんとも呑みこみの悪いのを相手にしたのだ。とてもしゃべりたてることではないが、そうしないと是非とも必要なこともわからないだろうから、はっきり言うとしよう。言わなくてはならないから言うのだが、Kのせいで、まったくもって彼のせいで、あの人たちは部屋から出てこられなかった。しばらく眠ったあとの朝は、とくに彼らは羞恥心が強くて傷つきやすい。他人の視線に耐えられない。きちんと身なりを整えていても、さながら裸身をさらすような気がする。いったい何を恥じるのか、それを言うのはむずかしい、永遠の働き手である彼らはおそらく、自分たちが眠ったということが恥ずかしいのだ。自分を示すこと以上に、他人を見るということを恥じているのかもしれない。夜の尋問ということでしのいできたもの、我慢のならない陳情者の視線を、よりによって朝に突然、むき出しのまま押し入ってこられる。それが耐えがたいのだ。そんな気持を尊重しないとは、なんという人間だろう！　Kのような人間にちがいない。法律にも、ごくふつうの人間的な配慮にも無頓着で、書類の分配をほとんど不可能にしたことに気づかず、当家の名誉を失墜させ、前代未聞のことを引き起こした。絶望の淵にあった者が超人的な自制ののち、万策つきてベルに手をのばし、助けを求めた。ほかの方法ではどうしようもないKを追っ払うためだ。彼らは助けを求めていた！　本来なら、とっくに駆けつけているところだが、呼ばれもせず、しかも朝にまかり出るなど思いつかなかったわけで、いまも助けにきただけであって、すぐに退散する。Kへの腹立ちで地団駄を踏みながら、かつまた自分たちの無力さに歯噛みしつつ、二人は廊下の入口で待っていた。予期していなかったベルこそ、彼らには救いというものだった。これで最悪の事態は脱した！　やっとKから解放されて、かの人々にやすらかな賑わいの見られんことを！　Kはむろん、これで一件落着というのではない。自分がやらかしたことに対して、当然の責任をとってもらう。

この間に三人は酒場までやってきた。怒りでふるえていたにもかかわらず、どうして主人がKをここへつれてきたのか、はっきりしなかった。Kの疲れぐあいを見て、帰らせるのは無理だと思ったせいかもしれない。すわれとも言われないのに、Kはビール樽の一つに文字どおりくずおれた。暗がりにいるのはここちよかった。大きな部屋には樽の栓の上に弱々しい明かりが一つともっているだけだった。外はまだまっ暗で、吹雪いているようだった。暖かいところにいるのだから、追い出されない工夫をしなくてはならない。主人と女将はまだKの前に立っていた。いぜんとして危険なしろものであって、くずおれているようではあれ、やおら立ち上がり、またもや廊下に入りこもうとしかねないかのように見つめていた。二人もまた疲れていた。夜のひと騒ぎに加えて、早朝たたき起こされた。とりわけ女将がそうだった。絹らしく、さらさら音をたてる、裾の広い、茶がかった服を着ていた。ボタンが少しずれてとめてある——あわただしいときに、どこから取り出したのだろう？——首が折れたように主人の肩に頭をのせ、きれいな小さいハンカチで目を拭うと、子供が怒ったような目つきでKをにらみつけた。二人をなだめるためにKは言った。いま話されたことは、自分にとってすべて初耳のことである。知らなかったとはいえ、もし用がなければ、いつまでも廊下にいなかった。誰を苦しめるつもりはなく、すべて疲れはてていたせいである。ひどい状況にケリをつけてくれてありがたい。責任をとらなくてはならないのなら、よろこんでとるだろう。そうすれば自分の行動の誤解をとくこともできるだろう。ひとえに疲れたせいであって、ほかの何ものでもない。自分が尋問の緊張に慣れていないことから生じた疲労であって、少し経験を積めば、同じことは二度とくり返さない。たぶん、尋問をあまりにも真剣にとりすぎていたのだろう。それ自体は悪いことではない。二つの尋問をたてつづけにすませた。一つはビュルゲルのもとで、もう一つはエアランガーのもとですませた。とりわけビュルゲルとのことで疲れた。エアランガーからは一つのことを頼まれただけだが、二つの尋問を一度にというのは多すぎた。ほかの人、たとえば主人にとってもきっと同様だろう。二つ目が終わったとき、ほとんどフラついていた。酔っぱらっているみたいだった——城側の二人とは、はじめて会って、話をして、答えなくてはならなかった。自分の知るかぎり、どちらも順調にいった。それから思ってもみなかったことが生じた。さきにすましたことを知ってもらえば、誰も罪を言い立てはしないだろう。残念ながらエアランガーとビュルゲルしか、こちらの状態を知る者がない。エアランガーは尋問のあと、すぐに出かけなくてはならなかった。あきらかに城へもどるところで、ビュルゲルは、きっとKとのやりとりに疲れてだろう——Kが疲れはてたのも、もっともではあるまいか?——すぐに眠りこみ、書類配分のあいだも眠りつづけていた。自分に眠る場があれば、よろこんで眠りこんで、禁じられているのぞき見などしなかった。現実として何も見なかったのだから、寝ているほうが楽だったし、感じやすい人々を苦しめることもなかった。

二つの尋問のこと、とくにエアランガーとの一件、またKが城の者たちに対して敬意をこめて話したので、主人は気持がなごんだようだった。樽の上に板を置いて、せめて明るくなるまで休ませてほしいとKがたのむと、承知しかけたが、女将が反対した。服の乱れにやっと気がついて、意味もなく撫でつけていたが、はげしく首を振った。清潔好きが、またもや頭をもたげたのだ。疲れたままにKは、いつものことらしい夫婦のやりとりに聞き耳を立てていた。ここからまた追い出されるのは、これまでにもかつてなかった不運というものだ。二人が一致して向かってきても、追い出されてはなるまい。樽の上で丸くなって、Kは二人を盗み見た。女将がとびきり神経質なことには気づいていたが、彼女は不意にわきへ寄ると——主人とはもうべつのことを話していたようだ——大声で言った。

「なんて目で見ているのだろう！　さっさと追っ払っておしまい！」

この機会をとらえて、かつまたここに残れるとはっきり意識した上で、Kはさりげなく言った。

「あなたじゃない、あなたの服を見ていたんです」

「どうしてわたしの服を？」

女将が上ずった声で言った。Kはただ肩をすくめた。

「もういい」

と、女将が主人に言った。

「酔っぱらっている。とんだゴロツキだ。酔いがさめるまで、ここに寝かしておくとしましょう」

女将に呼ばれて、暗いところからペピーが現われた。寝乱れ、疲れた顔で、だらしなく箒をもっていた。

女将に言われたままに、ペピーが枕らしいものをKに投げてきた。

25

目を覚ましたとき、Kはほとんど眠らなかったような気がした。部屋はあいかわらずひとけがなくて、あたたかかった。四方は闇に沈んでいた。樽の栓の上の明かりが消え、窓の外も暗かった。伸びをしたとたんに枕が落ち、板と樽がきしみ音をたてたので、すぐにペピーがやってきた。すでに夜だと告げられた。とすると十二時間以上も眠ったわけだ。昼間は女将が、何度かたずねたそうだ。明け方にKが女将と話していたとき、ゲルステッカーがこちらの暗いところでビールを飲んでいた。ことさら声はかけなかったが、その後もKのようすを見るために一度顔を見せたという。どうやらフリーダもやってきて、そばに立っていたらしい。ただしKのせいで来たのではなく、いろんな支度をしなくてはならなかったからである。夕方にはもとの仕事につくことになっていたからだ。Kに珈琲とケーキをもってきて、ペピーがたずねた。

「フリーダはもうあなたが好きじゃないのね?」

以前のような意地の悪い言い方ではなく悲しげだった。この間に世の中の悪辣さを知り、それと比べれば自分の意地悪など、ものの数ではないし、意味もないとでもいうふうだった。辛いお仲間のようにしてペピーは話しかけてきた。Kが珈琲を飲み、甘みが足りなさそうな顔をしたと見てとると、走っていって、砂糖のいっぱい入った容れ物をもってきた。悲しんではいても、この前と同じように、入念に化粧はしていた。髪にどっさりとリボンやお飾りをつけ、額とこめかみのまわりはこまかくカールして、首には鎖の首飾り、それがアキの大きなブラウスの胸元に下がっている。Kが久しぶりにグッスリ眠り、うまい珈琲にありついたので満足していると、ペピーが疲れた声で言った。

「わたしにかまわないでね」

Kに寄りそって樽に腰を下ろした。それからKがたずねたわけでもないのに、すぐさま自分のほうから話しはじめた。気持をそらすものが必要であるかのように、Kの珈琲カップに目をじっとそそいでいた。自分の悩みにかかずらってはいるにせよ、すべてそれに身をまかせているわけではない、といった感じだった。それは自分の力にあまるからだ。まずKが聞かされたのは、ペピーの不幸は、そもそもKのせいだというのだ。しかし、恨みには思っていないという。Kに抗弁させないために、ペピーは話しながら、しきりにうなずいてみせた。ことのはじめはKがフリーダを酒場からかっさらったことだった。それでペピーの出世が実現した。そうでなくてはフリーダに仕事をやめさせるなど、できっこないことだった。巣の中の蜘蛛のように、酒場に巣くっていたからだ。知るかぎりのところに糸をのばしていた。その意志に抗って何かするなど、とうてい不可能で、下の者に対する愛にも似た、彼女の地位と折り合わない誰かがかかわって、やっと追い出すことができた。では、ペピーはどうなのか？　かつてこの地位を奪い取ろうなどと考えたことがあっただろうか？　部屋づきの女中だった。しがない、さきの見込みのない地位である。そしてどの娘にもおなじみの夢をもっていた。夢をもつことは誰も禁じられない。しかし、本気で上にあがるのを考えたことはなかった。現状で満ち足りていた。ところが突然、フリーダが酒場からいなくなった。あまり突然のことなので、主人はおいそれとは代わりが見つからず、ペピーに白羽の矢が立った。ペピーもむろん、それなりにせっつきはした。そのころ彼女は、ついぞ誰に対して抱いたこともないほどの気持でKをいとしく思っていた。それまで下のちっぽけな暗い部屋住まいをしていて、以後もそこで過ごし、ひどい場合は生涯、そのように過ごすのを覚悟していたところに、突然、Kが現われた。ヒーローである。女を解放してくれる英雄であって、上への道をひらいてくれた。とはいえペピーのことは何も知らず、彼女のためにしたのではなかった。だからといって感謝しなくていいものだろうか。新しい職が目の前にぶら下がってきた夜――確実というのではないが、しかし、とても確かではあった――ひそかに何時間もKと話し、その耳に感謝をささやいて過ごした。Kが重荷として背負ったのがフリーダであった点が、ペピーには、なおのこと貴いのだった。そこには無私にちかい献身があった。ペピーを引き上げるためにフリーダを恋人にした。みっともない、年をくった、痩せっぽちであって、髪はパサパサで短いし、しかも底意地が悪い女なのだ。いつも隠し事をしていた。それは見かけからもよくわかる。顔にも体の惨めさからも見てとれた。クラムとのことのような、誰にもはっきりわからない秘密をもっていないと体面が保てないのだ。さらにペピーは考えた。Kがフリーダを愛しているなんて、ほんとうだろうか。思いちがいをしているだけではないのか。それともフリーダだけを欺いていて、きっととりもなおさず自分の出世がその唯一の成果というもので、いずれKはまちがいに気づくか、まちがいを隠そうとしなくなって、もうフリーダには会わず、ペピーとだけ会うことになる。まちがった想像ではないはずだ。というのはフリーダに対して、女と女としてなら、十分に張り合える。それは誰にも否定できない。何よりもフリーダの地位と、フリーダがそれに色づけをした輝きに、Kの目が、つかのまにせよ、くらまされたのだ。つづいてペピーは想像した、自分がこの地位につくと、Kが自分にすがってくる。だからKに従うことで地位を失うか、Kを拒むことによって、なおも出世するか、どちらかを選ぶことになる。そこで彼女は準備をしておいた。すべてをあきらめ、Kについていって、ほんとうの愛を教えてやる。Kがフリーダとでは決して知らなかったもので、この世のどのような名誉ある地位とも関係がない。ところが、ちがったふうになってしまった。誰のせいなのか？　何よりもKである。ついでもちろん、フリーダであって、そのズルさのせいだ。まずKのせいであることはまちがいない。なぜって、いったい、何をしたいのか、なんて奇妙な人間なんだ？　何を求めている、何を後生大事に追っかけている。いちばん近くにあるもの、いちばんいいもの、いちばんすてきなものを忘れている。その犠牲になったのがペピーだ。すべて愚かしく、すべてがダメになった。貴紳荘に火をつけて、燃やせる人はいないのか。きれいさっぱり燃やしてしまって、あとに何も残さない。ストーブの中の紙のように、あとかたなく燃やせる人、それこそいまのペピーには選ばれた人なのだ。それはそれとして、ペピーは酒場に移った。今日で四日になる、お昼のすぐ前からだ。楽な勤めじゃない。ほとんど殺人的な仕事なのだ。しかし、得られるものも少なくない。ペピーはこれまでものんきに暮らしていたのではなかった。こんな職につくなんて大それたことは、これっぽちも考えたことはなかったが、しかし、よく見ることは見ていた。これがどんな仕事か知っていた。やみくもにとびついたわけじゃない。やみくもに引き受けられる仕事じゃない。それでは、ちょっと勤めただけですぐにお払い箱になる。ここの女中をやってみれば、すぐにわかる。部屋づきの女中をしていると、いつのまに時がたったのか、自分は何をしていたのか、わからなくなる。鉱山で働いているみたいだ。少なくとも秘書たちの廊下ではそうだ。何日そこにいても昼間の陳情者が少しばかりやってくるだけで、小走りに往ったり来たりしている。顔も上げない。部屋づきの女中が二、三人いても、みんなけわしい顔をしている。朝のうちは部屋から出られない。秘書たちは自分たちだけでいたいからだ。召使たちが調理場から食事を運んでいく。すると女中にはふつう何もすることがない。食事のあいだも廊下に出てはならない。掃除をしていいのは、あの人たちが仕事をしているあいだだけで、もちろん執務中のところではなくて、そのときちょうど空いている部屋を掃除する。仕事の邪魔になるから、そっと掃除しなくてはならない。どうしてそんなことができるだろう。秘書は何日もそこにいた、召使もいた、うろうろしていつも汚してしまう連中だ、やっと空いて掃除となると、もうとてもひどい状態で、ノアの洪水だって全部のゴミを流しきれるものじゃない。ほんとにとても偉い人たちだけど、いなくなったあとを掃除するとき、吐き気がする、我慢するのは大変だ。部屋づきの女中には仕事が山ほどあるわけじゃないけど、とても疲れる。ねぎらいの言葉ひとつかけてもらえない。叱られるばかり、いちばんガミガミいわれて、いちばんひんぱんに叱られることがある、掃除のときに書類がなくなったってこと。ほんとうは何一つなくならない。どの紙切れも主人に渡すのだ。しかし、書類はもちろんなくなる。でも女中のせいじゃない。すると委員たちがやってくる。女中は自分の部屋を出なくちゃならない。ベッドの中も調べられる。女中は持ち物などもっていない。ほんの少しもっているだけで、背負い籠にそっくり入ってしまう。委員たちは何時間もかかって調べる。むろん、何も見つからない。どうして書類が出てきたりするだろう？　女中に書類など用があるだろうか？　終わったあとには、主人から伝えられるのだが、委員たちの罵りや脅かしだけが置き土産だ。静かな時がない。――昼も、夜もそうだ。夜中までうるさいし、朝も早くからうるさい。せめて同じところに住まなくてもいいといいのだが、住まなくてはならない。仕事のあいまに言いつけられて、調理場からこまごましたものを運ぶのも女中の仕事だ。とくに夜に多い。突然、女中部屋が拳でドンドンたたかれる。注文が言いつけられる。調理場へ走って下りる、手伝いの男の子が眠っているのをゆり起こす、注文されたのを盆にのせて女中部屋の前に置いておくと召使がもっていく——なんて辛いことだろう。しかし、もっとひどいことがある。注文がこないときのほうがひどい。すると真夜中になる、やっと眠れたころに、女中部屋の前を忍び足で歩きはじめる。するとと女中たちがベッドから下りてくる——ベッドは重なり合っている、なにしろ部屋はとても狭いからだ。女中部屋は何のことはない、三つの引き出しのある大きな戸棚ってものだ——ドアのところで耳をすましている、ひざまずいて、恐いから抱き合っている。ドアの前にずっと忍び足の音がする。でも、誰かが入ってくることは決してない。言っとかなくてはならないが、すぐに危険が迫っているというのではない、誰かが部屋の前を往ったり来たりしているだけで、注文しようかどうか思案していて、その決心がつかない。たぶん、そうだと思う。まるでちがうかもしれない。もともとあの人たちのことは、まるで知らない。ほとんど見たことがない。いずれにしても怖ろしくて死にそうだ。やっと外が静かになると、壁にもたれたままで、ベッドに這い上がる力もない。ペピーには、またもやこんな生活が待っている。今夜にも女中部屋にもどらなくてはならない。どうしてだ？　Kとフリーダのせいだ。再びあの生活にもどる、なんとか逃げ出したというのにだ。Kの助けもあったが、自分もとても努力した結果だった。というのは女中たちはよく怠ける。ふだんはとてもきちんとしている人だって、いいかげんになる。誰のためにお化粧しなくてはならないのか？　誰も自分たちを見ない。せいぜいのところ調理場の連中だ。あれでよければ着飾ればいい。ほかはいつも女中部屋にいる。あるいは、掃除にいく部屋であって、きれいな服で行くなんて軽はずみだし、無駄なことだ。いつも明かりの下で、ムッとした空気の中で——いつも暖房がしてある——それにいつも疲れている。週に一度だけ午後が休みになるだけで、調理場の隅かどこかで、ひたすら眠りこけている。何のために化粧する必要がある？ほとんど服だっていらないくらいだ。ところが突然、酒場に移された。もともと自分を見せるところだ。これまでとは逆で、いつも人の目にさらされている。世間ずれのした、目のこえた人もいる。いつも見ばえよくして、気持よい感じを与えなくてはならない。大転換というものだ。ペピーは何も逃さなかったと言っていい。あとはどうなるかは心配しなかった。この仕事に必要な能力があるのはわかっていた。それはたしかなことで、いまもそう思っている。誰にもそうではないとは言わせない。負けて引き下がるいまだってそうだ。いちばんはじめ、どうやって能力を見せるかが、むずかしかった。貧しい女中だったから、服も飾り物もない。それにゆっくり上手になっていくのを、あの人たちは待ってくれない。すぐにもちゃんとした酒場の女でなくてはならない。でないと承知しない。フリーダだってできたのだから、とてつもないことではないと思うかもしれないけど、それがそうじゃない。ペピーは何度もそのことを考えた。何度もフリーダといっしょだったし、ひところは同じベッドを使っていた。フリーダの奥の手を嗅ぎつけるのは容易じゃない、注意しないと——どんな人が注意したりするだろう？——すぐにフリーダにしてやられる。自分がどんなにみすぼらしく見えるか、フリーダほどよく知っている者はいない。たとえば、フリーダが髪をといたのをはじめて見ると、あまり可哀そうだから、思わず手をたたきたくなるほどだ。あんな女は、ふつうだったら女中ですらつとまらない。フリーダもそのことを知っていて、よく泣いていた。ペピーにしがみついて、ペピーの髪に自分の頭をこすりつけてきた。しかし、仕事につくと、そんなけはいはまるでなかった。いちばんきれいなみたいにしていて、誰にもそんなふうに思いこませた。とてもすご腕だ。嘘が上手で、アッというまに騙すから、ちゃんと見るまがない。その手はもちろん、長くはつづかない。人々も目をもっていて、最後には見抜くものだ。でもフリーダは危険だとわかったとたん、ほかの手を用意している。いちばんの奥の手がクラムだった！　そう思わないか、確かめてみるといい、クラムのところへ行って、たずねる。そこがずるいところだ。クラムのところへ、そんなことをたずねには行けない、もっと大切なことをたずねに行っても、クラムはあなたには戸をひらかない、ずっとドアの向こうだ――あなたや、あなたのような人は駄目、フリーダは気が向いたときにクラムのところへとんで入れる――そうだとしても、でも確かめることはできる、じっと待っているだけでいい。クラムはそんなまちがった噂はいつまでも我慢しない。クラムについて酒場や食堂で話されていることを、じっと追っかけている。クラムにとっては、とても大事なこと、まちがっていれば、すぐに訂正する。でも、やはり訂正はしない。何も訂正することなどない。ありのままの真実なのだ。みんなが見ていたのは、フリーダがクラムの部屋にビールを運んだこと、お代をもらって出てきたこと、それだけ。人が見なかったことを、フリーダは話していて、信じるしかない。でも、自分で話してなどいない。そんな秘密をしゃべったりしない。そうじゃなくて、フリーダのまわりでそんな秘密が話されていた。話の種がつきそうになると、そんなとき、はじめて自分でも話しだす。それもそっと小声でね。自分で言い張ったりはしない、ただよく知られていることだけを話す。それも全部じゃない、フリーダが酒場に勤めだしてから、クラムがビールを飲むのが少なくなった。ずっと少なくではないけれど、かなり少なくなった、そんなことはフリーダは言わない。いろんな理由があってのことで、クラムにはビールがあまりおいしくなくなってきた、それともフリーダにかまけてビールを飲むのを忘れたのか、それはそれとして、どんなにびっくりすることだとしても、フリーダはクラムの愛人ってわけ。クラムをうっとりさせるのだから、ほかの人が感嘆しないはずはない。そんなわけで気がついたらフリーダはとびきりの美人になっていた。酒場になくてはならない、そんな女になっていた。ほとんど美しすぎるし、力がつきすぎて、酒場ではもの足りなくなる。実際にそうで、人々にはへんに思えてきた、フリーダがいつまでも酒場にいるってこと。酒場の女であるってことは、とても大変なこと、だからこそクラムとの関係がほんとうらしく思えたけど、酒場の女がクラムの愛人となると、どうしてクラムはいつまでも酒場にとどめておくのか？　どうして上に引き上げない？　ここに矛盾はない、クラムには、そんなぐあいになるはっきりした理由がある、ある日突然、ほんとに明日にもフリーダを引き上げるかもしれない、そういったことを何千回と人々に言って聞かせても、あまり効果がない。人々がいちど思いこむと、なかなか変えられない。フリーダがクラムの愛人だってことを、もう誰も疑わなくなった、事情をずっとよく知っている人だって、いつまでも疑っているのが面倒になる。《勝手にクラムの愛人でいるがいいや》と思う。《そのかわり、つぎの出世を見せてもらおうじゃないか》。でも、見せてくれない。フリーダはこれまでどおり酒場にいる。そのままいるのが、どうもうれしそうだ。でも、体面を失ってきた。フリーダはむろん、気がついてきた。まだほんとうになる前に、さきに気がつく人だ。ほんとにきれいで愛らしい娘なら、いちど酒場づとめが板につくと、手管なんて使わない。きれいなあいだは、とくに運が悪くなければ、ずっと酒場にいられる。しかしフリーダのような女は、いつも気をつけていなくてはならない。もちろん、フリーダのような女はそれを見せたりしない。むしろ不平を言ったり、仕事を呪ったりしている。でも、ひそかにたえず雰囲気をうかがっている。人々が冷淡になったのを見てとった。フリーダが出てきても何てことはない。目を上げてチラリと見るくらいがやっとだ。

召使たちだって寄ってこない、連中はオルガとか、ああいう女がお相手だ。主人の態度からも、自分がいなくてはならない者でもないことがわかってくる、クラムとの新しい話をこしらえるのも、そうそうできない。何ごとにも限度がある――それで利口なフリーダは新手を思いついた。さとられなかったら、しめしめだ！　ペピーにはそれとなくわかったが、残念ながらはっきりわかったわけじゃなかった。フリーダはスキャンダルをつくろうと心を決めた。クラムの愛人が、誰でもいい、よその男の恋人になる。なろうことなら、どこの馬の骨ともわからない相手がいい。そのほうがうんとめだつし、長いこと噂になる。いつまでも、いつまでも覚えていてもらえる。クラムの愛人とは、どういうことか。その名誉を新しい恋のために投げ捨てるとはどういうことか。ただむずかしいのは、ピッタリふさわしい男を見つけることだった。利口で、同じ遊びができる相手でなくちゃあならない。フリーダの知った人ではダメ、召使の一人なんか、もとよりダメ。召使はきっとビックリして目を丸くして、それから知らんぷりをする。まじめにとったりしないからだ。襲われたってフリーダが言いふらそうとしても、そうは問屋がおろさない。抵抗できなかった、不意にいいようにされたって言うのも無理だ。どこの馬の骨かわからなくても、しっかりしたところがあって、見かけは悪いがフリーダに恋いこがれていて、何が何でも――なんてことだろう！――フリーダと結婚したがっている、人々にそれを信じてもらえる男でないといけない。卑しい男であって、ことによると召使よりもっと下の身分で、ずっとずっと下の人、でも、だからってほかの娘から笑いものにされる男じゃない、頭のちゃんとしたほかの娘ですら、惹かれるかもしれない相手。そんな男がどこにいるのか？　ほかの娘なら一生かかって探しても見つからなかったが、フリーダは幸運だった、そんな計画を思いついた日だったものか、その夜に酒場で測量士と出くわした。測量士である！　Ｋはどう思うか？　なんとへんなことで頭がいっぱいの男だろう？　何か特別のものを手に入れたいのか？　新しい仕事の口、それとも勲章？　そういうものがほしいのか？　それならそもそものはじめから、ちがったやり方でいかなくてはならなかった。彼は何でもない人間なのだ。その立場のひどいことはどうだ。測量士であって、たぶん、それは何かではある。つまり何かは学んだ。しかし、それで何かできるわけでもないのであれば、やはり何ものでもない。そのくせ要求している、何の後楯もないのに要求している。直接じゃないが、彼が何か要求していることはわかる。それはなかなか刺激的だ。部屋づきの女中でも少し話せばおかしくなるってことを、彼はわかっているのかどうか。こんな特別の要求とともに、彼は最初の晩にすぐさま大きな罠に落ちこんだ。恥ずかしくないのだろうか？　フリーダの何に、そんなに気持をそそられたのだろう？　いまなら打ち明けられるだろう。フリーダがほんとに気に入ったのか？　あの痩せた黄色っぽいのが？　そんなことはない、彼はほとんど見ていなかった。フリーダはただ自分がクラムの愛人だと言っただけ、それが彼には新しいことでゾクッときて、それでしてやられた。酒場からフリーダは出ていかなくてはならない、もちろんもう貴紳荘にフリーダの場所はない。出ていく日の朝にペピーはフリーダを見た。みんな駆けつけた、誰にもこの上ない見ものだった。みんな気の毒がった、それほどフリーダの力は大きかった。フリーダを心よからず思っていた者も気の毒がった。計算どおりにピッタリいった。そんな男に自分を投げ出すなんて、誰にも不可解だった。運命の一撃というものだ。酒場の女をむろんあがめている台所の娘だって悲しんでいた。ペピーにしても心を打たれた。ほかのことに注意を向けていたのに、それでも心打たれないわけにいかなかった。フリーダ自身が、ほとんど悲しんでいないのが気になった。フリーダを見舞ったことは、とてつもない不幸なのだ。たしかに不幸であるように振舞っていた。

しかし、十分ではなかった。そんな見せかけにペピーは騙されない。どうしてこんなにしっかりしているのだろう？　新しい愛の幸せなのか？　そんなことは論外だ。ほかに何がある？　あのとき、おおかた後継ぎに決まっていたペピーにさえ、いつものように冷やかに親切でいられるなんて、何によるのだろう。ペピーはそのころ、十分に考える暇がなかった。新しい地位のためにいろいろ支度しなくてはならない。ほんの数時間で仕事につかなくてはならない。髪をどうするか、きれいな服、きれいな下着、まともに靴だってもっていない。それをみんな数時間のうちに用意しなくてはならなかった。きちんと用意できないのなら、そもそも最初から断わっておくほうがいい。仕事についても三十分以内でクビになることは目に見えているからだ。ともかく、少しはなんとかなった。調髪には自信があった。女将にたのまれて頭をつくったこともある。生まれつき手先が器用なのだ。それに髪がゆたかなので、どうにでもなる。服のことでも助かった。ほかの二人の女中はペピーに協力的だった。仲間が酒場に移れるのは彼女たちにも名誉というもので、いずれペピーが力をもつことになれば、いろいろ便宜をはかってくれるというものだ。二人のうちの一方が以前から高価な布地をもっていた。彼女の宝物で、何度も見せびらかしたことがあった。いずれ派手に利用するつもりでいたところ——心のひろいところを見せて——いまこそというのでペピーにゆずってくれた。二人ともいそいそと縫う手伝いをしてくれた。他人のために、あんなに熱心になってくれた。とても楽しい、幸せな作業だった。縫いながら歌った。たがいにでき上がりをひろげてみて、上や下に飾りをつけた。あのときのことを思い出すと、ペピーはいまも胸がふさがる。すべてが無駄になった。何のお土産もないまま、あの二人のところにもどっていく。なんという不幸だろう、何と軽はずみに罪つくりをしたことだ、何よりもKのせいだ。あのとき、どんなにみんな服のことでよろこんだか。成功の保証のような気がした。あとでリボンがつけば、万全というものだ。実際、きれいな服ではなかろうか？　たしかにいまは少ししわくちゃで、シミもついた。ほかに替えがないので、昼も夜もこれを着ていなくてはならない。でも、いまだって、きれいだってことに変わりはない。バルナバスのところのいかれ娘にも、とてもこんなのは作れない。好みによって上や下を広くしたり、絞ったりできるのだ。だから一着きりではあるが、いろいろに変えられる、これがとりわけすぐれた点で、ペピーの発明である。縫うことも、誰にもひけをとらない。自慢するわけではないが、若くて健康な娘は何だってできるものだ。むずかしかったのは下着と靴をそろえることだった。これが実のところ失敗のはじまりだった。こちらにも二人の仲間ができるかぎり協力してくれたが、あまり助けにならなかった。もち寄ってくれたのはひどい下着で、つくろったしろものだし、踵の高い靴ではなくて、ひらべたい底の靴で、人に見せるよりも隠しておくようなものだった。ペピーは慰められたのだが、フリーダだってときおり、ひどい格好で出ていた、客は彼女より手伝いの小僧に給仕されたいぐらいのものだった。たしかにそうだが、しかし、フリーダなら許せる、ひいきにされているし、実績がある。女がいちど汚されて、そのあとで着飾って現われると、なおのこと魅力があるからだ。ペピーのような新米はどうか？　ついでながらフリーダは着つけがひどかった。趣味ってものがない。肌が黄色ければ、それはやむを得ないことで、フリーダのようにアキの大きな、クリーム色のブラウスなんか着るもんじゃない。黄色を見せつけられて目がどうかなっちまう。そうでなくても、フリーダはいい格好をするにはケチくさすぎた。稼いだのは、しっかりと抱いていた。何のためなのやら。フリーダは仕事に元手をかけなかった。もち出したのは嘘と手管だけ。そんなのは手本にならない。ペピーがうんと飾り立てることにしたのは正しかった。はじめから打って出た。もっと元手があれば、フリーダがどんなにズル狐でも、Kがどんなにおバカさんでも、勝利はこちらにあったはずだ。出だしは順調だった。この仕事に必要なコツや知識はさきに仕入れていた。酒場に出たとたん、もうとけこんでいた。フリーダがいないので、さみしがる人などいなかった。二日目になって何人かの客が、フリーダはどこにいるのかとたずねただけだ。へまはしなかったし、主人は満足していた。一日目は心配なのでのべつ酒場にやってきたが、あとはときたまで、会計もピッタリ——平均するとフリーダのときよりも実入りがよかった——全部ペピーにまかせてくれた。ペピーは新しいやり方を導入した。フリーダは勤勉さのせいではなく、欲ばりなのと、支配したいのと、権利を取られはしないかという不安から、召使たちを見張っていた。少なくとも一部の召使はそうで、とりわけ誰かがながめているとき、目をはなさない。ペピーは、そういった仕事はすべて酒倉の小僧にまかせた。こちらのほうが合っているのだ。そのぶん、殿方たちにあてる時間ができた。客は早いこと面倒をみてもらえるのが好きなのだ。しかもペピーは誰ともすこしは言葉を交わした。これもフリーダとはちがう。フリーダはすべてクラムのために取っておくぐあいで、ほかから声をかけられたり、すり寄られると、クラムに対する侮蔑とみなしていた。たしかにこれも賢明なやり方である。たまに誰かを身近に寄せることがあれば、相手がことのほか満悦するからだ。ペピーは、そんなやり方は好まなかった。また駆け出しには、そんな手は使えない。ペピーは誰に対しても親切で、誰もが親切に応じてくれた。みんなこの交代をよろこんでいた。仕事を終えて、やっと少しビールを飲みにやってくると、ペピーはひとことで、目くばせ一つで、あるいは肩をすくめるだけで、まるで別人のように変えた。誰もがいそいそと手をのばしてペピーの巻き毛にさわるので、一日に十度も髪をととのえなくてはならなかった。この巻き毛とリボンの誘惑に抵抗できる者はいなかった。朴念仁の

Kでさえ、そうなのだ。そんなふうに活気あふれた、働きづめであれ、ゆたかな日が、あっというまに過ぎた。こんなに速く過ぎなければ、もう少しはいろんなことができたのだ！　四日は少なすぎる。たとえヘトヘトになるまで働いても、四日ではどうにもならない。もう一日あれば何とかなった。四日ではお手上げだ。この四日のうちにちゃんと、ひいき筋や友達を獲得した。ペピーがビールのジョッキをもってやってくると、みなの目つきよりして、親愛の海を泳いでいるようなものだった。ブラートマイアーという書記は、もうぞっこん惚れこんでいる。鎖の首飾りをくれた。大胆にもペンダントに自分の写真を入れて寄こした――これだけじゃない、またほかにもあった。それにしても四日だけ。四日間でもペピーはそれなりのことをしたが、フリーダなら、ほとんど何もできなかった。フリーダなら、すぐに忘れられていただろう。それでスキャンダルをひろめて覚えておいてもらったのだ。それでお色直しをした。好奇心をかき立てられると、人は会って見たいと思うものだ。もうゲップが出るほど飽きていたのに、Kというへんな男が入りこんだおかげで、ひと味ちがったというものだ。ペピーなら、そんなことはしなかった。自分の存在、自分の魅力で勝負した。ただ年輩者は新しい酒場の娘に慣れるのにヒマがかかる。いつもの習慣につかってきたせいだ。でも何日かすれば交代がよかったと思うもので、当人の気持はどうあれ、何日かはかかる。五日あればそうなった。四日では日が足りない。四日ではいずれにせよ、まに合わせと思われる。それにいちばんの不運があった。この四日のうち、クラムは、はじめの二日は村にいたのに、貴紳荘にはやって来なかった。もしやって来ていたら、ペピーにはここ一番の試験となっていた。ペピーは試験をちっとも怖れていなかった。むしろたのしみにしていた。たぶん――こういうことは口にしないほうがいいのだが――クラムの愛人にはならなかった。そんなホラは吹かない。フリーダに劣らず上手にビールグラスをテーブルに置く、そのコツは知っている。フリーダのように押しつけがましくなく、上品に挨拶をして、上品に自己紹介をしただろう。クラムが娘の目のなかに何かを求めたら、ペピーの目にきっとそれを見つけたはずだ。どうして来なかったのか？　たまたまだろうか？　ペピーはそのとき、そう思っていた。二日間ずっと、いまかいまかと待っていた。夜も待っていた。《いまにもやってくる》と、ずっと思いつづけていた。期待で落ち着かず、またやって来たらいちばんに迎えたい一心から、あちこち走りまわっていた。ずっとガッカリさせられて、よけいに疲れた。そのせいで、ほんとはできたことができなかった。少しでも暇ができると、忍び足で廊下へ入っていった。店の者にはきつく立ち入りを、禁じられている。そこの窪みにくっついて待っていた。《いまクラムが来てくれたら》と思っていた。《この腕に抱いて部屋から酒場へ運んでいけたら、どんなに重くても、へばったりしない》、しかし、クラムは来なかった。上の廊下は、とても静かだ。そこに行った者でないとわからない。あまり静かなので、長くいられない。静けさに追い立てられる。しかし、何度も何度も、十度追い立てられても、またペピーは忍び足でのぼっていった。バカなことだった。クラムは来たければ来るだろう。来たいと思わないのを、引き寄せることはできない。壁のへこみで、どんなに胸を高鳴らせていても無駄な話だ。無意味なこと、クラムが来ないなら、ほとんどすべてが無意味なことだった。そしてクラムは来なかった。いまのペピーは、どうしてクラムが来なかったのか知っている。もしフリーダが上でペピーを見つけていたら、両手を胸にあてて、壁のへこみにくっついているペピーと出会っていたら、すてきなやりとりがあったはずだ。クラムがやって来なかったのは、フリーダがそうさせなかったせいだ。そんなふうに頼んだのではない。フリーダの頼みなどクラムにまで届かない。しかし、フリーダは蜘蛛のように、いろんなところに糸を張りめぐらしている。ペピーが客に何か言うときは、隣のテーブルにも聞こえるほどはっきりと言う。フリーダはしゃべることが何もない。ビールをテーブルに置くと、行ってしまう。絹の下着だ、フリーダが元手をかけたのはあれ一つ、絹の下着にものを言わせる。フリーダがひょっとして何か言うときは、はっきり言わない。客にささやきかける。かがんでささやく。すると隣のテーブルが聞き耳を立てる。フリーダが言うことは、きっと意味のないことだ。でも、いつもそうとはかぎらない。つながりをもっていて、こっちとあっちを結びつける。たいていはうまくいかない——誰がいつまでもフリーダを気にとめているだろう？——つながりの一つを握りしめている。それを利用しはじめたのだ。Kのせいでもある。そばにいてフリーダを見張っているかわりに、ほとんどいなくて、出歩いていた。あちこちで相談ごとをして、何にでも注意しながら、フリーダだけは放っておいた。橋亭から人のいない学校に移ったから、フリーダはよけい自由になった。くっついたばかりの二人なのに結構なはじまりだ。とはいえペピーは、Kがいつもフリーダのところにいなかったと、非難しようとは思わない。そばにいられる女ではないのだ。しかし、それならどうして放りっぱなしにしなかったのか。どうしてそのつど、もどったのか。あちこちうろつきながら、フリーダのために戦っているように見せかけたのか。フリーダとくっついてから、ようやく自分の不甲斐なさに気がついたみたいだし、フリーダにふさわしくなろうと無理をして、なんとか上をつかもうとした。あとで埋め合わせるつもりで、それでさしあたりは一緒にいるのはやめにした。そのあいだフリーダはぼんやりしていなかった。学校にいた。きっとフリーダが手引きしたのだ。貴紳荘のようすをうかがっていたし、Kのようすもうかがっていた。ちょうどいいのをかかえていた。Kの助手であって、Kはすっかりフリーダにゆだねていた——そこのところがわからない、Kの人柄を知っていても、そこのところが腑に落ちない――フリーダは助手を古なじみのところへやって、自分のことを思い出させ、Kのような男にとらわれていると訴えた。ペピーの悪口を言って、すぐにもどると伝えさせ、助けを求めた。クラムには秘密にしておくように誓いを立てさせた。クラムをいたわるためみたいな言い方で、だから酒場には行かせないようにした。クラムへのいたわりのようにしながら、主人に対しては自分の成功を利用した。主人にはクラムがお見限りだと言い立てた。下にペピーがいてはクラムは来ないというのだ。主人が悪いのじゃない、ペピーこそ最良の代理というものだった。ただ日が足りない。数日ではどうにもならない。フリーダがこんなことをしていたなんて、Kはまるで知らない。うろつきまわっているか、あるいは何も知らずにフリーダの足元で寝そべっていた。フリーダは酒場から離れている時間を数えていた。助手は伝言を言いつかっただけではない。Kを嫉妬深くする、熱くさせておく役まわりだった。幼いころからフリーダとは知った仲で、おたがいに秘密がない。しかし、Kを考えて、フリーダは助手とたがいに求め合うようにして、そこからKにはへんなことになった。Kはすべてフリーダによかれと思ってした。矛盾したこともやらかした。助手に嫉妬しながら、三人が一緒にいるのは我慢した。そのくせ自分ひとり、うろつきに出かけた。フリーダの三人目の助手のようだった。フリーダはじっとようすをうかがってから、一挙にけりをつけた。もどることにした。まさにピッタリの時だった。これにはまったく感心させられる。ズル狐の勘のよさ、よく見ていて、ここぞのときに決断する。まねのできない芸当だ。ペピーにそれができたら、どんなにちがった人生になったことか。フリーダがもう一日か二日、あのままあそこにいて、ペピーが追い出されなかったら、押しも押されもしない酒場の女になっていた。誰からも愛され、気に入られ、たっぷり稼いで、見ちがえるような物持ちになっていた。もう一日か二日あれば、クラムは悪だくみで部屋に引きとめられることもなく、下にやってきて、飲んで騒いで、フリーダがいないのに気がついても、変わったことに満足していた。もう一日か二日、するとフリーダはスキャンダルをしょっていても、つながりをもっていても、助手がいても、何があっても、きれいさっぱり忘れられていて、もう出てくることもなかった。そうすればKにしっかりくっついて、愛するなんてできると仮定しての話だが、Kを愛するようになったのではあるまいか？　いや、それはない。もう一日もすれば、Kはすっかりウンザリしていた。なんと手ひどく騙されたかがわかっていた。美人のふりして、貞淑なふりして、とりわけ、クラムの愛を受けているようなふりをしていた。もう一日、それ以上はいらない。あと一日でよかった。あのいやらしい助手もろとも、Kはフリーダを追い出していた。わかってしまっていた。そんな危険のあいだに立たされて、いわば幕が閉じはじめていて、Kときたら単純だから、さらにとっておきの細道をあけておいた。フリーダがすっとんで出た。突然――もう誰も予期していなかった。本来そうじゃないからだ――まだKはフリーダを愛していて、いつもあとを追いまわしているのに、フリーダのほうがKを追い出した。友達や助手を使ってのことだ。主人の前へは救い手のように現われた。スキャンダルのせいで、なおのこと見栄えがいい。上の者にも下の者にも欲望を起こさせる。下の者はほんのちょっと相手にしてもらうだけで、当然のことながら突きはなされる。まえと同じく高嶺の花になる。以前はむろん疑われたのに、こんどは信じてもらえる。そんなふうにしてフリーダがもどってきた。主人は横目でペピーを見て、たじろいでいた――こんなによくできた娘を犠牲にするのか？――しかし、フリーダに言い負かされた。自分に都合のいいことをしゃべり立てる。何よりもクラムを取りもどしてみせるという。もう夜を迎える。フリーダが来て、そして凱歌を上げるまでペピーは待たない。勘定はすでに主人に引き渡した。いつでも出ていける。下の女中部屋の三段ベッドが待っている。ペピーがもどれば、泣きながら仲間たちが迎えてくれる。からだから服を、髪からリボンをむしりとって、そっくり隅っこに押しこんでおく。目に見えなければ意味もなく思い出すこともない。忘れてしまうのがいい。それから大きな水桶と箒を手にとる。歯を嚙みしめて仕事にかかる。しかし、その前に、ありのままをKに話さないではいられなかった。手助けしないと、いつまでたってもわかるまい。はっきり見せてやる、Kがどんなに手ひどくペピーを扱ったか、どんなに不幸にしたか。とはいえ、Kもまた利用された人間なのだ。

ペピーは話し終えた。息をつきながら、目から筋を引いて頰をつたう涙を拭った。それからうなずきながらKを見た。つまるところ、自分の不幸が問題なのではない、と言いたげだった。それは自分で耐えるし、誰の助けも、慰めもいらない、ましてやKに助けてもらおうとは思わない。年は若いが世間というものを知っており、この不幸は、覚悟していたことが現実になったまでのこと。問題はKなのだ。その姿を目の前につきつけたかった。希望がそっくり消えても、それはしておかなくてはならないことだ。

「なんてひどいことを考えているのだ、ペピー」

と、Kが言った。

「いま全部わかったというが、そのすべてがまちがっている。下の暗い女中部屋からもってきた夢だ、それ以外の何でもない。下の部屋には合ってるだろうが、ここの広い酒場だと、なんとも見当外れだ。そんなことを、ここでは主張できないよ。それは言うまでもない。服から髪の形までいばっていたが、それがまさにきみたちの部屋の暗いところで、ベッドからひねり出されたしろものだ。そこではきれいかもしれないが、こちらでは誰もが腹の底で笑っている、あるいははっきり口にしている。ほかにきみは何をしゃべったか？　わたしが利用されて、騙されたって？　ちがう、ペピー、いいかい、きみと同様に利用されてもいないし、騙されてもいない。いまのところフリーダに捨てられた。きみの言い方をすれば、助手の一人と手に手をとってとび出していった。事実の外っかわをきみは見ている。フリーダが妻になるのも、たしかにあり得ないこと。しかし、わたしがフリーダに飽きてしまったとか、翌日には追い出していたとか、あるいは女が男を手玉にとるように、そんなふうにだまくらかしたとか、そういったことは、ほんとうじゃない。きみたち女中はいつも鍵穴からのぞいて、またそんなふうに考える。見たのはちょっぴりでも、それをとてつもなく大きくする。その結果は、一つあげると、わたしがきみよりもずっとものを知らないということになる。フリーダがどうして去ったのか、きみと同じようにわたしにも説明がつかない。いちばんの理由と思われるのは、きみは触れただけで、深くは追及しなかったこと、フリーダを構ってやらなかったってことだろう。しかるべきわけがあってのことだが、それはまあいい、フリーダがもどってくれればうれしいが、きっとまた構ってやらないことになるだろう。そうなんだ、フリーダがそばにいたとき、きみに笑われたように、うろつきまわっていた。フリーダに去られたいま、ほとんどすることがない。疲れていて、ひたすら何もせずにいたい。ペピー、ほかにいい忠告はないかな？」

「あるわ」

ペピーはやにわに元気になって、Kの肩に手をかけた。

「どちらも騙された者同士、いっしょにいよう、下の女中部屋においでよ」

「騙されたと言い張るなら」

と、Kが言った。

「同調できないね。きみはずっと騙され役でいたいんだ。そのほうが気持がやわらぐし、感動していられるからね。ほんとうのところは、きみがこの職に合っていなかったということだ。きみの意見によると、まるきり物知らずだとかのわたしにも、合っていないのはわかったからね。きみはとてもいい娘だ、ペピー、しかし、それがわかるまで手数がかかる。たとえばわたしは、はじめは冷酷で、高慢ちきな女だと思った。ほんとうはそうじゃない。きみを惑わせたのは、この仕事のせいだ、きみが合っていないからだ。手のとどかない職というのじゃない、そんな特別の仕事じゃない。きみのこれまでの勤めより名誉があるように見えるけれど、よく見れば、ほとんどちがわない。とっちがえるほどよく似ている。女中であることのほうが酒場よりましだってものだ。あちらではいつも秘書のなかにいるが、こちらでは秘書の上司の世話をすることはあっても、おおかたはずっと下っぱとつき合っていなきゃあならない。たとえば、このわたしだね。まるで居場所のない人間で、この酒場にいるほかないいんだ。こんな人間にもつき合わなくてはならないなんて、名誉あるといえるかな？　きみにはそう思えるだけで、きっとそれなりの理由があるのだろうが、しかし、だからこそ合っていないのだ。ほかの仕事もちっとも変わらないのに、きみにとってては天の王国で、その結果、なんだって特別の熱意であたろうとする。だから天使のように装わなくちゃあと考える――ほんとうは天使だってそんなふうではないと思うよ――地位のことでビクビクしていて、いつも追われているように感じている。きみの考えによれば、きみを支えてくれそうな人を探している。とびきり親切にして人の心をつかもうとするから、むしろ邪魔っけなことをして、人をそらしてしまう。だってみんな酒場では静かにしていたい。自分の心配ごとに加えて酒場の娘の心配ごとまで背負いたくない。フリーダが去ったあと、高官たちの誰ひとり、人が変わったのに気づかなかったかもしれないが、いまはもう知っていて、もとのフリーダを求めている。フリーダはちがったふうにしていたからだ。ほかのことはともかく、どんなふうに仕事を考えていたかはさておいても、経験がゆたかだったし、冷静で、自制していた。きみもそのことは認めていた。ただ、それを学んで利用しようとはしなかった。フリーダの眼差しに気づかなかったかな？　酒場の娘の目つきじゃなくて、すでにほとんど女将ってものだった。全部を見て、しかもこまかいところをよく見ていて、こまかいところに気を配った上で、それをさとられないだけの余力をもっている。なるほど、少しは痩せっぽちで、老《ふ》けて見えるのはたしかだし、もう少し髪がほしいかもしれないが、フリーダが現にもっているのと比べれば、さまつなことだ。そういう欠点が気にさわる人は、優れたものに対するセンスを欠いていることを暴露したようなものだ。クラムを非難してみてもはじまらない。フリーダに対するクラムの愛が信じられないのは、若くて世間知らずの娘がもっているまちがった見方のせいだ。きみにはクラムが――まあ、当然のことだろうね――手のとどかない人に思えて、だからフリーダもクラムに近づけなかったと考えている。まちがいだね。その点ではフリーダの言ったとおりだと思う、はっきりした証拠こそもっていなくてもね。きみにはどんなに信じられないことであれ、またきみが世間や役人や女の美しさの気品とか力とかについて考えていることと一致しないとしても、ほんとうなんだ、われわれがここにこうしてすわっていて、きみの手をわたしの手でつつんでいる、それがこの世で当然のことのようにしている、ちょうどクラムとフリーダはそのようなものであって、クラムは自分から下りてくる、駆け下りてくるかもしれない、廊下で待ち伏せしていて、ほかの仕事を、うっちゃらかしているのではない。クラムは下りてこられるように努めたはずだし、きみはフリーダのいで立ちに目の色を変えたかもしれないが、クラムには何ともない。きみはフリーダを信じたくないのだ！

それで自分をまる裸にしていることが、世間知らずを暴露していることが、わかっていない。クラムとの関係について、まるきり知らない人でも、フリーダの人となりを知れば、これを生み出すのに誰かが加わっているとわかるはずだ。きみや、わたしや、村の衆よりも大きな人だね。客と給仕女におなじみで、きみの人生の目的でもある冗談ごとをこえている。きみ自身、フリーダの優れたところをよく知っている。観察眼のよさ、決断力、人々に及ぼす力に気がついていた。ただすべてをまちがって解釈した。フリーダが何だって利己的に、自分のいいように、他人には悪辣に利用しているとか、きみに対する武器にしていると思っている。ペピー、そうじゃない、たとえそんな矢をもっていても、そんな近いところに放たないと思うよ。利己的だって？　むしろ言えやしないか、自分がもっていたものを犠牲にして、また予期できたことも犠牲にして、われわれ二人に、もっと高いところに自分を示すための機会を与えてくれたのじゃないのか。われわれ両名は彼女を失望させたし、ふたたびここにもどってくるまでにさせてしまった。実際そうなのかどうか、わからない。自分の罪のことも、まるでわからない。ただ自分をきみと比較すると、そういったことが思い浮かんでくる。われわれ両名は、あまりにせっせと、あまりにうるさく、あまりにって、子供じみて、あまりにウブなやり方でいろんなことをしてしまった。たとえばフリーダの平静さを見ならって、さりげなくやっておけばよかったのだ。それを泣いたり、あがいたり、子供が駄々をこねてテーブルクロスを引っぱるみたいなことをした。結局、何も手に入れず、ただテーブルの上のご馳走を引きずり落として、永久に食べられなくしてしまった——ほんとうにそうかどうかは知らないが、きみが話したことよりずっと正しいだろうってことは、たしかだと思うね」

「まあ、いいわ」

と、ペピーが言った。

「フリーダに捨てられたから、恋しくてしようがない。そうなんだ、捨てられると、恋しいものだ。好きなように考えるといい。何だって自分が正しいと思うがいいし、わたしを笑ってりゃあいいわ——これから、どうするの？　フリーダに捨てられて、わたしの言ったとおりでなくて、あなたの言ったようでなくても、フリーダがもどってくるのを願っている。たとえもどってくるとしても、それまでどこで過すつもり？　こんなに寒いし、仕事もなければ寝床もない。それなら、わたしたちのところにおいでよ。わたしの仲間は、きっと気に入ると思う。気持よくしてあげる。わたしたちの仕事を助けてくれるといい。娘だけだと、ほんとにきつい仕事なんだ。自分たちだけに命じられているわけじゃないし、夜に恐い思いはもうしたくない。だからおいでよ！　わたしの仲間はフリーダを知っている。あなたにフリーダのことを話したげる。もういいというまでね。おいでったら！　フリーダの写真をもっている。見せたげる。あのころはいまよりも、もっとおとなしかった。きっと別人みたいに思うよ。目をよく見るといい。あのころからもう、狙った目つきだ。いいわね、くるでしょう？」

「大丈夫かな？　昨日、ひと騒動あった。きみたちの廊下でとっつかまった」

「とっつかまったりするからだ。あたしたちのところにいれば、とっつかまらない。誰もあなたのことは知らないわ。知っているのはあたしたち三人だけ。楽しくなりそうだ。いまさっきよりも、生活がうんと我慢できそう。ここをお払い箱になっても、そんなにどっさりなくしたわけじゃないみたい。あたしたち三人は退屈しなかった。辛い毎日だから楽しくしなきゃあね。若いときから人生って苦いものだから甘くしなきゃあね。三人は力を合わせている、できるだけ楽しくやっている。とくにヘンリエッテが気に入ると思うわ。エミーリエもね。二人には、もうあなたのことを話してある。二人には、こんな話はとても信じられない、自分たちの部屋の外には何も起こらないと思っているみたいだもの。あそこは狭くてあたたかい。三人でぴったりくっつき合っている。いや、そうじゃない。三人それぞれべつべつだ。それでたがいがイヤにならない。反対だわ。仲間のことを考えると、もどっていくのがほとんど当たり前みたいだわ。仲間以外とどうしようというのだろう。あたしたち三人には、みんなそれぞれ未来が閉ざされているってことが、三人を団結させていた。あたしがそれを破って離れていった。もちろん、あの二人を忘れたりしなかった。どうしたら何かしてやれるか、いつもそれを考えていた。新しい仕事がまだたしかでなかったけど——どんなにたしかでないかは、まるで気がつかなかった——そのときもう主人にヘンリエッテとエミーリエのことを話したわ。ヘンリエッテには何か考えてくれるみたいだったけど、エミーリエには脈がないみたいだった。エミーリエは年がいっている、フリーダと同じくらい。でもね、そうなの、二人ときたら、あそこを出たくない。ひどい生活だってことは知っている、でも、もう慣れたし、やさしい人たちなんだ。いま思うけど、別れるときに二人が流した涙は、あたしがいっしょの部屋を出ていかなくちゃならないからだった。冷たい外に出ていく——あの部屋の外はどこも冷たいんだ——大きな、見知らぬところで、大きな、見知らぬ人のなかであくせくしなくてはならない。それもかつかつで生きていくためにね。これまではいっしょに上手にやっていたのに、こんどは一人きりでね。あたしがもどっても、ちっとも驚かないと思うわ。あたしの気持をいたわって少し泣いてくれる、あたしの運命を嘆いてくれる。でも、あなたがいるのを見て、あたしが一度出ていったのもよかったと思うわ。手助けして、守ってくれる男がいるって、幸せになれるし、それにみんな秘密だってことに手をたたいてよろこぶわ。秘密だから前よりもっと親密になる。おいでよ、ね、お願いだからあたしたちのところに来てよ！　何をしなくちゃならないってこともない。あたしたちの部屋にずっと縛られてるんじゃない。それにあたしたちもそうだ、暖かくなって、あなたがどこかで食いぶちを見つけて、もうあたしたちがイヤになったら、出ていくといい。ただ秘密は守ってね、あたしたちを言いふらさないでね。そうなると、あたしたち、貴紳荘を追い出される。あたしたちのところにいるあいだも、注意してね。あたしたちが危いと考えるところには、うかつに出ていかない。あたしたちの意見に従ってほしい。それ一つだけは守ってほしい、あたしたちと同じように、あなたにも大事なことね。ほかはまったく自由、あなたにしてもらう仕事は大したことじゃない、恐がることはない。ね、来てくれるね？」

「どれほどすると暖かくなるのだろう？」

と、Kがたずねた。

「どれほどすると？」

ペピーがおうむ返しに言った。

「ここは冬が長いわ。とても長い冬がずっとつづく。でもあたしたち下の者は、それを嘆いたりしない。冬にはちゃんと準備している。ある日、春になって夏もあるけど、いま思い出すと、春も夏も短かかったみたい。ほんの二日ばかりで、そんなときにも、とても天気がいいのに、ときおり雪が落ちてくる」

このときドアが開いた。ペピーは身をすくめた。話に夢中になっていて、酒場のことを忘れていた。フリーダではなく女将だった。まだKがいるのを知って驚いたようだ。Kは女将を待っていたと弁明し、一夜の宿の礼を言った。なぜ待っていたのか、女将は不審な顔をした。女将がまだ自分と話したそうな印象があったからだが、まちがっていたら許してほしい、とKは言った。いずれにせよ、ここから出ていく。ずっと学校をうっちゃらかしていた。あそこのひとりきりの小使なのだ、昨日の呼び出しのせいで、すべてがおかしくなった。ああいうことには慣れていない、昨日のようなバカなことは二度としでかさない。お辞儀をして出ていこうとした。女将は夢見ているような目でKを見ていた。その目つきのせいで、ついKは足をとめた。すると女将がそっとほほえんだ。Kのびっくりした顔つきで夢から覚めたみたいだった。自分のほほえみに対する返答を期待していて、それがないので目覚めたといったふうだった。

「たしか昨日、あなたはわたしの服のことで、ひどいことを言ったわね」

Kには思い出せない。

「もう忘れた？　ひどいことを言って、あとはすっかり忘れたってわけね」

Kは昨日の疲労を述べて謝った。何かしゃべったかもしれないが、もう思い出せない。女将の服のことで何を言ったものやら。これまで見たことがないほどきれいだった。少なくとも、あんな服を着て仕事についている女将を見たことがない。

「よけいなことは言わない」

女将が早口で言った。

「もうひとことも、わたしの服のことを言ってほしくない。わたしの服にかまわないで。きっぱりとお断わりします」

Kはもう一度お辞儀をして、ドアに向かった。

「どういうつもりなの」

うしろから女将が叫んだ。

「あんな服を着て仕事についている女将を見たことがないって言った。どうしてそんな無意味なことを言うの？　まったく無意味だ、どういうつもりなの？」

Kは向き直って、興奮しないように、と女将に言った。むろん、無意味なことを言った。服のことはさっぱりわからない。自分のようなものからすると、繕ってない、きれいな服は、どれも貴重に見える。自分が驚いたのは、夜中に女将が廊下にいて、ほかの男たちはろくに着換えていないのに、ひとりきれいな夜会服で現われたこと、それだけのこと。

「どうやら昨日の言葉を思い出したようね」

と、女将が言った。

「さらに無意味なおまけをつけた。服のことはさっぱりわからないってことは、そのとおり。それならば——だからまじめに頼んだのだわ——あれこれ言わないでほしい。やれ貴重な服だとか、ひとりきれいな夜会服だったとかいったこと」

——女将は悪寒がしたかのようだった——

「わたしの服に用はないでしょう。聞いているの？」

Kが黙ったまま、また出ていきそうにしたので、女将がたずねた。

「どうして服のことを知ってるの？」

Kは肩をすくめた。知っちゃあいない。

「知っちゃあいないときた」

と、女将が言った。

「知らないってことを誇っている。事務室に寄ってみて。服を見せよう。そうすれば、もう二度とあんなことは口にしない」

女将はさきに立ってドアを抜けた。ペピーがKに駆け寄って、勘定をもらうという口実のもとに用件を伝えた。Kは中庭を知っているので、すぐに了解した。脇道に通じる門があって、そのそばに小さな戸口がある。一時間ほどするとペピーが戸口の中にいる、三度ノックすれば戸を開けてくれる。

女将の事務室は酒場の向かいにあった。玄関を横切っていく。女将はすでに明かりをつけた部屋にいて、Kが来るのをじっと待っていた。また邪魔が入った。ゲルステッカーが玄関で待っていて、Kに話しかけてきた。振りきるのは容易でなかった。女将が加勢して、ゲルステッカーの厚かましさをなじった。

「どこへ行くんだ？　どこへ行く？」

ドアが閉められても、そんな声が聞こえた。大きな溜息と咳に変わった。

小部屋にはムッとするような暖房がしてあった。狭いほうの壁ぞいに立ち机と鉄製の金庫が置かれ、ひろいほうに戸棚と寝椅子があった。戸棚が大きく場所をとっており、長いほうの壁いっぱいを占め、しかも幅があるのでグンと出ばっている。三つの引き戸を引いて、やっと全開になる。女将が寝椅子を指してKをすわらせ、自分は立ち机のそばの回転椅子に腰をかけた。

「仕立てをやったことはないのだね？」

と、女将がたずねた。

「ええ、いちども」

と、Ｋが答えた。

「もともと何をしている？」

「測量です」

と、Ｋが言った。

「いったい、何だね？」

Ｋは説明した。聞きながら女将があくびをした。

「ほんとうのことを言わないのだね。どうしてほんとうのことを言わないの？」

「あなただってそうでしょう」

「あたしが？　またひどいことを言いだした。わたしがほんとうのことを言わないからって――あなたに弁明しなくてはならないのかい？　どういう点でほんとうのことを言わない？」

「女将に見せかけているが、ただそれだけじゃない」

「また、へんなことに気がついた。わたしがほかに何だって言うの？　まったく、とんでもないことじゃないか」

「ほかに何だかはわかりません。わかるのはただ、あなたが女将であって、女将には似合わない服を着ているってこと、知るかぎり村では、ほかに誰も着ていない」

「やっと本題に入った。黙っていられないのだね。厚かましいのじゃなくて、子供みたいなだけなのか、バカげたことを知っていて、どうしても黙っていられない。じゃあ、しゃべるんだね。この服のどこが変わっている？」

「言われると怒りますよ」

「怒らない、笑うだろう、子供のおしゃべりなんだからね。服はどうなの？」

「知りたいのですね。いい布地でできている。高価な服だが、古びていて、飾り立てていて、かなり手が入りすぎていて、着古しで、あなたの年齢にも、からだにも、地位にも似合わない。はじめて見たとき、気がつきました。一週間前、そこの玄関でした」

「そういうことなんだね。古びていて、ゴテゴテ飾りすぎていて、ほかには何だった？　どうしてそういうことを知っている？」

「見ればわかります。おそわるまでもない」

「ひと目でわかるのか。たずねなくても、流行がすぐにわかる。ありがたいじゃないか、わたしはきれいな服に弱いからね。この戸棚が服でいっぱいだとしたら、何て言うかね」

女将が引き戸を開いた。服が詰まっていた。上下、左右、ぎっしりと詰まっていた。たいていは黒っぽく、灰色や褐色もあり、また黒服が、丁寧にひろげてつるしてあった。

「わたしの服だ、みんな古びていて、ゴテゴテ趣味ときた。上の部屋からはみ出してきたもので、上にはもう二つ戸棚があって、これくらい大きくて、いっぱい詰まっている。驚いたかい？」

「どういたしまして。おおかた予想していましたから。単に女将だけじゃないと言いましたよ。もっとべつのものをめざしている」

「きれいに着飾るのをめざしているだけさ。あなたはバカか、子供か、あるいはとても性悪で、危険な人間だ。お行き、行っちまいな！」

Kはすぐに廊下に出た。ゲルステッカーに腕をつかまれた。背後に女将の声がした。

「明日、新しい服が届く。あなたを呼びにやるからね」

ゲルステッカーは邪魔っけな女将を黙らせたいようで、腹立たしげに片手を振り廻した。それからKに同行してくれと言った。理由は言い渋っている。Kが学校へもどらなくてはならないと言っても、とり合わない。引っぱられそうになったので抵抗すると、ゲルステッカーが口を開いた、心配するな、自分のところに必要なものが揃っている、学校の小使はやめて、自分のところにくるように。一日中、待っていた。母も居場所を知らない。Kがしだいに抵抗をやめて、どうして食事と住居を与えてくれるのかとたずねると、ゲルステッカーはそっけなく、馬の世話をする者がいると言った。自分はいま、ほかの仕事をもっている、好んで引っぱっていきたいわけじゃない、手間をかけさせないでくれ、払うものはちゃんと支払う。Kは身をもがいて、立ちどまった。馬のことなど何も知らない。知らなくてもかまわないと、ゲルステッカーは苛立たしそうに言った。そしてKを同行させるために、やおら両の手を組みつけてきた。

「どうして連れていきたいのか、お見通しだ」

やっとKが言った。ゲルステッカーは平然としていた。

「おまえのため、わたしがエアランガーに何かやってのけそうだと、見当をつけたのだろう」

「そのとおり」

と、ゲルステッカーが言った。

「ほかにどんな用がある」

Kは笑って、ゲルステッカーの腕につかまり、暗闇のなかを引かれるままに歩いていった。

ゲルステッカーの小さな家の小部屋は、ただ暖炉の火とローソクの燃えさしだけで薄暗かった。壁のへこみに人影が見えた。ななめに突き出た天井の梁の下で背中を丸めて本を読んでいた。ゲルステッカーの母親だった。ワナワナとふるえる手をKに差し出し、そばにすわらせると、モゴモゴと話した。なかなか聞きとれない。母親が話したことは（中断）

『城』の読者のために

池内 紀

『城』はカフカが残したなかで、最大の長篇である。代表的な二十世紀の小説であって、第二次世界大戦後の文学に大きな影響を与えた。その新しさや意味をめぐって、さまざまに論じられてきた。文中の城が何をあらわしているのか、数かぎりない解釈がある。『城』について世界中で書かれたものを集めると、それだけで一つの図書館ができるだろう。

数かぎりない解釈があるのは、その余地があるからだ。おそろしく謎めいている。「測量士」を名のる主人公は、城をめざして歩きつづけ、たどり着くために四苦八苦するのだが、それは読者も同じである。意味を求めて、しばしば途方にくれる。迷路のなかに入りこんだようで、はてしなく往き迷う。にもかかわらず奇妙な緊張感のなかで、読み進まずにいられない。この点でも、たえず――ほんの一歩でも――前に進もうとする主人公と同じである。

カフカが『城』に取りかかったのは一九二二年一月のこと。このとき三十九歳。ついでにいうと、死の二年前にあたる。

プラハの北東約九十キロのところに大きな山並みがあって、現在はチェコとポーランドの国境になっているが、第一次世界大戦以前はオーストリア領だった。そのためドイツ語の「リーゼンゲビルゲ（巨大な山塊）」の名で親しまれてきた。標高千五百メートルほどの高地がつづき、保養所やホテルや別荘が点在している。

この地の保養所に着いたのが一月二十七日のこと。日記からわかるのだが、カフカは着いた日の夜に、『城』を書き出した。プラハからリーゼンゲビルゲ山麓まで汽車で来て、そのあと雪の山道を馬ゾリに揺られてきた。結核の療養のため、長期休暇をとってのことであって、綿のように疲れていたにちがいない。そんな身で、すぐさま執筆に取りかかったのは、構想が熟していて、書きたくてたまらなかったせいではあるまいか。

残されたノートによると、まずつぎのように書き出した。

「主人が客に挨拶した。二階に部屋があけてある」

客が到着したとき、部屋が用意されていたわけだ。少しあと、二人はこんなやりとりをする。

「わたしが来ることを誰から聞いた?」

「誰からも聞いちゃいない」

と、主人が答えた。

「でも、待ち受けていたじゃないか」

「宿屋ですからね、客は迎える」

「部屋をあけていた」

「いつものことで」


そんなふうに書いてきて、カフカはそっくり斜線で消した。そして新しく書き出した。

「わたしは夜おそく村に着いた。村は深い雪に覆われていた」

直ちに斜線で消した。三つ目の書き出し。

「Kは夜おそく村に着いた。あたりは深い雪に覆われ、霧と闇につつまれていた」

やっとスタート地点が決まったぐあいである。自分でも納得がいったのだろう、つづいて書き進めた。

カフカに特有のやわらかいペン字で、少し躍るような書き方は、執筆意欲の高まりを伝えている。

「大きな城のありかを示す、ほんのかすかな明かりのけはいさえない。村へとつづく道に木橋がかかっており、Kはその上に佇んだまま、見定めのつかないあたりを、じっと見上げていた」

三つの出だしの主語に気をつけよう。最初は「客」だった。つぎは「わたし」、三つ目は「K」、ドイツ語では「カー」と読む。

長篇三作の最初の一つ、『失踪者』の主人公はカール（Karl）だった。二作目の『審判』では、ヨーゼフ・K（カー）、このたびはKだけになった。ヨーゼフ・Kのときもそうだったが、カフカはKのわきに、いつもピリオドをつけた。この使い方は省略のしるしであって、Kではじまる何かを略したケースにあたる。少なくともKではじまる人名を見こしてのこと。それがKafkaであってもかまわない。記号に変えつつ最小の「わたし」を残したぐあいだ。

『城』は大判のノート六冊に書かれていた。物語は主人公Kが村に到着した夜にはじまる。その村は城の領地で、城主はヴェストヴェスト伯爵という。カフカはなぜか「ヴェストヴェスト（西の西）」などというヘンな名前をつけている。Kの申し立てによると、自分は測量士であって、城から招かれたのでやって来たとのこと。

村には宿屋兼居酒屋が二軒あって、一つは川のそばの《橋亭》、こちらは主に村の住人が出入りする。もう一つは《貴紳荘》といって、城の者たちが使っている。

Kは翌朝、城をめざして雪道を歩き出す。たしかにかなたに見えているのに、どうしても行きつけない。城から二人が「助手」としてやってくる。城の使者バルナバスから手紙が手渡され、そこにはKを測量士として雇ったとある。城の高官クラムの署名入り。

そのクラムの泊まっている《貴紳荘》で、Kは給仕女のフリーダと知り合った。かつてクラムの愛人だったという。フリーダはKに身をまかせる。

Kが村長を訪ねて確かめたところ、Kを雇ったというのは何かの手違いであって、村は測量士など必要としていない。さしあたりKに、小学校の小使の仕事がまわされた。

Kは村外れに住むバルナバスの家を訪ねる。姉がオルガで妹がアマーリア。そのアマーリアが城の役人の求愛をはねつけたため、一家は村八分にあっている。

フリーダはKのもとを去り、Kは城の秘書官の尋問を受けるため、真夜中に《貴紳荘》へ出かけたが、疲労のあまり眠りこける。早朝の酒場で宿の女将とのやりとりがあってのち、つぎの展開を予告するような短い書きさしがあって、ノートは終わっている。

小説に取りかかったのは、さきほど述べたように一九二二年一月末であって、出だしが決まったあとは順調に進み、三か月ばかりで長篇の半分ちかくを書きあげた。プラハにもどってのち、書き上げた章を友人マックス・ブロートらに朗読した。

四月ごろから書き渋りしはじめる。何度か中断しながら春から夏にかけて、ねばり強く書き継いだ。七月中旬、チェコ南部の小さな保養地に出かけたが、療養のためよりも小説に集中するためだった。だが、完成にいたらない。八月末、ペンがとまった。九月はじめ、最終的に中絶。『失踪者』や『審判』と同じく、『城』は未完のノートとして残された。

友人ブロートには「城の小説」というふうに語っていたらしい。城そのものには一つのイメージがあったようで、主人公が村に着いたときは、霧と闇で少しも見えなかったが、翌朝澄みきった冬空の下に、くっきりと見てとれた。

「幅ひろく横に大きくのびている。せいぜいが三層づくりで、背の低い建物がもつれ合うようにかたまっていた。城だと知らなければ、小さな町と思いかねない」

これは遠くからながめた城であって、一筋道を進んでいくと、さらにはっきり見えてくる。建物の上塗りがはげ落ち、石も剝落しかかっている。丸い塔は一部がキヅタに覆われ、尖端の壁が壊れかかって、青い空にギザギザ模様をつくっていた。

一本道であれば、そのまま進むと行き着くはずなのに、近くまで来ると、わざとのように折れまがり、それからは遠ざかるのでもなければ、近づくのでもない。

建物のことは具体的に書いているが、城自体を書こうとしたのではなかっただろう。城主を「西の西《ヴェストヴェスト》」伯爵としたように、城は意味の方向を示す役まわり。象徴にちかいが、しかし、何を象徴しているのでもない。もっとゆるやかなかたちにつくられていて、意味の向かうべきかなた、「西の西」を指せばいい。だからこそ、近づいても近づいても、城そのものには行き着けない。

往き迷った日の暮れ方、カフカは書き添えている。

「しばしの別れのしるしのように、鐘の音《ね》がひびいてきた」

かろやかに流れ、その一瞬は心を浮き立たせてくれたが、すぐに鳴りやんで、代わってべつの弱い単調な鐘の音が、ほそぼそと流れてきた。城からとも村からとも判断がつかない。

主人公Kは何ものだろう?「辛い、長い旅」をしてきたというが、なぜわざわざそんな旅をしたのか。測量士だというが、それらしい道具など何も持たず、身につけていたのは小さなリュックサックと、瘤《こぶ》のついた棒が一本。年齢、前歴、いっさい不明。記号のような名前Kと同じで、主人公もまた意味の方向を示せばいいのだろう。

「城」をあらわすドイツ語「シュロス」は、「閉じる」という意味の動詞「シュリーセン」からできた。名詞になると「閉じるもの」から「錠」や「鍵」をあらわし、ついで「城館」や「宮殿」の意味になった。要は閉ざされているところ。

小説の村と城の世界がそうだろう。Kはそこを往きつ戻りつする。その彷徨が閉ざされた世界の測量をするかのようだ。当人は測量士らしい何をするわけでもないが、やはり測量士にちがいない。閉ざされた世界、その硬直ぶりとおかしさ、グロテスクさを、目盛りで示すようにしてきわ立たせていく。Kが往き迷うほど目盛りが高まり、グロテスクさと滑稽さが急テンポで高まっていく。

主人公は村に着いたあと、疲れのあまり、すぐに寝入った。これを手はじめにして、『城』にはくり返し眠りが出てくる。Kとフリーダは抱き合ったまま、深い眠りに落ちた。高級官僚クラムは机に向かったまま眠っている。城の者たちは「想像もできないほどよく眠る」。高級役人たちの面会は、たいてい夜のことで、役人の一人によると、仕事中のほうが眠りやすい。そのおしゃべりを聞きながら、Kは眠りこける。「大きな勝利を収めたような眠り」と、カフカは書いている。

「死は長い眠り、眠りは短い死」。そんな言い廻しが西洋にある。カフカの『城』は、笑いのかたわらで、死の形象にいろどられている。雪に覆われた白黒二色の世界に測量士を送りこみ、カフカは手さぐりするようにして死の影の濃い風景を書いていった。

小説の半ばすぎだが、主人公Kが自分のおかれている状況を、あらためて思い返すシーンがある。村への到着、《橋亭》の主人、執事の息子のこと……そのKは、作者カフカでもあるだろう。あらためて自分の小説を思い返して、書き上げた章をたしかめていった。「到着」「バルナバス」「村長のもとで」……。

主人公の往きつ戻りつは、作者の彷徨でもあって、それがまた『城』の世界ができていく過程でもある。息を殺しながら作者はペンの方向をたしかめ、方向をただしていく。おのずと読者は張りつめたような緊張をともにする。カフカの小説の奇妙な吸引力の理由であって、小説世界と執筆の過程がかさなり合っている。第二次世界大戦の終了直後、フランスの哲学者サルトルや小説家カミュが「実存主義」を唱えた。カフカはまず、その実存主義者によって発見された。論じられたところはかなりちがっていたにせよ、正確な本能が見つけたといえるだろう。カフカの小説には、まさしく作者の実存がかかっていた。

一九二二年六月、『城』が中絶の兆《きざ》しをみせはじめたときだが、カフカは勤めをやめた。辞令には「自ら願い出て退職した上級書記官」とある。

世の中はあわただしく動いていた。ハプスブルク体制が崩壊し、チェコ共和国が誕生した。新制度による総選挙にあたり、友人マックス・ブロートはプラハのユダヤ人を代表して立候補し、落選した。カフカの勤務先、労働者傷害保険協会も大きく変化した。オーストリア人上司が去り、代わってチェコ人官僚がやってきた。そんななかでユダヤ人書記官フランツ・カフカがこれまでどおりのポストにいられたのは、能力を認められていたせいだった。

通りでは毎日のようにデモがあり、さまざまな集会が開かれていた。身近にカフカを見ていた人が語っているが、ある日、傷害保険協会に投げ込まれたアジビラにカフカはざっと目を通すと、屑籠に投げこんだ。ビラに名前を並べた者たちについてたずねられると、「階級闘争の成金たち」と、小声で答えたという。

七月一日、正式の退職辞令が出る。それを待っていたようにカフカは南チェコの保養地へ出かけて『城』の完成に全力をあげたことは、先で述べたとおりである。

勤め先で古くから掃除婦として働いていた女性が述べている。

「ドクター・カフカはまるで二十日鼠のように、ひっそりとめだたずに消えていかれました」

廊下の棚に灰色の外套が残されていた。突然の雨などに使っていた予備のコートで、それは小使の一人が持っていった。カフカのところに届けたのか、それとも自分用にいただいたのかはわからない。

Uブックス「カフカ・コレクション」刊行にあたって

このシリーズは『カフカ小説全集』全六巻（二〇〇〇―二〇〇二年刊）を、あらためて八冊に再編したものである。訳文に多少の手直しをほどこし、新しく各巻に解説をつけた。

本書は2009年刊行の『カフカ・コレクション　城』第3刷をもとにオンデマンド印刷・製本で製作されています.

白水uブックス　155

カフカ・コレクション　城

著者　フランツ・カフカ
訳者©　池内《いけうち》　紀《おさむ》
発行者　及川直志
発行所　株式会社白水社
東京都千代田区神田小川町 3-24
振替　00190-5-33228　〒 101-0052
電話　(03) 3291-7811 (営業部)
(03) 3291-7821 (編集部)
www.hakusuisha.co.jp

2006年6月5日第1刷発行
2019年12月10日第9刷発行
印刷･製本　大日本印刷株式会社
表紙印刷　クリエイティブ弥那

Printed in Japan

ISBN 978-4-560-07155-7

乱丁・落丁本は送料小社負担にてお取り替えいたします。